新潮文庫

四日のあやめ

山本周五郎著

目次

四日のあやめ

ゆだん大敵

一

老田久之助が殿の御秘蔵人だということは、長岡藩で知らぬ者はなかった。

本当の姓は郷田というのだが、それを老田と呼ぶところにもそのあらわれがある、つまり藩主の牧野忠辰は幼名を老之助といった、その幼名の一字を与えて、「そのほう一代に限り老田となのれ」という下命があって、それ以来そう呼ぶようになったのである。

……忠辰は飛驒守《ひだのかみ》忠成の子で、七歳のとき母に亡《な》くなられ、また間もなく父にも死別したので、十歳という幼い身で家を継いだ。大叔父に当る牧野忠清が後見となり、老臣たちが補佐をして藩政をみること五年、延宝七年十二月には十五歳で従《じゅ》五位下の駿河守《するがのかみ》に任官し、みずから七万四千石の政治の中枢《ちゅうすう》に坐《すわ》った。それもかたちだけではなく、実際に自分で政治を執ったもののようだ。

家伝によると忠辰は牧野家の中興と称されるほどで、生れつき穎悟《えいご》聡明《そうめい》だったたし、老臣にも稲垣平助、山本勘右衛門、牧野頼母之助《たのものすけ》などという誠忠の士がいて師傅《しふ》の役をつとめたから、天成の質が磨かれてはやくその光彩を発揮しだしたのであろう。

十七歳で高田城請取という大役を幕府から命ぜられた時など、世人をおどろかすような機知と胆力をみせている。文治にも武治にも、生涯に遺《のこ》した功蹟《こうせき》は大きく、他の模範となったものも少なくない。

……だがここでは忠辰を語るのが目的ではないから、われわれの主人公へ筆をもどすとしよう。

久之助は郷田権之助という者の三男で、七歳のとき幼君（即《すなわ》ち忠辰）のお相手に御殿へ上った。いっしょに五人ほど上ったが、初めから久之助が特にお気にいりで、なにをするにもかれ無しでは済まず、またかれの云《い》うことなら大抵は用いられるという風だった。

しかしいちどだけこういうことがある、ある時なにを思いついてか、お相手の一人に向って、「犬になれ」と云いだした。その少年は厭《いや》ですと答えた。

「おれがなれと云うのだ、なれ」

「厭でございます、犬にはなりません」

押し問答をしていると、久之助が忠辰に向ってそれは若君が御無理だと云った。

「そんな真似《まね》をしたら、某《なにがし》はこれからさき御奉公がならなくなります」

そこにはお相手の少年たちがいたし、いちばん好きな久之助にそう面詰されたので、

忠辰は怒って久之助に組付いた、そしてかれをそこへ捻《ね》じ伏せて拳《こぶし》で打った。久之助は避けもせずに打たれながら、

「若君が御無理だ、某が仰《おお》せに反《そむ》いたのは尤《もっと》もです、さむらいに向って犬になれと仰《おっ》しゃる法はない」

忠辰にだけ聞えるほどの声で、ゆっくりとそう云い続けた。

誰かが知らせたのだろう、そこへお守り役の老臣で稲垣浅之助という老人が走《は》せつけて来た。忠辰はすばやくはね起きた、久之助もやおら立上りながら、いきなり大きな声で、

「まいった、まいった」と叫んだ。

するとかれの鼻からたくたくと衂血《はなぢ》が流れだした。

「なにを御乱暴あそばすか」

駆けつけて来た老臣がそう叱《しか》りかけると、久之助は両手で鼻を押えながら云った。

「相撲のお相手をしていたのです、乱暴をなすったのではありません、相撲を取ってわたくしが負けたのです」

忠辰は赧《あか》くなった顔を俯《うつむ》向けて黙っていたが、老臣が去ると少年たちに、

「おまえたちは向うへゆけ」

と云って遠ざけ、懐紙を出して久之助の衂血を拭《ふ》いてやった。

久之助の眼からぽろぽろと泪《なみだ》がこぼれ落ちた。忠辰の頰にも泪の条《すじ》ができた、どちらも黙っていたが、心の糸とでもいいたいようなものがそのとき堅く結びついたのを、どちらもずっと後まで忘れることができなかった。

郷田権之助はわが子が特に寵愛《ちようあい》されるということを好まなかった、かれはしばしば久之助に云った。

「ぬきんでてお気にいるということは正しい奉公ではない、そういう者はとかく同輩のそねみの因《もと》ともなり、寵をおのれに取ろうとしてあらぬ競争心を誘いやすい。さむらいとしては殿に苦い顔をおさせ申すように心がけなくてはならぬぞ」

久之助はそうするようにつとめた、お気にいるようになどと執りまわったことはない、それはわかっているが、それだけに却《かえ》って親としては不安心だったのである。

忠辰が駿河守に任官した年、権之助はわが子を、御側近から離す決心をした、そして老臣を通じて忠辰に上申し、久之助を江戸から国詰にと移して貰った、そのときかれは忠辰と同年の十五歳であった。

二

江戸を去るときいとま乞《ご》いに伺候《しこう》すると、忠辰はきげんの悪い顔をしていた。賢い性質だからなにも口にはださなかったが、不本意だという心持がよく眼にあらわれていた。

「なにか予においてゆくものはないか」

忠辰はそう云《い》う表現で僅《わず》かに惜別の意を示した。

「お上は殊《こと》のほか蜜柑《みかん》をお好みなされます」

久之助はそう答えた。

「……ほかにも二三、特に御好物な品がおありだと存じますが、向後はそういうものをお嫌いあそばすよう、これだけをお名残りに言上いたします」

「好きなものを嫌いになれと云うのか」

「先日ふと見ました書にこういう言葉がございました、賢を尚ばざれば民をして争わざらしむ、得難きの貨を貴ばざれば民をして盗を為《な》さざらしむ、欲すべきを見せざれば心をして乱れざらしむ。……お上の特に御好物なものは、得難きものほどこれを奉《たてまつ》って御意に協《かな》おうとする争心を起こさせます。同様に人を偏してお用いあそばすことも、家中に争心を起こす因《もと》かと存じます」

「いまの言葉はなんの書から引いたのか」

「はあ、老子経だったかと存じます」

「老子は異端といわれている、そのほう老子など読んでは悪かろう」

「毒薬も嚥《の》み方しだいと申しますから」

忠辰はにっと笑いながら頷《うなず》いた。それではこんど会うまでに自分も老子を読んでやるぞ、という意味である、朱子一点ばりの儒臣の眼をかすめて、忠辰が古学や陽明を知ったのもこの手であった。

久之助は退出するとき、

「蜜柑のことは覚えて置く」という言葉を貰《もら》った。

長岡へ移ってからの久之助は、藩士で後に忠辰の侍読となった小出経之についてひじょうによく学んだ。

それから原田義平太という老人を師に三留流の刀法を修業したが、義平太から手すじの良さを認められ、三年ほど経《た》つと代稽古《だいげいこ》さえするようになった。

「なんの道にも天成の才というものがある、そこもとの刀法がそれだ、学んで得られないもの、教えて教えられぬものをそこもとはもっている、当藩の三留流は自分一代で終るつもりだが、秘奥《ひおう》とされているものはそこもとに伝えよう」

そう云って義平太はおのれの会得《えとく》したものを懇切に伝授した。

……忠辰が帰国すればお側去《そば》らずだし、学問でも武芸でも群をぬくし、挙措は慇懃《いんぎん》で謙虚だし、数年間は一藩の嘱望と好意が久之助ひとりに集まったようだった、しかしそれはかれが二十一二歳までのことで、それ以後はしだいに性格が変っていった。

同藩の士に、鬼頭図書《ずしよ》という者がいた。類のない偏屈人で、

「おれには尋常な御奉公はできないから」

と云い、若いときから城の内外の草取りを役目に乞い、そのほかにはどんな役にも就かなかった。あるとき某《なにがし》という者が、

「七万石の御家に二百石の草取りは勿体《もったい》ないことだ」と云った。

図書はすぐに某の住居へいって、

「……草取りをしようと下肥を汲《く》もうと、御奉公の一念に誤りがなければよい筈《はず》だ、家禄《かろく》二百石は鬼頭の家に下さるもので、草取りをする図書に賜わるものではないぞ」

と呶鳴《どな》りつけた。

ふだん余り口数はきかないが、云う段になると遠慮会釈《えしやく》がなかった、たとえ相手が老臣だろうと足軽だろうとあたり構わず呶鳴りつける、しぜん親しく往来する者もな

く、五十歳を越すのに娶《めと》らず、いとまがあれば二人の家僕と田を耕したり畑を作ったりして、徹底して簡素な生活を送っていた。

家禄は二百石余りだったが、どういうわけか常に貧窮で、着衣はいつも継ぎはぎだらけだし、手作りの草鞋《わらじ》のほかに穿物《はきもの》というものを用いず、食事は年じゅう稗飯《ひえめし》に菜汁というありさまだった。

……久之助は図書の噂《うわさ》を聞いて心を惹《ひ》かれた。会えばなにか得るものがありそうに思え、訪ねてゆこうと考えながら、しかしよい折もなく年を過していた。するとある年の夏、下城しようとして二ノ曲輪《くるわ》をさがって来ると、うしろから誰かに呼びとめられた。

ふり返ってみると山のように草束を背負った中老の男が追って来る、炎天に笠《かさ》も冠《かぶ》らず、日に焦《や》けた黝《くろ》い逞《たくま》しい顔は、流れるような汗だった。

「そこもとは老田久之助というか」

ひどく横柄にそう訊《たず》ねた。それからふんふんと鼻を鳴らしながら、こちらをじろじろ見上げ見下ろして、

「わしは鬼頭図書という者だ」

とぶっきらぼうに云った。

「……そこもとが訊ねて来るだろうと思って待っているが来ない、わしに会う必要はないのか」

そして山のような刈草の束を負って、さっさと外曲輪のほうへ去っていった。

三

久之助がいちど訪ねたいと思っていたのは事実である、図書《ずしょ》もまた来るのを待っていたという、いかなる意味にもせよ、「待っていた」という言葉には心をうたれた。その夜すぐに、久之助は図書の住居をおとずれた。

……家には三つの部屋しかなかった、むろん雨戸はないし、どの部屋も板敷で畳というものがまるで無い、暗くてよくはわからないが床間の鎧櫃《よろいびつ》と長押《なげし》の槍《やり》、そして一脚の小さな古机、それが眼につく道具の全部らしい、簡素なくらしだとは聞いていたが、寧《むし》ろ荒涼といいたいほど殺風景である、板敷の上へ藁《わら》で編んだ円蓙《えんざ》を置いて、燈火もいれず宵闇《よいやみ》のなかに主客は対座した。

「もう間もなく月が昇るだろう」

図書はそう云《い》って拳《こぶし》で額の汗を拭《ふ》いた。

「……あかしが無くとも話は聞える、まず、よく来てくれた」

「かねていちど参上するつもりでいたのですが、つい今までその折がなかったものですから」

「それならそう思ったときすぐに来るがよい。人間の命は明日を待たぬぞ」

そのひと言は異様な響きをもっていた。そして久之助がはっとしたように眼をあげると、図書はその面を射るようにねめつけた。

「……そこもとは殿の御秘蔵人と云われている。よほどのお気にいりと聞いたが、いったいどのような性根で御奉公をしておるか、いやそれより、さむらいの御奉公とはどのようなものか存じておるか」

「さむらいの御奉公とは、一身一命を捧《ささ》げるところから始まると存じます」

「それはどこで終るのだ」

「終りはございません」

「人間は死ぬぞ、死んで奉公ができるか」

「いちど御しゅくんに奉《たてまつ》った身命は、たとえ死んでもおのれに戻る道理はございません、すなわち初めはあるが終りはないと信じます」

暗がりのなかで図書はそっと頷《うなず》いた、けれどすぐ追っかけて、それではそこもとはいつなんどきでも身命を捧げられるかと問い継いだ。

「云うだけならどのようにも云える、実際にそれを活《い》かしているかどうか」

「それは口ではお返辞の致しようがありません」

「方法はある」

図書はそう云って立った。

「……刀を持って庭へ来られい」

さっさと出てゆく図書の後から、久之助も大剣を右手に持って庭へ下りた。十七夜の月は昇ったが、まだ光が鈍いので庭の内はおどろに暗い、図書はふり返って月を見たが、そのましずかに刀を抜いた、厚がさねの長い刀だった。

「武士の性根は剣にあらわれる、身命を捧げたというそこもとの性根を拝見しよう」

「ここでお相手をするのですか」

「そこもとがまことにお役に立つ人間とわかれば、わしは斬《き》られて死んでも本望だ、その代りそこもとが君寵《くんちょう》を偸《ぬす》む似而非《えせ》武士とわかれば斬る」

図書の声には殺気があった。

「……ここで死ぬものと覚悟をして抜け、いざ」

久之助はじっと図書のようすを見た、それから下緒を外して襷《たすき》をかけ、袴《はかま》の股立《ももだち》をとって、しずかに大剣を抜いた。図書もまたそのようすを見まもっていたが、なにか

思い出したとみえ、

「待て待て、立合いは明日にしよう」と云いだした。

「……そこもとにも始末すべきことがあろう、人に見られてはならぬ文書、仕残した用、片付けなければならぬ物もあるだろう、今宵その始末をして来られい」

まじめだった。それではどちらか一人は死ぬ覚悟というのは威《おど》しではないのだ、まさかと思っていた久之助はにわかに身がひき緊《しま》るのを感じた。

決して他言はせぬという約束を交わし、時刻をうちあわせて家へ帰ると、久之助はすぐに身のまわりの始末にかかった、常づね注意しているつもりだったが、いざ片付ける段になると案外に暇どって、終ったのはもう夜半の二時を過ぎていた。

——これで死んでも悔いはない、そう思ってひと眠りし、まだ寝足りないようだったが、井戸端へ出て頭からざぶざぶ水を浴びた。

定めの時刻にゆくと、図書は泥まみれの妙な恰好《かっこう》をしていた。

「いま田の草を取って来たところでな」そう云って笑い、「すぐ支度をして来るから」と家の中へ去ったが、やや暫《しばら》くすると着替えて出て来た。

「すっかり片付けて来られたか」

「はい残りなく始末をしてまいりました」

「そうか、ではこちらへ通るがよい」

「すぐお相手をしたいと存じますが」

「なにもう立合う必要はない」

図書はむぞうさにそう云った、

「……ゆうべ話し残したこともある、今日はゆっくりして飯でも喰《た》べてゆくがよい、馳走《ちそう》をするぞ」

久之助は拍子ぬけのした感じで、図書のあとから部屋へ通り、例の固い円座の上に坐《すわ》った。庭はずれの樹立《こだち》で油蟬《あぶらぜみ》がやかましく鳴きたてていた。

四

「一身一命を捧《ささ》げると口では易《やす》く云《い》う」

図書《ずしょ》はちからのある声で云った、

「……御しゅくんのため、藩国のためにはいつなんどきでも死ぬ覚悟だ、口では誰もそう云うが、家常茶飯《かじょうさはん》、事実のうえでその覚悟を活かすことはむずかしい。昨夜そこもとは身命を上に捧げたといった、その言葉に嘘《うそ》はないだろう、覚悟もたしかなものに違いない。だが実際にはその覚悟を活かしていなかった、……他人に指摘されて、急いで始末をしなければならぬような物を、身のまわりに溜《た》めて置いた、死後に発見されては身の恥になるような物をさえ始末もせず、ただ覚悟だけいつ死んでもよいと決めたところでから念仏にすぎない、そうではないか」

久之助は低く頭を垂れた、全身の毛穴から一時に冷汗がふき出る感じだった、たとえば蛙《かえる》がくるっと皮を剝《む》かれたように、皮膚をひき剝《は》がれて裸肉を曝《さら》されたような気持でさえあった。

「いま庭さきで、すぐ相手をしようとそこもとは云った、身のまわりをきれいに始末して、もう死んでも悔いはないという気持であろう、……それではじめて、『いつなんどきでも身命を捧げる』ということができるのだ。さむらいの鍛錬は家常茶飯のうちにある、拭《ふ》き掃除、箸《はし》の上げ下ろし、火桶《ひおけ》への炭のつぎ方、寝ざま起きよう、日常瑣末《さまつ》な事のなかに性根の鍛錬があるのだ、そしてその瑣末な事にゆだんがなければ、改めて覚悟せずとも奉公の大事をあやまることはないのだ」

一語一語を鋭い鑿《のみ》で心臓へ彫りつけられるような感じだった。久之助は頭を垂れ、両手でぎゅっと汗を握っていた。

……昼にはかねて聞いていた稗飯《ひえめし》と菜汁の食事が出た、菜汁の中には大きな泥鰌《どじよう》がはいっていて、おそらくそれが「馳走《ちそう》」というのであろう、図書はそれをうまそうに頭からばりばりと喰べた。

久之助には稗飯というのがそもそも難物に思えたし、拇指《おやゆび》ほどもある泥鰌のまる噛《かじ》りはさらに閉口だった。けれども喰べてみると稗飯は香ばしくてうまいし、味噌《みそ》あじのしみた泥鰌の溶けるような肉味や、嚙《か》み砕く骨の荒々しさもなかなか悪くはなかった。

しかもぜんたいに云いようのない豊かな感じが溢《あふ》れている、材料が粗末なだけ、それを大切に活かすつつましい心が籠《こも》っていて、どんな珍羞《ちんしゅう》も及ばない豊かな深い味を創《つく》りだしているようだ。――そうだ、これが食事というものだ。

汁椀《しるわん》の中の青々とした夏菜を見ながら、久之助は心からそう頷《うなず》いた。

「これから折々お訪ね申したいと存じますが、お許し下さいましょうか」

食事のあとでそう訊《き》くと、図書はにべもなく無用だと答え、節高な太い指の、大きな手を振った。

「もう会う必要はない」

そして大きな眼でぎろりと睨《にら》んだ。

久之助はその頃から性格が変りはじめた、はじめは周囲の者も気づかなかったが、なんとなく俊秀なところがぼやけ、挙措もしだいに精彩を失ってゆくので、――やっぱり二十で凡人の例か、とひとしきり蔭口《かげぐち》が弘《ひろ》まった、しかしそれさえほんの僅《わず》かな期間で、暫《しばら》くするとそんな蔭口さえ立たない平凡な存在になってしまった。

かれが二十三歳になったとき、しゅくん忠辰の申付けで、刀法修業のため江戸の柳生《やぎゅう》家へ入門した。忠辰が小野次郎右衛門についてまなんだので、久之助には柳生を選んだのである。これを忠辰に推挙したのは原田義平太であった。

……柳生家はそのとき対馬守宗在《つしまのかみむねあり》の代だった。宗在は飛騨守宗冬《ひだのかみむねふゆ》の二男で、長男宗《むね》春《はる》が世を早めたため家督を継いだが、かれ自身もあまり健康には恵まれなかったようだ。しかし父祖同様、将軍家宣《いえのぶ》に刀法を教授するほどだから、その道に達していたことは記すまでもないと思う。

……忠辰から特に頼まれてもいたし、自分の眼にもなかなか非凡な人がらにみえるので、宗在はそれとなく久之助のようすに注意を怠らなかったけれども、日が経《た》つにつれて、非凡とみた自分の眼が疑わしくなってきた。入門して一年というものは、自ら求めて拭き掃除をしたり、厨《くりや》へおりて薪《まき》を割り、釜《かま》の下を焚《た》き、水を汲《く》むなどということばかりやった、二年めにはときおり道場へ出るようになったが、片隅に坐《すわ》って他の人々の稽古《けいこ》を見るばかりで、自分ではいっかな木剣を執ろうとしない。

「……こちらへ出て稽古をしないか」という者があっても、

「……いやまだとても」

と答えるだけで立とうとしなかった、いちどならず宗在が促しても、やはりおなじように辞退するばかりだった。――これはまなぶ意志がない、宗在はそう認めて、以来かれのことは殆《ほと》んど忘れてしまったのであった。

柳生家にまる三年いて、久之助は長岡へ帰った。辞去するとき宗在の前に出て、

「……おかげさまでこの上なき修業を仕《つかまつ》りました、篤《あつ》くおん礼を申上げます」

と述べたが、宗在はそのときはじめて、かれがまなぶべきものをまなんだということを、その眼光のなかにみつけたのである、宗在はひそかに舌を巻いた。

五

帰藩してみると、稽古《けいこ》町にかれのための道場が出来ていた。

そして否《いや》も応もなくそこで師範の役に就いたが、かれは門人を五人と限ってお受けをした――五人とは少な過ぎるではないか、忠辰がそういうと、

「しんじつ道を伝えるためには、一時に多くをお預り申しても致し方がありません」

久之助はそう答えた。

「……また、入門した者はわたくしと共に道場に住み、そして勤役には道場から通っ

て貰《もら》います、そして免許を取ったうえ出る者があれば、それに代って新しく入門させる、そういう規則を定めて頂きます」

かれの希望はそのまま容《い》れられ、五人の門人もきまって、稽古町の道場は開かれた。五人はまず揃《そろ》いの道場着というものを渡された。殆《ほと》んど肱《ひじ》までしかない筒袖《つつそで》の木綿の単衣《ひとえ》に、膝下《ひざした》二寸あるかなしの葛布《くずふ》の短袴《たんこ》である。それが夏冬とおしての着衣だった。

それから箱膳《はこぜん》と盥《たらい》と、針箱とを各自に与えられた、箱膳はわかるが、盥と針箱を一つ宛《ずつ》あてがわれたのには、五人ともめんくらった。後にわかったのだが、毎日必ず着衣の洗濯をし、綻《ほころ》びも自分で縫いつづくるのだ。

……しかしめんくらったといえば寧《むし》ろそれからの日々であろう、朝は三時に起きる、折から厳冬の、ものみな凍る時刻に、井戸端へ出て久之助から先に素裸で水を浴びる、それから道場の内外の掃除だが、はじめの計画では三十人は収容するつもりの建物なので、いかに努力してやっても三時間はかかった。

しかも毎日天床《てんじょう》から梁長押《はりなげし》の隅《すみ》まで残る隈《くま》なくやる、ちょっとでも手を抜くとなんべんでも遣《や》り直しだ、殊《こと》に道場の板敷を拭《ふ》くのがたいへんで、広さは五間に八間であるが板が新しいから、斑《むら》なく拭き込むのは容易なことではなかった。

次ぎに毎日一人の当番をきめて火桶《ひおけ》へ火を入れる、これは楢《なら》の丸炭の三寸ばかしに切ったのを三個立て、それを灰で囲って上に小さな火種をのせておこす、その三本の炭を一日もたせるのが原則である。

このあいだ他の四人は薪《まき》を割り炭を切るのだが、薪を割るのに木屑《きくず》をとばせてはいけないし、炭も欠けを作ってはならない。

「――伽羅《きやら》という香木があるだろう、一匁《もんめ》なん金という高価なものだ、薪も炭もその伽羅を挽《ひ》き割るつもりでやらなくてはならぬ」

久之助はそう云《い》い云いした。

それから朝食になるのだが、そして炊事は久之助がひとりでやるのだが、朝は麦ばかりの粥《かゆ》に味噌汁《みそしる》、昼が麦九割に玄米の飯と漬物、夜がまた麦粥に焼き味噌、漬物という具合だった。野菜は新しいのを豊富に使うが、魚や肉などは姿もみせなかった。

……食事が済むとたいていもう登城の刻である、勤めを果して下城する、そこでもういちど道場の拭き掃除をし、さて稽古になるのだが、これはあっさり一刻《とき》あまりで終り、こんどは昏《く》れるまで畑作りをやる。道場の裏に五反歩ばかりの空地があるのを、蔬菜《そさい》畑にしようというのだ、そしてじっさい後にはみごとな畑が出来たのである。

……夕食のあと一刻は習字をする、それも「一」という字だけ書くので、これまた相当に根の要るしごとだった。それから半刻、道場で稽古があり、もういちど水を浴びて寝るという次第であった。

ずいぶんくだくだしいことを並べたが、これは刀法の稽古よりも、そういう雑事のほうが道場では重んぜられたからである、門人たちが戸惑いをしたのは云うまでもない。

なかでも横堀賢七という者は一刀流をかなりなところまでやり、腕にも自信がある男だったので、まず第一に不平を云い始めた。

「ぜんたいとして、これは、ちょっとどうもわけがわからない。われわれは剣法道場へ入門したつもりだが、これではまるで禅寺へでもはいったようじゃないか」

「まったくさ、柳生《やぎゅう》流がこんなにこちたきものだとは知らなかった」

「なんだそのこちたきとは」

「よく知らないけれどもさ、なんとなくこちたきという感じじゃないか、これでは拭き掃除や火おこしばかり上手になって、われわれはへんな者になるんじゃないかと思うよ」

しかしそのうちに変るだろう、かれらはそう考えていたが、幾ら日数が経《た》っても毎日の日程は変らなかった。

……そこへ、江戸から父の郷田権之助がやって来た、権之助は長男に家を譲り、隠居となって、久之助のところへ身を寄せたのである。三人の子のなかで最も愛している久之助、別れて以来十年ぶりで、かれは老後を久之助の側で終るつもりで来たのだった。

六

わが子の為人《ひととなり》に就いては、権之助は誰よりも熟知しているつもりだった、それで朝晩二回ずつ、道場へ出てつぶさに稽古《けいこ》ぶりを見た。

……だがどうしても納得がいかないのである。久之助は門人と木剣を持って相対する、両方ともむろん素面素籠手《すめんすごて》である、相対して呼吸が合うと門人が打を入れる、それでおしまいなのだ、「気合が充実していない」とか、「眼が違う」とか、「神《しん》が遊んでいる」とか、簡単な指摘をして次ぎの者に代らせる、幾たび回っても一度だけ打を入れるばかりで、要するにかなりじれったい稽古であった。

「武士が刀を抜く場合は二つしかない」

久之助はよくそう云《い》った。

「……その一は御奉公のため、その二は自分の武道の立ちがたい恥辱をうけたときだ、そしてどちらの場合にも抜くからには絶対である、必ず相手を斃《たお》さなくてはならぬし、おのれの死も免れない、要するに稽古の眼目はそこにあるのだ、一生に一度、抜いたら必ず敵を討止める剣、……これを眼目だと思って貰《もら》いたい」

そうしてひたすら一刀の打だけを稽古させるのであった。そしてそれよりも厳しいのは日課の雑事である。火桶《ひおけ》の炭のつぎ方、拭《ふ》き掃除、薪《まき》割り、畑作り、さらに寝ざまから夜具のあげおろしまで、なぜそんなに厳重にするのか不審なほどびしびしやられた。

百日ほど経《た》ったとき、がまんがきれたとみえ、横堀賢七が道場を出るといいだした。

「……少し思案がございますから、ぶしつけですが道場から出して頂きます」

忿懣《ふんまん》に堪《た》えないと云いたげなかれの眼を、久之助は冷やかに見かえして、

「ならぬ」と答えた。

「そこもとたち五人は殿からお預り申したので、自分がよしと認めるまではいかなる事情があろうとも道場から出すことはできない、二度とさようなことを申せば……」

そこで言葉を切ったが、あとに続くべき言葉がどんなものか察しのつく、断乎《だんこ》たる調子が賢七の心をつよく打った。

一年めに、和田藤吉郎という者が免許を取った。かれは五人のなかでも最も栄《は》えな

い存在で、挙措も鈍重だし、道場での稽古もぶきような、あまりとりえのない男にみられていた。

それが第一に免許を与えられたのである、他の四人も意外だったろう、しかし当人のおどろきは誰よりも大きかった。

「……そこもとにはもはや伝授すべきものはない、しかし今後が大切だから、道場での修業を忘れず御奉公をなさるよう、これは免許のゆるし書である」

そう云って封書を一通わたされたが、藤吉郎は顔を赧《あか》くして、なんとも具合の悪そうなようすだった。

……道場を出て、自分の住居へ帰ったかれが、なにより先に封書の中を見たのは当然であろう。

――いかなる秘伝が記してあるか。

心を戦《おのの》かせながらゆるし書を披《ひら》いた。しかし奉書のまん中に、墨色あざやかに認《したた》めてあったのは、「ゆだん大敵」という五文字だけであった。

柳生《やぎゅう》流の秘奥が列記してあると思って、昂奮《こうふん》していた藤吉郎は啞然《あぜん》とした、裏をひっくり返してみた、封の中に残ってはいないかと捜した。しかしゆるし書はその一通、ゆだん大敵という五文字のほかには「秘伝」らしきものはなにもなかった。

藤吉郎に五十日ほど後れて田口求馬が免許をとり、続いて早川駿五郎、大槻《おおつき》甚右衛門の二人もゆるし書を取って道場を出た。

かれらに代って四人、次ぎ次ぎと入門して来たが、横堀賢七ひとりはそのまま居坐《いすわ》りであった。一刀流の腕も相当だし、稽古ぶりでもぬきんでてみえるのに、かれ一人だけ二期の門人の中へ残されてしまったのだ。

——こんなばかなはなしがあるか。

賢七は屈辱をさえ感じた。

そしてある日、城から早めに退出すると、ひじょうに息込んだようすで大槻の住居を訪ねた、甚右衛門は留守だった。そこで早川を訪ねると、

「……大槻さま田口さまとご一緒で、和田さまへおいでになりました」という挨拶《あいさつ》である。

——四人揃《そろ》って免許祝いか。

賢七はそう思い、なおさら勘弁ならぬ気持で和田藤吉郎の家へまわった。

七

四人が免許祝いをしていたのでないことはたしかだ、ではなんのために集まったの

か、それがひと口に説明できないのである。四人はいま相対して坐《すわ》っている、話は免許のことから「ゆるし書」に及んで、四人とも妙に奥歯へ物の挟まったような調子になった。

「いったい和田氏のには」

と早川駿五郎が恐る恐る要点に触れた。

「……その、和田氏のゆるし書にはどういう秘伝が記してあったのかね、それをひとつ今日は拝見させて貰《もら》いたいのだが」

「いやそれは、その」藤吉郎は赧《あか》くなった。

「……さようなことは、なにしろ伝授書というものは他見を許さぬ大切なものだから」

「しかしわれわれはみな免許を受けている」

甚右衛門が膝《ひざ》をのり出した。

「……ほかの者にはいかぬだろうが、同門で同じように免許を受けているわれわれなら差閊《さしつか》えあるまい、そこもとだけとは云《い》わぬ、われわれのゆるし書も披露するぞ」

「それはぜひ拝見したいが、自分のものはさして奇もないので、じっさいのところ神厳などというようなものではないので、それは困る」

そんなことを云わずにと諍《あらそ》っているところへ、賢七が来たのである。……横堀と聞いて四人がはたと黙り、眼を見合せているところへずかずかと賢七がはいって来た。

「四人揃《そろ》っていて好都合だ」

かれはそこへずっと坐りながら、まるで挑みかかるように云った。

「……些《いささ》か思うところあって来た、いやおうは云わさぬ、四人とも免許のゆるし書を拝見させて貰うぞ」

四人はもういちど眼を見交わした。賢七の来たことが、結局は話を早く片付けることになった。気の早い田口求馬が、まるで五重塔のてっぺんから跳下りるような、悲壮な眼つきをして、

「よし、ではまず拙者のを披露しよう」

そう云い、用意して来たらしいゆるし書をとりだして、厳《おごそ》かにそこへ披げた。四人の眼はいっせいにその紙上に集まった。そしてみごとな墨色で記してある五文字を読んだ。

……ゆだん大敵。

誰からともなくあっという叫びが漏れた。そして藤吉郎が立ってゆき、自分のゆるし書を持って来て、そこへ黙って披げた、「ゆだん大敵」である、甚右衛門が呟《つぶや》くよ

うに、

「……なるほど」と云った。

早川駿五郎はうーむと呻《うな》った。それなり茫然《ぼうぜん》と黙ってしまった四人の顔を、どこか疑わしげな眼で順々に眺めまわしていた賢七は、大槻も早川も同じ物を貰ったに違いないと察し、いきなりわはははと笑いだした。それはなんともぎごちない笑い方だった。例えば不意に殴りつけられて、「痛い」と叫ぶところを間違って笑いだした、そんな風な感じである、そして実際かれは、すぐに笑うのを止《や》めた、笑ったことに自分でびっくりしたような止め方だった。

「いや笑い事ではない」

賢七は眼を怒らせて四人を見た、

「……おれもおかしいとは思ったが、よもやこんなばかげた事とは推察もできなかった、これは愚弄《ぐろう》だ、侮蔑《ぶべつ》というものだぞ、貴公たちすぐに、……いやだめだ、貴公たちではろくな談判もできまい、おれがひきうけてやる」

かれはにっと唇をゆるめて頷いた。

「そうだ、おれが膝詰めで、あのとり澄ました師範をぎゅっと……」

ぎゅっと云いながら、賢七は両手で力まかせになにかしら絞めつけるような真似《まね》をした、四人はなんとも形容しようのない眼で、独りいきりたつ賢七のようすを眺めていた。

それからつい数日ののちのことである。

「召す」という知らせをうけて、久之助が伺候《しこう》すると、忠辰の前に老臣たちが並び、下座のほうに見馴《みな》れぬ男が端座していた。色の白い眉《まゆ》の秀《ひい》でた、眸《ひとみ》に少し険があるけれど、世間でひと口に美男という人がらで、端座した姿勢にもなかなかりっぱな風格が表われている。

「ゆるす、それへまいれ」

忠辰は上段の際《きわ》を示してそう云った。

「……ゆるす」

久之助は老臣たちに会釈《えしやく》して御前間近に座を進めた。

「あれに淵田《ふちだ》主税助《ちからのすけ》という者がいる」

忠辰は下座の男を見やって云った。

「……梶岡《かじおか》伊織をたよって当家へ仕えたいと申す、神道《しんとう》流の武芸者で、尾州家御前でも手練をごらんに入れたということだ、今ここで余にも見せたいと申すが、相手に出すべき者をそのほう選ぶがよい」

「……相手が要るのでございますか」

「然《しか》るべき者をと望んでおる、誰でもよい、そのほうがこれと認める者を出せ」

八

久之助はちょっと考えていた。そして、少しむずかしいかも知れませんがと云《い》って、家中でも小野派の達者として知られた福島弥六の名をあげた。

「……弥六でよいか」

忠辰は念を押してから呼びに遣った。

福島弥六はすぐに伺候《しこう》した、そして旨《むね》を聞くとよろこんでお受けをし、武芸者と共に庭へおりていった。淵田となのる武芸者はそのまま木剣を右手に位置へ立った、汗止もせず襷《たすき》も掛けず、袴《はかま》の股立《ももだち》もとらなかった、それが美男の風貌《ふうぼう》とよく似合って、なにか絵にでも描いたような水際《みずぎわ》だった印象を与えた。

……弥六はじゅうぶんに身支度をした、いちど緊《し》めた汗止を、二度まできっちり緊め直しさえした、それからやおら位置について武芸者と相対した。

「……いざ」

と声をかけたのは弥六だった。そして身構えをするとみた瞬間、まるで通り魔でもするように淵田主税助の軀《からだ》が躍り、かっと高い音をたてて弥六の木剣が空へ舞いあがった。

……刹那《せつな》の勝負で、弥六は呆《あき》れたように棒立ちになった、そして二十間ほどはね飛んだ木剣が、玉砂利の上にからからと落ちてから、はじめて、「まいった」と声をあげた。

主税助は見向きもせず、黙って自分の木剣の尖《さき》を撫《な》でていた。その姿勢はかなり驕《おご》ったもので、不満足だという意味をあからさまに示している、忠辰は久之助をかえりみた。

「そのほう出てみよ」

「……はっ、御意ではございますが」

「なにも云うな、出ろ」

きめつけるような忠辰の声に、久之助は低頭して座をすべった。

……代って相手が出ると聞いて、主税助はにっと白い歯をみせた、すばやい表情だったが快心の笑《えみ》である。かれは庭へ下りて来る久之助を鋭く注視し、卒然と木剣に素振りをくれた、ひゅっと空を截《き》る素振りの音は、かれの闘志を表白するように思われた。

久之助はしずかに汗止をし襷を掛け、袴の股立をとった。主税助は依然としてなんの身拵《みごしら》えもしない、ただ鋭い光を放ちだした双眸《そうぼう》で、くいるように、じっと久之助の五躰《ごたい》を見まもっていた。

支度ができると、久之助は一礼して木剣を軽く左手に下げた。両者の間隔は二十尺ほどある、相対して、ひたと眼を合わせた、久之助はまだ木剣を左手に持っている、主税助はしずかに、

「いざ」と呼びかけた。

そして普通よりはよほど寸延びとみえる木剣を正眼につけた。

……久之助は黙って、やっぱり木剣を左手に下げている。そのまま十呼吸ほど経《た》った。短くも長くもない時間である、そしてその時間の糸の切れる瞬間がみえるようだった、――今だ、と人々が思った刹那である、そして主税助の面上にも微風のかすめるように動作を起こす意気が閃《ひらめ》いた刹那である。

久之助の右手がゆっくりと動きだし、左手にさげた木剣を握ってしずかに右側へと持ち直した、いかにもしずかな動作だった。

けれどもすぐ次ぎの瞬間には主税助の口から絶叫があがり、電光の飛ぶようなすさまじい打がはいった、久之助はゆらりと二間あまり後へ退り、「まいった」と云いな

がら、再びしずかに木剣を左手に持ち直していた。

久之助はそのまま いちど退下したが、半刻《はんとき》ほどしてまた召された。

忠辰は扈従《こじゆう》も伴《つ》れないで、独りで庭に立っていた、たいそう不興そうであった。

「先刻の勝負はどうした、余にはまこととは思えないが事実はどうなのだ」

「おめがねどおりでございます」

「譲ったのか」

忠辰は屹《きつ》と眼を怒らせた。

「……あの心驕ったさまが憎いからそのほうに出ろと申した、それがわからなかったのか」

「要もないことでございます」

久之助は穏やかに答えた。

「……ああいう者には負けてやるのが武士のたしなみだと心得ます、勝ってもそれだけのはなしで、悪くすると他国へまいってあらぬことを云い触らし兼ねません、そうでなくとも折角おたより申して来た者ですから、このくらいの馳走《ちそう》は当然でございましょう」

忠辰は頷《うなず》いた。そして声を和らげながら、主税助を召抱えたものかどうかと訊《たず》ねた、よかったら神道流《しんとう》をも藩に入れてみたいというのである、久之助はすぐに否《いな》と答えた。

「たしかにすぐれた技倆《ぎりょう》はあると存じますが、神《しん》に純粋でないものがあり、眼光もまっすぐでないように思えます、お取立ては御無用でございましょう」

かれがそんなにはっきり意見を述べることは珍しい、忠辰にはそれが快かったとみえ、不興げな顔色を解いて、

「たいぎであった」と幾たびも頷いた。

久之助が住居へ帰ったのは、四時過ぎであった。父は老臣の一人に招かれて留守だという、着替えをしていると横堀賢七がやって来て、

「……少々おはなし申したいことがございます」と云った。

久之助は頷いて、

「はいれ」といい、しずかに袴の紐《ひも》を緊めて、対座した。

九

「今日は改めてお訊《たず》ね申すことがあります」

賢七がそう口を切った。

「……われわれはこの道場へ、柳生流《やぎゅう》の刀法を教授して頂くために入門いたしました、

その点にわたくし共の考え違いがございましょうか」

「……さきを聞こう」

久之助はぽつんとそう云《い》った。

「その心得で入門し、その心得で修業をしてまいりました、わたくしはかねて一刀流をまなび、高慢を申すようですが、自分では些《いささ》か会得《えとく》するところもございました、しかし柳生流をまなぶためにはそれを忘れ、つとめて謙虚にお教えを受けて来たと信じます」

「…………」

久之助は黙って次ぎを待った。

「ところで、さきごろ四人の頂いたゆるし書と申すものを拝見しますと、ゆだん大敵とやら、埒《らち》もない五文字が記してあるだけで、秘奥《ひおう》の伝授とは似もつかぬものでした、……下婢《かひ》下僕《げぼく》のするような拭《ふ》き掃除、洗濯をし針を持ち、畑作りまでして頂く免許が、『ゆだん大敵』の五文字とは、いかに考えても理解ができません、これはなにかの間違いではないのですか」

「間違いではない」

久之助は穏やかにそう云った。

「……渡したゆるし書は五文字、ゆだん大敵という五文字に相違ない」

「そしてそれが柳生流の極意ですか」

賢七の眼は殺気を帯び、声はひきつるように震えた。かれは射るように久之助を睨《にら》み、片手で膝《ひざ》を摑《つか》みながら叫んだ。

「……はっきり伺います、その五文字が柳生流の極意だと云うのですか」

切迫した賢七の叫びごえを聞きながし、久之助はやや暫《しばら》く黙って長押《なげし》のあたりを見ていた。そして、待ち切れずに賢七がなお云い募ろうとしたとき、ようやくかれのほうへ眼を向け、一語ずつ念を押すような調子で云った。

「自分が柳生家にまなんだことは、嘘《うそ》も隠しもない、けれども、この道場で柳生流を教授すると申した覚えはない」

「それではいったいなにごとをお教えなさるのですか」

「武士のたましいは剣だ、自分が柳生家でまなんだのはその剣の『道』だ、太刀さばきや受ける躱《かわ》すの技は知らない、知ろうとも思わない、拙者が柳生家でまなび貴公たちに伝えるのは剣術ではなくて剣道なのだ、『道』なのだ」

「さような哲学でなく実際の例をうかがいましょう、『道』などとは言葉に過ぎません、これがこの道場で教える『道』だという、事実をはっきり示して下さい」

「よろしい」久之助はしずかに頷《うなず》いた。

「……ではそのまえに訊《き》くが、さむらいの奉公が身命を捧《ささ》げるところから始まるということを知っているか」

「日々時々、その覚悟で生きています」

「では仮に今ここで身命を奉《たてまつ》るとして、そこもとは即座に死ぬことができるか」

「ご念には及ばぬ、死んでみせましょう」

昂然《こうぜん》と云い放つ賢七の眼を、久之助はしみいるようなまなざしで暫く見いっていた。それから膝をすすめ、手を伸ばして賢七の着衣の衿《えり》を指さした。

「その衿の垢《あか》をみろ、……武士のむくろが、そのように衿垢の付いた着物を着けていて恥ずかしくはないか」

「これは道場着です、俗に死装束と申して、武士が死ぬには作法のあるものです、頭も水髪に梳《す》き直しましょう、肌着から裃《かみしも》まで用意はかねて出来ています」

「その暇がなかったらどうする」

「…………」

「いつなんどきでもとは待った無しの意味だ、たった今、この場で一命を奉るというときはどうする」

賢七はぎゅっと唇を嚙《か》んで黙した。久之助はしずかに立ち、

「こちらへ来い」

といってずんずん奥へ去っていった、賢七は面を伏せたまま怒ったような足どりでその後を追った。

……道場と久之助の住居との間に、廊下に面して小さな部屋が七つある、門人たちの起居する居間で、久之助はそのいちばん端にある賢七の部屋へはいった。そしてむぞうさに戸納《とだな》を明け、手に当る物を一つ一つ取出して畳の上へ並べた。

……それを一々ここへ記すのは気の毒であるが、めぼしい物だけ拾ってもなかなかの数だ、最も配合の妙なのはあまりきれいでない下帯といっしょに、紙に包んだ飴玉《あめだま》の出て来たことである。

「ここは今日、片付けるつもりでした」

賢七はさすがに狼狽《ろうばい》したらしい。

「……この両三日、暇がなかったものですから、本当です」

久之助は黙っていた、戸納の中の物をすっかり出し終ると、隅に置いてある挟箱《はさみばこ》をあけた。かれのいわゆる「死装束」と、毎日の登城に使う衣類がはいっている、それを一枚ずつ取出すと、恐らく着物の袂《たもと》にでも押込んであったのだろう、又ぞろ飴玉が

十ばかりも転げだした。

……挟箱が済むと小机の側《そば》へゆき、脇《わき》に置いてあった手文庫をひき寄せた、賢七は走せ寄ってしっかと押えつけた。

「いけません、これはお断わり申します。人に迷惑を及ぼす私用の文書もございますから」

久之助は黙って手を放した。

十

手文庫を放して立つと、手をあげて長押《なげし》の上をさっと撫《な》で、その手を賢七の前へさし出した。掌は塵《ちり》で黒くなっていた。

「このありさまを見るがよい」

久之助は部屋をぐるっと見まわした。

「……自分の部屋ではなく、他人の部屋だと思ってよく見ろ、いつなんどきでも身命を奉《たてまつ》るという、その『いつ』が待った無しで、あるとき即座に死んだとする、事情に依《よ》って検視役は手文庫なども容赦はしない、戸納《とだな》の奥、部屋の隅々をかき捜されれば、少しの誇張もなくこの部屋はこのありさまになる、……貴公これでいさぎよく死ねると思うか、これで死んで恥ずかしくはないか」

賢七は五躰《ごたい》が萎《な》えでもしたようにそこへ坐《すわ》り、両手で膝《ひざ》を掴《つか》みながら低く頭を垂れた。

「身の恥を云《い》えば」

久之助は心痛そうな声で続けた。

「……今から数年まえに、拙者もこれと殆《ほと》んど同じ経験をしている。いつでも死ねると覚悟はきめながら、実際にその覚悟を活《い》かしていなかった。その事実をさる御仁から指摘されたとき、どんなに拙者がまいったかおわかりだろう、……学問も武芸も大切だ、しかし一死奉公の根本がぐらぐらでは、たとえ大学者となり刀法の名人上手となってもまことの武士とはいえない。君国を護持するものはさむらいだ、いつなんどきでも身命を捧《ささ》げるさむらいのたましいだ」

「…………」

「刀法には免許ということがある」ちょっと息を継いでから、さらに久之助は云った。「……学問にも卒業というものがある、しかし武士の道には免許も卒業もない、御奉公はじめはあるが終りはないのだ。日々時々、身命を捧げて生きるということは、しかし口で云うほど容易なことではない、容易ならぬことを終生ゆるぎなく持続する根本はなにか、それは生き方だ、その日その日、時々刻々の生き方にある。垢《あか》の付かぬ着物が大事ではない、炭のつぎ方が大事ではない、拭《ふ》き掃除も、所持品の整理も、その一つ一つは決して大事ではない、けれどもそれらを総合したところにその人間の『生き方』が顕《あら》われるのだ、とるに足らぬとみえる日常瑣末《さまつ》なことが、実はもっとも大切なのだ。……自分がそこもとたちに伝える『道』はここにある。言葉でも哲学でもない、瑣末なことの端々に、大事を摑んでゆだんしない生き方、これがそこもとたちに伝える『道』なのだ」

低く垂れた賢七の顔からぽとぽとと涙がこぼれ落ち、肩が顫《ふる》えだすのといっしょに嗚咽《おえつ》のこえが聞えた。

久之助は暫《しばら》くそのこえを聞いていたが、やがて結びをつけるようにこう付け加えた。

「口で云えばこれだけのことだが、口で云い頭で理解するだけではほんものではない。道場の日課から身を以《もっ》てまなんで貰《もら》いたかった。ゆるし書の五文字は、まなんだことに終生ゆだんあるなという意味だ」

嗚咽に身を顫わせながら、賢七はそこへ両手を突き、貼《は》り付くように平伏した。あやまったとも云わず赦《ゆる》しも乞《こ》わない。けれども泣きながら平伏している姿は、どんな言葉よりはっきりかれの心を表白していた。

「稽古《けいこ》の時刻だ、顔を洗って来るがいい」

久之助はそう云って部屋から出た。

父が帰宅したのはみんなの夕食が済んでからだった。馳走《ちそう》になったのであろう、珍しく酔って赧《あか》い顔をしていた。いや赧いばかりではない、なにか気にいらぬことがあるとみえて、おそろしく不機嫌にしかんでいる。そして、

「部屋へ来い」

と久之助を呼びつけ、赧くしかんだ顔でながいこと睨《にら》みつけた。

「おまえは今日、御前で淵田　某《なにがし》という武芸者と試合をしたという」

久之助は膝の上で拳《こぶし》を握った。

「……おまえは一藩の師範として道場をもち門人を預かっている、それが他国から来た武芸者に脆《もろ》くも負けて、どこに師範としての面目があるのだ、それで殿へ申し訳が立つか」

「殿にはお詫《わ》びを申上げ、おゆるしを得て下城いたしました」

「おれはそんなことを云うのではない」

平手打をくれるように権之助が云った、

「……試合のようすを聞きたかったので、御老職からの帰りに梶岡家へたち寄ってみ

たのだ、梶岡では淵田某を中心に小酒宴をしており、おれもその席に坐ったが、あの武芸者め、巧みに歯へ衣《きぬ》を着せて当藩の武道を貶《そし》るのだ、師範たるおまえが負けた以上、どう貶られようと一言もない、だがそのなかにこういう言葉があった、……長岡の殿さまは文にも武にも精《くわ》しいと聞いていたが、なかなか世評どおりの人物にはゆき当らないものだ、名君などと評判の高い人でも、会ってみると暗愚であるほうが多い」

十一

「これをどう聞くか」

権之助は拳《こぶし》をぐいと前へつき出した。

「……巧みに衣《きぬ》は着せているが、これは明らかに御しゅくんの悪口だ、暗愚とは殿をさして申したのだ、そしてそれを云《い》わせた因《もと》は試合に負けたおまえにある」

「それは違います、いや本当に違うのです、かれは御当家に召抱えられるつもりでいた、しかしそれがお沙汰《さた》やみになったので、不満のあまりそんな雑言を口にしたのでしょう」

「それではなおさらのことではないか、おまえが試合に勝っていれば不満の出ようもない、責任はみなおまえの負けたことにあるんだ」

権之助はつい近頃に前歯を一本欠いたので、激した叱咤《しった》につれてしきりに唾《つば》が飛ぶ、
久之助はもう云い訳はやめて、

「まことに相済みませぬ」

と繰り返しあやまるだけに止《と》めた。

夜の稽古《けいこ》を終ってからだった。

久之助はいちど寝所へはいったが、父の寝息を聞きすますと、足音を忍ばせてそっと住居をぬけだした。

戸外は新秋のすばらしい月夜で、街ぜんたいが水の中にでも沈んでいるようにみえる、かれはその白じらと青い光を浴びながら、大手筋にある梶岡伊織の屋敷をおとずれた。

「かような時刻にご迷惑ですが、御滞在の淵田主税助どのにお取次ぎをねがいます」

門番にそう案内を乞《こ》うた。

「……今宵《こよい》のうちにぜひ伺いたいことがあるからとお伝え下さい」

「その客はもうお立ちになりました」

門番は気のどくそうに答えた。

「……酔ってもいたのでしょう、なにか気にいらぬことがあるとみえ、お止め申すのをふり切って、つい半刻《はんとき》ほどまえにお立ちなされました」

「どの道をまいられたかわかるまいか」

「草生津《くそうづ》の渡しを訊《き》いておいでだったと思います」

「……それは残念な」

久之助は門番に聞えるように、

「では帰るとしよう」

と呟《つぶや》き、梶岡の門を離れると同時に急ぎだした。

……武家屋敷を千手町へぬけて北へゆくと、樹立《こだち》と耕地に挟まれた坦々《たんたん》たる道は、月光を吸って浮きあがるように明るく信濃《しなの》川へとまっすぐに延びている。河畔まで小走りに急いで来た久之助は、渡し守の小屋へ近寄って戸を叩《たた》いた。

「城の者だ、舟を頼むぞ」

この渡しは刻無しである、へいと答えてすぐに渡し守が出て来た。

「半刻ほどまえにここを渡った者があるか」

「へえ」

男は酒臭い息をしていた。

「……お武家さまが一人おみえでしたが、はじめ渡せと仰《おっ》しゃって、おやめになりました」

「渡らなかったのか」

「暫《しば》く月見をしてゆこう、そう仰しゃいまして、向うの」

と渡し守は河畔を指さし、

「……あの河岸のところにおいでです、実はいま酒を温めて持ってゆくところでして、へえ」

「あの柳のあるところだな」

久之助はふり返ってそちらを見た、それから、

「……よし、その酒はおれが持っていってやる」

そう云って渡し守の手から燗《かん》徳利を取ると、しずかに河のほうへ下りていった。信濃川はうすく靄《もや》だって、すぐ向うにある柳島も、幻のように青くおぼろである。

……月光を湛《たた》えた川波を前に、淵田主税助はたいそう風流めかした姿で坐《すわ》っていた。

「遅いぞ渡し守」

近寄って来た足音を聞いて主税助はふり向いた。

「……これへ持ってまいれ」

「酒は後にしよう」

「なに」

かれは颯《さつ》と身を起こした。

「……誰だ」

渡し守ではない、片手に燗徳利を持っているが武士だ。

主税助はがばと立った、その面前へ、

「もうお見忘れか」

と云って久之助が歩み寄った。

「御前で相手をした老田久之助という者だ」

「……思いだした、あの師範だな」

主税助はぎろっと眼を光らせた。

「……して、ここへ来たのはなんのためだ、拙者に用でもあるか」

「そこもとはわれらの御しゅくんの悪口を申したそうだ、人づてだからたしかとは云えない、われらの殿を暗君で在《おわ》すかのように申したのは事実かどうか、それを聞きにまいったのだ」

「長岡びとは気がながいな」

主税助は唇に嘲《あざけ》りの笑みをみせた。

「……わが主の悪口をいわれて、わざわざ念を押しに来るとは見あげたものだ、申したと云ったらどうする」

「心ないことをしたものだ」

久之助はおちついた声で云った。

「……他藩のしゅくんの悪口を申せば、その藩に仕える武士は手をつかねてはいない、君の辱《はずか》しめらるるとき」

「臣は死すという」

主税助は久之助の言葉をもぎ取って云った。

「……勝負はここでするか」

「そのつもりで来た」

「木剣とは違うぞ」

主税助は颯とうしろへとびしさって、袴《はかま》の股立《ももだち》をとり、大剣の柄《つか》へ手をかけた、

「……こんどはまいったでは済まんぞ」

「よく見ておけ」

久之助はとつぜん妙なことをかなり大きな声で云った。

「……城中で立合ったとおりやってみせる、あの試合もおれの勝だった、どこで勝ったかということをこれから見せてやる、おれの手をよく見ていろ」

久之助は燗徳利をそこへ置き、大剣を鞘《さや》ごと抜いて左手に下げた。

こんどはかれが袴の股立もとらない、大剣を左手に下げ、しずかに相手を見やりながら、

「いざ」と云った。

主税助の面に殺気が走り、無言で抜いた刀にきらりと月光が光った。

久之助は一歩すすんだ。

やはり刀は左手に下げたままだ。

主税助は刀を上段につけた、両者の眼と眼が嚙《か》み合い、呼吸が空に火花を散らすかと思える、そして正《まさ》しく、城中での試合そのままの瞬間が来た、気合が充実の頂点に達し、まるで音高くひき裂けるかとみえる瞬間、……久之助の右手がしずかに動いて、左に下げた大剣の柄にかかった。

主税助の口から劈《つんざ》くような絶叫がとび、がっしと両者の軀《からだ》が一つになった。

しかしそれは眼叩《またた》きをするほどの刹那《せつな》のことで、主税助は打を入れたかたちのまま烈《はげ》しくのめってゆき、久之助は右手に刀を持ってふり返っていた。

主税助はどっと芒《すすき》の中へうち倒れた。

「……見たか」

久之助はしずかに呼びかけた。

「そこもとたちに教えている一刀、一生にいちど抜く刀は、必ず敵を斬《き》って取る、必ず斬って取る、これがその一刀だ、わかったか横堀」

刀をぬぐいながら、久之助がしずかに頭をめぐらせた。……

後方二十歩あまりの夏草の中に、片膝《かたひざ》をついてこっちを見ている者があった。横堀賢七である。

ひそかに跟《つ》けて来て、これまでの始終を見ていたかれは、とつぜん呼びかけられて声も出なかった。

「この者を向うの小屋へ運んでやれ」

久之助は紙入をとりだして賢七に与えた。

「……これを渡し守にやって早く医者に手当をさせるがいい、他言はならぬぞ」

そして月光のなかを、しずかに城下のほうへ去っていった。


（「講談雑誌」昭和二十年二月号）

契《ちぎ》りきぬ

一の一

「また酔っちまったのかい、しようのないこだねえ、お客さんはどうしたの」
「いま菊ちゃんが出てるわ、こうなっちゃだめよかあさん、このひとにはお侍はいけないって、あたしそ云《い》ってあるじゃないの」
「お侍ばかりじゃないじゃないか、お客ってお客を振るんじゃないか、それあ今のうちはいいさ、稼《かせ》ぐことは稼いでくれるんだから、こっちはまあいいけどさ、こんなこっちゃおまえ、いまにお客が黙っちゃいないよ、さんざっぱらおまわりだのちんちんだの好きなようにひきまわしておいてさ、いざとなるとみんなおあずけなんだもの、あれじゃあんまりひどいよ」
「あたしだって初めのうちはそうだったわ、ひとにもよるだろうけれど、汚れないうちはつい一日延ばしにしたいもんよ」
「このこはそんな初心《うぶ》なんじゃないね、どうして、相当しょうばいずれがしているよ、素人《しろうと》でこんなに酒びたりになれるもんじゃないし、性《しょう》わるで有名な柏源《かしげん》さんまで手玉にとるところなんかさ——玉藻前《たまものまえ》じゃないけれど、いまにきっと尻尾《しっぽ》を出すからみてごらん」

酔いつぶれたおなつは、うつらうつらとそこまで聞いていた。悲しいなと思った。そうしていつものように、口のなかで母の名を呼びながら、いつか眠ってしまったらしい。――その泥のような不愉快な眠りのなかで、珍しくお屋敷の正二郎さまの夢を見た。まるまると肥《ふと》った頬《ほっ》ぺたを赤くして竹の棒でいっしょけんめいに地面を掘っていらっしゃる。なにをしていらっしゃるのかときくと、

――この中にいい物があるんだよ。待っといで、いまみんなおまえにやるからね。

こう云っているうちに、その掘った穴からどんどん水が湧《わ》きだした。さあ手を入れてお取りというので、水の中へ手を入れて掻《か》きさぐると、一朱銀がざくざく出て来た。幾らでも出て来るのである。うれしさの余り胸がどきどきし、これでお米も買えるし母さんのお薬も買える。こう思いながら水の中から掴《つか》みだしては手桶《ておけ》へ入れていると急に周囲で笑いごえが起こった。びっくりして見まわすと、正二郎さまは影もかたちもなく、近所の悪童たちが大勢とりまいて、見ているのである。――かれらのげらげら笑い囃《はや》す声と、身の縮むような恥ずかしさとで思わず呻《うめ》きごえをあげ、その呻きごえで眼がさめた。

眼がさめても笑いごえはやまない。そっと頭をあげてみると、朋輩《ほうばい》の女たちが五人

明るくした行燈《あんどん》のまわりで、桃を食べながら話したり笑ったりしていた。――むやみに赤い色の寝衣《ねまき》の、裾《すそ》も胸もあらわにして白粉《おしろい》の剝《は》げた疲れたような顔に、根の崩れた髪の毛がかぶさるのも構わず、口や手指をびしょびしょにしながら桃にかぶりつき、あけすけな言葉で客のしなさだめをしては笑うのである。

――なんて楽しそうだろう、このひとたちにはこんな生活が、苦しくも恥ずかしくもないのだろうか。

おなつはそっと寝返りをうち、雨水のしみのある壁のほうへ向いて眼をつむった。

「男っていへんなものよ、衣巻《きぬまき》さんの御連中さ、みんな相当なお家柄の息子さんばかりでしょ、柳町あたりでずいぶん派手に遊ぶっていうのに、それで済まなくって、三味線もろくに弾けないこんな河岸《かし》っぷちへ来るんだもの」

「御馳走《ごちそう》ばかり食べてると、たまにはお香《こう》こで茶漬が欲しくなるのさ」

「あら御馳走はこっちのほうじゃないか」

お菊という いちばん年嵩《としかさ》の女が云った。

「――柳町なんかは一流とかなんとかいってさ、いやにお高くとまってきれいごとな遊びしかさせやしないさ、そこへいくとあたいたちはみえも気取りもありやしない、脂《あぶら》の乗ったこってりしたところをそれこそ食傷するほど……」

わあっと笑って叩《たた》いたり叫んだり、障子が音をたてるような騒ぎが起こった。

――いいえそうじゃない、このひとたちもみんな気の毒な身の上なんだ。こんなどん底のような生活へ堕《お》ちるまでには、悲しい辛《つら》い事情があったに違いない。ああやって楽しそうに笑っているけれど、心のなかではみんな恥ずかしさと苦しさに泣いているのだ。

女たちはなおしきりに、その五人づれの侍客の噂《うわさ》を続けた。かれらは衣巻なにがしという、肥った若者を中心に、いつも同じ顔ぶれでやって来る。おなつはいちどしかその座敷へ出ないが、五人とも品のいい若者で、こんなところの女だからといってみくだすふうもなく、寧《むし》ろ面白そうに飲んで遊んで、ときにはかなり多額な金を置いてゆくということであった。

「でも北原ってひとだけはべつだわね」

「あのひと女嫌いなんですってよ」

「笑わしちゃいけないよ」お菊が鼻でせせら笑いをした。

「――男でいて女が嫌いなら片輪者さ、今はまあ堅そうに澄ましてるけど、むっつりなんとかって、あんなのがいちど味を覚えたらたいへんなんだから」

「じゃあお菊さんくどいたらどう」

「だめよ、お菊さん振られちゃったのよ」

「なにさ、そういうおまえだって」

きゃあと叫びごえがあがって、また叩いたり押したりして、みだらな言葉を投げあった。――彼女たちはそれぞれで、北原精之助というその侍を、ひそかに自分の客にしようと試みたらしい。最も縹緻《きりよう》のわるいお銀という女まで、あたしもよと云いだしたので、みんなはまたはじけるように笑い崩れた。

「よし、こうなったら意地だわ、なんとかしてあのひとを客にしようじゃないの、もしくどきおとしたら、――そうだね、みんなで金を集めてさ、それをそのくどきおとした者にやることにしようじゃないの」

「それあいいわ、やりましょう、そういう励みがつけば腕によりをかけて」

「まあ待ってよ、励みをつけるには金だかによるわよ、いったい幾らくらい集めるの」

「なにしろうちとしちゃ極上とびきりのお客なんだから、かみさんにも乗って貰《もら》って、そうね、まあ五両ってところかしらね」

さあしめた。それ嘘《うそ》じゃないわね。すぐかあさんに話してよ。大丈夫、相手が相手だからきっとかあさんも乗るわ、それっぽっちすぐ取り返せるんだもの。じゃかあさんにみんな出させちまえ。——そんな騒ぎがしだいに遠くなり、おなつはまたいつか重苦しい眠りにひきこまれた。

そこは五十余万石の繁華な城下町のうちで俗に『河岸っぷち』といわれ、三十七八軒の下等な娼家《しょうか》が集まって一劃《いっかく》をつくっている。すぐ側を太田川がながれているのでそう呼ばれるのだろうが、柳町、松岡町などというほかの花街の者とは区別されて、着物も髪かたちも一定の規格があり、町の子供たちなどにも、——河岸っぷちの後家ということはひと眼でみわけがつくし、すぐ悪口の種にされた。『後家』という代名詞はほかの土地にもあるようだが、ここではずっとむかし、妻が良人《おっと》の死後に不倫なことをしたばあい、それが法に触れるとそこへ落されて、娼婦《しょうふ》にされたのが起こりだという。事実はどうかわからないけれども、城下町の人たち、なかでも婦人たちは今でも固くそう信じていて、そこにいる女たちを特に卑《いや》しくみているることは確かであった。……しかしふしぎなことには、そこは柳町や松岡町よりも繁《はん》昌《じょう》するばかりでなく、遊び客も職人や日雇取《ひようと》り人足どものほかに、大きな商家の息子や武家の者などが、こういうところあ本当の遊蕩《ゆうとう》の味があるなどといっては、かなりしげしげかよって来た。

おなつは、この『みよし』へ来て百日あまりになる。

彼女はこの国の隣りにある小さな藩の足軽の子であった。ここでは太田川というその川が、おなつの故郷では荒井川といい、少し大雨が続くと氾濫《はんらん》して、田畑を埋め城下町まで浸してしまう。そのため河修奉行という役所があり、おなつの父と兄とはその役所に属していた。

それがちょうど、去年の八月はじめのことであるが、雨が五日ほど降ったあとの非常な暴風雨で、領内の所々に山崩れがあり、荒井川は大洪水になって、水はお城の石垣の根にまでついた。――田畑の被害はもちろん、城下の家もかなり流されたり、倒《とう》潰《かい》したりして五百何十人も死んだり、埋められたりし、千人を越す負傷者が出た。

父の茂吉と兄の市之丞とは、七番洗堰《あらいぜき》という持場を守っていたが、洪水のため流されていっしょに死に、母とおなつとは足軽長屋にいて、潰《つぶ》れた家の下敷になり、おなつは無事だったけれども、母は腰と右の太腿《ふともも》の骨を折ってしまった。――平生ならそんなことはないのだが、領内全般にわたる大災で、父や兄の葬《とむら》いはともかく、母のことはおなつのうえに全部かかってきた。親類も知辺《しるべ》もみな多かれ少なかれ水にやられている。……結局は金を借り、借りた金に縛られて、隣藩のこんな土地へ堕ちて来たのであるが、おなつがこっちへ来るまえ彼女のそんな犠牲にも拘《かかわ》らず、母はついに死んでしまった。

男子がいなければ藩との関係は絶える。またいずれにしてもこんなみじめな境涯に堕ちるとすれば、いっそ母には死んで貰ったほうがよかったかもしれない。こうなったのは自分の罪ではない。どうしてもやむを得ない事情だったのだ。けれどもこれからさきは自分の問題だ。

おなつはこう思った。そういう世界へはいってしまえばもうおしまいだという。それが世間一般の通念である。だが自分はそう簡単に諦《あきら》めはしないと思った。好んで堕ちたのではない、ぬきさしならぬわけがあって、そのほかに手段がなくて堕ちて来たのである。だからこんどはこっちの番だと思った。――宗田《むねた》という家名もなくなり親もきょうだいもない、ばあいによれば命を捨ててもいいのである。おなつはそう覚悟をきめていた。

一の二

三十七八軒ある娼家《しょうか》の中でも、『みよし』のおてつという女あるじは肚《はら》のひろい暢気《のんき》な性分で、そんな稼業《かぎょう》によくある、女たちをむりに働かせるとか、客からあこぎに絞るなどということがなく、家も大きく部屋の数も多く、酒さかなも吟味するというふうで、「みよしは後家の極楽だ」などといわれていた。おなつにはすぐに客がついた。縹緻《きりよう》もよかったが、育ちが違うのでどこかひと眼をひくらしい。身分は足軽にもせよ武士は武士という誇りがあって、ある点では寧《むし》ろ身分の高い武家よりきちんと育てられた。ひかえめな性質でいて、どことなく折目の凜《りん》とした挙措、そんなところが客の好奇心を唆《そそ》るようであった。

おなつはすなおに席のとりもちをした。そのあいだに酒を飲めるだけ飲み、客と二人だけになるとわる酔いで苦しみだす、転々と部屋じゅうもがきまわったり、嘔吐《おうと》したり、苦しがって泣き喚《わめ》いたり、客を罵《ののし》ったりした。

「ひどいやつだ、あんな女は初めてだ」

ひと晩じゅう介抱させられたうえ、罵られ乱暴をされて、こんなふうに怒って帰る客がある。もう決してあんな女には構わないと云《い》いながら、次に来ると必ずまた彼女を呼ぶのであった。

「おい、こないだの晩のことは忘れちゃいないだろうな、ひどいめにあわせたぜ本当に」

「――ごめんなさい」

おなつは耳まで赧《あか》くなって俯向《うつむ》く。自分に恥じているのだが、相手はもちろんそうはとらない。またそうしているうちは際立《きわだ》った顔だちの、ことに眼が美しく、起ち居がきびきびしていて、しかもぜんたいがしっとりとおちついている。

「なにもそんなに固くなっていることはないじゃないか、さあ一ついこう、但《ただ》し今夜は介抱はごめんだぜ」

こうして客のほうからしぜんと酒をすすめる。杯が十杯、椀《わん》の蓋《ふた》になり椀で飲みだし、食べもしない肴《さかな》や菓子を注文させ、しまいにそこらじゅうの部屋の床間から花を集めて来て、それを両手で抱いて、

「おまえだけよ、あたしの仲良しはおまえたちだけだわね」

そんなことを云って、花の中へ顔をうずめて泣きだし、泣きながら眠ってしまう、そんなことも珍しくはなかった。

だがもちろん。番たびそう簡単にゆくとは定《きま》らなかった。性わるとか、おんな蕩《たら》しなどと云われる客は、却《かえ》って扱いよかったが、若い職人とかお店者《たなもの》などで、本気になってかよって来る者には困った。そういう人たちには金は遣《つか》わせられないので、こっちで金を出して酒を取り、相手をも酔いつぶし、自分もべろべろになって暴れる。

……みよしのお幸《こう》さんを自分のものにしようというのなら小判の五十枚もそこへ並べてごらん。まだくちばしの黄色いおまえさんたちの相手になるお姐《ねえ》さんじゃないよ、顔を洗って出なおしておいで。――そして物を投げ、着物のどこかをひき裂き、大の

字にぶっ倒れるのである。それでもとびかかって来はしないかと、はらはらしながら、一方ではあまりのあさましさに涙がこぼれ、口のなかで母を呼ぶのであった。

——いまにお客が黙っちゃいないよ。

酔いつぶれているとき聞いたおてつの言葉は、おなつの心を突きとおした。

——これからが自分のたたかいだ、いざとなれば死ねばいいんだ。

こう思ってやって来た。そうして百日あまりはともかくきりぬけて来たのであるが、そのたたかいは常に一方的であった。一夜一夜を凌《しの》ぐのに、おなつは身も心もくたくたにしなければならない、しかも同じ夜が同じような夜に続くのである。

「そうだ、このままでは済まないだろう」

おなつは口の中で呟《つぶや》いた。

「いまにこのままでは済まないときが来るだろう」

外には梅雨のような雨が降っていた。午《ひる》さがりのひっそりとした時刻で、湯から帰ったお菊とおそのという二人が、なにか食べながらむだ話をしていた。——おなつは雨にけぶる空を眺めた。窓さきの吊《つ》り忍《しのぶ》草が濡《ぬ》れてあざやかに葉を伸ばしている。

「七両二分だってさ、ほんとだよ」

「あらいやだ、七両二分てえば人の女房となにしたとき……まあいやだ、かあさんたら、はははは」

「なにがいやさ、洒落《しゃ》れてるじゃないか」

　こう云っているのはお菊であった。

「つまりこうなの、北原さんくらい堅いひとをくどきおとすとすればよ、そのひとをねとるのと同じ値打があるっていうのよ」

「そいでそれ、みんなかあさん独りで出してくれるの」

「但し期限つきよ、これから三十日以内になにしたらっていうの、三十日までにみごとくどきおとしたら、耳を揃《そろ》えて七両二分おまけに証文を巻いてやるってさ」

「まあ驚いた、証文まで巻くなんて、かあさんどうかしたのね」

「あのひとだけはだめだって云うのよ。出来っこないって、ずいぶん客を見てきて知っているけれど、女嫌いなんていうんじゃない性分なんだって、——ああいうひとはすっ裸の女の二十人の中へ寝かしたって間違いを起こすきづかいはないんだって、——くやしいじゃないの、こうなったら意地ずくだってなんとかしなくちゃならないわよ」

「ほんとよ、そうなればあたしだって」

　おなつは眼をつむった。体の中に棒でも入っているような、かたい疲れの凝りが感じられる。酔いのさめきらない頭は濁って、ふいと死んでしまいたいように思ったり、死ぬくらいなら楽しめと思ったり、このごろの癖で、ともすると考えることが極端から極端へとんだ。

——死ぬって、……いったい誰のために死ぬのさ、この命はあたしのものじゃないか、この体もあたしの体じゃないか、……なんで死ななきゃならないのさ。

おなつはぼんやり眼をあけた。庇《ひさし》からおちる雨滴《あまだ》れがしきりに吊り忍草の葉を叩《たた》き、きらっと光っては下へ落ちる。

——このままでは済まない、いつかは、どうにもならないときが来る。……あたしはもう疲れた、もうこれ以上こんなことを続けてゆく自信がない……とすれば、死ぬか……それともいっそこっちから。……

おなつはそう思うとたん、われ知らず言葉が口をついて出た。

「その話、あたしでもいいの、お菊姐さん」

二人はおなつが眠っているものと信じていたのだろう、突然そう呼びかけられたのでびっくりして、おそのなどはうへえと叫んでとびあがった。

ほかの三人が湯から帰り、おてつが用達しから戻ると、冗談から駒《こま》が出たようなかたちで、この奇妙な契約が改めておてつと女たちのあいだに取交わされた。——おなつが進んでその仲間にはいると云ったことは、女たちに一種の軽侮の気持を起こさせたらしい。あんなに潔癖そうに客を振り続けてきたのに、ことにお侍の客には決して出なかったのに、やっぱり慾《よく》は恐ろしい、七両二分と証文を巻かれると聞いて、今まで隠していた正体を出したのだ。そんなふうに思うようすが、互いのめまぜのなかにあらわなくらい出ていた。

――なんとでも思うがいい、いまにわかることさ、あたしがどんな女になるか、……そのときになってびっくりしないがいい。

おなつは平然とそっぽを向いていた。

さっきお菊に呼びかけたときから、ふしぎに度胸がきまっていた。百余日の生活でいつか感情が慣れていたのかもしれない。生きるためには人間はいろいろなことをする。盗んだり、人を殺傷する者さえある。いちがいに汚れた世界というけれども、あれだけ多くの客がここへ来て楽しんでゆくではないか。ここにいる女たちだって、自分の好きでやっている者もなくはないだろうが、多くの者は親兄弟か身内を生かすために稼いでいる、なかには病んでいる良人や子供のある者もいるという。みんな生きるためなのだ。これが汚れた世界だとすれば、こんな世界の存在を余儀なくさせる世間もまた汚らわしい筈《はず》だ。

――このなかで生きてやれ、誰よりもこの世界の女らしく、みんながあっというような生きかたをしてやれ。

おなつはこう肚をきめ、そして、それにはぜひとも北原というその人を第一の客にしようと決心したのであった。

「まあごまめの歯ぎしりだね、気の毒だけれど」おてつはこう云って笑った「――あの方だけはだめさ、あの八方やぶれにゃ手も足も出やしないよっ、どうしてどうして、おまえさんたちがしゃちょこ立をしたって」

それから二三日して衣巻たちが来た。

昏《く》れがたまで晴れていたのが、暗くなってまもなく雷が鳴りだし、いっとき気持のいい夕立が来た。それがあがるかと思ったのが、少し弱くなったまま地雨になり、宵を過ぎてもやむけしきがなかった。――衣巻たちはその雨の中をやって来たのである。宴会のくずれとみえ、松岡町の『八十八《やそはち》』という料亭の印いりの傘を持っていた。かれらが座敷へおさまってから、おなつは朋輩のなみという女をとらえ、簾戸《すど》の外までいって、どれが北原という人かときいた。

「そらあれが衣巻さん、あんた衣巻さんは知ってんでしょ、あの肥《ふと》った人、その右が今村さん、ええいま扇子を持ってる人、その隣りが北原さんよ、平気な顔でにやにやしてるでしょ、いつもあのとおりなの、——あら、どうかして」

「いいえなんでもない、なんでもないわよ、わかったわ」

「あんたお座敷どうするの、出ないの」

「ええあとでゆくわ、今ちょっと」

おなつは廊下を自分たちの部屋のほうへと戻った。心はひどく動揺していた、——ふしぎだ、慥《たし》かに似ている、正二郎さまの幼な顔にそっくりだ。部屋へはいると、おなつは崩れるようにそこへ坐《すわ》り、暗い壁のひとつところを惘然《ぼうぜん》と見まもった。

一の三

おなつはこのあいだ見た夢を思いだした。正二郎がせっせと地面を掘っている、——この中にいい物がある、みんなおまえにやると云《い》う。水の湧《わ》きだすその穴の中から、一朱銀がざくざく出て来た。うれしさに胸がどきどきし、これでお米も買えるし母さんのお薬も買えると思った。

おなつの生れて育った組長屋は、願成寺という寺のある丘の崖下《がけした》にあり、片方がかなり広い草原になっていた。昔は馬場だったそうであるが、その草原の向うに矢竹倉と並んで、牟礼《むれ》という珍しい姓の、重臣の大きな屋敷があった。どういう役のひとかは知らなかったが、正二郎というひとり息子がいて、高塀《たかべい》の裏の木戸から出て来ておなつと遊んだ。年は一つくらい上だったらしい、色白のまる顔で、いい着物を着て上品な口をきいた。

彼はこちらを『おなつ』と呼び、おなつは彼を『正二郎さま』と呼んだ。彼には妹が一人あり、それは幼いうち亡《な》くなったそうで、その妹の使った玩具《おもちゃ》をよく持って来てくれた。たいてい人形遊びの道具などであるが、おなつのよろこぶのを見るのが嬉《うれ》しいらしい。

――いまに正二郎がね、大きくなったらね、おなつに家を造ってあげるよ、お庭のある広い大きな家をね。

とうてい実現できそうもないことを、しかつめらしく幾たびか約束したりした。だんだんに疎《うと》くはなったけれども、お互いが十か十一くらいになるまでは、こうして話したり遊んだりしたものである。――それ以後はしぜんと遠ざかり、ごくたまに道で会うようなことがあっても、こちらで恥ずかしくなり、顔をそむけて通るようにした。そして、おなつの父と兄をいちどに奪ったあの洪水の日、彼もまた馬で水見廻りに出ていて、五町畷《なわて》という堤が切れたとき、その濁流に呑《の》まれて死んだということである。

夢のことなどをそんなふうに思うのはばかげているかもしれない。そして母の医薬や食う物にも困っていたときの意識、つまりおなつ自身に隠れていた意識が、そんな夢となってあらわれたものであろう。だがそれでもいい、彼女にはその夢が哀《かな》しいほど嬉しかった、あんなにたくさんお金のある場所をみつけてくれたことが、死んでからも自分のことを心配し、護《まも》っていてくれるようで、一種の心の支えになるように思えた。

北原精之助がそのひとに似ている。十一か十二のときの顔だちが、おとなになったらこうなるだろうと思われるほど、よく似ていた。

「――いけない、あの人だけはいけない、あの人を騙《だま》してはいけない」

壁を見まもったままこう呟《つぶや》いた。

どのくらいの時間が経《た》ってからだろう、お菊の喚《わめ》くような声でふとわれにかえった。お内所《ないしょ》といわれる主人の部屋で、おてつに向って云っているらしい。酔って高いだみごえでやけにどなるような調子だった。

「朴念仁《ぼくねんじん》だよ、石の地蔵か金仏だよ、なんだいあのわかぞう、ふざけちゃいけないよ」

「ここでいばったってしようがないじゃないか、ばかだね、それでまだお座敷にいるのかい」

「おれはひと足さきに帰る、うっ、てえ仰《おお》せさ、もう帰っちまったよきっと、――にやにやっと笑って、おれはひと足さきに……」

おなつは立った。殆《ほと》んど無意識に立ち、お内所へはいってゆくと、酔いつぶれているお菊には構わず、おてつの前へいって、

「かあさん、あたしに三十日ひまを下さい」

こう云っておてつの眼を見た。

「――北原さんかえ」

「あたしはおちぶれても侍の娘です。三十日だけでいいんです。信用して下さい」

おてつもじっとこちらの眼を見た。それから頷《うなず》いて微笑した。

「ほかに要る物があるかえ」

「いいえなんにも、お願いします」

云いながらおなつは帯を解き、肌衣と二布《ふたの》だけになった。そうして脇《わき》にある鏡台から鋏《はさみ》を取ると、手早くふつふつと元結を切り、ばらばら髪をふりさばいて立上った。

「おやおや、橘姫《たちばなひめ》という拵《こしら》えだね」

おてつが不審そうにこう云ったが、おなつはひきつったような顔で会釈《えしやく》をし、黙って裏口から外へ、はだしのまま小走りに出ていった。

まだかなりつよく雨が降っている。おなつは暗い路地を北へぬけ、まっしぐらに中通りを横切って、桶屋《おけや》町の路地を小馬場の脇へ出た。武家町へ帰るには必ずそこを通らなければならない。いわば『河岸《かし》っぷち』への出入り口に当っているのである。

——小馬場の柵《さく》に沿って、古い大きな柳の並木が茂っている、おなつはその樹蔭《こかげ》にはいって、はじめて息をついた。

髪毛の地から膚《はだ》まで濡《ぬ》れとおっていた。肌衣の袖《そで》で乱れかかる髪のしずくをかきあげ、二布だけの膝《ひざ》を縮めた。——頭を幾たびも強く横に振り、なにも考えまいと、唇をひきむすんだ。

「誰が相手だって構うもんか」

頬へ垂れてくるしずくを手で拭《ふ》きあげ、きらきらと光る眼で暗い宙を見あげた。

「——勝てばいいんだ勝つんだ」

着物をぬいだのも、髪をといたのも、そうしてここまでそんな姿で走って来たのも、すべては衝動的で少しの根拠もない。ただそうするほかに手段がないという、漠然とした直覚に応じただけである。

——いけない、そんなことはいけない。お帰り、そのまま帰るんだよおなつ。

ときおり風がくると、垂れた柳の枝が揺れて、ばらばらとしずくが降りかかった。

そのしずくの音のなかから、そう呼びかけるこえが聞えるようである。

——そんな恰好《かっこう》で、どうしようというの、お帰り、おなつ、帰るんだよ。

おなつは身ぶるいをした。ともすると心が挫《くじ》け、そのまましい駈《か》け戻りそうになる。寒いのだろうか、とりはだがたち、歯がかちかち触れ合うほど体が顫《ふる》えた。——そのとき彼が来たのである。悠《ゆっく》りした歩きぶりで、印いりの傘をさして、……彼だということはすぐにわかった。おなつは息をつめ、自分の前を通ってゆく彼の姿をじっと見まもった。

——いけない、おやめなさい。

こういう声を聞いたように思い、その声につきとばされたかの如《ごと》く、おなつは樹蔭から出ると走りだした。はだしの足がなにかを踏み、鋭い痛みであぁと叫んだ。しかしそのまま走ってゆき、彼の傘の中へとびこむようにして、いきなり縋《すが》りついた。

「どうぞお助け下さい、追われております」

彼はうというような声をあげ、身をひきながら後ろへ振返った。おなつはぴったりと寄り添い、息を喘《あえ》がせ、全身をわなわなとふるわせた。

「大丈夫だ、追って来る者はないようだ」

「どうぞ早く、ここからお伴《つ》れ下さいまし、大勢で必ず追ってまいります、捉《とら》えられましたら、わたくし死んでしまいます」

「家まで送ってあげよう、どこです」

「は、あのずっと、遠国でございます」

おなつは声までおののいていた。

「——ここにはしるべもございません。わけがあって、騙されまして、ああもう、どう致していいか……」

「これを肩へ掛けておいでなさい」

彼は絽《ろ》の夏羽織をぬぎ、それをおなつの背にかけてやった。それから小さな体ぜんたいを、自分と傘とで庇《かば》い隠すようにしてなにごともなかったふうな足どりで歩きだした。

「ともかく私の家までゆくことにしましょう、黙っておいでなさい、ああこれは、——はだしですね、その足どうかしたんですか」

「夢中でとびだしまして、途中でなにか踏んだらしゅうございますの」

「それは辛《つら》いでしょう。——履物屋も閉めてしまったろうし、駕《かご》では追手にてがかりがつくだろうし、負ってゆくわけにもいかないし」

「わたくし大丈夫でございます」

おなつは痛むのをがまんして、男の悠りした大股《おおまた》に小走りでついていった。

北原精之助の住居は上条という処《ところ》にあった。三の曲輪《くるわ》へゆく乾《いぬい》門の通りから北へはいり、屋敷町のいちばん端に当っている——表からはいると、塀に沿ってすぐ右に、侍長屋のような建物がある。彼はその戸口を叩《たた》いて「仁兵衛、仁兵衛」と呼んだ、そうして灯を持って老人があらわれると、

「この人に湯をつかわせて、なにか着る物を出してあげてくれ、足を痛めているらしい、薬をつけて、それから、——なにか事情があるようだから、よく聞いたうえで世話をしてやってくれ」

こう云って自分は向うへ去った。

そこは仁兵衛という下僕の小屋でかねという老妻とふたりで住まっていた。仁兵衛は五十六七、妻女もおつかっつであろう、二人ですぐに湯を沸かし、行水をつかわせ、妻女の若いころ使ったという、肌のものから、帷子《かたびら》の帯などを出して着せてくれた。

「ああこれは釘《くぎ》を踏みぬいたのだ。錆《さ》びていたんでなければいいが、とにかく、——かね、来てちょっと手を貸さないか、少し血を出しておくほうがいいかもしれぬ」

おなつはされるままになっていた。そしてこのあいだに、問われたとき、答える話の筋みちを、念をいれてしっかりとあたまにたたみこんだ。すっかり終ると、妻女の

淹《い》れてくれた茶をひとくち啜《すす》り、両手を膝に置いて、ぽつりぽつり身の上話をした。

「家はごく軽い侍でございました。藩の名はおゆるし下さいまし、――家族は父母と兄、わたくしの四人でございました」

洪水を思わぬ災厄というふうにぼかし、父と兄をいちどにとられたこと、母は重病になって、その療治のために金を借りたこと、母が亡くなったあと、借りた金に縛られてこの土地へ伴れて来られたこと、そうして素性のいかがわしい男と結婚させられることを知り、いっそ死ぬつもりでとびだしたこと、――およそそういうぐあいに、嘘《うそ》と事実とをとりまぜて語った。おなつがとぎれとぎれに話すあいだ、外には依然しずかな雨の音がしていた。

二の一

仁兵衛がいってそのとおり事情を話したらしい、半刻《はんとき》ほどすると母屋《おもや》のほうへ移され伊代《いよ》という老女にひきとられて、その夜は煎《せん》じ薬などのまされて寝た。

伊代という人は精之助の乳母だったが、そのまま現在まで住みつき、今では家政のたばねをしているということだった。五十二三になる肥えた体つきで、おっとりしているが感じ易《やす》い気性とみえ、明くる日おなつから詳しく身の上を聞きながら、しきりに涙をこぼした。

「そんなふうでは帰ってゆく親類もないでしょうようね、そんな金をお借りなさるようではねえ、本当になんということでしょう」

そして涙を拭《ふ》いては頷《うなず》いた。

「ようございます、こうなるのもなにかの御縁でしょう、あたしから旦那《だんな》さまにお願いして、どうにか身のふりかたを考えていただきましょう、なにか御思案があるでしょうから」

しかしそのときもう伊代の気持は定っていたらしい、精之助の意見で、暫《しばら》くこの家で面倒をみる、そのあいだ伊代のてつだいのつもりで働いて貰《もら》いたい、そういうことだった。そして伊代の居間の隣りに部屋をきめ、まにあわせだといって、着物や帯や髪道具などまで、ひと揃《そろ》え出してくれた。

「誰か若いひとが欲しいと思っていたのだけれど、旦那さまが――まだ御結婚まえだからでしょうか――それは困ると仰《おっ》しゃるので、これまで不自由をがまんしてきたんですよ。おかげであたしも少し気が楽になれます」

伊代はこう云《い》ったが、しかしそれとなくおなつの起居動作に眼をくばっているようすだった。

精之助はそのとき二十六であった。生母は体の弱かったひとで、彼を産むとすぐに寝つき、ようやく治って起きたと思うと、すぐにまた病むというぐあいで、彼が七つの年にとうとう亡《な》くなってしまった。父は庄左衛門といって、身分は大寄合、松倉という者と交代で納戸《なんど》奉行を勤めるのが世襲の役になっていた。——妻をひじょうに愛していて、病中の看護ぶりはひとに真似《まね》のできないものであった。ひまさえあれば病間へいって、花を飾り香を焚《た》き、なにか軽口を云っては妻を笑わせ、またしばしば音曲の巧者を招いて、襖《ふすま》をはらったこちらの座敷で演奏させ、自分は妻の枕許《まくらもと》で、さも楽しそうに酒を飲んだ。

　妻の死がどんなにこたえたか、はたの者にはわからなかった。庄左衛門は一滴の涙もみせなかったが、しかしそれ以来ずっと独身でとおし、五年まえ、四十七歳で死んだ。——精之助はすぐ家督を継いだが、その年から納戸奉行は松倉に交代したので、現在では無役のまま暢気《のんき》に暮している。広い屋敷にはいま彼と伊代、父の代からいる時山中弥《ときやまちゅうや》という老武士、若い下僕二人に仁兵衛夫妻だけしかいなかった。

　伊代の眼がいつも自分のようすを見ていることは、おなつはよく知っていた。しかしそれは監視するというのではなく、使ってゆけるかどうかをためす意味のようだった。茶をたてさせてみたり、台所で煮物をさせたり、小さな買物の帳面をつけさせたり、さりげなく古い文反故《ふみほご》を読ませたりした。

「よほどお躾《しつけ》が厳しかったとみえるのね。お年のわりにしては少しできすぎるくらいなさるわ」

伊代はそんなふうに云い、また近在にある自分の実家の弟にやるのだといって、手紙の代筆なども書かせたりした。

精之助は大寄合という席だけで、臨時の会合でもない限り月にいちど登城すればよかった。たいてい家にいるが、いつも友達が訪ねてくるし、三日めくらいには誘われて外出し、夜おそく帰ることも珍しくなかった。——友達には碁将棋とか謡《うたい》などに凝っている者があって、彼もすすめられていちおうはやってみたという。だがどれひとつとしてものにならなかった。

「碁は目の数が多すぎて、頭がちらくらするっておっしゃるんですよ」伊代が笑いながらそんな話をした。「——将棋ではもっと面白いことがありました。衣巻さんというお友達が、この方もぶきよう組だそうですけれどね、お二人で同じじぶん将棋をお始めなすったんでしょう、いつか猿山という湯治場へいらしって、退屈だから将棋をしようということになったのですって」

猿山というのはこの城下から北に当る。太田川の支流の浅井川というのを三里ばかり遡《さかのぼ》った、谷あいにある温泉場で、胃腸によく効くといわれ、まわりが紅葉の名所であるのも加えて、かなり遠くからも湯治客が絶えず、宿も三十軒ばかりあって繁昌《はんじょう》していた。『みよし』の女あるじの、慥《たし》か叔母かなにかに当るひとが、その猿山のかなり大きな温泉宿ののちぞえにいっていて、秋になると遊びにゆくのだということをおてつが云っていた。

——十月になると山鳥だの鶫《つぐみ》だのがうんとこさ獲《と》れるんだよ、そのまた美味《うま》いったら、……三度三度、あたしゃ幾日食べても飽きないね。

そんな話もたびたび聞かされたものだ。

「するとその宿の主人が」伊代は可笑《おか》しそうに続けた、「——大事な客だと思っていたのでしょうね、自分で盤だの駒《こま》だのなんぞ運んで来て、ひとつ拝見を、……って側《そば》へ坐《すわ》ったのですと」

二人はまだ覚えたばかりで、ひとに見られるのは迷惑だった。しかし主人は動くようすがないので、しかたなしにともかくも駒を並べた。さて並べ終ってみると、互いの飛車と角が同一の筋にある。

——おい北原、おまえ飛車と角があべこべじゃないか、角がこっちだろう。

衣巻が確信のない口ぶりでこう云った。精之助もそう云われると困った、自分は正しく並べたつもりである、が、そう云えばそうのようにも思えた。

――いや角は慥か、……こっちだろう。

――そうかな、おれはそうは思えないがね。

なんとも醜態である。なんともひっこみのつかない感じで、衣巻が、側にいる宿の主人にきいてみた。角と飛車はどう並べるべきか、二人のどちらが正しいか、――こうきいてみた。すると主人は唸《うな》って、首をかしげて、もういちど唸って、

――さて、私もそこまでは存じません。

こう云ったということである。

「そこまでは知らないといって、なつさん駒の並べかたにそこもなにもないじゃありませんか、あたし可笑しくって可笑しくって……」

謡はそのころまだ続けていた。五日にいちどずつ師匠が稽古をつけに来る。そういう日は師匠が帰ってからも、独りでよく復習しているが、それはそういうものを聞く耳をもたないおなつにも、きわめてけげんなはがゆいものに思われた。――初めて彼の居間へ茶を淹れにいったときのことであるが、こちらで湯をさまし、茶を淹れていると、彼はその謡の復習をしていた。なにを謡っているのかおなつにはわからない、なにしろまのびのした調子で、声はよろよろしたり、戸惑ったり、とぎれたりもつれ

たりする、どうにもがまんできなかった。いそいで袂《たもと》で口を押えたがまにあわず、ついくとふきだしてしまった。

「――どうしたんだ、ああ、おれの謡か」

精之助はこう云って苦笑いをした。

「ごめんあそばせ、たいへん失礼いたしました」

「なに、自分でも可笑しいんだ」

そうしててれたように顎《あご》を撫《な》でた。

七日めごろから伊代に云われて、精之助の世話をするようになった。茶や食事の給仕、外出や帰宅のときの着替え、そして友達が来たときの接待――なかには伊代でなければならない事もあるが、たいていはおなつが用を達した。ことに友人たちが集まると、その人たちのほうでおなつを放さなくなった。

「なつさんこのあいだの鯉《こい》こくは残っていませんかね」

衣巻は初めのうちはそんなふうに云ってよくおなつをまごつかせた。

「まあ、いくらなんでもそんなに、いつまでとってはおけませんですわ」

「それは残念、ではひとつ作って下さい」

つまりそれが彼のねだり方なのであった。

もっともよく訪ねて来るのは、衣巻大学と津田吉兵衛、河野又三郎の三人である。そのほかにも、大槻、渡、鎌田などといって、顔触れは殆《ほと》んど定っていた。おそらく『みよし』などへ来たのはこの仲間であろう。しかしおなつは武家の座敷には出なかったし、かれらの席へもたったいちど、それもごく僅《わず》かな時間しか出なかったので、おぼろげに衣巻の顔を覚えているほかは、誰ひとり記憶に残ってはいなかった。精之助をはじめ、客の人たちはみんな、一種の尊敬と劬《いたわ》りの態度でおなつに接した。この家の娘という感じでもなく、もちろん召使いに対する扱いでは決してない。衣巻などはずいぶん遠慮のないほうだが、それでもひと筋はっきりと隔てがあり礼儀を崩すようなことは少しもなかった。

　身のまわりの世話をし始めてから、はっきりおなつにわかったことであるが、精之助のどこも正二郎に似てはいなかった。あの夜、廊下から簾戸《すど》越しに見たときは、正二郎さまの幼な顔に生き写しのようだった。あまりに似ているので息苦しくなったほどびっくりしたが、側で暮すようになって、おちついて見るとまるで違う。ふと微笑するときなどに、共通するおもざしが幾らかあるかもしれないけれど、それでさえ似ているというほどのものではなかった。

――どうしてあのときあのように見えたのだろう、まるで正二郎さまそっくりに見えたと思ったのに、……これが気の迷いというものかしらん。

しかしそれで却《かえ》って気持は軽くなった。心のなかで大切にしてきたひとと、おもかげがそれほど似ているとしたら、決心したことをやりとげることはできなかったかもしれない。今はそんなたじろぎはなかった。おなつは、寧《むし》ろ自分で自分を唆《け》しかけながら、その機会の来るのを待った。

二の二

機会は一つしかない。友達とどこかで会合して、夜おそく酔って帰る、それがもっともよい機会である。おなつはすぐにそうみてとった。ときにはずっと更《ふ》けて帰ることもあるし、そんなときには伊代に代って寝所の世話もするから、ごく自然に事がはこびそうであった。

けれどもおなつは決していそがなかった。伊代から貰《もら》ったじみな着物や帯を、さらに出来るだけじみに着、伊代がすすめる化粧もせず、髪なども眼立たない古風な結いかたをした。

「どうしてそんなふうになさるの、若いひとは貴女《あなた》だけなのだから、少しは家のなかが華やぐように、娘らしい身じまいをなさいな」

伊代はこう云《い》って、ときどき自分で髪をあげてくれたりした。また自分の若いとき使った着物や、派手な下着や肌の物など、幾品となく出して来てくれたし、借りてある専用の鏡台には、白粉《おしろい》や口紅や香油なども揃《そろ》えてくれた。しかしおなつはどうしても派手にはつくらない、せっかく結って貰った髪も、すぐ元のように自分でなおしてしまった。

「こう致しませんと、なんですか気持がおちつきませんの」

「それではまるでお婆《ばあ》さんのようではないの」

「でもわたくしにはこれがいちばんしっくり致しますわ、生れつきでございますね」

こう云ってすがすがしく微笑するのであった。

だがおなつは知っていた、そういうじみすぎるほどじみなつくりが、どんなに飾るよりも自分の美しさを際立《きわだ》たせ、どのように男たちの注意をひきつけるかということを――彼女の体つきは小柄であるし、着物を着ると痩《や》せてみえるが、じっさいは柔軟な好ましいにくづきで、手足のさきのすんなりと小さいわりに、腰や太腿《ふともも》は張のある豊かな緊張をもっていた。……成熟しきっている若さと、あふれるような艶やかさは、着付や髪かたちが、じみでくすんでいるほど逆に魅力をつよめるものだ。

――美しいものはあらわすよりも、隠すほうがさらに美しくみえる。

おなつは『みよし』での生活で、現実的な技巧としてもそれを知った。そうして、それが誤っていないことを、まず衣巻や津田や河野たち、ひっくるめてこの家へ来る若い客たちみんなの、自分に対する言葉やまなざしではっきりと慥かめた。

精之助はどうだろうか、彼女にはよくわからなかった。彼が自分にひきつけられていると思うときもあるし、まるっきり無関心であるようにみえるときもあった。——誰も客がなく、さし向いで精之助に酒の酌をしたことがある、夕餉《ゆうげ》のずっとあとで、珍しく寝るまえの酒だった。

「この家におちついていられそうか、べつに辛《つら》いようなことはないか」

黙って飲んでいた彼がふとこう云った。それから口がほぐれたように、ぽつりぽつりと静かに話をしたが、

「あのときの足の傷はもういいのか」

とつぜんそんなことを云いだしたり、また急に叔父というひとのことをもちだしたりした。

「三枝《さえぐさ》という家へ養子にいったひとでね、父の弟に当るんだが、近いうちに来るそうだから接待を頼むよ、——酒好きでべつにむずかしいことはないんだ、肴《さかな》に註文《ちゆうもん》があるけれども、それは伊代が知っているからね……叔母もいっしょに来るかもしれない、

母が亡《な》くなってからはね、この叔母と伊代が母親代りだったんだよ」

それから友人たちの話をし、こんどは自分の少年時代のことを語った。しいて話題を捜すというふうでもない、おちついた静かな調子なのに、話はなんの連絡もなくこっちからあっちへとび、いろいろな断片を順序もなく並べてみせる感じだった。

——酔っていらっしゃる。

おなつはこう思った。いつもより、量を多く飲んでいるし、話しぶりとは反対に、絶えず身じろぎをし、常とは違ったまなざしで、ときおり燃えるようにこちらを瞶《みつ》めた。

「少し過したな、もう寝よう」

こう云って立ったとき、彼がよろめいたので、おなつは反射的に手で支えた。彼はその手を押えた。力のこもった、火のように熱い手であった。しかしそれはほんの僅《わず》かな接触で、彼はその手を放してすぐに立ちなおり、

「大丈夫、なんでもない、大丈夫」

こう云って廊下へ出ていった。——そのとき彼を寝所へおくってから、おなつは手早く髪をとき、派手な色の下着に替え、顔へうすく化粧をした。そうして忘れていたように装《よそお》って、水と湯呑《ゆのみ》を載せた盆を持ち、そっと寝所へはいっていった。

動悸《どうき》がひどく高く、膝《ひざ》のあたりが震えた。彼は暗くしてある行燈の、仄《ほの》かな光のなかで、暴《あら》く呼吸しながら仰臥《ぎようが》していた。

「ごめんあそばせ、おひやを忘れまして」

こう云いながら、おなつは枕《まくら》近くへ寄って、静かに盆を置いた。精之助は眼をあいた。そして一瞬、燃えるようなまなざしでじっとこちらの顔を見た。――今にも彼の手が延びて来そうだった。おなつは息が詰った。

「――有難う、おれも気がつかなかった」

精之助は喉《のど》になにか閊《つか》えたような声でそう云い、そのまま眼をつむった。おなつは緊張から解かれ、失望と安堵《あんど》とのいりまじった、痛痒《いたがゆ》いような気持でそっとひきさがった、そして障子を閉めようとしたとき、

「――なつ」

という低い声をうしろに聞いた。おなつは閉めかけた障子の手を止めて、そっと振返った。

「はい、お呼びでございますか」

彼は元の姿勢のまま眼をつむっていた。

三の一

なつと呼んだ精之助の声には、明らかに衝動の火がこもっていた。抑えかねた情熱のひびきが、じかにこちらへ糸を引くように感じられた。——おなつは膝《ひざ》をついたまま振返り、それが予期した瞬間であることを直感して不安と媚《こび》とのいりまじった、無意識のしなをつくりながら眼をあげた。

「——お呼びでございますか」

精之助は元の姿勢のままだった。枕《まくら》の上に仰向《あおむ》けに寝て、じっと眼をつむったまま——そうして、やがて静かに云《い》った。

「いや、なんでもない、もういい」

冷やかな、そっけない声であった。なつと呼びかけた声とはまるでうらはらな、とりつくしまのない、つき放すような調子である。……おなつは辱《はずか》しめられた者のように赤くなり、挨拶《あいさつ》の言葉も云うことができず、逃げるように障子を閉めて去った。

——あの方は自分にひかれているのだろうか、それともまるで関心をもっていないのだろうか。

おなつにはどうしても、その判断がつかないうちに、日が経《た》っていった。精之助の話した叔父に当る人とその妻女が訪ねて来たのは、そんなことがあってから三日ばかりのちのことである。三枝内記という人は四十五六、妻女は一つ二つ下であろう、どちらも肥えているし、どちらも解放的な性分らしく、来るとすぐからおなつに親しく呼びかけ、もうながい知り合いかなんぞのように話したり笑ったりした。

「わたくしたいへんな汗かきなんですよ、それだもんでいつも御馳走《ごちそう》になったあとでお風呂《ふろ》を頂くの、可笑《おか》しいでしょ、なつさんでもほかのおよばれはできないわね」

妻女はこう云って、汗になった衿元《えりもと》などを見せるようなじかな親しさを示した。

「わたくしあとでおながし申します」

「それよりいっしょにはいりましょう、いいでしょう精之助さん、あとでなつさんをお借りしてよ」

「若くなるつもりでいるんだ」

内記が酔って赤くなった顔でこう笑った。

「若い者といっしょに風呂へはいると肌が若くなるんだそうだ、誰かに聞いたもんだから、早速ためすつもりさ、あの年になってまだそんな妄執《もうしゅう》があるんだから」

「女なんておろかな者だ、でしょう」妻女は巧みに良人《おっと》の言葉の先をとった「――はいわかりました、そこでつかぬことをお伺い申しますけれど、御自分がこのあいだ隠れて白髪《しらが》を抜いていらしったのはどういう妄執でございますか」

「はあ、叔父さんもう白髪があるんですか」

「ばかを云え、なにをつまらんことを、白髪などというものは見たこともない」

「ええ、禿《は》げるたちでございますの」

ばかばかしい会話であるが、あけっ放しで意気の合った、なごやかな夫婦の情がよくうかがわれ、伊代までが声をあげて笑った。

食事の済んだあと暫《しばら》く休んでから、妻女は本当におなつといっしょに風呂へはいった。幾たびも辞退したのであるが、伊代まで側《そば》についてすすめるので、ついに断わりきれなくなり、思いきって云われるとおりにした。——風呂へはいってまもなく妻女がそれとなく自分の肢体を眺めるのにおなつは気がついた。それは単純な視線ではない、なにかしらさぐるような、ためすようなものが直感された。

「さあ、こんどはわたくしがながしてあげましょう」

「いいえそんな勿体《もったい》のうございますから」

「遠慮はいりませんよ、さあいらっしゃい、いいからそちらへお向きなさいな」

半ば無理やりに背へまわった。

「あなたはお体もいいし、お肌もきめがこまかくてお美しいのね、病気なんぞなすったことはないでしょ、――ほら、こんなにすべすべして、かたちよく緊《しま》っていて、……にくらしいようね」

どういうわけであろう、そのとき急におなつは喉《のど》が詰り、激しくこみあげてくる嗚《お》咽《えつ》を止めることができなかった。

「おやどうなすって、あなた泣いていらっしゃるの」

三枝夫人はびっくりしたのだろう、手を放してこちらを覗《のぞ》いた。その声でおなつは自分のとつぜんな感動の意味がわかった。――彼女は恥ずかしさのあまり両手で顔を押え、なお啜《すす》りあげながらきれぎれに答えた。

「おゆるし下さいまし、わたくし、こんなにして頂くのは、初めてでございますの――あんまりうれしゅうございまして……」

「ああそうだったの」妻女は明らかに心うたれたようすだった。けれどもすぐ明るい調子にかえり、わざと手荒く背をながした。

「こんなことで喜んで貰《もら》えるならいいわね、うちの娘に頂いてゆこうかしら、ねえなつさん、あなたわたくしたちの娘になる気はなくって」

「勿体ないことをおっしゃいます、どうぞもう、お願いでございますから」

おなつは相手の気持がよくわからず、そのうえ泣いたりした恥ずかしさで、風呂を出るまで三枝夫人の顔が見られなかった。

――その夜、夫婦が帰って、いつもより早く寝間へさがってから、おなつはなかなか眠ることができず、いつまでもいつまでもまじまじともの思いに耽《ふけ》っていた。

三の二

風呂《ふろ》で自分の体をためすように見た、あの妻女のまなざしはなんの意味だったろう。いきなりうちの娘になれなどと云ったがそれには何かわけがあったのか、それともこちらをからかっただけだろうか。

――少しも悪意は感じられなかった。からかって嗤《わら》うようなふうはみえなかった。……でもそれならあの眼はなんだろう。あの言葉はどういうつもりだったのだろう。

ずっと更《ふ》けるまで、おなつは堂々めぐりをするように、同じことをいつまでも考え続けていた。約束の日は迫って来た。

三十日という期限が、五日となり四日と迫ってゆく。おなつはあせりだした、そして気持がせいてくるにしたがって、しだいに自信がなくなり、不安な、怖《おそ》れのような感情が大きくなった。――『みよし』の女あるじの云《い》ったことは本当だ、あのひとはほかのひととはまるで違う、自分などには及びもつかないことだ。こういう考えがだんだん重く胸を塞《ふさ》ぐのである。だが一方ではそれに反撥《はんぱつ》する気持もつよくなった。――いやそんなことはない、友達づきあいとはいえ、『みよし』などへ遊びに来るからには、まったく興味がないわけではなかろう……まだ初心なので、自分から機会を把《つか》むことができないだけだ。

――そうだ、こっちを見る眼つきの、ときに燃えるような激しさは、慥《たし》かに心ひかれている証拠だ、こっちからとびこんでゆけばいいのだ。

今夜こそ思いきって、そんなふうに自分を唆《け》しかけ、そのときは眼をつぶってもと思うのだが、そのあとではきまって決心がゆらぎ、どうしても臆《おく》してしまうのであった。――もういけない、やっぱりごまめの歯ぎしりだった。いよいよ期限が明日という日になって、おなつはついにこう諦《あきら》めた。

季節はとうに秋になっていたが、その日は初めて秋らしい静かな雨が降っていた。午後になると衣巻たち五人が訪ねて来、すぐに小酒宴が始まった。河野又三郎は、『鼻たか』というあだ名があり、それはじっさいにも鼻が高いけれど、それよりも多芸多能で、碁将棋とか謡とか魚釣りとか歌や俳諧《はいかい》などにまで手を出し、それをみないちおう素人ばなれのするくらいこなすので、御当人はいつも鼻たかだかだ、と、いう意味のほうがつよいらしい。――酔ってくるとその自慢ばなしで、巧みに話題をさらうのであるが、邪気がないのと話が面白いのとで、みんなは却《かえ》っていいさかなにしているようにみえた。

けれどもその日は鼻たかさんはいつものようではなかった。河野ばかりではなく、ほかの人たちも常とは違って、なごやかにおちついて話すというぐあいだった。おなつに対してもいつもほど狎《な》れたふうは見せず、衣巻などでさえ妙に隔てのある口をきいた。

――この方たちともうお別れなんだ。

おなつはこう思って、なつかしいような名残り惜しいような気で、できるだけ膳《ぜん》の上を豊かにし、こまめに酌をしてまわった。

「さあ、そろそろ席を替えるかな」

昏《く》れがたになると衣巻がそう云った。おなつはひきとめたかった。明日になればこの家を出なければならない。この家を出れば『みよし』にもいられなくなる。この人たちに見知られてしまったのだから、どこかよその土地へ住み替えをしなければならない。今日が最後なのだ、もっともっと接待をしたいし、みんなのなごやかな話を悠《ゆっく》り聞いていたかった。――どうぞもう暫《しばら》く。そう口まで出たけれども、この家における彼女の立場としては、そんなに諄《くど》くひきとめるわけにもゆかず、心のなかでそっと、一人一人に別れを告げながら送りだした。

「たぶん帰りはおそくなるだろう、待っているには及ばないから、さきに寝ているがいい」

出てゆくとき精之助はこう云った。

伊代と食事をして、あと片づけが済むとおなつは自分の部屋へはいって、持ち物の始末をした。ひと月のあいだに、貰《もら》ったり借りたりして、ひととおり不自由をしないくらいの物が揃《そろ》っていた。――しかしおなつはすべてを置いてゆくつもりだった、これは遣《や》るとはっきり云われた物も、持ってゆく気持にはなれなかった。なにもかも置いて、初めてこの家へ来たときの姿で、誰にも知れないように出てゆこうと思った。

――伊代さんにだけでも手紙を書いておこうか、あんなにお世話になったのだから。

こう考えて机に向ったが、事実を書くには忍びないし、これ以上ひとを偽るのもいやだし、結局は筆を投げてしまった。

――十時の鐘を聞いてまもなく、おなつは寝た。今夜きりだから起きていて世話をしたいが、そうすると却ってみれんが出そうに思えた。

――このままがいい、このまま会わないほうがいい。

灯を暗くして眼をつむった。雨はまだ降っていた。やや肌寒いくらいの夜で、しみいるような雨の音のなかに、絶え絶えの、かぼそい哀れなこえで、こおろぎの鳴いているのが聞えた。客の接待で疲れたのだろうか、なにも思うまいと心をおちつけ、かたく眼をつむっているうちに案外はやく眠ったらしい、――なにか夢をみていて、誰かに呼ばれているのだが、なかなか眼がさめなかった。

「――なつ、……なつ」

こうはっきりと声が聞え、びっくりして眼をあいた。するとついそこに精之助が立ってこちらを見ていた。――おなつは本能的に夜具で胸を押えながら、それでもすばやく起きなおった。

「済まないが酒のしたくをして来てくれ」

精之助はそう云ってすぐに去った。

おなつの心のなかを閃光《せんこう》のようになにかがはしった。なんであるかはもちろんわからない。一瞬の光に似たものがさっと心をかすめ、われ知らず身がふるえた。立って着物を着るあいだも、動悸《どうき》が激しく搏《う》ち、手足が自由にならないような感じだった。――まるでなにかに怯《おび》えているようだ、どうしてこんなに身の竦《すく》むような気持がするのだろうか。そんなふうに自分で不審なほどおろおろしていた。……むろん火もいけてあるし、鉄瓶《てつびん》の湯もまだ熱かった。手早く燗《かん》をし、皿小鉢をそろえて、伊代を起こさないように、そっと廊下へ出ていった。

居間へゆくと精之助の姿がみえなかった。どうしたのかと思っていると、隣りの仏間の襖《ふすま》があいていて、そこから彼の声が聞えた。

「有難う、いますぐゆくから」

そうしてすぐに彼は出て来た。すでに寝衣《ねまき》になっていて、こっちへ来て坐ると、

「寝ているところを済まなかった。少し相手をして貰いたいんだが」

「こんな見ぐるしい恰好《かっこう》でございまして」

「それで結構だよ。そのほうがいい、飾らないほうがよほど美しいよ」

彼はこう云って眩《まぶ》しそうな眼をした。

「ひとつ受けないか」

暫くすると彼はふいに盃《さかずき》を出した。

こんなことは初めてである。辞退しようと思ったが、もう別れるのだと気づき、静かに膝《ひざ》をすすめてそれを受けた。

「よく降る、――しずかな雨だ、……これですっかり秋らしくなるだろう」

彼は眼をつむり、戸外の雨を聞くようにいっときしんとした。そうして、眼をつむったまま、囁《ささや》くように「なつ――」と呼び、片方の手をこちらへさし伸ばした。おな

つはもうひと膝すすんで、その手へ盃を返した。すると、その彼は盃ごとおなつの手を握り、自分も身を起こすようにしてひき寄せた。

おなつは眼がくらむように思った。手を握られ、つよい力でひき寄せられたとき、相手をつきのけ、叫ぼうとした。本当につきのけ、叫んだかもしれない、だが逆になんにもしなかったかもわからない、一瞬に全身の力がぬけ、感覚が自分のものでなくなった。くらくらと眼が見えなくなり耳の中できみのわるいほど血の騒ぐ音がした。――ふしぎなことには、仏間の襖が少しあいていて、そこから仄《ほの》かな光がもれるのを覚えているし、また伊代が起きて来はしまいかと、気がかりだったことも記憶にある。……しかしそのほかのことはみんな夢中だった。きらきらと多彩な光の舞う、深い谷底へ、頭のほうからうしろざまに落ちるような、混沌《こんとん》とした異様な感覚のなかで、おなつは殆《ほと》んど気を喪《うしな》っていた。

四の一

夜明けが近いのだろう、気温がにわかに下ったようで、幾らかき合せても衿元《えりもと》が寒く、ふとすると激しく身がふるえた。

体のなかは燃えるようだ。頭も火のように熱い、それでいて顫《ふる》えるほど寒い。おなつつは手指を額で温めながら手紙を書き終り封をすると、追われるような気持で立ちあがった――。そうして裏木戸からぬけ出すつもりで、障子をそっとあけるなり、ああと叫んでうしろへよろめいた。そこに精之助がいたのである、寝衣《ねまき》のままでしんと立ってこちらを見ていた。

「――そこにあるのは置き手紙だね」

彼はこう云《い》って小机の上を見やった。

「――焼いておしまい、もう不必要だよ」

おなつは息が詰るように思った。舌が硬《こわ》ばってなにも云うことができず、ただ相手の眼を見つめたまま立竦《たちすく》んでいた。精之助は微笑し、頷《うなず》きながら、劬《いたわ》るように云った。

「話すことがある、こっちへおいで」

おなつは意志を失った者のように、頭を垂れてつまずいていった。精之助は居間へはいり、そこへお坐《すわ》りと云って、自分の机からなにか取って来た。そうしてさし向いになると、持って来た手紙をそこへ出して、やはり静かに微笑しながら云った。

「もうあの家へ帰る必要はないんだ。あっちのほうはおれがきれいにしてある。それを見て、見たらそれも焼いてしまうがいい」

おなつにはその言葉の意味がすぐにはわからなかった。そして、彼に促されてその紙を取って見て、それが『みよし』における自分の年季証文であることを知ると、さっと蒼《あお》くなり、思わず叫びごえをあげた。

「わかったね、なつ――説明は要らないだろう、あの女あるじはおまえが失踪《しっそう》したものと信じている、衣巻たちもおまえがあの家にいたことは知らない……これまでのことはすべて終ったんだ、これからなつの新しい日が始まるんだ、わかるだろう」

「――いいえ、いいえわたくし」

「いやなにも云うことはない、二人のあいだにはもう言葉などは要らないんだ、――なつこっちへ来てごらん」精之助はこう云って立った。そうしておなつを仏間へみちびいていき、そこの仏壇の脇《わき》に掛けてある二幅の画像をみせた。――経机の上に蠟燭《ろうそく》が短くなって、却《かえ》って明るく焔《ほのお》を立てていた。画像の一は侍、一は婦人である。麻《あさ》裃《がみしも》を着た男のほうは三十四五にみえるが、婦人はずっと若く、娘のようなういしい面ざしをしていた。

「父と母だ」精之助は心のこもった声で云った。「今夜の為《ため》にこれを飾って置いたんだ……子供らしいと思うかもしれないが、お二人にも喜んで貰《もら》いたかったんだよ」

なつは固く身を縮め、蒼白く硬ばった顔で、じっと婦人の画像を見まもっていた。

精之助は側《そば》を離れながら、囁《ささや》くように云った。

「おまえの舅《しゅうと》と姑《しゅうとめ》だ、挨拶《あいさつ》をして、済んだらいってやすむがいい、——なにも考えることはないからね、なにもかもおれに任せて安心しておやすみ、わかったね」

そうして彼は出ていった。

おなつは彼が去るとまもなく北原の家をぬけ出した。東の空が仄《ほの》かに白んでいるくらいで、街はまだ暗く眠っていた、——しきりに降る雨のなかを、頭から濡《ぬ》れて、はだしで、ただ北へと走った。城下町を出はずれたのも、八丁堤といわれる畷道《なわてみち》を通ったのも、なかば夢中であった、……そうしてやがて、浅井川の岸に立って、早瀬の暗い水を眺めている自分に気づき、とつぜん眼のさめたような気持で、濡れた草の上へくたくたと崩れるように坐った。

——堪忍《かんにん》して下さいまし、どうぞ堪忍して下さいまし。

頭のなかで誰かほかの人間が呟《つぶや》いているように、絶えず同じことを繰り返すのが聞えた。

——なつが悪うございました、どうぞ堪忍して下さいまし。

あとで考えると、まっすぐにそこへいったのは死ぬつもりだったかもしれない。そして、もしそのときその人が通りかからなかったら、本当に死んだかもしれないと思う。——その人は越前《えちぜん》の絹物商だそうで、国へ帰るため城下の宿を早く立って来た。

そこへ来かかったときまだ供の者は提灯《ちょうちん》を持っていたが、川岸の草の中に坐っているおなつをみつけ、はじめは狂人かと思ったそうである。

　おなつは意識なしに云ったらしいが、自分は猿山の湯治場の者で、町から帰る途中悪者に遭って着ていた物を剝《は》がれた。そんなふうに云ったのである。――猿山という地名が口に出たのは『みよし』の女あるじからよく話を聞いていたのと、その話に聞いた宿へゆけばなんとかなるという、漠然とした考えに、支配されたからのようだ。

「それでは道順だから、猿山まではゆけないが二俣《ふたまた》まで送ってあげよう」

　その絹物商人はおなつの言葉を信じてこう云った。そして下着一枚で顫えているのを見て、供の者に挟箱《はさみばこ》を下ろさせ、中から自分の着替えを出して着せたうえ、なお供の者の雨合羽を上から掛けてくれた。

「これはあげてもいいのだが、もし気が済まないようだったら、福井城下の角屋市兵衛あてに送って下さるがいい、しかしこのまま着捨てにしてくれていいのだから」

　そして彼は二俣まで送ってくれ、そこから川を越して越前へ去っていった。

　猿山へ着いて『むろい』というその宿をみつけるまでは、不安で暗澹《あんたん》とした気持だった。しかしその宿の古い看板を見たときおてつの話のなかで慥《たし》かに聞いた屋号だと思い、迷わずに台所口へはいっていった――ちょうど紅葉のさかりの季節で、人手の欲しいときだったのも仕合せだった。おかみさんに会いたいというとすぐあげてくれ、そこでおなつはなにもかもうちあけて語った。

おてつの叔母に当るというその人は、色の白い肥えた体つきで、もう五十を越しているというのに、七八つも若くみえた。血つづきのせいかおてつに似て、おおまかな俠気《きようき》はだな性分らしく、しかしさすがにおてつよりは遥《はる》かにおちついた、大きな宿の主婦らしい貫禄《かんろく》があった。

「ああよくわかりました、ちょうど人の欲しいときでもあるし、よかったらいて貰いますよ」

いねというその主婦はすぐ承知してくれた。それから、ちょっと考えるような眼をして云った。

「いま聞いた話は、あたしはみんなこの場で忘れてしまいますよ、あなたも忘れておしまいなさい、うちと相談をして、うちのひとの遠縁の者だというふうにでもしましょう」

そうしてさらに、話のようすでは客の座敷に出ないほうがよさそうだから、内所と台所の手伝いをして貰おう、おてつが来ても顔の合わないようにしてやるから、――こういうことで、思いもかけない好意をうけることになった。主人は茂平といって五十五六になる逞《たくま》しい体つきをしていたが、おそろしく無口な、あいそうのないひとだった。一日じゅう碁譜を手に独りで碁石を並べたり、ときに尺八を吹いたり、すぐ前の谿流《けいりゅう》で魚を釣ったりしている。宿のほうは妻に任せたきりで、帳面を見ようともしなかった。……おなつは一年半ばかりこの家にいたのであるが、そのあいだに彼とは二度か三度しか口をきいたことがなかったくらいである。

その湯治場は浅井川の谿谷《けいこく》に沿っていて三十数軒ある家の、殆《ほと》んど九割までが温泉宿をしていた。『むろい』はそこの中心ともいうべき位置にあり、二百年とか続いているようで、本屋《もとや》と呼ぶ二階造りのほうは、大きな広間をいれて部屋が十五もあり、べつに平家造りの離れと呼ぶ建物が二棟あった。――前は道を隔てて谿川《たにがわ》がながれ、その向うは紅葉で名だかい岩根山が、眉《まゆ》に迫る感じでそそり立っている。

おなつはほかの女中たちとはべつに、内所と主婦の居間とに挟まれた三畳の部屋を与えられたが、そこの障子をあけると、正面に岩根山が見え、谿流の音が高く爽《さわ》やかに、絶えず淙々《そうそう》と聞えてきた。

紅葉のさかりが過ぎ、客がめっきり少なくなった。おてつは今年は来ないそうだ。どうやら亭主のような者ができたらしい。そんなことをいねが云った。――それからつい二三日してのことであるが、いっしょに湯へはいったとき、いねがおなつの体を見てちょっと首をかしげるようにしながら「あんたあれじゃないの」こう云って、また胸乳《むなぢ》のあたりを見た。

「おかしいわよ、ずっと順調にあるの」

おなつはどきっとした。手拭《てぬぐい》で胸を掩《おお》いながら、恥ずかしさと不安のために身を縮めた。そして問われるままに、北原の家を出てからずっとそれがなかったこと、自分ではただ単純な変調だと思っていたことを語った。

「それじゃたいていまちがいはないね、いちどみて貰うほうがいいわよ」

いねはこう云ったあとで、もしそうと定ったらよく考えて、始末するなら早いほうがよい、と、さりげない調子で云った。――それから数日して、いねの古い知己だという産婆《さんば》が来た。まだ四十そこその、ひどくてきぱきした女だったが、ひととおりみたのち慥かに身ごもっていると云った。

「いいえよくあることですよ、ひと晩きりだからってちっとも珍しいことじゃありませんよ」

そうしていねに含められていたのだろう、そのつもりなら今のうちのほうが楽だからと、すぐにもその手筈《てはず》をつけようとするようすだったが、おなつはきっぱりと断わった。いねは側にいて励まし、勇気を出すようにと云った。

「だってあんたそんな子を抱えて、ゆくさき苦労するばかりじゃないの、諦《あきら》めなさい」

「――あたし産みたいんです」

「そこを考えなくちゃだめよ、あんたならこれからだってきっと良い縁があるわ、どんなにだって仕合せになれるんだし、それに、――生れてくる者のためにだって、そうするのが慈悲というものだわ」

しかしおなつは眼をきらきらさせ、反抗するような姿勢で「どうしても産む」と云い張った。――いねは自分が子を産んだ経験がないので、おなつの感情を理解することができなかったのだろう、明らかにいやな顔をし、また四五日はきげんが悪かった。

……だがやがて思い当ることがあったらしい、ある夜さし向いになったとき、おなつの眼を見て頷き、しみじみとした口ぶりで云った。

「心配しなくてもいいのよ。体に気をつけてね。――丈夫ないい赤ちゃんを産みなさいね、――あたしついど忘れしていたのよ、あんたがそのひとの家を出たときの気持、……いつか聞いたわね、――あんたはそんなにも本気だったんだものね」

四の二

明くる年の六月下旬に子が生れた。よく肥えた男の子で、主人の茂平が名づけ親になり、お七夜に鷹二郎と名をつけて祝ってくれた。——おなつは初めから茂平の身よりの者ということで、独り別格に扱われていたから、ほかの女中たちは反感もあったらしく、それまであまり寄りつかなかったが、子供が生れてからはよく来るようになった。

「まあ可愛《かわい》いわねえ、標緻《きりよう》よしだわ、ねえちょっと抱かせて」

「あたしに抱かせて、ねえいいわねなつさん、あたし赤ちゃんのお乳臭いの大好き、ね、大事にするからちょっとだけ抱かせてね」

代る代る来てはそんなふうに云《い》い、あやしたり、頬ずりをしたり、抱きたがったりした。

乳は余るほど出た。おなつは肥立《ひだ》ちがよく、二十日めには起きて洗濯もし、帳つけや台所の手伝いなども、以前より元気にてきぱきやり始めた。——いねは子守りを雇ってくれたが、可笑《おか》しなことには少しもその子に守りをさせない、側《そば》へ寝かして置くか抱くか、いつも自分が赤児《あかご》に附きっきりである。

「まるでおかみさん、孫ができたみたいね」

女中たちがそう云うばかりでなく、馴染《なじみ》の客からも「いつそんな孫ができたのか」

と、まじめに聞かれることがよくあった。

紅葉の季節がめぐって来て、客の混雑で眼のまわるような忙しい日が続いた。そのさいちゅうに思いがけなく、越前《えちぜん》の絹物商が訪ねて来て、三日ばかり泊っていった。その――去年のあのとき借りた着物は『むろい』へ住みつくとすぐ心ばかりの礼を添えて福井へ送ったが、そのときの便りを忘れずに寄ったのである。供はべつの若者であった。――おなつはもちろん、いねも事情を知っているので、ひと晩だけというのをひきとめて歓待した。

四日目の朝、角屋市兵衛が立つとき、おなつは宿はずれまで送っていった。霧のふかい朝で、岩根山の斜面は濃い乳色の幕に掩《おお》われていたが、揺曳《ようえい》する霧のあいだからときおり燃えるような紅葉が鮮やかに見えた。

「また帰りに寄らせて貰《もら》いますよ、こんどはあまり丁寧なことはしないようにね、こっちも気が安まらないから、――頼みますよ」

こう云って角屋主従は別れていった。かれらはすぐ霧の中へ見えなくなったが、おなつはやや暫《しばら》くそこに立って見送っていた。それから引返したのであるが、宿の家並にかかるところで、やはりどこかの宿を立って来たらしい、四五人の客とすれちがった。――濃い霧が巻いているので、近づくまでわからなかったが、姿が見えたときかれらが武家であるのを知り、はっとして脇《わき》へそむいて、足ばやにすれちがった。……そのときかれらのなかで、あっという声をあげた者がある。おなつは慥《たし》かにそれを聞いたように思って、立停ってこちらを見るようなけはいを感じた。

――知っている人ではないだろうか。

そう思うと不安で、五六日は気持がおちつかなかった。

しかしそれからべつに変ったこともなく忙しい時期も無事過ぎて、しだいに客足も少なくなり、やがて川上の山々に雪が降りはじめた。……十月の末に三日ばかり雨が続き、それがあがったと思うと猿山にも雪が来た。ここではたいして積るようなことはない、ちょうど冬の梅雨といったぐあいで、宵のうちとか、午前とか午後とか、ひとしきり降るとまもなく晴れる。近在の人たちはそれを『猿山のきちがい雪』というそうであるが、――その雪が来はじめて十一月にはいり、四日の日の午後になってとつぜん北原精之助が訪ねて来た。

おなつはそのとき離れの縁側で、鷹二郎を抱いて乳をのませていた。そこは本屋のうしろの少し高くなった丘の中腹で、南の日をいっぱいにうけ、坐《すわ》っていてもぽっとするくらい暖かかった。子供は満腹したらしく、乳首は啣《くわ》えるだけで、いいきげんに鼻声をたてながら、しきりに手で両の乳房をいたずらしていた。

「さあもういいの、おいたをするならないないちまちょ、ね、またあとで——」

そう云って乳を離そうとしていると、本屋へ通ずる道を、いねがおちつかないようすで登って来た。——本能的な敏感とでもいうのだろう、せかせかしたいねの足どりを、緊張した顔つきをみるなり、おなつははっと色を変え、子供を抱いて逃げるように座敷の中へ隠れた。……いねはあとからはいって来ると、縁側の障子を閉め、おなつの側へ来て坐った。

「あの方がおいでになったのよ、北原さんとおっしゃったわね、——今までお相手をして、いろいろお話をうかがったけれど」

「あたしが、いるって、——ここにいるって、云っておしまいになったの」

「まだそうは云わないけれど、でもすっかり知っておいでになったらしい、あんたいつかお侍とすれちがったときどうとか云ってたでしょ、あのときの方が衣巻さんとかいうひとで、それから手をまわしてお調べになったようだわ」

「それでもおかみさんが知らないと云いとおして下されば、人ちがいだと云って下さればいいわ、そうでなければあたし」

「まあとにかくおちつきなさいよ」

いねはこう云って、びっくりしている鷹二郎をあやし、自分のほうへ抱き取った。

そのとき障子をあけて、精之助がそこへはいって来たのである。

「――ああ」

おなつは叫んで立とうとするようにみえたが、身が竦《すく》んで動くことができず、わなわなと震えながら脇へ顔をそむけた。――いねもなにか云おうとしたが、もはや自分の口をだすばあいではないと思ったのだろう、子供を抱いて、立ちあがって、そっと廊下へ出ていった。

「なつ、――逢《あ》いたかった」

精之助はそう云って、そこへ坐った。

「おまえどうして家を出たんだ、あの晩あれだけ云ったのに、おまえには、おれが信じられなかったのか」

おなつは黙って震えていた。

「まだ式も挙げず、ちゃんと話も定めないうちに、ああいうことになったのは、おれが悪かったかもしれない。慥かに常識はずれであった。しかしあのときは、おれには、そうするほかに思案がつかなかったのだ。初めからのことをすっかり云ってしまおう」

彼はこう云って、静かに語りだした。――おなつが北原の家に来てまもなく、衣巻たちの例の仲間と『みよし』へいった。そしてお菊から、おなつのたくらみを聞いた。ひじょうに意外だったが、彼はしらを切った。

――そんな者は来ない、会いもしない。

こう云いとおした。それで結局おなつはそのままどこかへ逃げたということになった。彼は自分のためにそんなことになったのだからと、おてつを呼んで、巧みに云いくるめて、おなつの借金を払い、証文を受取った。そうして、おなつの日常のようすを注意していた。彼女が足軽の娘であることや、そこへ身を堕《おと》した事情は、おてつから聞いて知っていたが、注意して見ると起居の作法もきちんとしているし、読み書きも、煮炊《にた》きも、縫いつくろいも、ひととおり以上のたしなみがある。――これは彼がそう認めるまえに、彼を育てた伊代のほうがさきに感心して、しきりにいい娘だと褒めだした。

――素性さえはっきりすれば、あなたのお嫁にほしいくらいですね。

そんなことを云うようになったが、精之助はその前後から自分でもそのつもりになり、三枝の叔父を訪ねてあらましの事情を『みよし』のことはべつにして――話した。すると叔父夫妻もいちど見ようということになり、二人で来ておなつを見たうえ、叔母のほうがこれまたすっかり惚《ほ》れこんでしまった。

――あのひとなら申し分なしよ、よそへとられないうちに早くお貰いなさい。

こう云ってすすめたそうである。このあいだには親しい友達の意見もきいたが、みんな賛成で、素性がはっきりしない点を除いては、誰にも異議がなかった。――精之助はおなつの素性がわかっていたし、なにしろ三枝の叔母がたいそう乗り気で三枝の養女にすればいいと云うくらいだったから、その点は心配することはないと思った。「こうしてまわりの者の意向はすっかり定った。だがそうしているうちに日が経《た》った。聞くところによると三十日という日切だそうだ――おれは正面からそれまでのゆくたてを話そうかと思った。しかしおまえの気性では、それを聞いたら恥じて、出てゆくだろうと思った」

精之助は眼を伏せ、感情を抑えるように息をついてから、また静かに続けた。

「詳しくうちあければ、恥じて出てゆくだろうし、そのままにしていても、日限が切れれば出てゆくだろう、……おまえのようすでそれがわかった、……どうしたら出てゆかずに済むか。どうしたらひきとめることができるか、いろいろ考えたうえ、方法はひとつしかないと思った、――言葉も詩も要らない、慥かな愛情でむすびつくのがさきだ、ほかのことはすべてそのあとでいい、そう思った」

脇へそむけているおなつの頰に、さっきから涙が条《すじ》をなしてながれている。精之助はその涙を見た、すり寄って抱き締めたい衝動にかられたらしい、つと身動きしたが、しかしくっと唇をひき結び、さらにこう言葉を継いだ。

「あの日、友達を呼んだのは、かたちばかりだが内祝言《うちしゅうげん》のつもりだった、友達もそのつもりで、口にはださなかったが、みんな祝ってくれた、――父と母の肖像を仏間へ飾った気持は、あのとき云った筈《はず》だ、しかし、こんなことは実は、少しも話す必要はないんだ、なつ、――おれはおまえを愛していた、今でも、これからも、おれにはおまえのほかに妻はない、おれの愛することのできるのはおまえだけだ、なつ帰ってくれ」

四の三

宵のうちから降りだした雪が、さらさらと更《ふ》けた雨戸に音をたてている。

鷹二郎を寝かせてある側《そば》で、いねが泣きおなつも泣きながら話していた。油が少なくなったのだろう、行燈《あんどん》の火がじりじり呟《つぶや》きながら揺れ、火《ひ》桶《おけ》の炭火は、白く厚く灰をかむっていた。――あれから精之助は鷹二郎とながいこと遊び、いい気持そうに酒を飲んで寝た。

――よくわかりました。それでは帰らせて頂きます。

おなつがそう答えたのを信じて、これでようやく安心して寝られる。久しぶりで今夜は馬鹿《ばか》のように眠れる。そんなことを云《い》ったが、そのときの本当に安堵《あんど》したようなうれしそうな顔がまだ見えるようであった。

「あたし蔭《かげ》で聞いていたわ、そしてもらい泣きをしたわよ、なつさん」

いねは涙を拭《ふ》いて、囁《ささや》くように云った。

「あんなになつさんのことを思っているんじゃないの、あんなにいろいろ気をくだいていらっしゃるじゃないの、――それをまた逃げるなんて、あれだけ思ってくれる気持を受けないなんて、それじゃあんまりひどいと思うわ」

「あたしだってそうしたいわ、あたしだってあの方のお側へゆきたいのよ」

嗚咽《おえつ》が喉《のど》をふさぎ、幾ら拭いてもあとからあとから涙が頰を濡《ぬ》らした。今すぐにとびだして、そのひとのふところへ縋《すが》りついて、声かぎりに泣きたいと思う、だがそうすることはできない。おなつは身もだえをし、歯をくいしばって、噎《むせ》びながら続けた。

「あたしあの方が好きなの、生涯でたったひとりの方だわ、――だからそれだからお側へはゆけないのよ」

「わからない、あたしにはわからないわ」

「あたしが初めてあの方のところへいったのは、あの方をくどきおとして、お客にして、みよしからお金を貰《もら》い、証文を取って、みんなをあっと云わせるつもりだったの、ひどい、自分でいま考えてもあんまりひどい、恥ずかしい、いやらしい気持だわ……あたしがあの方を本当に想《おも》い、あの方があたしを想って下さるのは、少しも嘘《うそ》のないきれいな、まじりけのないものよ、――だからあたしにはできないの、初めのいやらしい汚ない気持さえなかったら、どんな無理をしたってお側へゆくわ、でもあたしにはできない、……いちばん初めの卑《いや》しい気持は、どうしたって自分でゆるすことができないのよ」

おなつは袂《たもと》で顔を掩《おお》い、声を忍ばせて泣きいった。そうして苦痛を訴えるもののようにくいしばった歯のあいだから、絶え絶えにこう云った。

「ひろい世の中で想い想われ、愛し愛されるということは、それだけで美しい、きれいな、尊いものだと思うの、それだけはよごしてはいけないと思うの、――あたし独りで生きるわ、あの方に愛して頂いたこと、これまで愛していて下すったこと、それだけで生れて来た甲斐《かい》があるわ、あたし独りで立派に生きるの、あの子をあの方のお子らしく立派に育てるわ、……それがそれが、たったひとつの――」

そこでおなつの言葉が切れた。それが唯一《ゆいいつ》の贖罪《しょくざい》という意であろうか。それとも愛の証《あかし》といいたかったのだろうか、――言葉はそこで切れたまま、おなつは崩れるようにそこへ泣き伏してしまった。

「わかったわ、よくわかったわなつさん」

いねは溜息《ためいき》をつき、眼のまわりをそっと撫《な》でながら、低い声でこう囁いた。

「あたしが女でなければ、こんな気持はわからないかもしれない、――いいわ、楢崎という方は大身のお武家らしいから、わけをよく話して頼んでみるわ、……鷹ちゃんのためにもお武家の家のほうがいい、古くから、ごひいきのお客だから、きっと承知して面倒みて下さると思うわ、――でもそうして、またあんたがいなくなったらあの方はどんなに」

「おっしゃらないで、それだけは、お願いですからもうおっしゃらないで」

おなつは耳を塞《ふさ》いで叫ぶように云った。

鷹二郎と床を並べて寝たのは夜半すぎであった。精之助は家のほうの支度をして、改めて迎えに来るという、しかしそのときはもうおなつはここにはいないであろう。――いねにうちあけて、泣くだけ泣いた。もうなにも考えてはいけない。なにも思わずに寝よう、こう自分に云いきかせて眼を閉じた。

かたく閉じた瞼《まぶた》のうちに、ふいと正二郎さまの顔がうかびあがった。どういう意識のはたらきだろう、おなつはそのおもかげに向って、心のなかで哀《かな》しく呼びかけた。

――ええ本当でしたわ。正二郎さま、あなたは本当にたくさん、いい物をみつけて下さいましたわ、あたしの泣いたのが、悲しいだけではなかったということ、あなたにはわかって頂けますわね、――なつはこれまでより元気で、強く生きてまいりますわ、みていて下さいましね。

その夜はずっと降りつづいたのだろう、朝になると山も谷もいちめんの雪で、珍しく三寸あまりも積っていた。

おなつは鷹二郎を抱いて、帰ってゆく精之助を道まで見送った。彼はいかにも別れが惜しいらしく、幾たびも子供を抱き取ったり、こんどこそ待っていてくれと念を押したりした。おなつはできるだけ明るい調子で、彼の眼をみつめ、微笑して、待っていますと誓った。

「――では近いうちに」

精之助はやがて思いきったというふうに口を一文字にした笑いかたで、こちらをみつめながら別れを告げた。

「――四五日のうちには来る、それまでおまえも坊やも、気をつけてね」

「はい、あなたさまもどうぞ」

「――ではゆくよ」

彼は雪のなかを大股《おおまた》に去っていった。もう振返らなかった。逞《たくま》しい肩をみせ、しっかりとした、大きな歩調でずんずん去ってゆく。おなつは鷹二郎を抱きあげ、そのうしろ姿を指さしながら云った。

「よく見ておくのよ、鷹ちゃん、あれがあなたのお父さまよ……あなたもいまにお父さまのような、立派なひとになるのね、――さあもっとよく見るの、ようく見るのよわかって、……あれが鷹ちゃんのお父さまなのよ」

あふれてくる涙をそのまま、おなつはけんめいに微笑して、なお高く子供を抱きあげるのであった。――精之助の姿はすでに遠く小さくなっていた。

（「ロマンス」昭和二十四年十、十一月号）

はたし状

一

今泉第二は藩主の参覲《さんきん》の供に加わって、初めて江戸へゆくことになったとき、和田軍兵衛の長女しのを嫁に欲しいと親たちに申し出た。まず母に話したのであるが、母はさも意外なことのように、こちらの顔をまじまじ眺めながら、すぐには返辞ができないというふうだった。

「いけないでしょうか、私は、母上はもう御承知だと思っていたんですが」

「とんでもない、母さんはまるで知りませんよ、却《かえ》ってその反対だと思っていたくらいです、だってあなたは小さいじぶんから和田へ入り浸りで、あちらの子たちとはずっときょうだいのようにしておいでだったでしょう」

「だから察して下すっていると思ったんですがね」

「普通はそれとは逆なものですよ」

嫁に欲しい娘のいる家などへは、一般に男はそう頻繁《ひんぱん》には出入りしない。それまでごく親密だったとしても、そういう気持が起ればしぜんとゆきしぶるようになるのが通例である。母はそんなふうに観念的な意見を述べた。……そのとき第二の頭にふと藤島英之助の名がうかび、そういえば彼はこのごろあまり和田へ顔をみせないがどうしたのか、などと思った。それは母の言葉から受けた反射的な連想だったろう、きわめて漠然とそう思っただけであるが、あとで考えると、母の意見にも、彼が藤島を思いだしたことにも——どちらも無意識ではあったが——決して偶然でない意味があったわけである。

父には母から話して貰《もら》った。父は渋い顔をしたそうである。ほかに縁談もあったらしい。また和田軍兵衛は母の兄で、しのと第二とは従兄妹《いとこ》に当る関係から、血が重なりすぎるとも云《い》ったが、結局、それほど熱心なら、と折れてくれたということであった。

和田へも母がいった。江戸へ立つ日が迫っているので、正式の儀礼はあとのことにし、内輪で話だけ定《き》めようということだった。もちろん和田に異存はなく、出立する二日まえに内祝の盃《さかずき》を交わした。第二は藤島英之助と八木千久馬《ちくま》を呼びたかった。しかし二人だけ特に招くというのは穏当でない。父も母もそう反対し、両家の親たちだけ列席して、ほんのかたちだけの盃をした。……そのときのしのは美しかった。縹緻《きりよう》や姿は妹のみよのほうがたちまさっている、姉のしのは背丈も低いほうだし、胸や腰のあたりも細く、顔つきなどにどこかしら育ちきらないような感じがあった。けれどもその日は髪かたちや化粧のせいだろうか、――もちろん正装ではなかったが、――それとも婚約の盃をするという気持の張りのためか、いつもの子供っぽさはなく、表情や身振りなど、ちょっと嬌《なま》めかしいくらい冴《さ》えた美しさにあふれていた。

「今日のしのさんは見違えるようね」

母にもそう見えたのだろう、席を変えるとすぐに、しのを前後から眺めてそう云った。

「ほんとにお美しいわ、ふだん肌理《きめ》のこまかい肌をしていらっしゃるのね」

「なにしろ身じまいということをしないのですから」

母親の加世が側《そば》から答えた、「――妹のほうは小さいじぶんから日に幾たびも髪をいじったり、隠れて紅や白粉《おしろい》を付けたりするんですけれど、この娘《こ》はもう叱《しか》るように云っても化粧などはしませんの、ですから肌だってもう荒れ放題で」

「そういえばみよさんはお洒落《しゃれ》が好きのようね」

母はそう云いながら、脇から手を伸ばしてしのの髪をそっと押えたりした。しのは母親たちの言葉など耳にはいらぬようすで、膝《ひざ》の上に手を重ねたまま俯向《うつむ》いていたが、二度ばかり眼をあげて第二を見、そのたびに唇だけでそっと微笑した。……悲しいような、なにかを訴えるような、感情のこもった微笑であった。第二は眼でそれに答えながら、心のなかでこう呼びかけた。

——とうとう、こうなったね、しの、喜んでくれるだろうね。

そのあくる夜、つまり出立《しゅったつ》する前夜のことだったが、親しい友人や同僚たちが「送り祝い」に来たので、母が酒の支度をしてもてなした。八木千久馬は妙にはしゃいで、「大事な秘蔵息子を初めて旅へ出すんで、さぞ心配でしょう」などと母に冗談をいった、「——江戸は誘惑が多いですからね、たいへんな道楽者になって帰るかもしれませんよ」

「それもいいかもしれない、少し柔らかくなって来て貰わないとまわりが迷惑だからね」

同僚の一人が云うと、千久馬がそれに添えて、「お母さまにきいて来るか——」と云い、みんなが笑った。友人たちがどこかへゆく相談で誘いに来ると、第二はいつも母にきいてからと答える。二十四になる現在でも同じことで、かれらのあいだでは逸話のようになっていた。

「暇があったら昌平黌《しょうへいこう》へやって貰うんだね」

藤島英之助は口の重い調子でそう云った。それから千久馬は帰る真際になって、ふいに、殆《ほと》んど第二の耳へ口を触れそうにして、すばやくこう囁《ささや》いた。

「しのさんとの話を聞いたよ、よかったね、おめでとう」

二

江戸へ着いたのが三月、それから僅《わず》か半年しか経《た》たない九月に、しのとの婚約の破れたことを、父が手紙で知らせて来た。理由はなにも書いてなかった、和田のほうから破談を申し入れて来たというだけで、……おまえもさぞ落胆するだろうが、要するに縁がなかったと思うよりしかたがない、どうか男らしく諦《あきら》めるように。そういう簡単なものであった。

——向うから破談を申し込んで来た。

第二はそこを繰り返し読み、あり得べき理由を想像してみたが、どこをどう裏返してみても、これと思い当るようなものがみつからなかった。

「なにかの間違いではないだろうか」

彼はちょっと茫然《ぼうぜん》として呟《つぶや》いた。

「それとも誰かの悪戯《いたずら》ではないか」

手紙が来て二、三日のうちは、そのことに実感がもてなかった。なんとなく騙《だま》されているような気持だった。それからしだいにおちつかなくなり、苛立《いらだ》たしい疑惑に悩みだした。

——母へ問合せようか。

——いっそしのへ手紙をやろうか。

母としのへ、幾たびか衝動的に手紙を書きかけたが、そのたびに途中で筆を投げた。書いてやってもむだだろうという気がした。こちらから手紙をやって返事をくれるくらいなら、黙っていても向うから事情を云《い》ってよこす筈《はず》である。殊《こと》にしのは当事者であるし、ごく幼い頃からきょうだいのようにつきあって来た。他の婚約者のばあいとは違って、たいていなことは遠慮なく云える筈である。それがなんとも云ってよこさないのは、云ってよこせない事情があるのに相違ない。

——では藤島へきいてやろうか。

第二はそうも思った。友人としてもいちばん親しいし、彼は和田へもよく出入りしていた。彼ならば、まだ知らないとしても、ようすをさぐることくらいはできる。

……こう思ったけれども、やはりいざとなると手紙は書けなかった。婚約は内輪だけのことで、ほかの親族や友人たちにはまだ正式には知らせてはない。それをいきなりそんな問合せをするのは不作法でもあるし、無用に恥をさらすようにも考えられた。

こんなふうに思い惑っているとき、およそ父の手紙に十日ほど遅れて、八木千久馬からの手紙が届いた。千久馬は達筆である。古碑文《こひぶん》の拓本など習った独特の筆法で、捻《ひね》ったような活潑《かっぱつ》な字を書く。第二はその手紙の、ひと眼でわかる彼の署名を見たとき、われ知らずあと声をあげた。

「——千久馬……」

第二の耳に千久馬の声がよみがえった。送り祝いの夜、彼の囁《ささや》いた声が——よかったね、おめでとう。誰も知らない筈のことを彼は知っていた。もちろんふしぎではない、千久馬もしのとは従兄妹《いとこ》に当る、しのの母は千久馬の亡《な》くなった父の妹だから……。そして、第二や藤島ほど繁《しげ》くはなかったが、彼もまた和田へはよく顔をみせていたから。

第二はすぐには封が切れなかった。だが思いきって披《ひら》いた文面は、予想に外れていたばかりではなく、彼をうちのめすほど思いがけない、殆《ほと》んど信じかねるようなものであった。

——この手紙を出そうかどうしようかと、自分はかなり迷った。

千久馬はそういう書きだしで、婚約の破れたことに同情を表し、そのいきさつは文字ではっきりとは伝えにくいが、しのは近く藤島英之助と結婚するだろう、それで万事を察して貰《もら》うほかはない。だいたいの文意はその程度であったが、その暗示的な書きかたには、事実そのものよりも強烈な印象を与えられた。

——藤島が、……英之助としのが……。

第二は急に軀《からだ》の重心を喪《うしな》ったような感じで、くらくらとなり、片手を机に突いて身を支えた。

藤島としの。第二にとって、二人がむすびついたということは、他のいかなるばあいよりも耐え難い打撃だった。しのがほかの誰かと、例えば千久馬とそういうことになったとしても、——必ずしも言明はできないだろうが、——それほどの傷手も受けず、もっと楽な気持でゆるせたであろう。だが英之助は違う、藤島だけはそうしてはならぬ筈である。藤島がしのとそうなることは、殆んど裏切りに等しい。しかも藤島英之助はそれが裏切りになることを知っている筈であった。

十一月に八木千久馬から次の手紙が来た。それはしのが英之助の許《もと》へ嫁入ったという知らせであった。

——今泉家に対する遠慮だろう、婚礼は質素であったが、当日は御城代ほか三人の老職が列席したし、またべつの日に知友を招いて宴を張った。今泉の御両親はむろん欠席なされた。自分も招かれはしたが断わった。なお噂《うわさ》によると、藤島は近く先手組支配を命ぜられるらしい、人間の運不運はわからないものである。

手紙にはそういう意味のことが書いてあった。

人に対して不信をいだくことが、どんなに苦痛であるか。人を憎悪《ぞうお》することが、どんなに自分を毒するものかということを、第二はその三、四カ月のあいだにいやというほど味わった。

三

藤島家もまた今泉と縁が近い、英之助の祖父は今泉から入婿している。狭い藩中のことで、こういう血のつながりは珍しくはない。そして二人が親しくなったのは、そんな血縁関係からではなかった。六歳の年に藩の学堂で机を並べたとき、その初めの日から、互いに友情と深い信頼を感じあった。年は同じだったが、第二は一人息子で気が弱く、英之助は三人兄弟の長男で、はやくから沈着で意志の強いところがあり、しぜんと第二は彼に兄事するようなぐあいだった。

二人の二十年ちかい友情には、ここでは触れる必要はないが、思いかえすと涙ぐましくなるような、感動に満ちた出来事が少なくない。第二の記憶のなかでは、英之助はいつも保護者であり、必要なときはいつでも慰めと励ましを与えてくれる存在だった。……彼は考え深く、おちついていて、言葉少なで、動作も静かにおとなびていた。

彼を和田へ伴《つ》れていったのは第二であるが、和田の家人も彼に対してはあしらいかたが違った。和田には又之助、小三郎、しの、みよという四人兄妹がいて、常にかれらの友達が賑《にぎ》やかに出入りした。第二もその一人であり、八木千久馬も仲間であった。いったいが解放的な家風だったのか、和田では相当なわるふざけをしても叱《しか》られることがなかった。相撲を取って障子を抜き襖《ふすま》を倒すようなことがあっても、たいていは笑って済まされた。……軍兵衛は第二にとって伯父であるが、話が好きで、家にいればいつも赤い顔で、側《そば》へ寄るとぷんぷん酒の匂《にお》いがした。

——こら坊主《ぼうず》共、あまり家を毀《こわ》すではないぞ、こちは貧乏だからな、少しは遠慮して暴れろよ。

叱るにしてもせいぜいそのくらいだった。来る者には誰彼の差別を決してしない、身内も他人もまったく平等待遇であった。それが英之助だけは違うのである。えこひいきして美味《うま》い物を遣《や》るとか、特に大事に扱うというのではなく、彼には一目置くという感じだった。軍兵衛夫妻から兄妹たち、——みよを例外にして、——みんなの言葉つきがまず違っていた。

末っ子のみよは気の勝った娘だった。まだ舌のよくまわらないうちから人をやりこめたり、あら捜しをしたり、悪口を云《い》うのが得意であった。

――だいたんぼたもち、ぼたもち。

第二が一人っ子であまやかされているということでも聞いたのだろう、突然そんなことを云いだして、ついに「牡丹餅《ぼたもち》」という綽名《あだな》が付いたのもみよのおかげである。そしてみよは和田における唯《ただ》一人の、英之助の敵であった。

――ふいちまたんはいしどうよ。

これが第一声であった。黙っておっとり構えているから、幼い眼には石燈籠《いしどうろう》と感じたのであろう。ついで「おじいたん」「だちどころ」当時もこのだちどころは意味不明だったし、今でもついにわからない、みんながよく反問したが、

――だちどころはだちどころよ。

つんと鼻を反らせて解釈を与えなかった。その後もじじむさいとか百人並とか、――これは容貌《ようぼう》のことであるが、――いろいろ悪口をいい、両親や兄たちや姉などに叱られても平気だった。英之助は馬耳東風といった態《てい》で、みよの悪口を微笑でうけながした。いやな顔をしたこともなかった。……第二はそんなところにもつくづく敬服したものである、学問もできるし武芸も抜群であった。第二は単に兄事したというだけでなく、心から信頼し兄事していた。しのを貰《もら》いたいがどうだろうか。こう相談したのも、両親のほかには英之助ただ一人であった。

――その藤島がこんなことをする、二十年ちかい友情を裏切り、自分のこれほどの信頼をふみにじる。……ではこれまでは猫をかぶっていたのか、沈着な考え深そうな顔をしながら、心のなかではそんな刃を研いでいたのか、人間はそんなことができるものか。

第二は藤島を憎むと同時に、人間ぜんたいに不信と憎悪を感じた。

――もう国へは帰るまい。

彼は藩主の帰国のとき、昌平黌に学ぶことを願って、江戸に残った。父はこちらの傷心を察したのだろう、あのとき以来なにもいってよこさなかったが、彼が江戸に残ることに定ると、母からは頻《しき》りに手紙が来た。もちろん和田のことには少しも触れない、帰心を唆《そそ》るつもりだろうか、故郷の山河を描いたり、誇張した四季の眺めや、彼の好きな川魚や山菜果実の季節の知らせなど、母としては精いっぱいのあやを綴《つづ》って。

……そして年があけると、つまり江戸へ来て三年目であるが、その文章がしだいに崩れて、

――学校はどのくらい続けるのか、いつ頃になったら帰るつもりか。

そんなふうに変り、やがて辛抱が切れたように、来る手紙がみな哀訴の文字で埋まるようになった。母は自分が病弱になったと繰り返し、日夜の孤独と寂しさをかき口

説いて来た。

――帰っておくれ、第さん、どうか早く帰って……。

彼が帰国したのはそれからさらに一年経《た》って、ちょうど藩主が出府して来てすぐあとのことだった。昌平黌《しょうへいこう》で史学を主に学んだ彼は、まえの年の冬に御文庫を命ぜられ、藩家の蔵書の整理とその補充調査の役に就いた。帰国したのは国許《くにもと》の書庫を整理するためで、父の位地はそのまま、彼に特旨として三百石、寄合番頭の格式が与えられた。

第二は江戸にまる三年余いたわけであるが、この期間に彼の性格はかなり変った。彼は周囲には友人を一人もつくらず、暇があるとごく軽い身分の者の住居を訪ね、しまいには足軽長屋などへ好んでいった……。同じ藩士であり同じ邸内に住みながら、そこは貧しく、不潔で暗く、常に病気や不幸や災厄が付きまとっていた。かれらの多くは、町の職人にも及ばない僅《わず》かな扶持《ふち》しか貰えなかった。しかもその境遇をぬけだすことは殆《ほと》んど不可能であった。

――日向《ひなた》に生える木もあれば日《ひ》蔭《かげ》に生える草もあります。私どもはこういう運に生れついたのですから、……生れついた運というものは人間の力ではどうなるものでもございませんから。

かれらはたいていこう諦めていた。病気や思わぬ災難に遭ったらどうするか。始末のできる者は無理をしてもするが、できない者はなりゆきに任せるよりしかたがなかった。

——治る病気なら薬を飲まなくとも治るでしょうし、治らないものなら……。

こう云って苦笑するか、首を振るかする。この世は自分たちのためにつくられているわけではない、世の中にはもっと不幸な者、乞食《こじき》になるとか、餓《う》える者さえたくさんいる。自分たちが家族そろって、どうやら喰《た》べてゆけるのはみな殿さまの御恩である。それだけでも有難いと思わなければならない。……かれらは殆んど口を合わせたように云った。それを聞いて第二は幾たび怒り、幾たび呪詛《じゅそ》したかしれなかった。世間の機構の不公正に対して、人間の狡猾《こうかつ》と冷酷無情に対して……。

——だが、それならどうしたらいいのか。

やがて第二はそう自問し始めた。こういう状態は改善することができるだろうか、世の中がもしも公正だったら、もしも人間がみな善良だったら。そうしたら、そのようなみじめな生活が無くなるだろうか。……彼には「然《しか》り」と断言する勇気はなかった。彼はまだ若く、生きる経験も浅かったが、いちどいだいた人間に対する不信は、ものごとを単純に看《み》ることを許さなくなっていた。……政治や秩序や道徳などに関係なく、人間は先天的に不幸や悲嘆を背負っている。それは死ぬまで付いてまわる。幸福にみえる者、自分で幸福だと信じている者。それはただ気づかないだけのことだ。みんないつかは、一人の例外もなしに、必ずいつかは絶望に身を掻《か》き毟《むし》り、悲しみに泣き叫ぶときがくるだろう。かれはそのように思った。

——どんな幸福も永遠ではない、慥《たし》かなのは人間が不幸や悲しみを背負っているということだ。多くの史書が証明しているとおり、誰一人としてそれを遁《のが》れることができないということだ。

第二は独りでよく江戸の市中を歩いた。学問所へゆくつもりで邸《やしき》を出て、そのまま隅田《すみだ》川の河畔で茫然《ぼうぜん》と時を過したり、本所とか深川あたりを目的もなく歩きまわったり、また猿若町の芝居小屋の片隅で、じっともの思いに耽《ふけ》ったりした。……自分では知らぬうちに、彼はこうして孤独好きな、幾らか狷介《けんかい》でかたくなな人間になっていった。

帰って来た息子を見たとき、母親はああといったきり暫《しばら》く声が出なかった。

「どうなすったのです、母上、私の顔をお忘れにでもなったのですか」

第二は玄関に立ってそういいながら、努めて母に笑ってみせた。母はかなり老《ふ》けていた、その母の硬《こわ》ばったような顔がみるみる歪《ゆが》み、唇がふるえだし、次いでその眼から涙があふれ落ちた。

「ようこそ、第さん、ようこそ……」

御無事でおめでとうという言葉は喉《のど》に閊《つか》えて出なかった。それだけいうのが精いっぱいで、母は式台に膝《ひざ》をついたまま、咽《むせ》びあげた。

そんなにも第二は変っていた。あの明るく澄んだ晴れやかな顔が、今は瘦《や》せて骨立ってみえる。眼の色は沈んで暗く、眉間《みけん》には深い皺《しわ》が刻まれていた。玄関へはいって来た態度も、口のききようも、この家を出ていったときの第二ではない。なにもかも変った、見違えるように変ったのである。……父は登城中であったが、帰って来て第二を見ると、これも強く心をうたれたようすで、眩《まぶ》しそうに眼をそらした。

「庭で薬草の栽培を始めてみたんだが、見てくれたか」

そんなつかぬようなことをいった。

老職や自分の支配へは帰国の挨拶《あいさつ》にまわったが、家へ知己を招待もしなかったし、祝いの招きも「旅中に軀《からだ》をいためたので」という理由でみな断わった。たびたび八木千久馬や、以前の同僚たちが訪ねて来たが、かれらにも後日を約しただけで、会わなかった。

季節は梅雨にかかっていた。

四

彼のために三人の助手が待っていた。役所もあるし支配役もあるが、仕事が特殊なので、そちらとは殆《ほと》んど関係がない。書庫の鍵《かぎ》も第二が預かったし、役部屋も一つべつに与えられた。……当時の彼としては誂《あつら》えたような条件であった。必要なときは続けて登城したが、助手で事足りるばあいは二日三日と休んだ。

第二の孤独癖は性格のようになった。

彼は暇があると城下の外へ歩きに出た。北東と西に山をまわし、南に平野のひらけた地形であるが、彼は北側の山の裾《すそ》を歩くのが好きであった。耕地と林と丘が段登りに山へと続き、二た筋の街道がその間をうねくねと山越しに隣国へ続いていた。その道の合するところを宇野と呼び、そこで道は広い往還になって、一里あまり迂回《うかい》しながら城下町の北口へはいる。彼はこの道をよく歩いた。両側には楢《なら》や栗《くり》や櫟《くぬぎ》など、落葉樹の林があり、また古い松林や杉並木の断続するところもあった。道は丘を幾つもまわったり越えたりするが、丘の上をゆくときは眺めがよかった。左側には伊吡《いび》川の流れがあり、右には緩い傾斜の段丘平野がひらけて見えた。そこには田や畑や、防風林に囲まれた小さな部落や、森や林などが遠く近く展望された。

下り鮎《あゆ》の季節になったとか、山女魚《やまめ》がしゅんであるとか、母が手紙に書いてよこしたのはその伊毗川である。また松茸《まつたけ》やしめじが出はじめたとか、蕨採《わらびと》りにいったなどという取手山も近くに見えた。その眺めのなかにいると心が安らかにおちついた。その眺めは第二を慰めてくれるようであった。気が向けば河原へ下りて半日も水を見ていた。林の中に幾時間も坐《すわ》って鳥の声を聞いた。また宇野の部落の、道が三つ叉《また》になっている辻《つじ》の掛け茶屋で、茶店の老人と話したり、古朽ちた低い家並や、小石混りの乾いた白い道を眺めたり、山を越えてゆく人や馬をぼんやり見送ったりした。

十月中旬の或《あ》る日、彼はその道を城下のほうへ向って歩いていた。やや強い北西の風が吹いて、落葉が頻《しき》りに舞っていたが、その落葉の中をうしろから激しい馬蹄《ばてい》の音が近づいて来た。第二が道の脇《わき》に身をよけると、同藩の者だろう、遠乗りの戻りとみえる五人の侍が、次ぎ次ぎと彼の前を駆けぬけた。茸《きのこ》の入っているらしい籠《かご》を鞍《くら》に付けている者や、みごとに紅葉した楓《かえで》の枝を持っている者もいた……かれらは第二の前を駆け去ったが、そのなかの四番めにいた侍が、馬を返して戻って来た。

「第さんじゃないか」

相手は彼の前へ来てそう呼びかけた。笠《かさ》を冠《かぶ》っているのでわからなかったが、それは藤島英之助であった。第二は黙って相手を見あげた。英之助はやや肥えて、まえより眼が大きく鋭くなったようにみえた。

「いろいろ話がある、今泉へは訪ねてゆきにくいんだが、いちど来てくれないか、しいのも心配して逢《あ》いたがっているが」

「馬を下りたらどうだ」

第二の声は刺すような調子だった。

「馬上から話しかけるほど身分が違うわけでもあるまい、但《ただ》し馬を下りることはないんだ、おれは話は聞かないからね」

英之助は馬を下りた。しかし第二はもう歩きだしていた。英之助は黙ってうしろから、馬を曳《ひ》いてついて来た。二人の上へ頻りに落葉が散りかかり、道の上で渦を巻いたりした。

「第さんはもうおれを信じなくなっているらしいが」

暫《しばら》くしてうしろから英之助がそういった。

「おれは今でも第さんを親友だと思っている、第さんとの結婚を破るについて、しのがどんなに苦しんだか、おれの立場がどんなものだったか話しても信じないだろうし、話したくもない、だが、……一人の女のために二十年の友情が、こんなに脆《もろ》く毀《こわ》れていいだろうか」

「ときによれば、血を分けた兄弟でも殺しあうことがある」

第二は冷笑するように云《い》って、肩に止った落葉を手荒く払った。英之助はまた暫く沈黙した。それから調子の変った声で云った。

「忠告することがあるんだ、いやな噂《うわさ》がとんでいる、勤めはきちんとしたまえ、定日のほかに休むのはよしたまえ……それからもう一つ、千久馬とはあまり往来しないほうがいい」

第二は足を停めて振返った。

「それは先手組支配としての忠告か」

英之助は鋭い眼でこちらを見つめ、手綱で馬をひき寄せながら云った。

「——友達としてだ」

そして馬へ乗って駆け走《さ》った。その姿が丘を越えるまで見送ってから、第二は道を伊毗川の河原へ下りてゆき、枯れた草の上へ身を投げだした。……鎮《しず》まっていた怒りが再び燃えあがってきた、古い傷がなまなましく痛みだした。肥えて、どこかに重厚さを加えた英之助の、馬上から見おろした顔が、眼に焼付いているようであった。

「せめてあの事には触れないでいてくれるべきだ」

第二は呻《うめ》くように云った。

「少しでも感情をもっていたら、あの事だけは口にはできない筈《はず》ではないか、彼は自分たちを弁護しようとさえした、しのがどんなに苦しんだかって……ではおれはどうなんだ」

すぐ側《そば》で冷たそうに瀬の音がし、仰臥《ぎょうが》した彼の上へあとからあとから落葉が散って来た。

八木千久馬に会ったのは、それからほんの数日後のことであった。誰が訪ねて来ても会わないし、招かれても断わるので、友人や元の同僚たちとは没交渉のままだったが、千久馬だけは辛抱づよく訪ねて来た。

——母さんが間へはいって困るから。

母が困って頼むように云ったこともある。けれども第二は頑として会わなかった。手紙を置いてゆくこともあったが、初めの一通を半ばまで読んだだけで、あとはそのまま手箱へ入れてしまった。理由はもちろん一つしかない、藤島としのとの問題に触れたくないからだ。話はきっとそこへゆくだろうし、手紙にもその事が書いてあるだろう——初めの一通がそうであった——第二にはそれは耐えられなかった、かれら二人については古い想《おも》い出さえ厭《いと》わしかった。もっと時間が経《た》って、傷がまったく癒《い》え、気持がすっかり平静になるまでは、少しでも二人を連想させることは絶対に避けたかったのである。

知人に会いたくないので、城へも安土門《あづちもん》から出入りした。御文庫は松の丸と呼ばれる二の曲輪《くるわ》にあって、そこからは少しまわらなければならないが、大手や乾門《いぬいもん》のように知友に会う心配は殆んどなかった。

千久馬はそれに気づいたのだろう、その日、下城して門を出たところでうしろから追いついて来た。

「あんなに呼んだのに聞えなかったのかね」

激しい息をしながら、千久馬は肩を並べて歩きだした。

「いやわかってる、なにも云わなくてもいいよ」彼は第二を遮《さえぎ》って云った、「――誰にも会いたくない気持はわかってるんだ、頑強なのには驚いたけれど、……でもおれにはよくわかっていたんだよ」

「まことに済まないが」

第二は低い声で呟《つぶや》くように云った。

「いろいろ心配をかけて済まなかったが、どうかその事はもう暫く、このままそっとしておいてくれないか」

「しかしそうはいかないんじゃないのか、第さんの気持はよくわかってる、おれだって不愉快だから、できるなら闇《やみ》へ葬《ほうむ》ってしまいたいよ、だが……ふりかかる火の粉は消さなければならない、さもないと焼け死ぬかもしれないからね」

彼の暗示的ないいぶりは効果があった。第二は初めて千久馬の顔へ振向いた。

「それは藤島のことをいうのか」

「彼は悪辣《あくらつ》に第さんを陥《おとし》れようとしているよ」

「だって」第二はちょっと口ごもった、「――それは、なんのためにだ」

「想像がつかないかね」

暫く黙って歩いた。第二は自宅へ曲る道を通り越して、藩侯の泉亭のあるほうへ向っていた。……やがて千久馬が「彼と出会ったそうだね」と云った。第二はちょうどそのときの情景を思いだしていたが、返辞をするのもいやで、ただ頷《うなず》いてみせた。

「そのときおれについてなにか云わなかったかね、いや聞くまでもない、中傷することはわかってるんだ、彼はおれを第さんに近づけたくはない、おれの口からなにがばれるか、彼は身に覚えがある、ほかの者はとにかくおれだけは第さんから離して置きたい筈だ」

昂奮《こうふん》したのだろう、千久馬は顔を蒼《あお》くし、もどかしげに手振りをしながら云った。……第二の耳には英之助の言葉がはっきり残っている、鋭い眼で、こっちを刺すように見ながら、「友達としての忠告だ」といった彼の言葉が……。

「おれは寧《むし》ろ藤島に同情している」千久馬はなお続けていた、「――弟さんが帰って来て、眼と鼻のさきにいるとすれば、彼の立場は苦しい、それも非常に苦しいだろうと思う、それはおれにはよくわかるんだ、しかしどうしたって蒔《ま》いた種は苅《か》らなければなるまい、彼はそれだけの事をしたんだから、……人間は弱いものだ、罪を犯した者が、その罪を隠蔽《いんぺい》するために重ねて罪を犯す、……初めに犯した罪をつぐなう勇気のない者は、必ず次ぎ次ぎと、段々に重く、大きな罪を重ねてゆく、そこに弱い人間の悲しさがあるんだ」

第二は歩きながら低い声で独り言を呟いた。まったく聞きとれなかったが、千久馬は構わず続けた。それにしても英之助のやりかたが悪辣すぎるということを、信じられないような江戸での醜聞。情事。重役にとりいった役替え。帰藩してからの怠慢、常に無断で休み、勤めを投げやり、暢気《のんき》らしく山歩きばかりしていること。

「彼はいつも云っている、あれで誰にも恥じず、平気で高禄《こうろく》をいただいているとすれば……いや、おれにはそのあとは云えない」

千久馬はやりきれないという手振りをした。

「それに口から口へ伝わると、言葉には尾鰭《おひれ》が付くものだ、問題はどんなことを云ったかではなく、この状態をこのままにしてはおけない、早急にどうにかしなければならないということだ」

「――彼はおれの婚約を毀した」

第二の独り言はこんどは千久馬にも聞えた。

「――彼はおれからあの人を奪った」

「だからこそ彼は第さんを除こうとするんだ」

「――彼は二十年の友情を裏切った」

「しかも今でも親友だと人にはいっているよ」

ふいに第二は立停った。そして千久馬の顔を正面に見た。まるでそこに英之助を見るかのように。それから低い声で震えながら云った。

「済まないがおれを独りにしてくれ、……二、三日したら、たぶん、訪ねてゆくよ」

そして千久馬の返辞は待たずに、泉亭の長い築地《ついじ》塀《べい》に沿って、伊《い》毗《び》川のほうへ大股《おおまた》に去っていった。

五

その翌晩であったか、夕餉《ゆうげ》のあとで第二は父の部屋へ呼ばれた。母が茶を持って来たが、なにか遠慮するふうですぐに去った。

「実は縁談が一つあるんだが」父は窓のほうを見たままで云《い》いだした、「――去年からの話で、向うではぜひと云うし、私も悪くはないと思うんだが」

「――そういう話はもう暫《しばら》く待って頂きたいんですが」

「二十七にもなってまだ待つのか」

「――こちらが済むと江戸へ戻らなければなりませんし、ことによると、そのまま江戸に留《とど》まることになるかもしれませんから」

「国の者ではぐあいが悪いというのか」

「――それもありますし、とにかく……」

父はこっちを見たようだ。第二は眼を伏せたまま黙っていた。かなり経《た》ってから、父は声をひそめるように云った。

「おまえ、まだあのときの事が、……第二、おまえはそんなにみれんな人間か、おまえは男ではないのか、武士ではないのか」

父の声はごく低いが、非常に烈《はげ》しかった。鞭《むち》で打つような調子だった。第二は俯向《うつむ》いて、硬直したような姿勢で、黙っていた。父は怒りを抑えていたらしい、やがて眼を脇《わき》へ向けて云った。

「七日のあいだに返辞を聞こう、返辞によっては考えなければならない」そして、第二が立とうとすると、冷やかにつけ加えた、「――理由もなく勤めを休むそうだが、今後そんなことがあると父が承知しないぞ」

その夜はいつまでも眠れなかった。怒りや憎悪《ぞうお》が胸を嚙《か》み破るようであった。毒々しい空想ばかりが渦を巻き、絶望して呻《うめ》いた。

「――だめだ……」

法広寺の鐘が午前二時を打つと、第二は起きて、刀を持って、音をさせないように、はだしで庭へ下りた。それから刀を抜いて、冷たい土を踏みながら、力いっぱい刀を振った。……声はあげずに、上段から打ちおろし、また打ちおろした。寝衣《ねまき》が汗になり、刀が上らなくなるまで続けたが、縁側から母がそっと見ていたことには、彼は気がつかなかった。

三日ほど過ぎた或《あ》る日の午後、御文庫の外へ藤島が来て第二を呼びだした。

「御用ちゅうだが、ひと言だけ云いに来た」

英之助の顔は歪《ゆが》んで痙攣《けいれん》しているようにみえた。

「蔭《かげ》で人を誹謗《ひぼう》するのはみぐるしい、文句があったらじかに云うべきだ、断わっておくが、おれは決闘を申し込まれて逃げるほど腰抜けではない、これだけははっきり断わっておく」

「待て藤島」第二はかっとなった、「——人を誹謗するとは誰のことだ」

「裏切り者という言葉は最上の侮辱だぞ」

「その覚えはある筈《はず》だ」第二は叩《たた》きつけるように叫んだ、「誹謗とは無いことを曲げて誹《そし》るのをいう、その事実が有ったとすれば誹謗ではない、決して誹謗ではないんだ」

英之助は眼を大きく瞠《みは》り、唇をひき緊《し》め、ぎゅっと拳《こぶし》を握った。しかしすぐに冷笑をうかべ、こちらを憐《あわ》れむような調子でいった。

「——いい気なものだ」

そして駆けるように立去った。

それから間もなく、半刻《はんとき》も経たないうちに八木千久馬が来た。彼は第二が出てゆくのを待ちかねるように、御文庫の廂《ひさし》まではいって来て、それからまた一緒に庭へ出た。

……そのくせなにか云いかねるふうで、幾たびも話しだそうとしてはやめ、溜息《ためいき》をついたり、意味の知れない手振りをしたりした。

「——どうしたんだ、なにかあったのか」

「云いたくないんだが」

千久馬は不決断に呟《つぶや》いた。そのとき第二は、——どういう連想作用かわからないが、——ふと江戸で貰《もら》った彼の第一信の、書きだしの文句を思いだした。

——この手紙を出そうかどうしようかと、ずいぶん迷った。

そしてそれに続けて、英之助としのとの事を知らせたのである。云いたくないんだが、という今の彼の言葉も、おそらくそのあとになにか悪い知らせがあるに違いない。第二は苛々《いらいら》した。

「云わずに済むことなら聞かなくてもいいよ」

「——そうしたいんだ、したいんだが」

千久馬はそこで思い惑ったように、眼をあげてこっちを見た。

「——おれは、はたしあいは不賛成だ」

「彼はおれに申し込むのか」

「いや、彼にはそれはできない」千久馬の額が白くなった、「——彼は受ける立場にいるんだから、そうじゃないか」

「ではおれに申し込めというのか」

こう云いながら、第二はつい先刻の英之助の言葉に気づいた、——おれは挑まれた決闘を逃げるほど腰抜けではない。

「わかった」第二は頷《うなず》いて云った、「——済まないがはたし状を書くから、あとでもういちど来てくれないか、彼に届けて貰いたいし、それに、よかったら介添役も頼みたいんだが」

「いいとも、おれで役に立つことならなんでもするよ、ではあとで来る」

六

その日は定刻を二時間も過ぎてから下城した。万一のばあいを考えて、いちおう仕事の手順を助手たちに教える必要があったから。気持はおちついていた、軀《からだ》じゅうに力の充実が感じられ、頭も快く緊張して、ずいぶん久方ぶりに「生きている」という現実感のある時間を過した。……まる三年以上も、彼を取巻き、押えつけ、閉籠《とじこ》めていたもの、どす黒く重苦しい壁のようなものがはたし状を書いた刹那《せつな》に崩れた。音が聞えるかと思うほどみごとに崩れ去って、にわかに明るい光がさしこみ、新しい香ばしい空気がながれ漲《みなぎ》るように思えた。

「――これだった、これだったんだ」

彼はなんども独りで呟《つぶや》いた。

「――早くこうすればよかったんだ」

彼は自分では知らずに微笑さえうかべた。

下城したときはもうすっかり昏《く》れていた。かなり強い北風で、道から砂埃《すなぼこり》が舞いあがり、内濠《うちぼり》の水は波立って、頻《しき》りに石垣を打つ音が聞えた。……第二は濠端でふと足を停め、ちゃぷちゃぷというその水の音に聞きいった。濠の中は深くて暗かった。水は鈍い鋼色《はがねいろ》に光って、石垣の根を打っては返り、打っては返り、休みなしに揺れ立っていた。……ぞっとするほど冷たそうなその水の色や、なにかを嘆き、訴えるかのようなその音には記憶があった。江戸で、隅田川の岸で、彼は同じような時刻に、独りでじっと川波を眺め、岸を洗う水の音を聞いた。向島の堤の下で……本所の百本杭《ぐい》で……。

歩きだしたとき第二は、哀《かな》しいような沈んだ気分にとらわれていた。江戸邸の中にある足軽長屋、暗くて不潔で湿っぽい住居と、そこの人たちの無気力な希望のない生活、絶えず病気や思わぬ災難に怯《おび》えながら、一生じっと頭を垂れて、与えられた僅《わず》かな扶持《ふち》で辛うじて生きている姿。……そういうもの哀しい回想が次から次へと思いうかび、やがて自分が決闘で斃《たお》れたあとの父や母の悲嘆の声までが聞えるように感じられた。

――だがどんな幸福も決して永遠ではない、人間は不幸や悲嘆から逭《のが》れることはできない。

それが逃げ道であるかのように、第二はこう自分に云いながら家の門をはいった。

「藤島からしのさんがみえていますよ」

着替えを手伝いながら母が云《い》った。第二はなにか聞き違えたと思った。だが一時間ばかりまえにしのが来たこと、一生の大事だからぜひ会いたい、会わないうちは帰らないと云い張ったことなど、母は声をひそめるようにして云った。

「第さんにはお悪いと思ったけれど、一生の大事といえばむげにも断われないし」

「――会いましょう、どこにいるんです」

常の袴《はかま》を穿《は》きながら第二は云った。

「母さんのお客間だけれど」こう云って母は不安そうにこっちを見あげた、「――なにかそんな、間違いのような事でもあったんですか」

「たいした事じゃありません、あとで申上げます」

食事をしてからにしたらと母はいったが、第二は茶を一杯飲んで、内客の間へいった。

しのは火桶《ひおけ》から離れた位置に坐《すわ》っていた。第二は冷やかな眼で、無遠慮に彼女を見た。しのは豊かに肉付いた。あの頃のどこか子供っぽい、育ちきらないような感じはもう少しもない。髪毛も艶《つや》やかにたっぷりしているし、軀じゅうの線が円く少しの緩みもなく張って、温かさと重たい柔らかさが溢《あふ》れるようにみえた。それは彼の知っているしのではなかった。子供を一人産んで、嬌《なま》めかしく成熟した女、良人《おっと》を持ち家庭を持つ一人の妻、そういう印象であった。

「用件だけ聞きましょう、なんです」

第二はできるだけ静かに云った。しのはすぐにふところから封書を取り出し、それをこちらへ押しやりながら眼をあげた。

「これをお返し申します」

それは第二が英之助へ送ったはたし状であった。第二はけんめいに怒りを抑えた、喉《のど》までつきあげてくる叫びを危うく堪えて、しのの眼を見つめながら云った。

「それは藤島の望みですか」

「いいえわたくしがお返しするんです」

「どうしてです、なぜです」

第二が云いかけるのを遮ってしのはまるで挑みかかるような口ぶりで云った。

「あなたは間違っていらっしゃるんです、あなたは藤島にはたし状などを送ることはできません、そんなことは決しておできになれない筈《はず》です」

「では私はこれ以上なお」彼はちょっと絶句した、「――なお不当な侮辱を耐え忍んでゆかなければならないんですか」

「藤島は侮辱を受けなかったでしょうか、わたくしは数日まえに初めて聞きました、それも和田の弟から聞いたんです、あなたがお帰りになってから今日まで、わたくしの口からは申せないような、ひどいひどい蔭口《かげぐち》や根もない誹《そし》りを、藤島はなにも云わずにがまんしていました、侮辱を耐え忍んでいたのは藤島でございます」

「お待ちなさい、私が彼になにをいったというんです」

「なにをですって、なにをいったかと仰（おっ）しゃるんですか」

しのは激しく第二の眼を見つめた。それから突然ああと低く叫び、深く息をひきながら、独り言のように呟いた。

「やっぱり、……やっぱりそうでしたのね」

それは予想していたことが事実だったという響きをもっていた。第二を見つめているしのの眼が急にうるみ、挑みかかるような言葉つきが柔らかく顫《ふる》えてきた。

「わかりました、そのお眼で、わたくしよくわかりました、蔭口をきいたり、人を誘ったりすることは、あなたにはおできになれませんわ、第二さまには、……そして藤島にも決してそんなことはできません、決して、……それは第二さまが御存じの筈です」

　彼は黙っていた。しのは続けた。

「悪いのはお二人のほかの或《あ》る人間です、その人間がお二人をこんなふうにしたんです」

「それは八木千久馬だというんではないでしょうね」

「あの人です、みんなあの人のしたことなんです」

「私は信じませんね」

「ではあなたは、あなたが侮辱されたということをどうしてお知りになりましたの、帰っていらしってから誰ともおつきあいにならないのに、どうしてそれがおわかりになりましたの」

　第二は返辞をしなかった。しのにはその理由がわかるのだろう、涙の溜《た》まった眼で、今はやさしく第二を見まもりながら、

「おわかりになりましたでしょ、あの人がお二人の間で、お二人を裂いて決闘までさ

せようとしたんです、みんなあの人の企《たくら》んだことなんです」

「だって……彼にどうして、そんな必要があるんです」

「申上げますわ、みんな」しのは眼を伏せた、声もずっと低くなった、「——申上げなければわかって頂けないでしょうから……済みませんけれどその灯を、もう少し暗くして下さいまし」

自分は人に辱《はずか》しめられたという、思いがけない言葉でしのの告白は始まった。

「あなたが江戸へお立ちになった夏のことですの、妹と二人で庭へ夕涼みに出て、急に水が見たくなったものですから、二人でそっと裏木戸からぬけだしました」

姉妹は屋敷町を避けて諏訪明神《すわみょうじん》の境内へいった。社殿は小さいが古い杉の樹立《こだち》があり、伊毗《いび》川の流れに臨んでいる。月のいい晩であったが、境内へはいるところで八木千久馬に出会った。彼は「泳ぎに来たのだが」などといって、二人と一緒に川の岸まで付いて来て、そこでとりとめのないことをいろいろ話した。妹のみよは千久馬を嫌っていたので、それとなく側《そば》を離れ、社殿のほうへ歩いていった。すると千久馬は、——その機会を待っていたのだろう——突然しのを抱き緊《し》めて、川岸の灌木《かんぼく》や蘆《あし》の繁《しげ》っているところへ引摺《ひきず》ってゆき、押倒して、しのの唇へ、頰へ、いたるところへ狂ったようにくちづけをした。

あまりに思いがけなかった。しのは声を出すこともできず、眼が眩《くら》んだようになって、ただ、自分は殺される、殺される、と思ったそうである。

妹の呼ぶ声が聞えたので、千久馬はすぐにとび起きた。しのは身動きもできなかった。彼は荒い呼吸をしながらしのを援《たす》け起こし、しどろもどろに云いわけをした。——何年もまえから好きだったとか、恋していたとか、そして、こんなことになった以上は責任はとる、貴女《あなた》としてももう今泉へは嫁にはゆけないであろう、だから自分が改めて結婚を申し込むつもりである。そんなことを云った。

「わたくし藤島へ相談にゆきました、自殺しようかと思ったのですけれど、江戸にいらっしゃるあなたのことを考えると、どうしても死ぬ気にはなれなかったんです、藤島はあなたとは二十年ちかいあいだも、兄弟より親しくしていらしって、わたくしも頼りに思っていましたから……藤島は怒るよりも悩みました、あなたとわたくしのために、どんなに悩んだか、あなたに御想像がつくでしょうか」

しのは身を汚《けが》されたものと信じていた。もう取返しはつかない、どんなことをしても第二の妻にはなれないと思った、一方では千久馬が結婚を申し込むという、そのばあい彼がなにを云うかは察しがついた。

——私が八木と会います、しかしそれには条件がある、ことによると私と結婚しなければならなくなるが、それでもいいですか。

英之助は決意のある口ぶりでそう云った。千久馬が結婚を申し込むまえに千久馬に会って、自分がしのとあやまちを犯したと云う。そう聞けばおそらく彼は手を引くだろう、それでもなお自分の暴行を告白する勇気はあるまい。事は急を要した。そして英之助はすぐにその方法を執った。……予想どおり千久馬は手を引いたが、返報のように和田へいって、英之助としのとが密通していると告げたのである。

「それからのこまかいゆくたては申上げません、父は今泉へ申しわけに切腹をすると申し、今泉の叔父さまになだめられて、思い止《とど》まりました、わたくしは義絶ということでしたけれども、それも叔父さまや叔母さまのお執成《とりな》しで、無事に和田から藤島へ嫁にまいったのでございます」

しのは涙を拭《ふ》いて第二を見あげた。

「わかって下さいましたでしょうか、藤島は身を汚されたしのを、承知のうえで妻にしてくれましたのよ」

七

「結婚してからはわかりました」

また眼を伏せながら、しのは続けた。

「本当に辱《はずか》しめられたのではない、軀《からだ》はきれいだったのだとわかりました、でも……それでも、あんな恥ずかしいことをされては、どうしたってあなたの妻にはなれません、尼になるか死ぬか、そのほかに途《みち》はないと思いました、……それを藤島が励ましてくれました、ただ怪我《けが》をしただけだ、自分がその怪我を治そう、自分を医者だと思って嫁に来い、……今泉は怒るだろうし、苦しみもするだろうが、いつか事情がわかれば納得して貰《もら》えるに違いない、今泉は自分がどんな人間か知っていてくれるから、そう申しました」

第二は懐紙を出して顔を掩《おお》った。しのも嗚咽《おえつ》した。嗚咽にむせびながら、恨みを述べるように云《い》った。

「藤島はあなたのことを心配しどおしでございました、あんまり苦しまないでくれればいいが、……いつもそう云っておりましたわ、あんまり苦しんでくれなければいいが……」

第二は立って廊下へ出た。それから暗い風呂《ふろ》舎へはいり、壁に凭《もた》れかかって泣いた。

「きさまは愚かなやつだ、第二」彼は泣きながら自分を叱咤《しった》した、「――そんなにもばかだったのか、そんなにも……あんまりじゃないか第二、なんと云いようもないじやないか」

藤島の言葉。千久馬の云ったこと。いま改めて思い返し、比較してみると、その虚実はあまりにはっきりしている。自分がもう少し男らしくじかに藤島に会えばよかった。じかに会って話せばこんな誤解はせずに済んだ。

——一人の女のために二十年の友情がこんなに脆《もろ》く毀《こわ》れていいだろうか。

落葉のなかで云った英之助の言葉が、殆《ほと》んど現実の痛みを伴って、彼の胸を刺した。第二は拳《こぶし》を握り額を壁へ押し当てて呻《うめ》いた。そしてまたひとしきり声をころして泣いた。

第二が顔を洗い身づくろいをして戻ると、燈火を明るくかきたてて、しのの側《そば》に英之助が来て坐《すわ》っていた。不意をつかれたが、第二はそれほど意外ではなかった。……こちらを見る英之助の眼は静かで、おちついた沈着な色をしていた。第二はきわめて自然に微笑がうかんだ。

「あんまり遅いんでこれを迎えに来たんだ」

英之助はなに事もなかったような声で、そう云った。それから第二が坐るのを待って、「さっぱりしてくれたかい」

第二は云いように困った。それで、そこにあるはたし状を取って、行燈《あんどん》の火をつけ、燃えだすのを火桶《ひおけ》の上へ差出した。そしてその小さな焔《ほのお》を眺めながら、「これが救いの神になったというのは、いかにも皮肉すぎる」

「こういうものは本気で書くからね」

第二は頭を垂れて頷《うなず》いた。英之助には彼の気持がよくわかるらしい、「いやな事はみんな忘れるんだ、なにもかも」そう云いかけて、燃え尽きようとするはたし状の煙に咽《む》せたものか、咳《せき》をしながらつと顔を脇《わき》へ向けた、「――もちろん、千久馬のこともだよ、彼のことは彼に任せておけばいい」

こんども第二は頷いただけだった。これでいい、なにも足りないものはない、礼は云《い》いたいがその必要もないだろう、――有難う英さん。すっかり灰になったのを火箸《ひばし》で崩しながら、第二は心のなかでそう呟《つぶや》いた。そこへ母が来た。心配で見に来たのだろう、茶道具を持ってはいって来たが、第二はそれを見るとわれ知らず「ああ、母さん」と高い声をあげた。

「久し振りですから藤島と飲みたいんです、済みませんが酒にして下さいませんか」

「――仲直りができましてね」英之助も微笑しながら云った、「――お手数ですが私からもお願いします、しかし……驚きますねえこの男は、まだ母さんなんてあまえたことを云うんですか」

「第二さまの口癖でございますわ」

しのが鼻の詰ったような声で云った。第二は顔をあげて、なにか云おうとする母を遮って、たいへん勿体《もったい》ぶった口ぶりで云った。

「これも暫《しばら》くのことさ、いま縁談があるんでねえ、嫁が来るとすれば、いくらなんでも、そうあまえてはいられない」

「どうぞそうお願いしますよ」

母はそう云って立ちながら、絶えて久しい笑い声をあげた。しのも嬉しそうに笑い、

「お手伝い致しますわ」と云って、母と一緒に出ていった。二人だけになって、急にしんとした部屋の中へ、戸外の風の音が聞えてきた。

（「週刊朝日増刊号」昭和二十六年一月）

貧窮問答

一

小普請組《こぶしんぐみ》、内藤孝之進の屋敷は麹町《こうじまち》九丁目にあった。九丁目の真法寺の横丁で、寺の地続きになっていた。寺の境内の大きな杉や榎《えのき》の林が、その屋敷へのしかかっているようにみえた。横丁へ曲る角に、成瀬《なるせ》隼人《はやと》の上屋敷があって、これは二千坪ばかりの広い構えであるが、横丁へはいった道の左右は、ずっと同じような小屋敷ばかりが並んでいた。

腰に木刀を差し、半纏《はんてん》の裾《すそ》から裸の毛脛《けずね》を出した又平は、その屋敷の前に立って、片手で顎《あご》を撫《な》でながら唸《うな》った。

「こいつは相当なもんだ」と彼は自分に云《い》った、「ひょっとするとひっかかるくちだ、どうもひっかかるくちのようだ」

それは荒れた屋敷であった。板塀《いたべい》はみじめなざまで、ところどころ板が割れ、下のほうは腐っていた。板の割れたところは穴があいているし、ぜんたいがぐらぐらで、ちょっと押しても倒れそうであった。家も恐ろしいほど古びていた。屋根瓦《がわら》はずれ、柱や棟は歪《ゆが》み、軒は波をうっていた。壁の剝《は》げたところは剝げたまま、羽目板は節がぬけたり、裂けたりずっこけたりしたままであった。——もちろん何年も修繕しないことは明らかだし、掃除などもやらないらしい。門から玄関まで、ほんのひと跨《また》ぎしかない敷石のまわりには、枯れかかって黄ばんだ雑草がぼさぼさ生えているし、寺のほうから散って来る落葉が積り放題になっていた。

「しかし案外かもわからない」又平はそう呟《つぶや》いた、「世の中には案外ということがあるもんだ、それが世間というもんだ、それに——うう、どっちにしろ、遊んでいるよりはましだ」

朝の風はもうかなり冷える、裸の毛脛はうすら寒かった。又平は決心し、顎を撫でるのをやめて、門の中へ入っていった。

落葉を踏みながら裏手へまわってゆくと、井戸端で若い男が歯を磨いていた。青梅《おうめ》縞《じま》の単衣《ひとえ》(寝衣《ねまき》らしい)に細帯をだらしなくしめ、素足に女下駄《げた》をつっかけていた。白い素足とその下駄の色鼻緒が、ふしぎにもよく似合ってみえた。年は二十七か八であろう、おもながのふっくりした顔だちで、眉毛《まゆげ》と眼の間がひろく、鼻が高く、娘のようにあどけない唇《くち》つきをしていた。

——お公卿《くげ》さまみたような顔だ。

又平はそう思った。こんなに品のいい顔だちを見たのは初めてだ、とも思ったくらいであった。

「やあ、お早う」

相手は又平を見るとすぐに、こう云《い》って片手をあげ、にっと笑いかけた。いかにも自然な、親しみの溢《あふ》れる調子だった。又平はおじぎをしながら、われ知らず笑い返した。相手は頷《うなず》いて云った。

「びくに橋の相模屋《さがみや》から来たんだね」

「びくに橋の相模屋からまいりました」と又平が答えた、「こちらが小普請組の内藤さまでございますか」

「ああ、私が孝之進だ、早かったな」

「いえもう、山の手は初めてなものですから、おそくなりまして」

「まあ一服つけてくれ、いま顔を洗ってしまうから」孝之進は房楊子《ふさようじ》を持った手で脇《わき》のほうをさした、「そこが台所だ、独り暮しで手がないからよごれっ放しだが、まあ一服つけて、ひと休みしたら朝飯を拵《こしら》えてもらおう、ああ、おまえ名前はなんといったっけな」

又平は台所へ入りながら、ちょっと云いようのない妙な心持になった。孝之進の当りのやわらかさ、とんとんとくる調子のよさは無類のもので、いってみればこちらは躯《からだ》のどこかを揉《も》みほぐされ、そこのところがぐにゃっとなったような感じがした。

「なんてまあ人をそらさねえ旦那《だんな》だ」と彼は独りで首を振った、「おあいそがよくって品があって、ぶったところなんぞこれっぽっちもありゃあしねえ、うう、――おらあ中間《ちゅうげん》に雇われて来たんだが、一日契約の中間なんだが、こんな旦那のためなら飯炊《めした》きだってなんだって、とてもいやたあ云えねえや」

　台所は広かった。がらんと広く、うす暗く、ひっそりとして、なんにも無かった。乾いた流しもとに茶碗《ちゃわん》や汁椀《しるわん》や、皿小鉢や箸《はし》などが、よごれたまま散らばっていた。角の欠けた大きな竈《かまど》の上に、鍋《なべ》と釜《かま》が一つずつ埃《ほこり》まみれになっていた。水瓶《みずがめ》もすばらしく大きいのがあった。けれども、そのほかにはなんにも無かった。そうして、そこらじゅういちめんに蜘蛛《くも》の巣だらけで、どこもかしこも埃が一寸も積っているようなけしきだった。

「これあ相当以上だ」又平は思わず唸り声をあげた、「まるで、化物屋敷みてえだ」

　彼は暫《しばら》く立ったままでいた。三坪ほどもある土間に立って、顎を撫でながら、途方にくれたようにあたりを眺めまわしていた。

　――こいつはひっかかるくちだ。

　それに間違いはないようであった。しかしもう主人に会い、挨拶《あいさつ》を交わした以上、断わって帰るわけにはいかなかった。それに旦那の魅力が彼をひきつけていた。軀のどこかしら(先刻ぐにゃっとなったところ)が、彼をしっかりと捉《つか》まえて放さなかった。

「まあいいさ」と又平は自分に云った、「まかり間違っても一日のこった、あんな旦那のためなら一日ぐらい……」

彼は朝飯を拵えにかかった。

米櫃《こめびつ》や壺《つぼ》の類《たぐい》は納戸《なんど》の中にあった。けれどもみんなからっぽで、米も味噌《みそ》も、ひと摘《つま》みの塩さえも無かった。醬油樽《しょうゆだる》をみようとすると、それは触っただけで、箍《たが》が外れてばらばらに毀《こわ》れた。又平は埃に噎《む》せて咳《せ》きこんだ。

「ああ、米が無いんだな」

うしろで孝之進の声がした。彼は戸口に立って、手拭《てぬぐい》で衿《えり》を拭《ふ》きながら云った。

「ほかの物もきらしてるだろう、済まないがいって買って来てくれ、六丁目の横になんでも売ってるから、――おまえ豆腐の味噌汁は嫌いか」

「いいえ、あっしはもうなんでも」

「じゃあ味噌汁は豆腐にして」と孝之進はすらすら云う、「生卵に海苔《のり》と、鯊《はぜ》の佃煮《つくだに》ぐらいか、香の物は大根の塩揉《しおも》みがいいだろう、それからと、ああ、米は越後《えちご》のに限るからな、そういうことでひとつ、頼むよ」

へえと云って、又平は待っていた。なにを待つのか、孝之進もすぐに気がついた。

「済まないが金はちょっと立替えといてくれ、ひる過ぎに伯父が来るんでね、そうしたらすぐに返すから、いますっからかんなんだ」こう云ってにっと微笑した、「——頼むよ」

そして向うへ去っていった。

二

又平は旦那《だんな》をいい人だと思った。いい人というのにもいろいろあるが、そのなかでも好ましい人のように思えた。これまでこの内藤さまのような旦那にはめぐり会ったことがない、とさえ思った。

又平は渡り奉公の中間であった。渡り奉公といっても本来は年期勤めであるが、武家の生活が苦しくなるにしたがって雇傭《こよう》期間が短くなり、そのころは一日だけの奉公というのさえあらわれてきた。——江戸におけるこの種の奉公先は、九割までが旗本御家人《ごけにん》であるが、当時は「御家人くずれ」という通言があるように、かれらの経済的ゆき詰りはひどく、定法《じょうほう》どおりの家来を養うこともできず中間小者でさえ、ごく必要なときだけ日雇いにするという、気の毒な現象が生じたのである。もちろん全部がそうなったわけではない。かれらの総数は六万家くらいあり、拝謁《はいえつ》以上を「旗本」、拝謁以下を「御家人」と呼んだらしく、前者の数が四千から五千、後者が五万以上——統計記録は極めてまちまちであるが——ということであって、ずいぶん裕福にくらしている者も多かったに違いないが、より多数の逼迫《ひっぱく》した状態は、殆《ほと》んど救い難い程度に達していたようである。

したがって又平なども、おちついて奉公をすることは稀《まれ》になり、次ぎから次ぎと主人が変るので、相当いろいろな旦那を知り、その生活ぶりをみてきた。けれども、この内藤の旦那のような人は初めてであった。

「もしかしてお松という者がないとすれば」

六丁目で買い物をしながら、又平は独りでそう呟《つぶや》いた。

「こんな旦那に一生奉公がしてみたいもんだ」

又平には夫婦約束をした女があった。お松という名で、年は三つ下の二十三、京橋南紺屋町《みなみこんやちょう》の「植惣《うえそう》」という料理茶屋に勤めている。まる二年もまえからの仲であるが、お松には理想があって、どんなに小さくともいいから料理茶屋の店を出したい、それには二人で稼《かせ》いで金を溜《た》めるのだということで、せっせと貯蓄にいそしんでいた。

——おまえさんあたしを当てにしていていいよ。

とお松はいつも云《い》うのであった。

——甲斐性《かいしよう》のあることじゃあたしはひけはとらないんだからね、いまに立派な料理屋の旦那にしてあげるから、もう少しの辛抱だからね。

又平もお松は当てにしていいように思った。こんなにしっかりした女も珍しいと思い、稼いだ金はみんな彼女に渡していた。そして彼女の（ごく最近）ほのめかしたところによれば、二人の貯蓄はかなり順調であり、ことによると近いうちにいい話を聞かせてやれるかもしれない、ということであった。——もちろん、渡り奉公などしているより、そのほうがいいに定《きま》っている、定ってはいるが、又平にはなにやら不安があった。理想が実現したばあい、お松と夫婦になってどんなぐあいにゆくか、はたして自分が亭主らしい亭主になれるかどうか。

——しっかり者でも女はたかが女だからな。

こう思ってみるけれども、ふとするとおそろしく重量のある荷物でも背負わされるような、気ぶっせいな予感を避けることができないのであった。

「あの旦那とならきっとうまくやってゆけるんだが」彼はまたそう呟いた、「——まあ、お松に泣きをみせるわけにもゆくまいからな、世の中は思うようにいかないもんだ」

米味噌《みそ》からなにから、必要な物を買うのにかなり銭を使った。又平はその合計を忘れないように、屋敷へ帰る途中よくよく頭へたたみこんだ。

朝飯の支度ができると、孝之進はいっしょに喰《た》べろと云った。自分といっしょに喰べろというのである、そんな不作法なことができるわけはない。断わると、旦那は寄って来て又平の肩を叩《たた》いた。

「そんな堅いことを云うなよ、一日ぎりでも主《しゅ》は主、家来は家来だろう、主従は三世というくらいじゃないか、そんな他人行儀なまねはよしてくれ」

情のこもった言葉であり、にこっと笑われるともう断われなかった。又平は感動して、危うく涙がこぼれそうになった。——食事もあまり上出来ではなかったが、孝之進は美味《うま》い美味いといって、びっくりするほどたくさん喰べ、こんなに腹いっぱい食ったことはない、などと云った。

「すぐおでかけになりますか」

食事のあとで又平が訊《き》いた。小普請組《こぶしんぐみ》は無役で、年に何回と定った日に、その支配のところへ出頭すればよかった。きちんと出頭する者もあり、すっぽかして平気でいる者もある。一日契約でも中間を雇うからには、でかけるのであろうと思ったが、旦那はそこへ横になって欠伸《あくび》をした。

「そうさな、今日は支配のところへ顔出しをする日なんだが、飯を食ったら億劫《おっくう》になってきた、やめにしよう」と孝之進は云った、「でかけるのはやめだ、うん、億劫だ、——ひとつ掃除でもしてもらおうか」

「そんなことをなすって御首尾が悪くはございませんか」

「これ以上悪くなりようはないさ、飯炊《めした》きや掃除をさせて気の毒だが、いやでなかったらざっとやってくれ、頼むよ」

「それあもう、掃除くらいのことなら」

又平には否《いや》も応もなかった。あと片づけをするとすぐに、張り切って掃除を始めた。箒《ほうき》もはたきも、四五十日は使ったことがないらしかった。夜具の敷きっ放しになっている（そこで食事もした）ひと間だけはべつとして、あと四つある部屋は、見るだけでうんざりするようなありさまだった。台所よりもっとひどく、紙屑《かみくず》やがらくたのちらかっている上に、塵埃《ちりほこり》が厚く積り、蜘蛛《くも》の巣だらけで、その蜘蛛の巣には蛾《が》の死んだのがいっぱい付いていた。壁は割れているし、畳は摺切《すりき》れて藁《わら》がはみ出し、柱はみな片方へ傾いていた。根太《ねだ》が落ちているとみえ、少し乱暴に歩くと床《ゆか》が抜けそうであった。——おまけに家具らしい物がなんにもなかった、古くなって毀《こわ》れかかったような簞笥《たんす》が一棹《さお》、蓋《ふた》のない長持、縁の欠けた火桶《ひおけ》が二つ。めぼしい道具といえばそれくらいのものであった。長押《なげし》の槍《やり》は鞘《さや》が失《な》くなって、錆《さ》びた身が出たままだし、鎧櫃《よろいびつ》の中は空っぽで、定紋もなにも剝《は》げ落ちていた。

「——こんなのもねえもんだ」

又平が思わず独り言を云った。するとそれを聞きつけたのだろう、孝之進がだるそうな声で呼びかけた。

「ざっと掃きだすだけでいいんだよ、あんまり念入りにやると家が保《も》たないからな」

「まったくのところ」と又平が云った、「これはもう手入れをしなくちゃあいけませんな、旦那、このままじゃあもう保ちませんぜ」

「もう手入れくらいじゃあまにあわないよ、建て直すよりしようがないんだが、毀し賃もないんだからな、自然にぶっ毀れるのを待っているだけさ」

「だって旦那、これじゃあ危のうございますぜ」

「危ないのはおまえだ」孝之進が云った、「おれは馴《な》れているからいいが、おまえ怪《け》我《が》をしないように気をつけてくれ」

又平はわれ知らず天床《てんじょう》を見あげ、身のまわりを眺めまわした。

孝之進の云うとおり、ざっと掃きだすよりほかに手はなかった。そしてざっと掃きだすだけで、午近《ひる》くまでかかった。孝之進は寝そべったままで、何時間か眠ったらしい、もう午かと思うじぶんになると、欠伸をしながら起きあがって、又平のところへやって来た。

「ひとつ午飯《ひるめし》ということにしようじゃないか」

こう云ってまた欠伸をした。

「おまえに働かしたから、鰻《うなぎ》でも喰べてもらいたいがおまえ鰻は嫌いか」

「とんでもない、鰻ときたらもう」

「それじゃあ私もつきあおう」と孝之進が云った、「七丁目の裏に田川屋というのがあるからな、そうさ、飯を付けて中串《ちゅうぐし》の四人前もあればいいだろう、それからたれの味と酒は付いたものだから酒を一升ばかり取ろうじゃないか」

「酒を一升でございますか」

「どうせ余るよ、私はそう飲みやあしないし、鰻だってたぶん余るだろう、そうしたら晩にまた一杯とゆけるじゃないか、済まないがちょいとひとっ走りいって来てくれ、頼むよ」

又平はへえといって汗を拭《ふ》いた。すると手拭《てぬぐい》は鍋《なべ》の尻《しり》でも拭いたように黒くなった。その手拭を眺めながら、彼は門のほうへと出ていった。

三

又平はすぐに帰って来たが、ひどく肚《はら》を立てていた。

「山の手の商人《あきんど》てえやつは薄情なものでございますな」

「なにを怒っているんだ」

「鰻《うなぎ》屋の親爺《おやじ》の野郎、勘定はだめだとぬかすんで、現金でなけれあだめだとぬかしゃあがるんで」又平は煤《すす》だらけの顔をふくらかして云《い》った、「本所や深川あたりのお屋敷はみんなつけが当りまえで、現銀でよこせなんていう商人はありゃあしません、少しぐらい勘定が溜《た》まっても、半年やそこらは黙って御用を足しますぜ」

「それはおまえ、山の手だって同じようなものさ、半年や一年くらい、この辺だって文句は云やあしないよ」

「だって現に」と云いかけて又平は眼をすぼめた、「――すると、こちらではもっと溜まっているというわけですか」

「まあそうだろうな、よくはわからないが」孝之進は漠然と云った、「鰻屋がそう云うんならだいぶ溜まっているんだろう、――おまえ払って来てくれたか」

「へえ、なにしろそういう都合なもんですから」

「いいよ、いいよ、午後になると伯父が来るから、そうすればきれいに払うからね、心配せずに早く顔でも洗っておいで」

又平は井戸端へまわっていった。

「どうもおうようなもんだ」又平は顔や手足を洗いながら、自分自身にそう云った、「ちっともこせこせしたところがない、本当の旦那《だんな》だ」

彼の逞《たくま》しい顔が少しばかり歪《ゆが》んだ。それは多少べそをかくのに似ていたし、泣き笑いをするようでもあった。――井戸端から台所へ入り、火をおこそうとすると、炭がなかった。彼はふところから財布を出して中を調べ、頭を振って、溜息《ためいき》をつきながら、外へ出ていった。

買って来た炭で火をおこし、膳《ぜん》の支度をしていると、鰻屋から注文の品が届いた。しかし器物がおそろしく雑であった、酒は一升徳利だし、蒲焼《かばやき》の皿は欠けていた。酒を注文すれば燗鍋《かんなべ》に盃《さかずき》ぐらい持って来る筈《はず》であるが、それさえも無かった。又平はむっとして文句を云った。

「お屋敷へ出入りするというのにしけた店じゃねえか、おめえんとこにゃあ角樽《つのだる》ひとつねえのか」

鰻屋の若い者はにやにや笑った。

「うちにだって角樽ぐらいありますよ、でもこの辺のお屋敷はだめなんでさ」

「どうしてだめなんだ」

「うっかりするとね」と鰻屋の若い者は云った、「うっかりすると屑《くず》屋に売られちまうんでさ、嘘《うそ》を云うもんですか、皿小鉢だって満足なものは持っちゃ来られねえんですから、ほんとですよ」

　そしてにやにやしながら帰っていった。又平には云うことはなかった。又平はひねたような心持で、その若い者のうしろ姿を見送った。

　敷きっ放しの夜具のそばで、やがて二人は膳に向った。又平は酒の燗をつけ、旦那に酌をしながら、すすめられるままに自分も喰べたし、酒も手酌でしきりに飲んだ。孝之進は少し酔うと顔が桜色になり、ひらいた眉毛《まゆげ》と眼のあいだがぽっと染まって、お公卿《くげ》さまのような相貌《そうぼう》がぐっとひき立ってきた。

「旦那はまだ奥さまをおもちなすったことはねえのですか」

　又平は旦那の顔を眺めながら訊《き》いた。孝之進は唇をへの字なりに歪めた。

「そうさな」と彼は云った、「ときどきになると押しかけ女房みたようなやつは来るが、定った女房というのはまだもらったことがないな」

「というと粋筋《いきすじ》の御婦人でございますね」

「押しかけか、うん、――まあそんなようなもんだ、そうでもなければ、こんな家へ来るやつはありゃあしないさ」

「しかし御親類がおあんなさるんでしょう」

「そんな話はよそうじゃないか」孝之進はもっと唇を歪めた、「親類があろうとなかろうと、いまどき小旗本のところへなんぞ、嫁に来るようなとぼけた娘はいやあしない、おまえ知ってるじゃないか」

「あっしはふしぎでならねえんです」

又平は酔いはじめていた。彼の胸の中は、旦那に対する同情でいっぱいになり、それが火のように熱くなっていた。

「旦那はこのとおり立派な御人態《ごじんてい》で、天下の御直参で、それでこんなに不自由をしていらっしゃる、ちょいと嫁に来る者もねえなんて――こいつはどこかでなにか間違ったんだろうが、いったいどこでなにが間違ったんですかね」

「そんな話はよそうというんだ」

孝之進は鰻の一片《きれ》を口へ入れた。

「なんにも間違っちゃあいない、これが本当なんだ、自分のことだからよくわかるが、こうなるのが当りまえだ、おれたちはもう用のない人間になってるんだ」孝之進はゆっくりと云った、「――旗本の直参のといったところで、役付の数は知れたもんだ、役目にありつける者はいいが、人間の数がべらぼうだからそう誰も彼もというわけにはいかねえ、どうしたって六七割の人間ははみだしちまう、おれの家なんぞは親の代からの小普請組《こぶしんぐみ》だが、友達のなかには四代も続いて小普請組のままのやつがいるぜ」

又平は盃を口のところへ持っていって、それを見つめながら首を振った。

「働きたくっても役がもらえねえ」と孝之進はしだいに巻舌《まきじた》になって続けた、「役につけなきゃあ据置きの扶持《ふち》っきりだ、どんなに物の値があがっても扶持は昔のまんまだ、これじゃあ食ってゆけなくなるのは当然だろう、――どうしたらいいか、どうしたら、――しようがねえ、三味線や端唄《はうた》の師匠になるやつがある、舟宿の亭主におさまるやつがある、女を騙《だま》して売りとばして、それがばれて追放になったやつもあるし、苦しまぎれに出奔して行方の知れねえやつもある、家名だけあって人間のいねえ家がどのくれえあるかしれやしねえ、――つまり用がねえんだ、おれたちははみだしちまったんだ、もう世間で用のねえ人間になっちまったんだ」

「どうか旦那」と又平が云った、「どうかそんなふうに仰《おっ》しゃらねえでおくんなさい、旦那のようないい方にどうしてそんなことがあるもんですか」

「おれははみだしちまったんだ」

「旦那はそこにちゃんとそうしていらっしゃるし、どんなことがあったってはみだしなんぞしやしませんよ」
「おめえにゃあわからねえ」
「わかりますとも」と又平は云い張った、「誰がどうなったって旦那だけは大丈夫ですよ、あっしはこうみえても江戸っ子ですからね、どんな野郎にだって旦那に指一本触らせるこっちゃねえんですから」
「そうか、おめえ江戸っ子か」
「しがねえ奉公こそしているが、これでも主従の義理ぐれえ知ってるんですから」
「まあいいや、大きいのでいこう」孝之進は手をあげて云った、「済まねえが汁椀《しるわん》か何か出して来てくれ、午後になれば伯父が来るんだから、伯父が来ればみんな払うんだから、おめえ伯父が来ねえとでも思ってやしねえか」
「そんなこと思やしませんよ」
「じゃ伯父は来るんだな」
「それあいらっしゃるに定ってるでしょう」
「よし、じゃあもう一升だ」孝之進は冷酒を自分で汁椀へ注《つ》いだ、「これが無くならねえうちに、もう一升なんとかして来てくれ、うっ、どうせはみでたついでだ、なあ又平、おらあおめえを他人たあ思わねえぜ」

四

すっかり夜があけて、風が吹いていた。

料理茶屋「植惣」の店は、南紺屋町の外濠《そとぼり》に向った西の角にあった。店の脇《わき》の路次をはいると裏口で、そこに又平が立っていた。そして彼の前には、雨戸一枚だけあけて寝衣《ねまき》姿のお松が立っていた。

「いまじぶん叩《たた》き起こしてなにさ、まだみんな寝ているんじゃないか、どうしたのさ」

お松はほつれかかる髪の毛を右手の小指でかきあげた。五尺そこその、かたちよく肥えた軀《からだ》で、胸も腰もまるく張りきっていた。色は白いが縹緻《きりよう》はあまりよくない、頬骨が高く、唇が厚く、鼻がいかっていた。——片手で押えている豊かな胸元から起きたばかりの躰温《たいおん》が匂《にお》うようであった。

「小遣《こづかい》を少しもらいたいんだ」

又平が云《い》った。ぶっきら棒ではあるが、どこかしら懇願するような調子があった。

「小遣をくれって、自分の小遣はおまえさんたっぷり持ってる筈《はず》じゃないか」とお松が云った、「それに昨日はまたどこかお屋敷へいったんじゃないのかえ」

「麹町《こうじ》九丁目の内藤という家だ」

「それでいまじぶんなにが小遣さ、あら——おまえさんお酒を飲んでるね」

又平は避けようとしたが、お松はすばやく彼の衿《えり》を捉《つか》まえた。そして彼の口のところへ鼻をもっていって匂いを嗅《か》いだ。すると又平には、女の温かい躰臭《たいしゅう》がつよく匂った。

「まあ呆《あき》れた」とお松は云った、「ちっとやそっと飲んだ匂いじゃないじゃないか、お屋敷だなんて嘘《うそ》をついて、おまえさんどっかの岡場所へでもいったんだろう」

「ばかなことを云うな、おらあ本当に内藤さまのお屋敷へいったんだ、これからまた内藤さまのお屋敷へ引返さなくちゃあならねえんだ」

「そんなことをあたしが信用すると思うのかい」

「そんなに怒らねえで、まあ話を聞いてくれ」

「あたしが信用するとでも思うのかい」とお松はきめつけるように云った、「朝っぱらから中間に酒を飲ませるなんて、そんなお屋敷があったら伺いたいもんだ、同じごまかすんならもう少し上手にごまかすがいい、おまえさんのは初めから底が割れてるよ」

「おめえはそう云うが、これにはこれでわけがあるんだ」

「わけがあるならお云いな」お松が云った、「わけがあるならさっさと云ったらいいじゃないか、女みたいにべらべらべらべら、愚にもつかないことはいくらでも饒舌《しゃべ》るくせに、肝心なことになると満足に舌も廻りゃしない、むやみにわけがあるって、わけがあるんならさっさと話したらいいじゃないか」

又平は低い声で話しだした。

「もっとはっきりお云いな、まるっきり聞えやしないじゃないか、なにがどうしたってのさ」

又平は低い声で話した。お松にはそれがいちばんいい方法であった。自我の強い人はたいていそうらしい、聞えるように話すと聞かないけれども、聞きにくいように話すと聞くようである。——又平はごく低い声で話し、お松はそれを聞いた。聞くことは聞いたが、お松は黙ってはいなかった。

「もうわかったよ、それでまた一升お酒を買ったんでしょ」と強引にお松は口を入れた、「そしてその一升も二人で飲んでしまって泊って」

「いや飲んじまやしねえ、旦那《だんな》もあんまり強くはねえし、おらあ知ってのとおり」

「伯父さんて人はどうしたの、伯父さんていう人は」とお松はどなった、「午《ひる》すぎに伯父さんて人が来てお金を払う筈だったんだろう」

「それがおめえ、旦那も首をかしげていたんだが」

「ひっかかったんだよ」お松は歯をみせて冷笑した、「子供にだってそのくらいのことはわかる、伯父さんなんていやあしないんだ、おまえさんお人好《ひとよ》しだからひっかけられたんだよ」

「おめえは旦那を知らねえから」

「なに云ってんだい、米味噌《みそ》から炭まで買わせて、鰻《うなぎ》だあ酒だあ、たかが中間ふぜいのおまえにみんな払わせておいて、来る筈の伯父さんが来ないといって首をかしげる、へえ、そんな子供騙《だま》しなことがわからないのかい」

お松は勇ましくまくしたてた。又平は唇を嚙《か》んだ。

――こいつにゃあわからない。

又平はむかむかした。彼は金が必要であった。旦那の伯父さんは昨日は来なかった、しかし今日は来るに違いない、どんなに貧乏しても侍は侍である。伯父さんは必ず来るだろうが、又平は財布をはたいてしまった。旦那が云うには、伯父さんは酒が好きで、酔っぱらうと気まえがよくなり、金でもなんでも気まえよくくれるそうであった。したがってすでに投資している又平自身のためにも、すっからかんである旦那のためにも伯父という人を酔わせるだけの軍資金が必要なのであった。

「おめえの云うことはわかったよ」又平はお松の饒舌《じょうぜつ》を遮《さえぎ》って云った、「おめえの云うことが本当かもしれねえ、そいつはそうとして、ともかく小遣を出してくれ」

「まっぴらだよ」とお松が云った、「それを持ってまたそこへ引返すってんだろ、みすみす盗人《ぬすっと》に追い銭がわからないのかい、もうゆくことはありゃしない、注ぎこんだ金は諦《あきら》めて、このままびくに橋へお帰りよ」

「そんなことを云わずに出してくれよ」

「だめだったらだめなんだよ」

「頼むからよ、このとおりだから」

「うるさいね」

「だっておめえ」と又平は腕組みを解いた、「おらあおめえの金を貰《もら》うんじゃねえ、おれがおめえに預けた金から」

「やかましいよ、なに云ってんだい」

お松はいきり立った。彼女は云った、又平は慥《たし》かに稼いだ金を彼女に預けた、しかし、預けた以上その金はもう又平の金ではない、それは二人が家を持つための貯蓄であって、お松にも手をつけることはできないのである。お松自身は又平の三倍も溜《た》めているが、それでも決して手をつけようなどとは思わない、どんな事が起こってもこの貯蓄にだけは手をつけさせない、絶対にというのであった。

又平にはどう云いようもなかった。

「そんならそれでいいよ」と彼は云った、「もうわかったから、頼まねえよ」

そして歩きだした。

「お待ちよ、どうするんだい」とお松がうしろから叫んだ、「どこへゆくんだいおまえさん、びくに橋へ帰るんだろうね、親方のところへ」

又平はもう表へ出ていった。

彼はいやな心持であった。お松は悪い女ではない、お松にはお松の立場もあり思案もある。金を出してくれないのも吝嗇《りんしょく》ではなく、本当に二人で家を持ちたいからであろう。旦那に対する誤解も、旦那を知らないからであってみれば、お松の主張は正しいといわなければならない。おそらく、世間の人はお松のほうが正しいというに違いない、彼にもそれはよくわかった。

「――正しい、か、……」

彼は眉《まゆ》をしかめた。彼にはどう云いようもないが、どう云いようもないほどいやな心持であった。多少やけくそなような、また、なにか大袈裟《おおげさ》なことがやってみたいような、そんなふうな気分にさえなった。

又平はまっすぐに、びくに橋の相模屋《さがみや》へいった。

五

南紺屋町からびくに橋は眼と鼻のさきであった。又平は親方に会って前借をした。又平は堅い人間でとおっていたし、親方は又平を信用していた。彼は（思いきって）かなりな金額を借り駕籠《かご》に乗って麴町《こうじ》へ戻った。

途中で買い物をしたので、屋敷へ着いたのは八時ころになっていた。物音を聞きつけたのだろう、孝之進が台所へやって来て、向うから訝《いぶか》しそうにこっちを見た。そして、それが又平だと慥《たし》かめると、初めてほっとしたように、手をあげながらにこにこっと笑った。

「ああおまえ、帰ったんだね」

「へえ、どうもおそくなりまして」

「おれはまた、てっきり」そう云《い》いかけて、孝之進は自分に頷《うなず》いた、「いやおまえは嘘《うそ》はつかないと思った、おまえは帰って来ると云ったんだからな、うんそれで都合はついたんだね」

「へえ、どうやら賄《まかな》って来ました」

「そいつは済まなかった」孝之進は浮き浮きと云った、「とにかくまあ疲れたろうから、あっちへいって一杯やらないか、私も宿酔《ふつかよい》ぎみなんで、迎え酒にひとくち飲んでいたところだ」

「いま買い物を届けて来る筈《はず》ですから、それが来てっからに致しましょう」

まず朝飯の支度をするからと云って、又平はすぐ火を焚《た》きつけにかかった。

又平の信じたとおり、午後二時ころになって伯父という人が訪ねて来た。名は本多孫兵衛、年は六十二歳だという。髪の毛も眉毛《まゆげ》も白く、赭《あか》ら顔で、ひどく肥えて、両頬の顎《あご》の肉が垂れていた。素面《しらふ》のときは癇《かん》持ちで機嫌が悪いと聞いていたとおり、初めは細い眼を光らせて、又平を睨《にら》みつけたり、部屋の中をじろじろ眺めまわしたりした。——老人が来たとき二人は酔っていた。朝飯を軽く済ませて、そのまま酒になったのであるが、老人に睨まれたとき、又平は肩を縮めて坐《すわ》り直した。主人と同席で飲んでいることを咎《とが》められたと思ったのである。

「いいんだいいんだ、伯父上は固苦しいことはお嫌いなんだ」と孝之進は手を振った、——まず伯父上に一つ差上げましょう」

「この伯父上という人は道楽をしつくして、人情の裏表を御存じなんだから、孫兵衛老人は飲みだした。

又平は飲めば飲むという程度であった。もちろん嫌いではないが、まだ泥酔《でいすい》するほど酔ったことはなかった。孝之進も好きらしいが、ちびちびとゆっくり飲むほうで、量は多くない。昨日の二升が朝まで残っていたくらいであるが、孫兵衛の酒はめざましいものであった。六丁目の「松八」という料理屋から、三人分の膳《ぜん》をとり寄せてあったが、老人は肴《さかな》には箸《はし》もつけず、盃《さかずき》ではなく、汁椀《しるわん》の蓋《ふた》でぐいぐいと飲んだ。

「――あとどのくらいあるんだ」

孝之進がそっと又平に訊《き》いた。又平は指を三本だしてみせた。孝之進は首をかしげた。

「――なくなれば買います」

と又平が囁《ささや》いた。孝之進は頷いた。

五合ばかり飲むと、老人の顔が柔和になり、ぼつぼつなにか云うようになった。一升あけると袴《はかま》をぬぎ、つぎにはどっしりとあぐらをかいた。二升めにかかるとようやく調子が出はじめたらしく、左手でぐいと飲んでは、(そのたびに)右手でつるりと顔を撫《な》でた。それが酔ったときの癖らしい、顔はますます赭くなり、てらてらと艶《つや》が出てきた。

——酒豪という者は本当にいるものだ。

又平はこう思って舌を巻いた。

「おい孝助、飲め」と老人は甥《おい》に椀の蓋をつきつけ、また「こら又公、飲め」と又平にもさした。

「おれはばかなやつが好きだ」と老人は云った、「大ばかなやつはもっと好きだ、女というやつはばか者だからもっと好きだ、人間てやつはみんなばか者で底抜けだから好きだ」

それから片方の膝《ひざ》で貧乏ゆすりをしながら云った。

「おれの祖先に本多孫九郎というやつがいた、こいつが大ばか野郎で三方ヶ原の合戦のときに馬に鼻づらを齧《かじ》られて鼻欠けになった、こいつは戦場に出るときにはいつも女房のふどしを腹へ巻いていったそうだ、大たわけのばか者だがおれは大好きだ、おれはそんな野郎が好きだ」そしてぐいぐいと飲んで、続けた、「——本多三郎兵衛というやつもおれの祖先の一人だが、この畜生は関ヶ原のときに眼が眩《くら》んじまって、島津の軍勢の中へ紛れこんだまま三日も知らずにいやがったそうだ、底抜けのばか野郎だがおれはこの野郎が大好きだ、自分が敵の軍勢といっしょに逃げているんだと気がついたときにどんな面《つら》をしたかと思うとこの畜生が好きで好きで堪《たま》らなくなるんだ、こら又公、酒がねえぞ」

孝之進も又平も飲まされた。否《いや》も応もない、むりやり飲まされるので、二人ともべろべろに酔ってしまった。老人は独りで饒舌り続けた。

「そのほかにもばか者がたくさんいた、おれの家はばかばっかりだ、本当のところばかの血統だ、けれども」と老人は云った、「そのなかで、なかんずく大ばかはこのおれだ、嬶《かかあ》も手に負えねえばかだし娘も娘の亭主もたわけ者だ、この内藤へ婿《むこ》に来た孝助の親父《おやじ》はおれの弟で、こいつも並外れのばか野郎だったがとてもおれのばかには及ばなかった、だからこのおれは誰よりもこのおれが好きだ、このおれっくらいこのばか野郎のおれが好きなやつはいやあしねえ、もうまるっきりめちゃくちゃだ」

暗くなるまえに、又平は酒を買い足した。そのために酒屋へいって来たが、それをよく覚えていないほど酔っていた。老人はなお旺《さか》んに飲み、とつぜん、又平の財布から残っている金をきれいに召しあげ、(なぜだかわからないが又平は喜んで財布をはたいた)なお雄弁に「ばか者が好き」なことをどなり続けた。そのうちに孝之進が倒れ、又平も危なくなってきた。頭がぼうとなり、軀《からだ》が宙に浮くような心持になった。そして耳の中では蜂《はち》の唸《うな》りのように、「大ばか野郎」とか「たわけ者」とかいう言葉が、しだいに遠くなってゆくようであった。

——おれはもうつぶれるぞ。と又平は自分自身に云った。もう保《も》たない、おれはもうすぐつぶれるぞ。

そして彼は実際につぶれてしまった。

六

又平は寒いので眼をさました。部屋の中はまだ暗く、頭が割れるほど痛んでいた。彼は半纏《はんてん》をかぶって寝ていた。ほかにはなんにも掛けてなかったし、畳の上へじかに寝ているのであった。半纏が上へずれているから、腰から下は（海老《えび》のように曲げていたが）裸も同様で、毛だらけの脛《すね》は氷のように冷たくなり、がたがた震えていた。もう朝もかなりおそいらしい、部屋の中は暗いが、隙間《すきま》だらけの雨戸から、明るい日光が条《すじ》になってさしこみ、それががらんとした部屋の中の暗さを、いっそう際立《きわだ》てるようにみえた。

「これあとんでもねえことをしたぞ」

又平はこう云《い》って、ふいに起きあがった。すると軀《からだ》じゅうの骨の節ぶしがもの凄《すご》いほど痛んだ。彼は呻《うめ》きあげながら呟《つぶや》いた。

「なにかとんでもねえことをしたようだぞ」

「おまえ眼がさめたのか」

すぐ脇《わき》のところでそう云う声がした。又平は危うくとびあがりそうになった、そして、そこに寝ている孝之進の姿を認めて、ああ、と低く複雑な溜息《ためいき》をついた。

「どうした」と孝之進が云った、「元気がないが」

「本多さまはお帰りでございますか」

「そうらしいな、――水はないか」

又平は立って、台所へ水を取りにいった。踵《かかと》をつけると頭へひびくので、爪先《つまさき》で忍び足に歩かなければならなかった。

「もう帰ることにしよう」と彼は自分に云った、「もう帰らなくちゃあならねえ、今日はもう三日めだ」

彼はふらふらしていた。まだ酔いはさめきっていなかった。けれども身に付いた習慣で、顔を洗い雨戸をあけ、朝飯の支度をした。そのあいだ絶えまなしに、口の中で呟いていた。

「帰るとしよう、今日は帰るとしよう」

孝之進は蒼白《あおじろ》い顔をして、寝床の中で水ばかり飲んでいた。食事の支度ができると、ようやく起きて顔を洗ったが、食欲はないらしく、自分で台所から残っていた酒を持って来て、冷《ひや》のまま茶碗《ちゃわん》に注いで飲んだ。

「おまえも一杯やらないか」

「あっしはもう、とても」と又平は手を振った、「今日は帰らして頂こうと思いますから」

「帰るって、——もうか」

孝之進はぎょっとしたように又平を見た。又平は頷《うなず》いた。

「今日はもう三日めでございますから、帰らねえとその、親方のほうの都合が」

「だっておまえ、せっかくなにしたものを」孝之進は弱よわしく云った、「いまおまえに帰られてはどうしようもないじゃないか、せっかくこれだけ馴染《なじ》んだんだから、せめてもう二三日いてくれてもいいじゃないか」

「それはもう、いられればいてえのですが」

「おまえ伯父から金を貰《もら》ったんだろう」

「お金ですって、——いいえ」

又平は首を振って、急に気がついてふところから財布を出してみた。それは一枚の布切れのようにぺしゃんこで、中には一文の銭も無かった。

——どうしたんだ。

又平は首をかしげた。そして「うう」と声をあげた。おぼろな記憶のなかで、自分が孫兵衛に金を渡していたことを思いだした。どうしてそんなことになってしまったかわからないが、彼は喜んで財布をはたいて、残っていた金をぜんぶ老人に渡したのであった。

「うう」と又平は唸《うな》った、「これはとんでもねえ、これは旦那《だんな》、とんでもねえことになりました」

「どうしたというんだ」

「お金を頂くどころじゃあねえ、あっしのほうで本多さまに差上げちめえました」

「なんだって」

「あっしのほうからお金を差上げたんです」

「まさかおまえ」

「いいえこのとおり」又平は財布を振ってみせた、「このとおりからっぽです、まだかなり残っていた筈《はず》ですが、鐚《びた》一枚残さずはたいちめえました」

「だって、――どうしてまた」

「どうしてだかあっしのほうで伺いたいくらいです」又平はおろおろと云った、「どんな話からそうなったものか、ともかくあっしは自分で財布をはたいて、喜んで本多さまに差上げちまったんです」

「私が寝てからだな」

「あっしもつぶれかかっていました」

「ははあ」と孝之進が云った、「するとなんだな、おまえうまくやられたわけだな」

「いったいどうなるんでしょうか」

孝之進は腕組みをし、そうさなと云って庭のほうを見た。そこは落葉でいっぱいだった。落葉は狭い庭の向うの、真法寺の林から散って来るのであった。

「そうさな」と孝之進が云った、「そういうことだとすると、伯父が来るのを待つよりほかにないだろうな」

「お屋敷へ伺ったらどうでしょうか」

「とんでもない、冗談じゃない」孝之進は唇を歪《ゆが》めながら、首を振った、「そんなことをしたらそれこそ大騒動だ、おまえは知らないだろうが、伯母というのは吝嗇でやい、いきもちやきで怒りっぽくって、帝釈天《たいしゃくてん》のように大きな女なんだ、伯父はすっかり押えられて、伯母の前ではぐっとも云えやしない、ときどき此処《ここ》へ小遣を持って息抜きに来るが、それだって伯母には内証なんだ、もしおまえがいってこれこれだなんて云ってみろ、伯父は死ぬようなめにあわされるぞ」

又平はべそをかいた。老人は「おれほどの大ばかはない」と云い張った。「おれの嬶《かかあ》は手に負えないばかだ」とも云った。今それらの言葉は、孝之進の説を裏書きするように思えた。又平はべそをかいて、溜息をつきながら思った。

――諦《あきら》めるんだな、これは、この辺で諦めるよりしようがないぞ、これは。

又平はやがて不決断に立ちあがった。

「とにかくあっしは、ひとまず、その」

「どうするんだ、帰るのか」

「なにしろ親方のほうがありますから」

「帰るのか」孝之進は云った、「おまえ本当に、帰ってしまうのか」

孝之進は下から又平を見あげた。母親を追う子供のような眼だった、又平はまいった。そういう眼にかなうものではない、又平は頷いた。

「ようございます、いることに致します」

「そうかいてくれるか」

孝之進はにこにこと笑った。

「それじゃあひとつ、朝飯ということにしよう、いてくれると聞いたら腹が減ったよ」

「じゃあおつけを温め直しましょう」

又平も元気な声で云った。此処にいるときめると、彼自身も気がおちついた。彼も旦那が好きであるし、旦那はそんなにも自分を頼りにしている。自分がいってしまうのを子供のように悲しがる、あの情けないような眼つきはどうだ、こう思うと擽《くすぐ》られるような気持になった。

「世の中にこんないい旦那もないもんだ」と又平は鍋《なべ》を火にかけながら云った、「飯を喰べたらひとつ前借りにいって来よう、へっ、どうなるものか、おいらの一世一代だ」

七

朝飯のあとで、又平はびくに橋へでかけていった。一文なしではしようがないからである。孝之進はしきりに済まながって、そして「戻って来てくれるだろうな」と幾たびも念を押した。

相模屋《さがみや》の親方は金を貸してくれた。

「おめえのこったから貸すことは貸すが」と親方は云《い》った、「ちかごろの小旗本にはたちの悪いのがいるから気をつけるがいいぜ」

又平は大丈夫だと答えた。それから部屋へいってすっかり着替えをし、寝衣《ねまき》やどてら、などを包みにして相模屋を出た。

「お松が聞いたら怒るだろうな」外へ出ると彼はそう呟《つぶや》いた、「怒るなら怒れだ、てめえがしみったれてるからこんなことになるんだ、預けた中から気持よく出してせえいれば——そうでもねえか」と彼はにが笑いをした、「やっぱり伯父さんが来ればおんなしか、うう、同じことは一つことか」

又平は浮き浮きした気分になった。考えてみればたいしたことはない、親方に若干の借ができただけである。なかまにはつまらない道楽のために、一生かかっても返せないような借金を作る者もいた。そうでなくとも、親方からなにがしか借りていない者はなかった。又平はこれが初めてである、しかも道楽に使うのではなく、貧乏で困っている旦那《だんな》のためであった。

「へん、こうみえても江戸っ子だぜ」

彼は歩きながら鼻をこすった。

九丁目の屋敷へ着いて、台所口から土間へはいると、奥のほうで話し声がしていた。もしかして本多孫兵衛でも来たかと思い、ちょっとどきりとしたが、よく聞いてみると女の声であった。又平は首を捻《ひね》りながらあがってその部屋の襖《ふすま》のところへいって挨《あい》捗《さつ》をした。

「又平でございます、ただいま戻りました」

こう云うと、向うから乱暴に襖をあけて、一人の女が顔を出した。明らかに芸妓らしいつぶし島田に結って派手な着付で、だらしなく裾《すそ》をひいていた。背丈は五尺三寸くらいあった。色が黒く、痩《や》せて、鼻は尖《とが》って高く反り、薄い唇はかさかさに乾いていた。

「こんどの中間はおまえさんかい」

女はきんきんした声で云った。

「よさないか、おしげ」孝之進が云った、「おまえは思い違いをしているんだ」

「おまえさんがこんど来た中間だね」と女は構わずに云った、「あたしはこの内藤の家内でおしげっていう者だがね、いったい昨日からの騒ぎはどうしたっていうんだい」

又平はむっとした。

——これが例の押しかけの口だな。

こう思うとさらにむっとした。

「昨日からの騒ぎがどうしたんですか」

「白ばくれるんじゃないよ」女は眼をつりあげた、「人の好《よ》い旦那をどうおだてたか知らないが、酒は七八升、料理肴《さかな》をよそから取って、どこのお大尽《だいじん》かなんぞのように大盤《おおばん》ぶるまいをしたじゃないか」

「ええそれはやりましたよ、やったことはやったが」

「どうしたのさ」と女は遮った、「やったことはやったがどうしたのさ、おまえこのあたしを云いくるめるつもりかい、旦那を騙《だま》して勝手なまねをしたうえに、あたしまでうまく云いくるめるつもりかい」

「よしてくれおしげ、それは違うんだから」

「あんたは黙ってらっしゃい」平手打ちをくれるように女は叫んだ、「このまえの中間には家財道具を売りとばされて、それでもあんたは懲《こ》りない人なんだ、あたしが来なければあ米も満足に買えないくせに、ちょっとおだてられるとすぐにこのざまなんだから、いったいこれだけのあと始末は誰がするのさ」

「ちょいと待っておくんなさい、この酒や料理の代はもうあっしが」

「払ったというの、おまえが払ったというのかい」女は歯をみせて嘲笑《ちょうしょう》した、「これだけのものを中間ふぜいのおまえさんがかい、笑わしちゃいけないよ、味噌《みそ》田楽《でんがく》で二合半とは違うんだ、中間のほまちぐらいでおっつく金じゃないんだから」

「中間のほまちがどうしたって」

又平はかっとなった。かっとなってどなり返そうとしたが、昂奮《こうふん》しすぎて舌が吊《つ》ったようになり、口がきけなくなった。

「なんだい、なにをぱくぱくやってるんだい」女は嵩《かさ》にかかって云った、「あたしはね、憚《はばか》りながらおまえなんぞにごまかされるような、そんな甘っちょろい女じゃないんだ、あたしが来たからいいようなものの、来なかったらなにをされたかわかったもんじゃない、もう用はないから出てっておくれ」

「もうたくさんだよ、よしてくれおしげ」

孝之進がこっちへ出て来た。

「さっさと出てけっていうんだ」女は叫びたてた、「摘《つま》み出されたいのか」

「待てといったら待て」

孝之進が止めようとした。すると女は狂い立って、金切り声をあげて摑《つか》みかかった。

孝之進は両手をぶきように前へ出し、うろうろと女の暴力を防ぎながら、辛うじて、又平と共に台所から外へと逃げだした。――そうして、二人が井戸端まで来ると、うしろで女の喚《わめ》きたてるのが聞え、風呂敷《ふろしき》包みが抛《ほう》り出された。それは又平の持って来たもので、寝衣やどてらの入っている包みだった。

「面目ない、なんと詫《わ》びのしようもない」

孝之進は喘《あえ》ぎながら頭を垂れた。

「勘弁してくれ、又平、このとおりだ」

又平は首を振った。すぐには口がきけなかった。その代りに涙がこぼれてきた。

「あいつはあんな女だ」孝之進が云った、「ふだんはそれほどでもないんだが、躯《からだ》に障《さわ》りのあるときは手がつけられない、つまらないことを勘ぐってすぐ気違いのようになってしまう、そうなるともうどうしようもないんだ」

「あの話は本当ですか」と又平が訊《き》いた、「まえの中間が家財道具を売ったとかいうのは」

「本当だが三年もまえのことだし、ぶっ毀《こわ》れのがらくたばかりで騒ぐほどの物じゃなかった、それよりこっちで溜《た》めた給銀のほうが多いくらいだったよ」

又平はうなだれて、そっとまた首を振った。

「そんな人間もいたんですね」

「なあ、わかってくれ、又平」孝之進は口ごもりながら云った、「あいつがあんなだから、いてもらいたくってもいてくれとは云えない、おまえだっている気持にはなれないだろう、まことに済まないが」

「ええわかってます、帰ります」

「私はいてもらいたいんだぜ、しんからいてもらいたいんだ、おまえにゆかれることは本当に辛《つら》いんだ」

「わかってます」と又平が云った、「よくわかってますから、もう云わねえでおくんなさい」

彼は旦那から顔をそむけて、抛りだされた風呂敷包みを拾い、くっ付いている落葉をはたいた。それから台所へそっと入って、はだしになって汚れたままの足で草履《ぞうり》をはき、旦那のを持ってゆこうとしたが、その色鼻緒の女下駄《げた》を見ると、われ知らず手を引込めた。——うす暗い土間の中で、その下駄の色鼻緒が、ちょっと云いあらわしようのない感動を彼に与えた。

——お気の毒だ、なんとも云えねえ。

又平は漠然とそう思った。彼は財布の中のものを取り出すと、それを片方の手に握って外へ出た。孝之進は戸口のところに待っていた。

「旦那、どうかこれを」

こう云って又平は握った物を渡そうとした。孝之進はけげんそうな表情をした。それから急に気がついたらしく、慌《あわ》てて袂《たもと》から紙に包んだものを取り出した。

「おまえこそこれを取ってくれ」と孝之進は云った、「足りやしないだろうが、少しばかり入っているから」

「とんでもねえ、それは頂けません」

「頼むよ又平、ほんの僅《わず》かなんだ」

又平は拒んだ。拒みながら歩きだした、孝之進は追って来た。二人の足の下で落葉がかさかさと鳴った。孝之進は又平を捉《つか》まえて、むりやりにそれを受取らせた。

「じゃあこれで」と孝之進が云った、「――それでは、またそのうちにな」

又平は旦那の顔を見ずに、門の外へと出ていった。

――こうして寝衣やなんか持って来たのに。と彼は心のなかで呟いた。当分いるつもりでどてらだのなんだの持って来たのに、……あの女の野郎さえ来なければよかったのに。

八

それからまる七日、又平は多忙だった。

躯《からだ》も多忙だったし、心のなかも多忙であった。親方から前借りしたことがお松に知れてうんざりするような騒ぎが起こった。又平が旦那《だんな》から受取った金は一両二分あった、おそらくあの女の持って来たものだろう、まさか一両二分もあろうとは思わなかった。親方から借りたのを返しても（二度めのは手つかずだったから）二分だけ余った。にも拘《かかわ》らず、お松はいやになるほど騒ぎたて、彼を非難した。

「おまえさんには眼が放せやしない」とお松は云《い》った、「そんなつまらない屋敷にひっかかって、こっちから金なんぞ貢《みつ》いだりしてどうする気だったろう、あたしが独りでやきもきしているのも知らないで、本当に呆《あき》れ返ったもんだ」それからまた云った。「おまえさんがそんなぐうたらなまねをしているあいだに、あたしがどんな苦労をしていたか、いちどでも考えたことがあるのかえ、あたしは女でもやるべきことはちゃんとやっているんだよ、しっかりしてくれなくちゃ困るよ」

又平は黙っていた。お松はそれを降参したものと思ったらしい、云いたい以上のことを云いまくると、実はと坐《すわ》り直して、彼女の「やるべきことをやった」話をした。彼女は南八丁堀の横丁に家をみつけて、飯屋を開業するために、いま造作を直しているのであった。家は売りに出たもので、半金だけ払いあとは年賦《ねんぷ》だそうであるが金額のことは云わなかった。

「近いうちにいい話が聞かせられるかもしれないって、いつかあたしが云ったでしょ」お松は反るような姿勢で云った、「あたしはこうと云ったら云っただけのことをするんですからね、よく覚えてて下さいよ」

又平はなんにも云わなかった。

お松は「植惣」から暇を取った。そして又平と共に自分たちの家へ移った。それは南八丁堀の三丁目の横丁にあり、九尺間口の二戸建で、隣りは桶《おけ》屋だった。半金の年賦を払ってしまえば、桶屋はつまりこっちの店子《たなこ》になるわけである。お松はその事情をうまく利《き》かせたのだろう、造作の直しをその桶屋にやらせていた。――直すといっても、桶屋にできるくらいだからたいしたことはなかったが、表に妙な屋台のような物を取付けた。三尺に二尺くらいの台で、窓があって、ちょうど小さな屋台を取付けたようであった。

「此処《ここ》で惣菜《そうざい》てんぷらを売るのよ」とお松は説明した、「こうすれば店へ入らないで、近所のおかみさんたちが外から気やすく買えるでしょ、――これがおまえさんの物なのよ」

又平はなんだという顔をした。

「この台窓だけなのよ」とお松は念を押した、「おまえさんから預かったお金は、これを造るだけでせえぜえだったたんですからね、それを忘れないで下さいよ」

又平はやはりなにも云わなかった。

——女にはかなわないもんだ。

心のなかでそんなふうに思った。

——そして男はみんな大ばか者だ。

又平は旦那も自分もばかな者だと思った。本多の旦那の云うとおり、男は女よりもずっとばかで、そして可哀《かわい》そうな者だと思った。彼は絶えずそんなふうなことを考えていた。お松の云うことなどは気にもとめなかったし、いまさら肚《はら》も立たないのであった。——女といっしょに暮す以上は肚を立ててもむだである、そして男にはどうしたって女が必要なのであった。

新しい家へ移って三日めの、午後三時ころであった。又平が店の中で、桶屋の仕残した羽目板を打ちつけていると、あけてある戸口から内藤孝之進が入って来た。又平はあっと口をあけた。午後の日光を背にしているので、顔かたちは見えないが、それが麴町《こうじ》の旦那だということはすぐにわかった。

「いったい、——どうなさいました」

「相模屋《さがみや》で聞いてね」と孝之進が云った、「こっちだというもんだから、やって来たよ」

又平は口ごもって鉢巻を取った。

「あいつが帰っちまったんでね、ひどい喧嘩《けんか》をやっちまったんだが」と孝之進は云った、「おまえに毒づいたことが間違いだとわかると、わからせるまでには骨が折れたけれど、自分の勘違いだということがわかると逆上して、まるで悪鬼にでもなったような始末さ」

又平は頷《うなず》いた。眼に見えるようであったが、そのときうしろへ、お松が出て来たことには気がつかなかった。孝之進も気がつかずに続けて云った。

「おれもこんどばかりは云ってやった、正直にいうと一つ殴った」

「やりましたか」

「やりましたね、一つ」孝之進はにっと笑った、「そのほうが話は早かったよ、もう死んでも来てはやらないとか、これ限り縁を切ったとか云ってね、昨日の夕方出ていってしまったんだが」

「それでまたこの人に来いというんですか」

お松がいきなりどなった。二人はびっくりして振返った。本当にびっくりして、又平などはとびあがりそうになった。

「あんたですね麴町の旦那というのは」お松はどなりたてた、「さんざん人をこき使って、中間ふぜいから金までまきあげようとして、またこの人を呼び出そうというんですか」

「おめえなにを云うんだ、お松、そんな失礼なことを」

「おまえさんはすっこんどいで」お松はこっちへ出て来た、「おまえさんは底抜けのお人好《ひとよ》しなんだから、人になにをされても懲《こ》りるということがないんだから」

お松はとめどもなしに喚《わめ》き続けた。その調子も云うことも、おしげのによく似ていた、口を合わせたかと思うほどそっくりだった。

「この人に構わないで下さい」お松は首を振り立てた、「この人はもう中間奉公はしないんですから、あたしの亭主であたしといっしょに此処でしょうばいをするんですから」

「旦那、外へ出ましょう」

又平はこう云って、お松には構わず外へ出ていった。孝之進も、お松もあとから出た。お松は休みなしにどなり続けたが、又平はそのまま、表通りのほうへ走っていった。

「旦那は待っててておくんなさい」

又平がそう云ったので、孝之進はそこで待っていた。横丁のそっちこっちに、こちらを覗《のぞ》いている顔が見えた。お松は飽きもせずにがらがら声で罵《のの し》り続け、通りかかる人たちはみんな振返ってゆくが、孝之進はそっぽを向いて、平気な顔をしていた。

――まもなく又平が荷車を曳《ひ》いて戻って来た。貸し車を借りて来たのだろう、それを見るとお松はぴたりと黙った。

――なにを始めるんだ。

孝之進は興味を唆《そそ》られた。又平は荷車をそこへ置くと、こんどは隣りの桶屋へとびこんで、金梃《かなてこ》を借りだして来た。

「この台窓はおれんだったな」

「なにをしようというんだいおまえさん」

「これだけはおれのだったな」

又平はこう云って、その台窓を家から剝《は》がしはじめた。金梃の尖《とが》ったほうを突込み、ぐいぐいと乱暴にこじった。釘《くぎ》が新しいからわけはない、それはきっときしみながら、端から見る見る剝がれていった。

「なにをするんだ」お松がとびかかった、「このろくでなしがなにをするんだ、あたしの家をどうしようってんだよ」

「これはおれのもんだ」

又平はお松を突きとばした。

「てめえ自分でそう云ったろう、おまえさんのものはこれだけだって」

「それがどうしたんだ」お松はまたとびかかった、「それだからそれだけだって云ったんじゃないか、それがどうしたってんだい」

「持っていくんだ、放しゃあがれ」

又平はもっと強く、お松を突きとばした。お松は地面へ転がって悲鳴をあげた。

「おめえは甲斐性者《かいしようもの》だ」と、又平は台窓をひっぺがしながら云った、「おめえはこの家を買って、しょうばいを始めるほど金を溜《た》めた、おれは二年かかって溜めてもこんな物しかできねえ、まる二年も稼いで、こんな妙竹林《みようちくりん》な物しかできねえなんて、いくらろくでなしのおれでも情けねえや、――おらあ持ってって燃しちゃってやる、おれの手できれいに燃しちゃってやるんだ」

お松は立って、眼をつりあげて叫んだ。

「いいから待ってなよ、いま町役に来てもらうから」

そして駆けだしていった。又平は台窓を剝がし取った。それからすばやく家の中へ入って、二枚の夜具(むきだしのまま)と風呂敷《ふろしき》包みを二つ、中くらいの行李《こうり》を一つ運び出した。孝之進はまごつきながら、又平がそれらを荷車に積むのを手伝った。手伝うより邪魔になるくらいだったが、ともかく荷積みはすばやく終った。

「それでおまえ、どうするんだ」

「お屋敷へまいりましょう」

「だっておまえ」と孝之進が云った、「私は願っても来てもらいたいが、そのつもりで来てみたんだが、おまえに夫婦別れまでさせては」

「夫婦なもんですか」又平が云った、「夫婦どころじゃあねえ、うう、まっぴら御免てえくれえのもんでさあ」

又平は金梃を桶屋へ返しにゆき、戻って来るとすぐさま車の梶棒《かじぼう》をあげた。

「さあまいりましょう、町役なんぞが来るとうるさくなりますから、ちっとのま駆けていきましょう」そして車を曳いて走りだした。

「これでさっぱりしましたよ」走りながら又平が云った、「敵の捕虜《とりこ》になるところをうまく逃げたような心持ですぜ」

「おれの家へ来ても楽じゃあないんだが」

「男が二人いるんだ、なんとかなりまさあね」又平は元気に云った、「旦那もあっしも身軽になったんだ、売り食いをしたって当分は凌《しの》げるし、そのうちには旦那にも運が向いてくるでしょう、貧乏にゃあ馴《な》れてるんだ、売り尽したらあっしが稼ぎますよ」

「それもそうだ」と孝之進が云った、「私も今日まで死なずに来たんだからな、まあひとつそういうことにするか」

「もちろんでさあ、天道《てんとう》と米の飯はついてまわるってえますからね、くよくよすることたありませんや」

二人はいかにもそれを信じているように云った、心からそう信じているようであった。孝之進は又平を「こんないいやつはない」と思い、又平は孝之進を「世の中にこんないい旦那はない」と思った。――荷車の上で、あの奇妙な台窓というのが、今にもずり落ちそうにごとごとと揺れていた。

「今日はひとつ、また鰻《うなぎ》にしますか」

「結構だな」と孝之進が云った、「頼むよ」

台窓は殆《ほと》んど車から落ちそうになっていた。

（「オール読物」昭和二十八年一月号）

初夜

一

明和《めいわ》九年（十一月改元「安永」となる）二月中旬の或《あ》る日、——殿町にある脇屋《わきや》代二郎の屋敷へ、除村久良馬《よけむらくらま》が訪ねて来た。

脇屋の家は七百石の老臣格で、代二郎は寄合肝煎《よりあいきもいり》を勤めている。除村は上士《じょうし》の下の番頭《ばんがしら》で、久良馬は「練志館」の師範を兼ねていた。彼は代二郎より三歳年長の二十九歳、筋肉質の緊《しま》った軀《からだ》で、色が黒く、はっきりと濃い眉《まゆ》や、いつも一文字なりにひき結んでいる唇や、またたきをすることの少ない静かな眼つきなどで際立《きわだ》って凜《りん》とみえる。背丈は五尺七寸あまり、少ししゃがれてはいるが幅のある、よくとおる声をもっていた。——玄関に立っている久良馬の姿を見て、代二郎はちょっと息をのんだ。久良馬の着物の片袖《かたそで》から袴《はかま》の一部へかけて、どす黒く血に染まっていたからである。

「小森銃蔵を斬《き》って来た」久良馬は云《い》った、「——川端の網屋で三人が会食しているのをつきとめ、踏み込んでいって斬った」

「一人でか」

「一人でだ」と久良馬は頷《うなず》いた、「——銃蔵は討ちとめたが、落合と井関は逃がしてしまった。落合にも一刀あびせたが浅傷《あさで》だったらしい、残念ながらとり逃がした」

「その血のりはけがか」

「いや返り血だ」と久良馬は云った、「——二人を逃がした以上このまま腹は切れない、これから屋敷にたてこもって、討手とひと当てやるつもりだ、久保貞造、板土友次郎、丸茂源吾らが来る」

「いっしょにたてこもるのか」

「断わったのだが承知しなかった、人数はもっと多くなるかもしれない、ここへ寄ったのはそれを断わるためだ」と久良馬は云った、「——脇屋は妹と婚約しているが、初めからおれの説には反対だった。もし脇屋が来れば、桃世《ももよ》の縁にひかされたといわれる、それは脇屋にもおれにも迷惑だ、わかるだろう」

「考えてみるよ」

「いやその必要はない、おれははっきり断わる」と久良馬は云った、「——それから、妻と子はやむを得ないが妹は死なせたくない、桃世を引取ってもらいたいんだが、どうだ」

「もちろんだよ、云うまでもない」

「それで定《きま》った、頼むぞ」

こう云って久良馬は大股《おおまた》に去った。

代二郎はそのうしろ姿を見送った。去ってゆく久良馬の袴《はかま》の裾《すそ》のところが、横に五寸ばかり切り裂かれていて、そこから歩くたびに下の着物が見えた。久良馬は門を出るとすぐ右へ、振向きもせずに去っていった。――代二郎は居間へ戻った、家扶《かふ》の小泉専之丞《せんのじょう》や、三人の若い家士たちが、脇の間で不安そうに坐《すわ》っているのが見えた。久良馬の話を聞いたのだろう、久良馬の声は高かったし、その調子も平常とは違っていたから、母の茂登女《もとじょ》も聞いたとみえ、代二郎が居間へ入るのを追って来た。

代二郎は机の前に坐った。その部屋は六帖《じょう》で、北側に窓がある。机はその窓に向っているので、あけてある障子の外に庭の一部が見える。隣りは空地を隔てて御竹蔵があるが、庭の樹立《こだち》が繁《しげ》っているので蔵は見えない。三本ある古い桜の木が、窓の近くまで枝を伸ばしていて、その枝にはふくらんで色づいた蕾《つぼみ》がびっしりと着き、一と枝だけはすでに咲き始めていた。

「大変なことになりましたね」

茂登女は代二郎の脇へ坐った。代二郎は黙っていた。

「どうなさる」と茂登女が云った、「――すぐにいらっしゃるのでしょう」

代二郎は「さあ」といって、母とは反対の方へゆっくりと振向いた。床間には「碧山雲層層」と書いた軸が懸っている、その下に香炉が一つ。ほかにはなにもない、その軸は玉林寺《ぎょくりんじ》の住職で、亡父唯右衛門と親しかった浣石和尚《かんせきおしょう》の書いたものであった。

「一期《いちご》の大事です、不参すれば臆《おく》したといわれますよ」と茂登女は云った、「――桃世さんやあとのことは母が引受けます、支度をしてすぐにいって下さい」

「少し考えてみます」

「考えるとはなにをですか」

「これは一藩の大事で、私一個の名聞《みょうもん》とはべつの問題です」と代二郎は云った、「――お願いですから暫《しばら》く一人にさせて下さい」

茂登女は代二郎の横顔をにらんだ。肥えた多血質の顔が白くなり、その眼は怒りのためにきらきらしていた。彼女は幾たびもなにか云おうとしたが、やがて諦《あきら》めたように、立って廊下へ出ていった。

「碧山雲層層、――」代二郎は呟《つぶや》いた、「碧色というから遠い山だろう、遠く遠く、重畳《ちょうじょう》と山脈《やまなみ》が重なっている、その山脈をめぐって、動かない雲がじっとたなびいている、……悠久といったけしきだ、千年不動というけしき、いまのおれにはこのけしきは苦手だ」

彼は机に左手の肱《ひじ》を突いてゆったりと顎《あご》を支え、右手をふところに入れて眼をつむった。遥《はる》かに遠く紺青色《こんじよう》の山脈と、それをとり巻いて動かないたな雲が眼の裏にうかぶ。無限のように遠く、厳《おごそ》かなほど寂《しず》かに、——そこからこちらへ、幾千万里の距離をこちらへ、この国のこの城下町へ、五万二千石の藩政をめぐって、激しく狼火《のろし》を打ちあげた人々の中へと、彼は自分の意識をひき戻した。

——無思慮も思慮の一つだ、脇屋は思慮にとらわれすぎる。

それは久良馬の言葉であった。つい五日ほどまえ、湯の山の扇屋の会合のときにそう云った。

「彼にはかなわない」と代二郎は眼をつむったまま呟いた、「——彼にはおれのかなわないところがある、紛れのない決断や実行力もそうだ、彼は自分が好んですることを恥じない、むかしから知らない屋敷の柿《かき》でさえ、美味《うま》そうにみえ喰《た》べたいと思うと、堂々と入っていって柿を一つ下さいと云った、女が抱きたくなれば躊躇《ちゆうちよ》なく湯の山へでかけていった。あれには到底かなわない」

代二郎は微笑しながら眼をあいた。

——売女《ばいた》を抱くことは決して美徳ではない。しかし抱かないことも美徳ではない。売女を抱かないことはただ抱かないというだけのことだ。

久良馬のそう云った言葉がおもいうかんだのである。それは四年まえ、代二郎と桃世とのあいだに縁談のまとまった直後のことであり、またこんどの（後に「右京亮《うきょうのすけ》さま騒動」といわれた）騒ぎの始まったときでもあった。

二

代二郎は十五歳の年に江戸へゆき、聖坂《ひじりざか》の学問所へ通学するかたわら、柳生《やぎゅう》の道場でも五年のあいだ修業した。久良馬は三年まえから柳生の道場へ入門していた。これは藩の「練志館」の師範になるための専門的な修業で、すでに門中でも上位者のなかにあり、まもなく業を終えて帰藩したが、江戸にいるあいだは親身になって代二郎の世話をしてくれた。少年じぶんからつきあいはあったけれども、その二年余日の江戸の生活で、互いに心をゆるしあうようになった。少なくとも代二郎にとってはそう思えた。

代二郎が江戸から帰ると、久良馬が来て「練志館」でもう少し仕上げをするようにとすすめた。代二郎は断わった、彼は武芸にはあまり興味がもてなかったのである。久良馬は失望したらしいが、むりにはすすめなかったし、それからもずっと親しい往来が続いた。久良馬はよく脇屋へ訪ねて来たし、代二郎もしばしば除村へ招かれていった。この期間に彼は桃世を知ったのであるが、帰藩して三年めの春、久良馬が結婚してからまもなく、彼も桃世と婚約をむすんだ。

桃世はそのとき十四歳であった。兄に似て膚《はだ》は浅黒く、瘦《や》せて、小さな少女だった。眼のくりくりとした、賢そうな顔だちで、気質の明るい、よく笑う、いかにもすなおなところが、代二郎の気にいった。代二郎の母はもっと気にいって、彼の鑑識を褒めた。

――代二郎さんはなかなか眼が高いのね、気性がいいばかりでなく、あのひとはいまに縹緻《きりよう》もよくなりますよ。

久良馬は妹のことをいつも「栗《くり》」と呼んでいた。色が黒くてちんまりしていたからであろう、そのことを話すと茂登女は笑ったが、縹緻よしになるという主張は曲げなかった。

婚約ができてからすぐ、久良馬は彼を湯の山へ遊びに伴《つ》れだした。

――泊って来ますが御心配なく。

久良馬は代二郎の父にそう断わった。父の唯右衛門はまだ存命ちゅうで、「泊りがけ」という意味がわかったのだろう、ひどく渋い顔をしたが、いけないとは云《い》わなかった。湯の山というのは城下から北へ二里ばかり、峠を一つ越した山峡の湯治場で妓《ぎ》楼《ろう》もあるし「湯汲《ゆく》み」と称する女たちがいて、近国からも客の集まる繁昌《はんじよう》な場所であった。

——脇屋のふっきれないのは女を知らないからだ、今日はおれが男にしてやるよ。

久良馬はそう云った。代二郎は「へえ」といった。

——自分の妹婿《むこ》に売女《ばいた》を抱かせようというのか。

——妹婿になる人間だからさ。

こう云って久良馬はにやっとした。それから例の「売女を抱くことは、——」が始まったのである。代二郎は遊蕩《ゆうとう》しないことが美徳だと思ったことはない。生理的におくてというのか、幾たびか機会はあったが、いつも不潔感が邪魔をするし、それを押してそこまでゆく気持が起こらない、ただそれだけのことであった。……その夜、湯の山の妓楼に泊ったときも、妓《おんな》に「いっしょに寝た」と云う約束をさせて、べつの部屋で一人で寝た。こんな嘘《うそ》はすぐにわかるとみえ、朝になると久良馬はさも軽べつしたような眼で代二郎を見、大きく舌打ちをして云った。

——おれは脇屋が男になるまで此処《ここ》へ伴れて来るぞ。

代二郎は苦笑しながら黙っていた。

妓楼を出てから、久良馬は「新しい銀札が通用しない」と不審そうに云いだした。はっきり口では云わないが、明らかにその銀札をいやがるふうで、彼は癪《しゃく》に障ったが現銀で払った、というのである。久良馬はいかにも訝《いぶか》しそうであったが、代二郎には理由がほぼわかるので、つい頷《うなず》きながら呟《つぶや》いた。

——そんなことになると思ったよ。

——それはどういう意味だ。

久良馬は吃驚《びっくり》したように訊《き》いた。

——新銀札には加印がないからさ。

代二郎はそう答えた。この土地では古くから、銀札には必ず領内に住む豪商らの加印があった。つまり表記の金額を藩と連帯で保証する意味であるが、去年の冬に発行したものには加印がなかった。それは、今年（明和五年）の二月、朝廷で立太子の大礼があり、幕府からも祝儀《しゆうぎ》のため使者を差遣《さしつかわ》した。そのなかに藩主の石見守康富《いわみのかみやすとみ》も加えられたので、その費用をまかなう必要から、在国の右京亮康貞《やすさだ》が急に発行を命じたものであった。加印がなければ発行高もわからないし濫発《らんぱつ》のおそれもある。しぜんその価値が下るのは当然で、老臣たちはずいぶん反対した。筆頭家老の岡島頼母《たのも》は「三老職、五奉行の合議によらずして政治をおこなうべからず、——」という藩祖の遺訓をあげて諫《いさ》めた。藩祖の遺訓のなかでも、この一条は代々の藩主の守るべき第一としてあった。それにもかかわらず右京亮はきかなかった。

──このたびの御役は予期しないもので、調達は急を要するから、他の方法ではまにあわない、善後の処置はあとのことだ。

右京亮はそう云って押し切った。そのとき押し切らせてはいけなかった、そのときこそ右京亮を抑えるべきであった。そうでなくとも、すでに無謀な政治の弊害が、いろいろな方面に現われだしていたからである。

──おれには経済のことなどわからないが、そういうわけだとすると捨ててはおけないな。

城下へ帰る途中、「銀札」に関する代二郎の説明を聞いて、久良馬はじっと考えこんだ。妓楼などでは客のほうで世間態《てい》があるから、拒まれても表沙汰《おもてざた》にはしないが、一般では拒むことはできない、藩の銀札を拒めば罰せられるからである。したがって、それを通用させるためには物の価格を上げるよりしかたがないし、それは他の銀札にも影響を及ぼすことになる。

──現に去年十月に比べると、一般の物価は一割ちかくも高くなっているよ。

と代二郎が云った。すると久良馬が訊いた。

──問題はやはり右京亮さまだな。

──そして御側近の三人だろうね。

——よし考えよう。

久良馬は濃い一文字眉《まゆ》をぴくっとさせた。

老臣たちが右京亮を抑えにくいのは理由があった。右京亮康貞は石見守の子ではなく、松平出羽家から養子に入ったものである。石見守康富が幕府の閣老として江戸常府だから、右京亮を国許《くにもと》に置いて藩政を執らせているのであるが、まだ若くもあるし、大名育ちの向う見ずと、主我意識のひどく強い、そして神経過敏でぎらぎらするような性格のため、老臣たちはみな腫《は》れ物にでも触れるような感じで接しなければならなかった。そのうえ側近に悪い人間がいた、井関藤也、小森銃蔵、落合庄次郎という三人である。——井関は右京亮が実家から伴れて来たもの、他の二人は江戸邸から抜いて来たのであるが、小森は三十二歳になり、江戸では二百五十石の書院番。落合は二十八歳で、百五十石ばかりの中小姓《こしょう》を勤めていた。これらが、井関と小森は側用人《そばようにん》、落合は執奏として右京亮の側近をかため、殆《ほと》んど独裁的に政治を動かしていた。だいたい右のような事情だったのである。

三

それから約半年、久良馬はしきりに代二郎を湯の山へ誘いだした。どうしても彼を男にせずにはおかない、と云《い》うのであるが、実際は同行者がしだいに殖《ふ》えるし、湯治宿（もう妓楼《ぎろう》には寄りつかなかった）では密談をするのが主になった。かれらは無謀な政治がどう行われ、いかなる弊害を生じているかということを調べ、それに対抗する方法を練るのである。代二郎は経済や政治の理論的な説明役のような立場で、初めから不即不離の態度をとり、むしろかれらの熱狂を鎮《しず》めようとさえした。

久良馬はその実行力にものをいわせて、老臣方面にもはたらきかけたらしい。だが、それは保守的な老臣たちに逆効果を与え、久良馬はひどく叱《しか》られた。

——政治に口を出すことは法度《はっと》である。

妄動《もうどう》は内紛のもとだからきっと慎め、と厳重に戒告されたのであった。

久良馬は沈黙した。そして、なおしげしげと代二郎を伴《つ》れて湯の山がよいを続けた。十五人ばかり集まっていた同志も解散したが、これは隠密《おんみつ》に連絡がとられていたらしい。久保貞造、板土友次郎、丸茂源吾らの三人が、ごくときたま湯治宿でいっしょになった。代二郎が警戒するような顔をみせても、久良馬はいつも先手を打って話を避けた。

——いいから今夜こそ男になってみろよ。

などというのである。道楽は若いうちにすべきだとか、道楽の経験のない者は半人前の価値しかないとか、また代二郎が遊ばないのは、生娘《きむすめ》が初夜をおそれるようなもので、そこを踏み越えればなんでもなくなるのだ、などというのであった。

――初夜といえば、おれは妻《めと》を娶るときに考えたのだが、女が嫁にゆく勇気というものはすばらしいな。

久良馬はあるとき卒然と云った。

――生れた家を出て、育てられた親や兄弟姉妹と別れて、殆《ほと》んど見も知らぬ他人の生活の中へ入ってゆく、どんな運命が待っているかもしれない「初夜」の帳《とばり》の中へ、なんの経験もない少女がただ一人で敢然と入ってゆく、この勇気はすばらしいものだ。

代二郎は苦笑しながら云った。

――それは男だって同じことだと思うがね。

久良馬はにらみ返した。なんというだらしのない人間だ、とでもいうようなにらみかたであった。代二郎は知らないふりをして、そっぽを見ていた。

加印なしの銀札はいちど回収された。物価の高騰《こうとう》に対する不評を緩和するためであろう。事実それを機会に物価は下るけはいをみせた。しかし、回収するためには資源がなくてはならない。そこで右京亮は領内全般の田地に竿《さお》入れを命じ、約五千石という石高を新たに計り出した。検地は七年まえにもいちどあったし、こんどの竿入れは特に徹底的で、余歩（検地するとき農民のために計り残す部分）も余さないというやりかたであった。しかし、それでも新銀札の全回収はできない、続いて家臣ぜんたいの食禄《しょくろく》を、向う五年にわたって二割借上げという方法をとった。

この藩に限らず、当時は諸侯ぜんたいが経済的に逼迫《ひっぱく》していたのであるが、ここでは計画がゆき当りばったりで、生産の裏付けのない金融操作にはしったため、その状態はしだいに破局的なものになっていった。

――これは取返しのつかぬことになるぞ。

――根本的な改革をしなければだめだ。

そういう声が高くなった。

その声は右京亮を制するよりも、さらにその無謀さを煽《あお》る結果になった。回収しきれなかった加印なしの銀札をそのままにして、新たに銀札を発行し、また運上《うんじょう》の範囲を間口二間《けん》以上の家屋、土蔵、物品や売買、庭樹《にわき》、井戸などにまでひろげた。しかも一方では、藩侯の別墅《べっしょ》を造営するために、城下の東南にある田地（そこは領内屈指の沃土《よくど》であった）を五万坪あまりもつぶすといいだしたのである。……老臣たちは江戸へ使者を送った。だが、石見守は多忙で詳しく検討する暇がなかったのだろう。同時に経済的ゆき詰りから生ずる紛糾は、大なり小なり各藩に共通する問題だったから、同じような例だと思ったのかもしれない。

——こんな事をわざわざ江戸まで申告げて来てどうする。国許《くにもと》に人はいないのか。

こう叱られて使者は帰った。

これは秘密にされていたが、いつ漏れるともなく評判になり、除村久良馬たちの耳にもはいった。そして湯の山の会合になり、側近の三人を斬《き》ろうという結論が出た。苛酷《かこく》な年貢《ねんぐ》(二回の検地竿入れによる)に耐えかねて、土地を捨てて去る農民が出はじめていた。銀札の濫発で物価はあがるばかりだし、商人にも倒産するものが相次いで出た。

——右京亮さまを動かしているのは側近の三人だ、責任のすべてが三人にあるとはいわないが、右京亮さまを老臣重職から隔離し、藩政をここまで紊乱《ぶんらん》させたのはかれらだ、まずかれらを除かない限り藩政改革の策は立たない。

会合に集まったのは十七人、代二郎もその席にいた。三人を斬ろうという説は、代二郎をべつにして全部の者が賛成した。代二郎は反対だった。三人を斬ればこちらからも犠牲者を出さなければならない、それよりもっと穏便な方法がある筈《はず》だ。こう主張した。

——脇屋は思慮にとらわれすぎる、ときにはその思慮を捨てろ、無思慮も思慮の一つだぞ。

久良馬はそう云ったが、「こちらからも犠牲者を出さなければならない」という言葉で、その場の熱狂した空気はちょっと冷えたようにみえ、もういちど集まろうということで、そのときの会合は終ったのであった。

「彼は感づいたのだ、あのとき熱狂した空気が冷えたのを」代二郎は呟《つぶや》いた、「――そして彼は、自分がやろうと即座に決心し、今日それを実行したのだ、しかし、小森は討ちとめたが他の二人は逃がしてしまった……そうだ、このまま切腹できない気持はよくわかる」

そういう呟きとはべつに、彼の脳裡《のうり》ではしきりに対策が立てられていた。

「代二郎さん、――」

廊下から茂登女の呼ぶ声がした。障子があいたので振返ると、母が除村の桃世を伴れて入って来た。桃世はもう十八歳になり、軀《からだ》の小柄なところは変らないが、肌の色は白く、少し赭《あか》かった髪の毛も艶《つや》やかに黒くたっぷりとして、（茂登女の予言したほどではないが）縹緻《きりよう》もずっとひきたってみえた。

「除村から縁を切ってまいりました」桃世は手をついて云った、「――どうぞこれからお頼み申します」

「待っていたところです」と代二郎が云った、「――早速ですがこれから登城しますから、母に訊いて支度をして下さい」

「除村さんへいらっしゃるんでしょう」

茂登女がそう訊くと、代二郎はそれには答えないで桃世に云った。

「登城ですよ、麻裃《あさがみしも》を出して下さい」

四

桃世はおちついて着替えを助けた。少し蒼《あお》ざめてはいるが、動顚《どうてん》したようすはどこにもなかった。代二郎は袴《はかま》の紐《ひも》を結びながら、劬《いたわ》るように笑いかけた。

「除村が私を湯の山へ伴《つ》れていって、道楽をさせようとしたことを知ってますか」

桃世は「はい」と頷《うなず》いて、代二郎を見あげながら、羞《は》ずかしそうに微笑した。

「それではとうとう道楽ができなくて、彼に軽蔑《けいべつ》されたことも知っているでしょう」

「はい」と桃世が答えた。

「貴女《あなた》はどうです、やっぱり軽蔑しますか」

「いいえ」と桃世は赤くなりながら答えた、「――うれしゅうございましたわ」

「それは有難い」

代二郎はそう云《い》いかけて振向いた。家扶の小泉専之丞が入って来た。彼は家士たちを遣《や》ってようすをさぐらせたのだろう、そこへ膝《ひざ》をついて家士たちの報告を伝えた。――それによると、除村では門をひらいて竹矢来《やらい》を結い、すでに三十人ほど集まっているし、なおあとから駆けつける者が絶えない。また老臣重職のうち染谷靫負《ゆきえ》、岡安益左衛門の二人は登城したが、他の人たちは門を閉めて、屋敷にひきこもったまま出ない。ということであった。

「よし、わかった」代二郎は桃世から扇子を受取りながら家扶に云った、「――私は登城するから、誰も外へ出さないように頼む」

そして彼は玄関へ出ていった。茂登女は来なかったが、桃世が式台まで送って出た。代二郎は刀を差しながら桃世を見た。桃世の眼は涙ぐんでいるように見えた。彼はその眼に笑いかけながら云った。

「心配しなくてもいいよ」

そして静かに履物をはいた。

代二郎は父が生きていなくてよかったと思った。父の唯右衛門は去年の五月に病死し、そのため桃世との結婚も一年延びたのであるが、善良で小心な父が生きていたら、どんなに心痛し途方にくれるか、そうしておそらく桃世との婚約も破棄されるだろうということが、彼には眼に見るように想像された。……殿町の家から登城するには巽《たつみ》門が近い、だが、そうすると、馬場下の除村家のそばを通らなければならないので、代二郎はまわり道をして、大手門へ向った。途中の町筋は色めき立っていた。早くも逃げだす人たちだろう、老人や子供をせきたてたり、家財を荷車に積んだりして、辻《つじ》町から檜物《ひもの》町のほうへ、群衆が列をなして動いていた。

大手門には槍組《やりぐみ》の人数が出ていた。代二郎が通ると、かれらは異様な人間をでも見るように、眼をそばだて、また聞えがしに囁《ささや》きあった。

「脇屋だ、除村の妹のあれさ」

「どうしたんだ」と云う声も聞えた、「彼は徒党に加わらないのか」

代二郎は聞きながして通った。

そこから中の口へゆき、中の口からあがって、中老の役部屋へ入るまで、ゆき交う人たちすべてがそういう眼で彼を見、不審そうに囁きあうのであった。……殿中はひっそりしていた。出来事の重大さと、どうなるかわからない不安のために、あらゆるものが息をころしている、といったような静寂さであった。役部屋には誰もいなかった。代二郎は支度を直して、老職の詰所を覗《のぞ》いたうえ、そこにも誰もいないのを見て広敷へいった。広敷には坊主《ぼうず》や近習《きんじゅ》番たちが集まって、みんな顔色を変え、うろうろと立ったり坐《すわ》ったりしていた。彼は取次を待つまでもないと思い、そのまま長廊下を奥へいった。すると黒書院から染谷靭負の出て来るのが見えた。染谷は年寄肝煎《きもいり》で、右京亮の与党に数えられている。代二郎は靭負をやり過しておいて、すばやく黒書院へ入った。

右京亮は上段で叫んでいた。彼は二十七歳になる。瘦《や》せた肉の薄い軀《からだ》つきで、おもながな顔に尖《とが》った高い鼻と、両方から迫った濃い眉毛《まゆげ》と、するどく光る大きな眼とが、いかにも癇癖《かんぺき》の強い性格をあらわしている。いまその顔は怒りのために歪《ゆが》み、双眸《そうぼう》は殆《ほと》んど逆上の色を帯びていた。

「ここでは余の意志はとおらないのか」と右京亮は叫んでいた、「――あのしれ者は小森を斬《き》り落合を傷つけたうえに、徒党を集めて己れの屋敷にたてこもったというではないか、これは謀反《むほん》だ、明らかに叛逆《はんぎやく》だぞ」

上段のすぐ下に岡安益左衛門がいた。岡安は末席の家老であるが、もう六十歳を越しているし、温厚篤実《とくじつ》というだけの人で、ただもう低頭しながら、おろおろと云い訳めいたことを云うばかりであった。老人のすぐ脇《わき》に井関藤也と落合庄次郎の姿が見えた。うしろ姿でよくわからないが、落合は頭の半分を晒《さら》し木綿で巻いている。たぶんそれが久良馬のあびせた一刀であろう。ほかに二十余人、小姓組の者と近習番、それに番頭格《ばんがしら》の者も五人ばかりいた。

「討手を出せ、余の申しつけだ」右京亮は拳《こぶし》で脇息《きょうそく》を打ちながら叫んだ、「――弓、鉄砲を持って取詰めろ、手に余らば火をかけて焼き払え」

益左衛門は平伏し、染谷が戻るまでいま暫《しばら》く、必ず御意のとおりに計らうから、とふるえ声で同じことを繰り返しなだめた。代二郎は人々のあいだを静かに膝行《しっこう》し、席次どおりの位置で頭をあげた。

「申上げます、中老脇屋代二郎、申上げます」

高い声ではないが、よくとおった。右京亮がこちらを見た。他の人たちも振向き、多くの者があっという眼をした。

「御上意のように討手を差向けましては騒擾《そうじょう》がひろがり、お家の大変になりかねません」と代二郎は云った、「――刃傷《にんじょう》の罪は除村久良馬ただ一人、彼に詰腹を切らせれば相済むことでございます、おそれながら一人のために大事を起こすようなことは思《おぼし》召《め》し違いかと存じます」

「刃傷の罪も罪、徒党を集めて家にたてこもるのは謀反だぞ」

「徒党を集めたと申すのは注進の誤り、事実は彼の暴挙を防ぐため、彼をとり鎮《しず》めるために親族縁者が集まったにすぎません」代二郎はひと膝《ひざ》進めて云った、「――おそれながら私に上使の役をお申しつけ下さい、すぐにまいって彼に詰腹を切らせます」

右京亮は井関と落合の顔を見た。二人がどういう反応を見せたかは疑うまでもない、除村久良馬は練志館の師範で、崇拝する門人も多いし、家中《かちゅう》ぜんたいの信望も篤《あつ》い。討手など出せばどんな騒動になるか、かれらにもよくわかっていたに違いない。右京亮の激昂《げっこう》にもかかわらず、討手を出し渋っていたのはそのためで、代二郎の申し出は、かれらにとってむしろ渡りに舟のようであった。

「その言葉に間違いはないか」と右京亮がこちらを見た、「——間違いなく、彼に詰腹を切らせるか」

「御上意を頂ければ切らせます」

「よし、まいれ」と右京亮が云った、「——上使を申しつけるぞ」

五

「慥《たし》かに、承知仕《つかまつ》りました、つきましては、——」

こう云って、代二郎は左右に眼をやり、佐藤喜十郎という番頭のいるのを認めた。喜十郎は三百二十石で、徒士《かち》組総支配を勤めている、代二郎は右京亮に云《い》った。

「つきましては検視役として、御側《おそば》より井関藤也どの、またあれなる佐藤喜十郎をお差添え願います」

「よし、両名の者みとどけてまいれ」

井関藤也はびくりとした。

「私は辞退仕ります」藤也は云った、「——私は、私はそのお役には適しません」

「貴方《あなた》は小森どのと親しかった」と代二郎が云った、「——除村久良馬の切腹をみとどけるのに、貴方ほど適した人はない筈《はず》です。それとも除村を怖《おそ》れて辞退なさるのですか」

「井関、みぐるしいぞ」右京亮が叫んだ、「——余が申しつけるのだ、まいれ」

藤也は平伏した。代二郎は佐藤喜十郎を見て、それから静かに座を辷《すべ》った。

井関藤也は臆《おく》していた。右京亮もそんなに激怒していなかったら、彼を検視役には出さなかったかもしれない。「除村を怖れてか、——」という代二郎の言葉は、右京亮の怒りを煽《あお》ったうえに、もっと強く藤也の拒絶を抑えたようであった。佐藤喜十郎もおちつかないようすだった、彼は徒士組総支配だから登城していただけで、この騒ぎには巻きこまれたくなかったし、もとよりそんな役は引受けたくなかった。

——これはただでは済まないぞ。

彼はそう思った。除村がおとなしく腹を切るとは考えられない、集まっている者たちが切らせもしないだろう。反抗された場合にどうするか、その点が心配でおちつかないようにみえた。

「警護の者を伴《つ》れていってはどうでしょうか」

長廊下をさがる途中で、佐藤喜十郎がそう云った。藤也はすぐに賛成しかけたが、代二郎はあたまからはねつけた。

「気の立った者が集まっているところへ、警護の人数など伴れてゆけば衝突が起るに定《きま》っている、とんでもないことです」

代二郎はかれらに供を伴れることも許さず、「上使」の作法どおり、大目付《おおめつけ》の者五人の供立てで除村家へ向った。

除村の家は馬場下の角地《かどち》にあった。辻《つじ》町の通りを大馬場につき当った右の角で、こちらに倉沢重太夫という納戸《なんど》奉行の屋敷があり、片方は小者《こもの》長屋になっていた。倉沢家は門を閉めていたし、小者長屋もひっそりと鎮《しず》まって、道にも人の姿は見えなかった。……除村では門をいっぱいに開き、青竹のそいだもので矢来を結いまわして、門内には水を張った手桶《ておけ》が、幾十となく並べてあり、また夜戦に備えるためだろう、ところどころに松明《たいまつ》を組んで立ててあるのが見えた。

大目付の者は門からずっと離れた処《ところ》に待たせ、かれらは三人だけで屋敷の中へ入っていった。玄関の前に七八人、小具足を着けた若侍たちがいて、三人を見ると（刀をひきそばめながら）前へ立ち塞《ふさ》がった。

「乱暴してはいけない、――私は右京亮さまから遣《つか》わされた上使だ」代二郎が云った、「――どうか除村にそう取次いでくれ」

そのとき玄関へ板土友次郎があらわれた。彼も桶皮胴《おけがわどう》を着け、足拵《あしごしら》えをしていた。代二郎を見てとび出そうとし、佐藤と井関がいるので、式台のところで踏み止《とど》まった。

「いま上使と云われたのは貴方ですか」

板土がそう云った。代二郎がそうだと答えると、彼は嚇《かっ》となって、ちょっと吃《ども》りながら叫んだ。

「本当に貴方が、脇屋さんがですか」

代二郎は答えなかった。

「貴方は除村先生の立場を知っている」と板土友次郎が叫んだ、「われわれは貴方が、事を共にするために此処《ここ》へ来るものと信じていました、それを貴方は、上使として来られたというのですか」

「そのとおりだ」と代二郎が云った、「――どうか除村にそう取次いでくれ」

「まっぴらです」と友次郎がどなった、「私にはそんな取次ぎはできない、帰って下さい」

板土の声を聞きつけたのだろう、やはり武装した若侍たちが三人、どかどかとそこへ走り出て来た。その中に久保貞造がいて、なお板土のどなるのを聞きながら、烈《はげ》しい敵意の眼でこちらを睨《にら》みつけ、ついで井関藤也をそれと認めたのだろう、手をあげて「うしろを固めろ」と叫んだ。もちろん小具足を着けた七八人のなかまに云ったものので、かれらはすばやく代二郎たち三人の退路を塞いだ。すると久保貞造が、奥へ向って絶叫した。

「獲物《えもの》がかかったぞ、出て来い、井関藤也だ」

井関は見えるほど震えだし、蒼白《あおじろ》く硬《こわ》ばった顔で、代二郎を横眼に見ながら、刀の柄《つか》に手をかけようとした。代二郎がそれと気づいて、その手を押えたとき、奥から五人ばかりの者がとびだして来た。先頭に丸茂源吾、ほかにも代二郎の知っている者が二人、みんな「練志館」の門人で、そしてあとから久良馬も来た。……除村久良馬は黒の紋服に仙台平の袴《はかま》をはき、下は白で、鎖帷子《くさりかたびら》を着けているのが見えた。彼は左手に刀をさげ、白足袋の足どりも鮮やかに前に出て来て、正面から井関藤也を見おろした。

「右京亮さまの上使として来た」と代二郎が云った、「――この二人は私から願った検視役だ、とおしてもらいたい」

久良馬の眼は井関から動かなかった。

「斬《き》らないんですか」と貞造がどなった、「私がやりましょうか、先生」

その声でさっとみんなが殺気立った。電光のはしるように、三人を取巻いた全部の者が殺気立つのが感じられた。

「そうはしない筈だ」と代二郎が云った、「除村はそうはしない筈だ、除村は一藩の急を救うために小森銃蔵を斬った、他の二人は討ち損じたが、小森を仕止めたことで奸悪《かんあく》の所在をはっきりさせ、全藩に侍の本分と決意のほどを示した、除村は目的を達したのだ、城下に乱を起こし、多くの人を謀反《むほん》の罪に巻きこむようなことはしないはずだ、断じて除村はそんな暴挙はしないはずだ」

久良馬が初めて代二郎を見た。それまでじっと（またたくことの少ない眼で）井関をにらんでいて、怯《おび》えあがった井関が全身で震えているのを慥かめて、その眼をようやく代二郎に向けた。代二郎もその眼を静かに見返した。

「それで」と久良馬が云った、「――おれにどうしろというのだ」

「まずこの人たちを解散させてくれ」

「われわれは御免です」と丸茂源吾が云った、「われわれは生死ともに先生といっしよです」

するとと全部の者が口ぐちにどなりだした。久良馬は大喝した、少ししゃがれた、よく徹《とお》る声で、玄関の天床《てんじょう》がびんと反響した。

「脇屋の言葉はもっともだ、おれの目的は十分に達した」と久良馬は云った、「——二人を討ちもらしたうえに、討手を向けられると思ったからひと当てやるつもりだった、しかし脇屋が上使として来た以上もうすることはない、みんなその男を見ろ」久良馬は井関を指さした、「息もつけないほど怯えあがって、がたがた震えているその男を見ろ、そいつはもう死んだも同然だ、われわれが手を出すまでもない、そいつも落合もやがて自分で逃げだすだろう、おれの目的はもう達した、みんなこのまま引取ってくれ」

六

集まっていた者たちは解散した。

久良馬の翻意が動かないのと、久良馬が処罰でなく切腹だと聞いたからである。かれらの多くは泣きながら、竹矢来を除き、水手桶《ておけ》や夜戦の支度を片づけた。家の中も、あげてあった畳を直し、障子や襖《ふすま》を立て、土足で汚したところをすっかり拭《ふ》き清めた。

丸茂源吾が代表で、切腹に立会いたいと申出たが、これは代二郎が拒絶した。

「それより丸茂に頼みがある」と代二郎は源吾に云《い》った、「除村が切腹すればこの家は没収されるから、妻女と市松どのを私の家へお伴《つ》れ申してくれ、それから久保と板土は残って、遺骸《いがい》の始末をてつだってもらおう」

その他の者はすぐ解散するようにと、代二郎は隙《すき》を与えない口ぶりで云った。

丸茂、板土、久保の三人が残り、十帖《じょう》の客間に切腹の支度をした。畳一帖を裏返して、晒《さら》し木綿を張り、それを部屋の上段に据えた。久良馬はそのあいだに奥へ入って白装束に着替え、髪を水で結い直して戻った。……代二郎たち三人は、隣りの六帖に坐《すわ》って見ていた。久良馬が置き畳の上に直ると、妻のいつきが短刀をのせた三方《さんぼう》を捧《ささ》げて来た。そのあとから三歳になる市松が（召使たちがみんな立退《たちの》いたからだろう）吃驚《びっくり》したような顔でついて来、母親といっしょに、久良馬の前へちょこんと坐った。

母子は簡単な別れの言葉を述べて、すぐに奥へ去った。代二郎はいつきが男まさりで、気の勝った性分だということをよく知っている。また今日は親子もろとも死ぬ覚悟で、もう水盃《みずさかずき》なども済ましていたのかもしれないが、それにしてもその別れようはあまりにみれんげがなく、あまりに凛《りん》として非情にさえみえた。代二郎は丸茂にめくばせをした。源吾は頷《うなず》いて、母子のあとを追ってゆき、板土と久保がこちらの六帖へ来て坐った。

代二郎はまだ黙っていた。奥のほうで人の出てゆく物音がし、それが聞えなくなると、家の中は急にひっそりと鎮《しず》まった。そのとき、井関藤也がまた震えだした。急にひろがった沈黙のなかに、再び危険を感じたのであろう、代二郎には彼の震えだすのがはっきりわかった。

「脇屋――」と久良馬が云った。

代二郎は頷いて立ち、久良馬の脇《わき》へいって坐った。そうして、久良馬が短刀を抜くと、静かに振向いて云った。

「井関どの、みとどけられたか」

藤也は眼をあげた。佐藤喜十郎もそちらを見たが、藤也は短刀のぎらぎらする光と、衿《えり》をくつろげる久良馬の姿を見て、ひとたまりもなくその眼を伏せた。

「慥《たし》かにみとどけましたな」と代二郎が云った、「――では御帰城のうえ、御前へその旨《むね》を申上げて下さい、私は除村の友人として、遺骸の処置をして帰ります」

佐藤喜十郎がなにか云おうとした。けれども代二郎は気もつかぬようすで、久保貞造と板土友次郎に云った。

「御検視が帰られる、お見送り申せ」

井関藤也はすぐに立った。喜十郎はちょっと躊躇《ちゅうちょ》するふうだったが、井関が立ってゆくので、これもあとから座を立った。

黄昏《たそが》れてきた部屋の中に、久良馬の取り直す短刀が、きらりと冷たく光って見えた。

代二郎はそれから一刻ちかくもおくれて城へ帰った。右京亮はすぐに、黒書院へ彼を呼びつけた。さきに帰った二人のどちらが報告したか、切腹の現場を見せなかったというので、右京亮はすっかり怒っていた。……代二郎は平然と聞いていた、そのとき黒書院には染谷靭負と岡安益左衛門の二老職に、小姓と近習番とで五人。井関も落合の姿も見えなかった。

「申せ、代二郎」と右京亮が叫んだ、「検視役に見せずして、久良馬の切腹を誰が慥かめた、切腹の現場を見せずしてなんの検視役だ」

「おそれながら」と代二郎が答えた、「除村久良馬の切腹は、御上使として私がしかと慥かめました」

「証拠はそれだけか」

「彼はみごとに致しましたし、遺骸は玉林寺に葬りました、私は御上使として、この眼で慥かにその始終をみとどけてまいりました」

「もういちど訊《たず》ねる、検視役に見せなかったのはどういうわけだ」

「彼を武士らしく死なせるためです」と代二郎は云った、「——申すまでもなく、検視役が立会うのは罪死のばあいです。彼は罪人ではございません、藩家の危急を救うためにその身も家も捨て、妻子と絶縁してその本分を尽しました、重ねて申上げますが彼は罪人ではございません、私は彼を武士らしく、心しずかに死なせてやりたかったのです」

「その言葉を余に信じろというのか」

「検視役の御両名も証人の筈《はず》です」と代二郎が云った、「——万一にも御疑念があってはと存じて、私は自分から検視役をお願い申しました、御両名はその場を見、彼が切腹の座につき、衿をくつろげ、短刀を取るまでみとどけられたのです、もしそこに些《いささ》かでも胡乱《うろん》があれば、検視役たる御両名が帰られる筈はありません」

代二郎はこう云い切って、相変らず平然と面をあげていた。右京亮の拳《こぶし》は（脇息《きょうそく》の上で）わなわなと震えていた。彼は刺すような眼で代二郎を睨《にら》みながら、叱咤《しった》の言葉に詰ったようであった。代二郎は静かに低頭し、ずっとさがってから染谷と岡安の二人を見た。

「御老職おふた方に一言申上げます」と云った、「——除村久良馬は存念を残しております、藩家の危急が打開され、万事安泰となるまでは死にきれますまい、また、われら家臣一統も彼の存念の残るところを忘れは致しません、そのことをよくよくお含み下さるよう、お願い申しておきます」

そして右京亮に向って平伏した。右京亮は憤然と立ち、黙ってさっさと奥へ去った。二人の小姓が(一人は刀を取って捧げながら)そのあとを追った。

七

久良馬の初七日に当る夜、玉林寺でひそかに法事が行われた。まだ世間を憚《はばか》るので、参会したのは遺族母子と代二郎夫妻、その他には一人も呼ばなかった。玉林寺では(亡父と親しかった)浣石和尚《おしょう》が健在であった。和尚は右京亮の不興を承知の上で、久良馬の遺骸《いがい》を引受けてくれたし、その夜の法事にも脇僧《わきそう》五人のさきに立って、自ら供養《くよう》の導師を勤めてくれた。

読経《どきょう》が終り、焼香が済んだとき、市松はもう母の膝《ひざ》で居眠りを始めた。いつきはその子の肩を袖《そで》で包みながら、初めて代二郎に話しかけた。七日まえに脇屋家へ来てから、口をきくのはそれが初めてであった。僧たちはすでに去ったが、本堂の須弥壇《しゅみだん》には灯が明るく、大きな香炉からは、香の煙がまだ濃くたちのぼっていた。

「わたくし残念です」といつきは云《い》った、「――あなたのなされかたは道理にかなっていられるかもしれません、けれどわたくしは、除村を男らしく死なせてやりとうございました」

「男らしくですって」

「除村は思い切ったのです」といつきは云った、「――侍の義理も名も捨て、妻子もろとも斬《き》り死にをしよう、そう思い切ったのです、男がそこまで思い切ったものを、どうして望みどおりに死なせてやって下さらなかったのですか」

「なるほど、その意味ですか」

代二郎はちょっと当惑した。いかにもいつきらしいが、そういう苦情をそんなにはっきり、しかも面と向って云われようとは思いがけなかった。

「しかし私はこう思うのです」代二郎は云った、「――彼が小森を斬ったのはどこまでも藩の安泰を守るためで、決して破壊するのが目的ではなかったでしょう、彼が小森を斬ってくれた、その決断があったからこそ、私があと始末を買って出たのだし、その始末もうまくいったので、これはみな彼の男らしい決断のたまものだと思いますがね」

「それはあなたのお道理です、わたくしは道理を申してはおりません」

そのとき向うの暗がりで声がした。

「そうだ、おまえの云うとおりだ」

三人は声のしたほうへ振向いた。すると、光の中へ一人の僧が現われ、苦笑しながらこっちへ来た。それは頭をまるめ法衣を着た、僧形《そうぎょう》の除村久良馬であった。

「まあ」いつきが叫んだ、「あなた——」

彼女は殆《ほと》んどとびあがって、抱いている市松を危うく落しそうになった。

「おまえの云うとおり、脇屋は文弱だからおれたち夫婦の気持などはわかりゃしない」久良馬は近づいて来ながら云った、「——これを見てくれ、彼は斬り死にをさせなかったばかりでなく、おれをこんな姿に化けさせてしまったぞ」

いつきは茫然《ぼうぜん》として、口をあけ、肩で息をしながら、またたきもせずに良人《おっと》をみつめていた。久良馬はそこへ坐《すわ》り、これも吃驚《びっくり》してなにも云えない桃世に向って、さも軽蔑《けいべつ》に耐えないというように、法衣の袖《そで》を摘《つま》んでみせた。

「もっと云ってやれ、いつき」と久良馬は続けた、「——脇屋は文弱なだけではない、むしろ悪知恵に長《た》けたやつだ、悪知恵に長けたうえに、あのどたんばでこんな策略をして、平気でいるという不敵なやつだ、おれが許すから云いたいだけのことを云ってやれ」

いつきは代二郎を見た。顔が歪《ゆが》み、眼から涙がこぼれ落ちた。いつきは涙のこぼれるままの眼で、くいいるように代二郎をみつめ、それから眠っている子の上に頭を垂れた。

「堪忍《かんにん》して下さい、脇屋さま、――」

しかしあとは嗚咽《おえつ》のため、言葉にならなかった。

「私は除村を死なせたくなかった」と代二郎が云った、「――小森のような人間と、命の引換えをさせたくなかったのです、右京亮さまもめがさめればわかって下さるでしょう、除村には出家してもらいましたが、時が来れば必ず家名の立つようにします、よけいなことをしたかもしれませんが、その時の来るまで辛抱して下さい」

いつきは嗚咽に遮《さえぎ》られて、答えることができなかった。しかし彼女はその全身で、感謝の情を表白していた。代二郎は桃世にめくばせをし、帰る支度をしながら久良馬を見た。

「今夜はお二人を此処《ここ》へ泊める」と代二郎は彼に囁《ささや》いた、「――庫裡《くり》へはそう云ってあるからね、私たちはこれで帰らせてもらうよ」

久良馬はむっとした顔で頷《うなず》き、「桃世」と妹に呼びかけた。桃世は包み物をしていたが、その手を止めて兄を見た。

「脇屋に嫌われるな」と久良馬は云った。

桃世は黙って低頭した。眉《まゆ》を剃《そ》り髷《まげ》に結った顔が、そのときぽっと赤くなった。

「姿だけは妻らしいがね」と代二郎が微笑しながら云った、「――実を云うと祝言《しゅうげん》は今夜なんだ」

久良馬はけげんそうな眼をし、そして口ごもった。

「するとつまり、二人は今夜が」

「そうなんだ」と代二郎が云った、「――こちらは名残りの夜で、われわれは……というわけだ、ではこれで帰るよ」

（「週刊朝日増刊号」昭和二十九年四月）

四日のあやめ

一

二月下旬の寒い朝であった。六七日まえからすっかり春めいて、どこそこでは桜が咲きはじめた、などという噂《うわさ》も聞いたのに、その朝は狂ったように気温がさがり、家の中でも息が白く凍るほどであった。——早朝五時ちょっと過ぎたじぶん、千世《ちせ》が居間で鏡に向っていると、家士の岩間勇作が来て「来客です」と告げた。もちろん戸外は明るくなっているが、まだ客の来る時刻ではなかった。

「深松さまです、裏殿町の深松伴六さまです」と勇作は云《い》った、「たいそうおいそぎのようすで、大事が起こったからすぐおめにかかりたい、玄関で、と申しておられます」

大事という言葉が千世の耳に刺さった。良人の五大主税介《ごだいちからのすけ》はまだ寝ていた。

「わたくしがまいります」

千世はこう答え、紙で手早く指を拭《ふ》きながら立ちかけたが、ふと吃驚《びっくり》したように鏡の面を覗《のぞ》いた。いまそこに人の顔が映ったのである。自分のではない、蒼白《あおじろ》く痩《や》せた老婆《ろうば》の顔のようであった。

——いつかもこんなことがあった。千世は胸騒ぎを感じながら立ちあがった。

覗いた鏡にはむろん自分の顔しか映っていない、千世は胸騒ぎを感じながら立ちあがった。


深松伴六は玄関に立ってふるえていた。彼は七十五石の近習番《きんじゅ》で、年は二十五歳、良人より三つ若いが、二人は兄弟のように仲がよかった。——伴六はひどく昂奮《こうふん》していた。外が明るいので顔はよくわからないが、握っている両の拳《こぶし》がふるえているし、その声も平生とはまるで違うように聞えた。

「今日は非番なものですから、まだやすんでおりますけれど」

「ではこうお伝え下さい」と伴六は云った、「とうとう徒士《かち》組と衝突しました。場所は籠崎《かごさき》の大洲、時刻は六時です」

千世はくっと喉《のど》が詰った。伴六はなお、自分はこれから土田と唐沢《からさわ》へまわるが、刻限が迫っているからすぐ起こしてくれるようにと云い、門の外へ出ていったと思うと、（そこに繋《つな》いでおいたのだろう）馬に乗って駆け去るのが聞えた。戛々《かつかつ》というその蹄《ひづめ》の音が聞えなくなるまで、千世は動くことができなかった。

——大変なことだ、大変なことになった。

彼女はふらふらと立ちあがった。

「あの方たちは良人を頼みにしている」と彼女は呟《つぶや》いた、「良人もあの方たちが自分を頼みにしていることをよく知っている、早く起こして知らせなければならない」

彼女は廊下を寝間の前までいったが、そこで急に立停った。何十人という多勢の人たちの、激しく斬《き》りむすんでいる姿がふと眼にうかんだのである。ぎらぎらと閃光《せんこう》をとばす刃や、つんざくような叫喚や、そして、血に染まって倒れる姿までが、……その群れの中に良人がいる、五大主税介の蒼白くひきつった顔がこちらへ振返る。いやそれは良人ではない、痩せた皺《しわ》だらけの老婆の顔、いましがた鏡の面に映った（ように思った）あの老婆の顔である。千世は恐怖のあまり吐きけにおそわれ、その吐きけから逃げようとでもするように、寝間へはゆかないで自分の居間へ戻った。

――あの老婆の顔はなにかの知らせだ、慥《たし》かに、まえにもあんなことがあった。

千世は坐《すわ》って鏡を見た。白く乾いたような自分の、怯《おび》えて歪《ゆが》んだ顔が映った。血のけのひいた唇が見えるほどふるえている。彼女はその唇を噛《か》んで、それから舌で濡《ぬ》らした。

「いいえ、そうではない」と千世は首を振りながら鏡の中の自分に云った、「決してそうではない、自分も武士の妻だ、良人の危険が怖《おそ》ろしいのではない、あたしだってそれほどみれんな女ではない、ただ、いますぐに起こしては悪いような気がする、なにか考えなければならない大事なことがあるようだ」

深松伴六の知らせて来たのは重大な事であった。

彼は「とうとう徒士組と衝突した」と云った。それは馬廻りの者と徒士組の者とが決闘するという意味であった。徒士組と馬廻りとのあいだに、数年まえから根強い確執があり、いちどは衝突が避けられないだろうといわれていた。千世はこの五大家へ嫁《か》して来て一年あまりになるが、まだ実家の江木にいるじぶんからその噂を聞いていた。一方には「そんな事は起こらないだろう」という評もあった。現に実家の兄の江木重三郎もその一人であった。

――噂がこんなに弘《ひろ》まってしまうと、その噂が中和剤になって、そのこと自体は却《かえ》って起こりにくくなるものだ。

兄はそう云っていた。だが、ついにそれが事実になったのである。良人の五大主税介は隈江流という刀法の達者で、藩の道場「精明館」の師範をしていた。徒士組との決闘になれば、彼は馬廻りの中心となり先鋒《せんぽう》となることは必至である。とすれば、双方で何十人という多勢が斬りむすび、その一方の中心となり先鋒になるとすれば、

……千世は身ぶるいをした。

「いいえ、それが怖ろしいのではない」と彼女はふるえながら呟いた、「良人が傷ついたり、もしかすると斬り死にをするかもしれないということは怖ろしい、けれどもそれだけではない、もっと大事なこと、もっと恐れなければならないことがほかにある、慥かにあるような気がする、たとえば、……たとえば、——たとえばその衝突が、私闘だということなど」

千世は吃驚したように鏡の蓋《ふた》をした。

「私闘、——そうだ、そのことだった」

彼女の眼は強い光を帯びた。顔色はまだ恢復《かいふく》しないが、もう硬《こわ》ばってもいないし恐怖も去ったようである。

「良人をゆかせてはいけない」と千世は呟いた、「私闘は武士の道に外れたことだ、そういうところへ良人をゆかせるのは、武士の妻のたしなみではない、あたしには良人に道に外れたことをさせることはできない」

千世は立って玄関のほうへいった。そして岩間勇作に、「深松伴六の来たことは黙っているように」と云った。そう云いながら、千世は初めて自分がこの家の主婦になったような、気強さとおちつきを感じた。

——あたしは法度《はっと》を犯すことから主人を護《まも》った。

そういう自覚が、彼女に力と自信を与えるようであった。千世の顔は明るくなった。

時計が六時を打つとまもなく、主税介が起きた。千世が洗面の支度をして待っていると、寝衣《ねまき》のまま出て来た良人の軀《からだ》から、濃厚な躰臭《たいしゅう》の匂《にお》うのが感じられた。

「化粧が濃すぎる」と主税介が云った、「もう少し薄く直すほうがいい」

千世は「はい」といって、房楊枝《ふさようじ》と塩の皿とを良人に渡した。そのときまた良人の軀がつよく匂い、千世は赤くなった。そのむっとするような濃厚な躰臭が彼女のからだにまだなまなまと残っているあけがたの記憶をよびさましたのである。千世は赤くなりながら、さりげないふうに良人を見あげた。

二

主税介は背丈が五尺九寸、筋肉質の、ひき緊《しま》ったみごとな軀《からだ》である。手足にも胸にも逞《たくま》しく毛が生えているし、髭《ひげ》もずいぶん濃い。一日でも剃刀《かみそり》を当てないと、両頬の上のほうまで黒くなるのであった。

千世は良人から眼をはなすことができなかった。洗面をし、剃刀を使うあいだ、側《そば》に付ききりで良人を見ていた。

――これがあたしの良人だ。

千世は心の中でそう繰り返した。あたしはこの人の妻だ、この人はあたしの良人だ、あたし一人の良人だ、あたしだけの、……彼女はむきになってそう繰り返した。もちろんそれが全部ではない、籠崎《かごさき》大洲のことが絶えず頭にあった。また迎えが来はしないかと恐れ、物音のするたびにぎくりとした。決闘がどうなっているかはもっと気懸りで、また、良人をそこへやらなかったことに安堵《あんど》しながら、同時にそれが悪いことでもしたような心の咎《とが》めを感じた。これらの不安定な苛立《いらだ》たしい思いのなかで、彼女は激しく主税介にひきつけられ、いきなりふるいつきたいという、官能的な衝動を抑えるのに苦しんでいた。

主税介は黙って剃刀を使った。それからまた顔を洗い、着替えをして食膳《しょくぜん》に向った。彼は口数の少ない男であった。千世と結婚してから幾らか変ったが、それでも口数は少ないほうであった。千世はそういう彼が好きであった。彼は自分に対して厳しく、精神的にも肉躰的にも、常に洗いあげたように清直で凜《りん》としていた。千世は彼の凜としているのが好きであった。彼が背骨をまっすぐにして、折目正しく動作をし、必要なこと以外には口を出さず、感情にむらもなく、いつも彼らしい彼でいるのが好きであった。

千世は彼に恋をして結婚した。

五大家は馬廻りの二百二十石。実家の江木は百九十石で、兄の重三郎は納戸役《なんどやく》を勤めていた。重三郎は彼より四歳年長であるが、学問所で知りあってから親しくなり、ひところは互いに招いたり招かれたりしたものであった。

——五大は人物だ、あの若さで立派に風格をそなえている、ああいうのを古武士の風格というのだ。

重三郎がそう云《い》うのを、千世は幾たびとなく聞いた。そしてそのたびに自分が褒められているような嬉《うれ》しさと、彼への思慕が深く強くなるのを感じた。その想《おも》いが恋であることに気づいたのは十五の年で、千世はそれを勇敢に兄へ告白した。——そのとき主税介は城下にいなかった。彼は刀法を修業するために、日向《ひゅうが》の国の高鍋《たかなべ》という処《ところ》へいっていた。そこに隈江流という珍しい流儀があり、古法だというのを聞いてでかけたのであった。

千世の告白を聞いた重三郎は、笑いながら「そんなことはお母さまか志津に話すものだ」と云った。兄には志津という妻がい、もう二歳になる幾三郎という子もあった。だが千世は母にも嫂《あによめ》にも話す気にはなれなかった。兄ならわかってくれるし、味方になってくれると思った。

——だがそれは考えものだな。

千世が本気だとわかると、重三郎もまじめになって云った。

――おまえの性分は五大とは合わない、結婚しても幸福にはなれないと思う。

――わたくしの望みは幸福ではなく、あの方の妻になることですわ。

千世はこう答えた。

よくも云えたものだ、と、いま彼女は思う。若さと負け嫌いと、そうして相手が兄だったから云えたのだろう、あのとき自分は勝ったのだ。いま彼女は心の中でそう呟《つぶや》きながら、良人の横顔をうっとりと見まもるのであった。

主税介は茶を喫して立つと、居間へいって茣蓙《ござ》をひろげた。それを慥《たし》かめてから、千世も朝食の膳に坐《すわ》った。しかし、召使のお琴の給仕で箸《はし》をとると、胸が重苦しくなり、吐きけがこみあげてくるようで、どうにも喰べ物が喉《のど》をとおらなかった。

――もう時刻は過ぎている、二度めの迎えが来るならとっくに来ている筈《はず》だ、もう大丈夫だ。

こう自分に云い聞かせたりしたが、ついに諦《あきら》めて膳を片づけさせた。

主税介は横笛を作っていた。それが彼の唯《ただ》一つの道楽であった。自分で竹を捜すことから始め、仕上げまですべて自分でやる。竹を捜して歩くのも楽しいらしい、枝付きのものや、桜皮で巻いたものや、生地のままのや、塗ったものなど、すでに十二管ほど作ったという。そのうち五管は人に懇望されて遣《や》り、家にはいま七管だけ残っていた。

彼はいま歌口を刳《えぐ》りながら、頭の中ではべつのことを考えていた。十日のちに猪《いのしし》狩《が》りが行われるが、これは七年ぶりのことで、全藩を挙げての大掛りな計画であった。というのが、藩の財政逼迫《ひっぱく》で、長いあいだ藩士の禄米《ろくまい》が借上げになっていた。そのため狩りの行事なども延期されて来たのであるが、去年（寛保《かんぽう》三年）十一月、藩主の監《けん》物忠辰《もつただとき》が帰国したとき、この借上げを解除し、全藩士の禄米を旧に復したうえ、倹約と尚武の訓令を出した。――こんどの猪狩りはその「倹約」と「尚武」の主旨で行われるもので、実戦そのままの規模と内容をもっていた。

主税介にはその当日が気懸りであった。

彼は馬廻りで抜刀隊の指揮を命ぜられ、すでに下演習を終っていたが、下演習の期間ちゅう、馬廻りの内部に険悪な空気があり、それが猪狩りの日に暴発する恐れのあるのを感じた。――問題は徒士《かち》組との長い確執で、これまでにもしばしば小さい衝突があった。事の起こりは古く、その原因も（いろいろ説はあるが）いまでは正確にはわかっていない。いってみれば漠然とした、だが根深く強い反感である。原因がはっきりしていれば解決の法もあるが、まるで性格の違いからどうしても融和しない個人関係というに似たこの確執は始末に困るものであった。

——こんなに長いあいだ一般の評判になっているのだから、却《かえ》って大きな衝突は起こらないだろう。

そう云う人たちもあったが、現に七年ぶりで「猪狩り」が行われると発表され、その下演習が始まるとともに、狩場で、狩場で、——という囁《ささや》きがしきりと耳に入った。それには一つの動機があった。去年の十月はじめ、馬廻りの羽形与茂八と、徒士組の荒木織馬とが喧嘩《けんか》をして、与茂八がしたたかにやられた。当時、岡崎には藩の道場のほかに、通次多仲《みちつぐたちゆう》という者が一刀流を教えていて、徒士組の者は多くその門に学んでいたが、荒木は同門でも指折りの達者であった。馬廻りには「精明館」の門人が多いので、しぜん両者が対立するようなかたちになり、そのときもひと騒動起こりそうになった。

——狩場で、狩場で。

こういう囁きは、与茂八の件を動機として、長いあいだくすぶっていたものが、堰《せき》を切るところまで来たといえるのである。主税介は下演習の終った日に、最も尖鋭《せんえい》な者たちを集めて戒告した。

——御狩場は戦場と同様である、殿の御馬前で私怨《しえん》の争いなど起こせば軍律干犯になる、どんなに堪忍ならぬことがあっても、御狩場では断じて事を起こしてはならない。

かれらは了承した。主税介は誓いを求め、かれらはそれを誓った。

三

狩場で事を起こさないことをかれらが誓ったのは、主税介の戒告に服したのではなく、いざとなれば主税介が共に立って徒士《かち》組と対決する人間だということを信じていたからであった。

「持場を変えてもらおう」主税介は手を休めながら呟《つぶや》いた、「徒士組から仕掛けてくるおそれがあるし、気が立っているから万一ということもある、——そうだ、持場を変えてもらうほうが安全だ」

十時ちょっとまわった頃に、矢部六左衛門が訪ねて来た。矢部は二百五十石の山方奉行で、六左衛門は主税介の叔父に当っている。廊下を踏み鳴らすように入って来た六左衛門は、息をきらし、汗をかいていた。

「よかったよかった、よくいてくれた」

五十歳になるこの叔父は、昂奮《こうふん》して咳《せ》きこみながら、殆《ほと》んど主税介の手を握らんばかりにして、「おれはもうでかけたものだと思って九分どおり諦《あきら》めて来たんだ、よかったよかった」と繰り返し、客間へ入るなり云《い》った。

「水を一杯もらおう、いそいでくれ」

水を取りにゆきながら、千世も心の中で「よかったよかった」と呟いた。たぶん籠《かご》崎《さき》大洲の事がわかったのに違いない、もう良人が誘い出されるようなことはないだろう、と思った。

「どうなすったのです、なにごとですか」

「なにごとですって」六左衛門は水を飲み終って云った、「ではなにも知らないんだな、うんそうだろう、知っていればでかけた筈《はず》だからな、もう一杯くれ」空になった天目《てんもく》を千世に渡して続けた。「おれは話を聞いてすぐに此処《ここ》へ駆けつけたから、大洲のもようは知らないが、馬廻りと徒士組とが、ついに衝突してえらい騒ぎが起こったのだ」

主税介はあっと口をあけた。

彼はいまのいままでその事を心配していた。狩りの当日には、徒士組から遠い持場に変えてもらい、衝突の危険を避けようと考えていた。それがすでに起こってしまったという、叔父の口ぶりでは小人数ではないらしい、どうするか。主税介は自分を抑え、おちついた眼で叔父を見た。千世が戻って来た。

「それはいつのことですか」

「早朝のことらしい、有難う」六左衛門は千世から天目を受取りながら云った、「詳しくは知らない、大目付《おおめつけ》に知らせる者があって、それは一刻《とき》ほどまえのことだというが」

「まだやっているのですか」

「いや」と六左衛門は水を飲んだ、さも美味《うま》そうに喉《のど》を鳴らして飲んで、それから云った、「籠崎大洲でしかじかと注進する者があって、大目付が人数を繰り出し、二の丸から高楷《たかはし》殿も出張されて、どうやらとり鎮《しず》めたということだ」

主税介は立とうとした。その中には自分が教えている門人や、親しくしている者が少なくない。とにかくいってみなければならぬ、と思ったのであるが、そのとき城中から、使番が馬で触書《ふれがき》を示しに来た。

「城下に争闘をする者があったがすでにおさまった。非番の者、またお召しのない者は、その居宅で静かにしているように」

こういう通達で、城代水野治部右衛門はじめ老臣連署のものであった。使番が去るとすぐに、千世の兄の江木重三郎と、田口藤右衛門が来、ついで浦原彦馬が来た。田口は精明館の司事であり、浦原は（中老五百二十石）千世と主税介との仲《なこ》人《うど》であった。かれらはみな、主税介が決闘に加わらなかったことをよろこび、祝いを述べた。江木重三郎は大洲へ駆けつけたという、騒ぎを聞いたとき「これは五大もいっしょだな」と直感した。てっきり主税介もいると思い、ばあいによっては自分も助勢するつもりで、その支度をしていったところ、もう大目付の人数が出ていて洲の口を止め、中へ入ることができなかったそうである。

「縁者がいる筈だからと云って、私はすっかり終るまで洲の口で見ていた」と重三郎は云った。「決闘は六時ごろに始まったらしい、徒士組が三十余人、馬廻りは二十六七人で、大目付の人数が出張したのは八時ごろだが、死傷者は双方で四十人ちかくあるということだった」

「そこから城中へ伴《つ》れてゆかれたのか」と矢部六左衛門が訊《き》いた。

「そうではない」重三郎は首を振った、「死者はその家へ送られたが、負傷者は菅生郭の中の作事小屋へ、そのほかは鈴木殿、高楷殿、大林寺、水野主膳《しゅぜん》殿の四家に分けて預けられた」

主税介は黙って聞いていた。

——馬廻りでは誰と誰がいたか。

重三郎にそう訊きたかった。重三郎は始末の終るまで見ていたというから、そこにいた者の名をあげることができるだろう。「深松はいたか、唐沢は、井上十蔵は、池上は、羽形は、——」なんどもそう訊きかけたが、やがてわかることだと思って辛抱した。

「猪《いのしし》狩《が》りを控えての騒動だから、重科はまぬかれまいな」浦原彦馬が云った、「せめてお狩りのあとにすればよかったのに、こらえ性のない連中にも困ったものだ」

「男と男の喧嘩《けんか》はそういうものですよ」重三郎が云った、「長いあいだくすぶっていたことだし、ぶっつかる時が来れば利も不利もない、義理も恩愛もなげうって対決したんですから、いかにも三河《みかわ》武士らしくていいと思いますね」

語気が激しかったので彦馬は、渋い顔をした。主税介にもその調子が異様に感じられた。自分が決闘に出なかったことを責めているのではないか、とさえ思った。——老職連署の触書が廻ったことを話したので、三人はまもなく帰った。千世は兄に残ってもらいたかった、自分の今朝したことを話して、兄の意見を聞きたいと思ったのであるが、重三郎は妹に話しかける隙《すき》を与えず、他の二人といっしょに帰っていった。

客を送ったあと、居間へ戻るなり主税介は独り言を云った、低いけれども憤懣《ふんまん》のこもった調子で、延べてある茣蓙《ござ》の端を踏みつけながら云った。

「なんということだ、なぜおれに知らせて来なかった、深松はどうしたのだ」

千世はその呟きを聞いた。その声には怒りと疑惑がこもっていた。自分だけが除外された怒りと、なぜ除外されたかという疑惑とが、千世の耳にもはっきり聞きとれるようであった。

そのとき千世は、三たび吐きけにおそわれた。

明くる日、主税介は登城して、城中で詳しいことを聞いた。羽形与茂八と荒木織馬がまた出会ったのである。与茂八は井上十蔵といっしょだったし、織馬には三人の伴れがあり、しかも双方が酔っていた。喧嘩は初めその六人でする筈だったところ、いちど帰宅した井上十蔵が、家の近い深松伊織に話し、「相手は四人だから手を貸せ」と云った。伊織は十蔵と共に与茂八の家へゆき、そこで酒になった。

四

荒木織馬のほうでも、同じようになかまが集まり、やはり酒を飲んで気勢をあげたらしい。羽形の家では池上安左衛門を呼び、末広忠之進を呼んだ。それが夜の十一時過ぎで、まもなく荒木織馬から使いが来た。

——明朝六時、籠崎《かござき》大洲で待つ。

そういう口上であった。それでもまだこっちは五人、相手は四人でやるつもりだった。ところが午前四時をまわってから、徒士組《かち》では三十余人集まったということがわかり、こちらでもすぐに手分けをして人を集めた。それは（人を集めたことは）深松伊織が本家の深松伴六に知らせ、伴六の主張で定ったのだという。馬廻りは二十七人、徒士組は三十一人、その中に一刀流師範の通次多仲がいた。

死者は馬廻りのほうに多く出た。

唐沢辰之助　即死

土田久太夫　即死

村野大作　重傷後死去

坂島伊兵衛　重傷後死去

他に深松伊織ほか三人の重傷者と、羽形与茂八ほか十四人の軽傷者があった。

徒士組には即死者はなく、重傷後の死者が二人、重傷者が五人、軽傷者が十七人ということである。この差は徒士組に通次多仲がいたためで、唐沢以下四人の死者は、みな多仲の手にかかったもののようであった。

双方とも死者はその家族に引取らせた。あとは馬廻りの者を鈴木弥市右衛門、拝郷源左衛門の二家へ。また徒士組の者は大林寺と、高楷又十郎、水野主膳の三家へと、それぞれ預けられた。もちろん面接は絶対禁止で、その家族は居宅謹慎。家中ぜんたいにも言行を慎むようにと布令が出た。特に「大洲の出来事については公私ともに話談すべからず」という厳重な箇条つきで、これは町奉行から城下の市民たちにも通達された。

——深松はどうしておれに知らせなかったのか、なにか理由があるのか。

主税介はどうにも疑念が晴れなかった。周囲の人たちにも彼の加わらなかったことが意外だったらしい、二三日のあいだ、しばしば同じような質問を受けた。「貴方《あなた》は御無事だったんですね」とかれらはみな意外そうな顔をした、「それはよかった、私は貴方もいっしょだとばかり思っていました、それはよかったですね」

精明館の門人たちも同様であった。ここでもまた彼の不参加が驚かれ、無事であることを祝われた。そうして、まもなく通次多仲が追放（罰せられなかった理由はのちにわかったが）されてから、主税介に対する評はいっそうよくなり、責任者が老職に喚問されたときにも、彼の不参加は「神妙である」というふうに云われた。

だが主税介は沈鬱《ちんうつ》な無感動な表情で、人々の云《い》うことを黙って聞きながした。猪《いのしし》狩りは予定どおり行われた。幕府に届けの出ていたためもあろうが、ほかにもう一つ、大きな理由のあることが、終ったあとでわかった。それは、猪狩りの五日のち、籠崎大洲の決闘が狩場の出来事として扱われ、御馬前に獲物《えもの》を競ううち、不慮のことが起こって死傷者を出した、ということになった。

——かかる失態が起こったのは、日頃の不鍛錬によるもので、当人どもは追って沙《さ》汰《た》のあるまで五家に預け、またその支配は十日、組頭は十五日の謹慎に処す。

こういう処置が公式に発表された。

これは藩主監物忠辰の意志によるものだそうで、罪を軽減するため、特に配慮されたものだと伝えられた。それで通次多仲が罰せられずに、追放処分になった理由もわかったし、「大洲のことを話してはならない」という禁令の意味もわかったのであるが、この発表があった翌日、主税介は城中で思いがけないことを聞いた。——彼は精明館の師範ではあるが、身分は馬廻りに属するので、非番でない限り一日に一度は登城して、支配の役部屋へ顔を出さなければならない。そのときの支配は中老の鈴木大学であって、これが謹慎を命ぜられたため、同じ中老の拝郷源左衛門が代役を勤めていた。

その日、役部屋へ出頭した主税介は、拝郷家に深松ら十一人が預けられていると聞いたので、挨拶《あいさつ》を述べたのち、かれらのようすをたずね、いちど会わせてもらえまいかと頼んだ。

「ぜひ聞きたいことがございますので」と主税介は云った、「格別のお許らいをお願い申したいのですが」

「面接は固く禁じられている、それは許すわけにはまいらない」と源左衛門は云った、「もしどうしても必要なら、……その事柄にもよるが、私が代って聞いてもよい」

主税介は迷った。それは人を介して聞くべきことではない、じかに会って慥《たし》かめなければならないことであった。しかし彼は、それ以上もう疑念に苦しめられることに耐えられなくなっていた。それで、彼は決心して「では深松伴六にこう訊《き》いてもらいたい」と頼んだ。

源左衛門は解《げ》せないという顔をした。

「あの朝なぜ知らせなかったか、——と訊くのか」

「どうぞお願い致します」

「私にはよくのみこめないが」と源左衛門は云った、「私の聞いたところでは、知らせにいったということだが」

「いや、まいらなかったのです」

「深松伴六がいったと申しているぞ」

「いや、まいりませんでした」と主税介は云った、「わたくしは矢部六左衛門殿から聞くまでなにも知らずにいたのです」

「しかし深松は知らせたと申しているが」

主税介の頭にふと妻の顔がうかんだ。

——まさかそんなことが。

うち消そうとしたが、源左衛門の口ぶりはあまりに明確だし、深松がそんなことで嘘《うそ》を云うとは思えなかった。主税介は狼狽《ろうばい》し、珍しく吃《ども》りながら低頭した。

「申し訳ありません。これはなにかのゆき違いでございましょう」彼は云った、「唯《ただ》今《いま》のお願いはお忘れ下さるよう、またできることなら御内聞にお頼み申します」

源左衛門はよろしいと頷《うなず》いた。

その夜、主税介は寝所へ入るまえに、妻を呼んでそのことを訊いた。家士たちのことは頭にうかばず、ふしぎに「妻だ」という感じがした。はたして、千世はそうだと答えた。

「すると深松は知らせに来たのだな」

「はい、おみえになりました」

千世は悪びれなかった。むしろこういう時の来るのを期していたかのように、良人の眼をまともに見あげた。

「どうしてそれを取次がなかった」主税介はけんめいに感情を抑えていた、「云ってごらん、なぜ私に黙っていたのだ」

「申上げてはならないと存じました」

五

主税介は妻の眼をにらんだ。千世は眩《まぶ》しくなって眼を伏せた。

「なぜだ」と主税介が云《い》った。

千世は口ごもった。しかしひるんだのではない、良心に疚《やま》しいところはなかった。

「わたくし以前から、徒士《かち》組と不和の話は聞いておりました」と千世は云った、「それで、深松様からお知らせをうかがったとき、これは旦那《だんな》さまには申上げてはならない、申上げればきっと大洲へいらっしゃる、それでは私闘になるし、私闘は御法度《ごはっと》だから、あとでどんなお叱《しか》りをうけてもここは黙っていよう、そう思ったのでございます」

主税介は片膝《かたひざ》を立てた。千世は打たれるかと思って肩をちぢめた。片方の膝を立てた動作には、いきなり殴りつけそうな勢いがこもっていたのである。——主税介は茶道具ののせてある盆を押しやった。その手はふるえていた。

「わかった」と彼は云った、「もういい」

千世はおずおずと眼をあげた。

「寝ていいよ」と主税介は云った。

「わたくし、悪うございましたでしょうか」と千世は云った、「武士の妻として、そうしなければならないと存じたのですけれど、どうぞ、間違っていましたらどうぞお叱り下さいまし」

「もういい、寝ろ」

主税介はそう云って立ちあがった。

千世が茶道具を持ってさがると、彼は庭へおりていった。彼の全身は怒りの固まりのようであった、妻のしたり顔が彼を毒し、辱《はずか》しめ、汚瀆《おとく》するように思える。「女め」と主税介は呟《つぶや》いて、唾《つば》を吐いた。彼は妻を殴らなかったことを後悔し、まだむずむずする右手の拳《こぶし》を左の掌へ力まかせに叩《たた》きつけた。「女め」と彼は呟いた。暗い庭のついそこに、若木の桃の咲いているのがぼんやりと見えた。それは千世の愛している木である。そばにこごめ桜や、ゆすら梅や、やはり若木の八重桜がある。それらも千世が実家から移したり、よそから貰《もら》ったりして植えたものであった。――主税介は腰脇《わき》差《ざし》を抜いて、桃の木のほうへ近よっていった。

明くる朝、――千世は庭を見て声をあげた。庭にはまだ靄《もや》が薄く残っている時刻だったが、自分の愛している桃やゆすら梅や八重桜などが、さんざんに枝を払われ、根から切り倒されていた。湿った黒い土の上に散乱した花枝や、こぼれた桃の葩《はな》を見ると、千世ははだしでそこへとびだしてゆき、「誰がこんなことを」と云いながら、僅《わず》かに花の残っている桃の枝を拾おうとした。しかし彼女は伸ばした手を途中で止めて、はっとしたように立ちあがり、それからまた跼《かが》んで、その枝を拾いあげた。

「あの方だわ、あの方だわ」千世は云った。眼からぼろぼろ涙がこぼれた、「ひどい、あんまりだわ」

千世は衝動的に立ちあがり、良人の居間の縁先から（足の汚れたまま）あがって、その部屋の障子をあけた。そこには良人はいなかった。彼女は躊《ため》らいもせずに寝間の襖《ふすま》をあけた。良人はそこにもいなかった。それで千世はさらにのぼせあがり、すぐに居間へ引返した。すると廊下から入って来る良人と顔を見合せた。主税介は手洗いにいって来たらしい、寝衣《ねまき》のままで、ふきげんに妻の顔を見た。千世は持っていた桃の花枝を彼に示した。

「これはあなたがなさいましたの」

千世の声はひきつっていた。

「そうだ」と主税介が云った。

「なぜです。なぜですの」と千世が云った。

「ゆうべ申上げたことがお気にいらなかったのですか、そうでございますか」

主税介は黙っていた。

「そうですのね」と千世は云った、「それならどうしてわたくしを叱って下さいませんの、わたくしのしたことが間違っていたのなら、わたくしを叱って下さればいい、お気の済むように打つなり蹴《け》るなりして下さればいい、花をこんなになさるなんてひどうございますわ、花がなにを致しましたの」彼女の眼からまた激しく涙がこぼれた、「花に罪はございません、あんまりひどうございますわ」

そして崩れるようにそこへ坐《すわ》ると、花枝を抱えたまま、袂《たもと》で顔を掩《おお》って、声をあげて泣きだした。――主税介は突然おどかされた人のように、眼をみはって妻を眺めた。まるで子供みたようなやつだ。と彼は思った。

――四日のあやめか。

と心の中で彼は呟いた。主税介が千世との縁談を承諾したとき、江木重三郎がそう云った、「妹の気性のなかには、ひとところいつまでも育ちきらないところがある。私は四日のあやめと名付けているが、それは欠点でもあるし良いところでもあるように思う」兄の眼だから不正確かもしれないが、そこを認めてやってもらいたいと重三郎は云った。六日の菖蒲《あやめ》ということはあるが、四日の菖蒲とは初めて聞くので、主税介はいまでも覚えていた。

「私が悪かった」と主税介は云った、「あやまる、勘弁してくれ」

千世の泣き声がちょっと低くなった。

「だが、——これはもう云ってもしようのないことだが、云っておく」と主税介は続けた、「おまえはおれに法度をやぶらせないために黙っていたと云った、慥《たし》かに、私闘は固く禁じられている、それは主持ちの侍の守るべき道だ、しかし、男としてはべつに男の道というものがある、或《あ》るばあいにはそれは侍の道より大切なものだ」

千世は泣きやんだ。泣きやんで、泣きじゃくりをしながら、良人の言葉を熱心に聞いていた。

「あの朝、大洲へいった者たちは、私が来るものと信じていた」と主税介は云った、——向うには「私が来ないかもしれないなどとは、一人も疑ってはいなかったろう、通次多仲がいて、存分に斬《き》りまくった、段の違う多仲に斬りまくられ、味方がばたばた倒れるのを見ながら、みんな、いまに五大が来る、五大さえ来れば、……と思っていたんだ」

千世はふるえだした。がたがたと全身がふるえるので、泣きじゃくりの声が、（喉《のど》で）なにかがころげるように聞えた。

「そのときのみんなの気持がどんなだったか、それをよく考えてみろ」と主税介は云った、「斬り死にをしたり傷ついた者の、親きょうだいや妻の身になって、おまえ自身が良人を斬られた立場になって、よく考えてみるがいい、――おまえの大切な花を切ったことは悪かった。勘弁してくれ」

そして主税介は寝間へ入っていった。

――着替えの世話をしてあげなければ。

こう思いながら、千世は立つことができず、やはり顔を掩ったまま坐ってふるえていた。抱えている桃の花枝から、蕾が膝の上へこぼれ落ちた。

六

ま夜なかであった。雨が降っていた。

千世はそっと襖《ふすま》をあけて、良人の寝間へ入った。暗くしてある有明行燈《あんどん》の仄《ほの》かな光の中で、良人の仰向《あおむ》けに寝ている顔が見えた。正しく上を向いて、静かな寝息をたてていたが、千世が襖を閉めると寝息が止り、膝《ひざ》ですり寄ってゆくと（上を向いたまま）眼をあいた。千世は夜具へ手の届くところまで近より、良人の眼がこっちへ向くのを待った。

庇《ひさし》を打つ雨の音が、彼女の神経をかきたてるように響いた。寝間の中の空気は温かく、健康な良人の軀《からだ》の匂《にお》いに染まっていた。十日以上も遠のいていた良人の匂いと、他のあらゆる物音を消して降りしきる雨の音とが、千世の神経をかきたて、胸ぐるしいほど激しく官能的な情緒に包みこんだ。

「あなた」と千世は云《い》った。

主税介は黙っていた。

「わたくしお詫《わ》びを申上げたいんです」

「わかっている」

「お詫びを申上げて、堪忍《かんにん》して頂きたいんですの」

「もうそれは済んだことだ」と主税介は云った。

「でも怒っていらっしゃいますわ」

主税介は答えなかった。

「ねえ、怒っていらっしゃるのでしょう」

「その話はよそう」

「堪忍すると仰《おっ》しゃって、ねえ、堪忍してやるって」

「堪忍しているよ」

感情のない、冷たい声であった。千世はのぼせあがったようになり、掛け夜具をはねると、いきなり寝床の中へ入って、良人の軀に抱きついた。主税介は身動きもしなかった。千世は大きく喘《あえ》ぎながら、狂ったような動作で良人の肌と自分の肌を合わせ、手と足とで絡《から》みつき、それから手を伸ばした。主税介はぐいと軀を引いた。そして千世に絡みつかせたまま夜具の上に立ちあがり、寝衣《ねまき》の前をかき合せた。千世は両手で良人の軀にしがみついて、半分ひき起こされた不自然な恰好《かっこう》で泣きだした。

「いって寝なさい」主税介が云った。

「あなたは」泣きながら千世が云った、「どうしても千世を堪忍して下さいませんの」

「それはもう済んだことだ」

「どうしましょう」千世は泣き崩れた。夜具の上へ泣き崩れて、呻《うめ》くように云った、「どうしたらいいでしょう、仰しゃって下さい、わたくしどうしたらいいんですの」

「いって寝なさい」と主税介が云った、「そんな恰好でいると風邪をひくよ」

千世はやがて起きあがり、呻くように泣きながら、自分の寝間へ戻っていった。

五月になって、大洲の事に関係した者の家族は、ぜんぶ謹慎を解かれた。当人たちは五家に預けられたまま、面接禁止でまだなんの沙汰《さた》もなかったが、家族の謹慎が解かれたので、主税介は一軒ずつみまいに廻った。だが、その一軒一軒で、彼はあからさまな敵意と、露骨な軽侮を投げ返された。

初めに死んだ者の遺族を訪ねた。唐沢辰之助の家では弟の菊二郎が出て、玄関に立ったまま上から見おろした。

「御丁寧なことですね」と菊二郎は云った。「決闘には出ないがみまいには来るんですか」主税介は頭を垂れて辞去した。

村野大作の家でも、土田でも、坂島伊兵衛の家でも同様であった。言葉は違っても、表現する意味に変りはなかった。それでも主税介は二十七軒をぜんぶ廻ったが、最も近しい深松伴六の家では、父親の忠左衛門が出て「みまいは受けたくない」と云った。老人は骨ばった拳《こぶし》をわなわなさせ、もっとなにか云いかけたが、苦しそうに咳《せ》きこんだまま奥へ去った。

「みんなもう知っているのだ」主税介は自分に云った、「知らせたのに大洲へ来なかったということを、――怒るのが当然だ」

家中の人たちのようすがしだいに変りだした。はじめはそんなことはなかった。田口藤右衛門や浦原彦馬の来たとき、主税介がなにも知らなかったということをかれらは認めたし、知っていたらゆかない筈《はず》がない、ということは大抵の者が認めていた。しかし、「知らせた」ということは、拝郷源左衛門がすでに深松から聞いて知っていたし、それが家族の人たちにわかり、ついで家中ぜんたいに弘《ひろ》まってゆくことは、ごくしぜんななりゆきであろう。——主税介はそれをはっきりと感じはじめた。それは遠くから眼に見えない速度で、だんだんに縮まり、彼の周囲をせばめ、彼を孤立させるようであった。

千世は知らなかったろうか。彼女もむろん知っていた、良人のようすを見るだけでもわかるし、じかに自分で聞くこともあった。

——人はみかけによらないものだ、いざとなってみなければ、人間の本性はわからないものだ。

千世の耳に届くところでしばしばそういう評がとり交わされた。故意にか、偶然にか、彼女はしばしばそういう言葉を聞いた。——彼女の苦しさは二重であった。当然それが良人の耳にもはいっているだろうことと、その責任が良人にではなく自分にあるのだということとで、……もともと夏痩《や》せをするたちではあったが、秋風の立つ頃には、千世は見ちがえるほど痩せてしまった。

十月初旬、監物忠辰は参覲《さんきん》のため出府した。その出府の直前に、籠崎《かごさき》大洲の件（表向きは狩場の出来事として）の裁決があった。それまでの経過で、ひどい重科に問われるだろう、という予想はなくなっていた。場所が狩場に変えられたのと、私闘という点が黙殺されたのとで、相当にゆるやかな処置がとられるだろうと考えられていた。だが実際には考えられた以上に寛大で、全員みな御預けを解かれ、改めて百五十日の居宅謹慎を命ぜられた。これは双方いっしょに城中へ呼ばれ、（傷の全治しない深松伊織と、徒士《かち》組の二人は出られなかった）城代の水野治部右衛門から申渡された。

城代家老がこのような申渡しをするのも異例であったし、「特に殿のおぼしめし」とあって、両者に盃《さかずき》を賜わり、

「私闘の事は不届きであるが、長年にわたる双方の意地、やむを得ず、恩愛義理をも思い切ったる心底の男らしさはよい、そのためこのたびばかりは許すが、今後は固く慎み、双方和親協力して奉公するように」

というお沙汰がさがった。

これで家中の評はまったく逆転した。私闘は咎《とが》めるが、「意地をたてた男らしさ」は褒められたのである。当人たちはもちろん、その家族まで肩身がひろくなった。これが主税介に影響しない筈がない、五大主税介は全藩の人たちから白い眼で見られ、非難と嘲笑《ちょうしょう》の声を聞かなければならなかった。

最も耐え難いと思えたのは、精明館の稽古《けいこ》で、門人たちが彼の指南を拒絶することであった。主税介が手を直してやろうとすると、かれらは稽古をやめてしまうか、またはは作った慇懃《いんぎん》さで首を振った。

「いいえそれには及びません」とかれらはいちように云うのであった。「私は師範代にお願いしてありますから」

七

だが主税介はめげなかった。彼は以前にも増して凜《りん》としてみえたし、どんな非難の眼にも嘲笑《ちょうしょう》の声にも挫《くじ》けるようすはなかった。

こうして年が明け、三月中旬になった或《あ》る日、——居宅謹慎が解けたのを祝って、双方五十二人が大林寺に集まって酒宴を催した。これには各支配や組頭も出席したし、諸方から祝いの品が届けられて、たいそうな盛会になった。

同じ日、主税介は非番で家にいた。

彼は朝食のあと居間に茣蓙《ござ》をひろげ、久しくやめていた笛作りを始めた。一年まえのあの日以来、そんなことは初めてで、午後になってもずっと続け、きげんのいい顔で丸鑿《まるのみ》や小刀《さすが》を使っていた。

夕食を済ませてから一刻《とき》ばかり経《た》つと、江木重三郎が訪ねて来た。

「今日、田口さんに会ったか」

重三郎は坐《すわ》るとすぐに、尖《とが》った眼で主税介を見た。主税介は「会った」と答えた。

「それで」と重三郎は云《い》った、「どうする」

「どうするとは」

「精明館を辞任するようにと云われたんじゃないのか」

「いや」と主税介は云った、「辞任したほうがよくはないかと云われたのだ」

「同じことだ、――どうする」

「もちろん断わった」

「やめないというのか」

千世が茶を持って、入って来ようとした。

「茶は要らない」と重三郎が云った、「そこを閉めて向うへいっていてくれ」

千世は良人を見て、それから襖《ふすま》を閉めて去った。

「やめないというのか」と重三郎は主税介を見た、「こんなに世評が喧《やかま》しくなり、精明館では誰も稽古《けいこ》を受けないというのに、それでも師範の席にかじりついているというのか」

「精明館師範の役は殿から仰《おお》せつけられたものだ」と主税介は答えた、「殿から解任されるか、正当な理由のない限り、この役を勤めるのは私の義務だと思う」

「わかった」と重三郎は云った、「これでもう聞くことはない、千世を伴《つ》れて帰るから離別してくれ」

主税介は不審そうな眼をし、それから「そうか」というふうに唇で微笑した。

「ばかなことを云うな」

「こっちはばかどころじゃないんだ」と重三郎は云った、「おれは五大を信じていた、世間がなんといおうと、五大主税介は卑怯《ひきよう》なまねをする男ではないと信じていた、だがおれは事実を聞いた、深松伴六からじかに聞いたんだ、あの朝早く、深松自身が此《こ》処《こ》へ知らせに来たという、刻限は六時、場所は籠崎《かごさき》大洲とはっきり云ったというぞ」

「そのとおりだ」と主税介が頷《うなず》いた。

「しかも五大はゆかなかった、みんなが命を賭《と》して斬《き》りむすんでいるとき、五大主税介ひとりは家にいた、みんなが傷ついたり斬り死にをしているとき、五大主税介ひとりは安閑と家にいたのだ」と重三郎は云った、「おれには面目というものがある、おれは世間に対しても、そういう人間に妹を遣《や》っておくわけにはいかない、今日限り千世を離別してもらうぞ」

襖をあけて、「待って下さい」と云いながら、千世がこちらへ辷《すべ》り込んで来た。

「来てはいけない」と主税介が云った。

「出るな」と重三郎がどなった、「おまえの知ったことではない、さがっておれ」

千世は兄の前へ来て坐った。顔は蒼白《あおじろ》く硬ばって、眼だけが燃えるように光っていた。彼女はその眼で兄をみつめ、みじめにおののく声で云った。

「お兄さまあやまって下さい、お兄さまは御存じないのです、どうか主人にすぐあやまって下さい」

「なにをあやまれというんだ」

「云うな千世」と主税介が云った、「それを云うと勘弁しないぞ」

「はい、もう堪忍《かんにん》して頂こうとは存じません、兄の申すとおり実家へ戻ります」と千世は云った、「戻りますけれど、そのまえに本当のことを云わせて頂きます、お兄さま、――あの朝、深松さまの知らせを聞いたのはわたくしです、主人はなにも知りません、わたくしが聞いて、そのまま取次がずにいたんです」

「おまえが聞いた」重三郎は殆《ほと》んど叫び声をあげた、「そして取次がなかったというのか」

「取次がなかったばかりでなく、深松さまのいらしったことさえ黙っているようにと、玄関の者に申しつけました」

重三郎は「はっ」と息を吐き、主税介を見て、すぐ千世のほうへ向き直った。

「なぜだ、わけを云え」と彼は叫んだ、「しだいによってはそのままには置かんぞ」

「申します、なにもかも申します」千世は主税介のほうを見た、「旦那《だんな》さま、わたくし正直に申します、あのときは私闘が法度《はっと》だからと申上げました、武士の妻として、良人に法度をやぶらせたくないから、黙っていたと申しました」

「千世はそう云った」と主税介が云った、「江木さん、それが、千世の黙っていた理由なんだ」

「いいえお待ち下さい、そうではなかったのです」と千世が云った、「あのときはそう申しましたけれど、本当はみれんな気持からでした、あなたにもしものことがあってはいけない、危ない場所へはやりたくない、ただそう思う気持がいっぱいでした」千世の喉《のど》を嗚咽《おえつ》が塞《ふさ》いだ、しかし彼女は続けた、「わたくしにはあなたが大事でした、いつもお側《そば》にいたい、いつまでも、……どんなものにも代えることはできない、あなたが御無事でいて下さりさえすれば、ほかのことはどうなってもいい、夢中でそう思って、それがみれんだとは気がつかずに黙っていたのです」

「それでいいんだ千世、それでよかったんだよ」

「いいえ悪うございました、どんなに悪かったかということは、わたくしにもだんだんわかってきたのです」千世は声をあげて泣いた、「世間の悪い評判を聞き、あなたがじっとこらえていらっしゃるのを見て、自分のしたことがどんなに悪かったか、どんなに取返しのつかないことだったかということがわかりました。——わたくし、いつ離別して頂こうかと、ずっと、そればかり考えていたんです」

千世は両手をつき頭を垂れた。すると重三郎が立ちあがって、乱暴に妹の腕をつかみ、ふるえる声で云った。

「立て、千世、——五大へは改めて詫《わ》びに来る、立って支度をしろ」

「その手を放せ、江木」と主税介が云った、「それはおれの妻だ」

よく徹《とお》る屹《きつ》とした声であった。重三郎は妹の腕を摑《つか》んだまま静止した、千世の眼から涙が、（音を立てるほどに）ぽろぽろと畳へこぼれ落ちた。

「千世が黙っていたのは正しかった」と主税介は云った、「江木にもわからない、おれ自身もわからなかった、しかし今日わかった、あのときのなかまが和解して、大林寺で酒宴を催すと聞いて、おれは初めて、千世の黙っていたことが正しかったと気がついた、考えてみろ、江木、——あのとき千世が取次いだらどうなったと思う」主税介の声は低くなった、「おれはもちろん大洲へ駆けつけただろう、いばるようだがおれの隈江流は多仲より下ではない、おれがいて多仲がいて、みんな決死でやったとすれば、死傷者の数はあんな程度では済まなかった、とうていあんな程度では済まなかったということが想像できないか、江木」

重三郎の手が妹の腕から放れ、痺《しび》れでもしたように、腿《もも》に添って下へ垂れた。

「あの程度で済んだからこそ、寛大な御処置にもなり、今日の祝宴も開けたのだ、それは千世が黙っていてくれたからだ」

「しかし」と重三郎が向うを見たままで云った、「しかし五大の汚名は消えないぞ」

「結構だ」と主税介が云った、「大いに結構だよ、おれは悪評されだしてからだいぶ成長した。これまで褒められてばかりいたし、江木にも古武士の風格があるなどと云われて、自分では気づかずにいいつもりでいた。だが、悪く云われだしてから初めて、その『いいつもりでいた』自分に気がついた。それだけでも成長だし、これからも成長するだろう、悪評の続く限りおれは成長してみせるよ」

重三郎は手をあげて眼を拭《ふ》いた。向うを見やったままで、主税介の方へは向かなかった。

「帰っていいだろうか」と重三郎が云った。

「いいだろう」と主税介が云った、「但《ただ》し離別うんぬんは取消していってくれ」

「明日、挨拶《あいさつ》に来る」

重三郎はついにこちらを見ずに出ていった。

その夜半、——千世の寝間へ主税介が入っていった。千世は眠っていた。長いあいだの精神的な苦しみから解放されて、いかにも安心しきったような寝顔であった。主税介は夜具の衿《えり》に手をかけた。すると千世が眼をさました。熟睡からさめて、良人がそこにいることを認めると、彼女はすぐに起きあがった。

「そのままでいいんだ」

「いいえあちらで」千世は両手で抱きついた。寝衣《ねまき》の袖《そで》がずれて、腕がすっかり裸になった。彼女はその裸の腕で良人に絡《から》まりながら、うっとりとした声で囁《ささや》いた、「わたしあちらのほうが好き、あなたの匂《にお》いのするお寝間のほうが、ねえ」

「こうか」と主税介が云った。

「ああ」と千世が云った、「あなた」

主税介は妻を抱えて自分の寝間へ戻り、あいだの襖を閉めた。


（「オール読物」昭和二十九年七月号）

古今集巻之五

一　岡本五郎太の手記

寛延二年三月八日の夕方五時から、石浜の「ふくべ」で永井主計《かずえ》のために送別の宴を催した。永井はこの十五日に参覲《さんきん》の供で、江戸へゆくことになったのだが、そのほかに、こんど永井家が旧禄《きゅうろく》を復活され、主計が中老職にあげられる筈《はず》で、江戸への供はその前触れを兼ねていたから、私が主人役で祝宴をひらいたのである。集まったのは私のほかに左の六名であった。

汲田　広之進（家老、三十五歳、八百二十石）
豊水　喜兵衛（年寄役、三十三歳、七百石）
志田　健次郎（小姓組支配、三十歳、百八十石、主計の義兄）
青木　惣之助《そうのすけ》（徒士《かち》組支配、三十二歳、百二十五石）
菊田又右衛門（正気館教頭、五十歳、八十五石）
島仲　久一郎（表祐筆《ゆうひつ》、三十二歳、八十石）

志田は妻女の直江が、永井の妻女の姉に当っているという関係。また菊田氏《うじ》は小野派の剣法師範、われわれ全部がいちどは教えを受けているし、永井はもっとも愛された門人であった。他の五人は（私を含めて）身分の差にかかわりなく、少年時代からの親友で、汲田の三十五をべつにすれば年も殆《ほと》んど似かよっていた。酒に強いのは菊田氏と豊水喜兵衛であるが、菊田氏が酔うと必ず剣術の話が出、永井を自慢したうえ、彼がその道から去ったことを責めるのであった。十余年このかた、隣りの桜井藩と毎年正月に対抗試合がおこなわれ、ずっとこちらの勝が続いていたところ、二年まえに永井が正気館を去ってから、今年ですでに三回、続けて桜井藩に勝を取られていた。

――噂《うわさ》によると家格が旧に復し、永井は中老にあげられるという。昨夜も菊田氏はそう云《い》って主計を責めた。正気館から籍を抜いたのはそのためだと聞いたが、そんなばからしい話はない、剣法の鍛錬を続けていればこそ、中老のお役もりっぱにはたせるのではないか。

永井は決してさからわず、まるく肥えた顔に、いつもの明るい微笑をうかべながら、菊田氏に盃《さかずき》を持たせっきりで、ひまなしに酌をしていた。

――そうです、仰《おっ》しゃるとおりです、まったく仰しゃるとおりです、さ、熱いのが来ました、おかさね下さい。

あれも剣法の呼吸の一つだろう、永井は昔から開放的な、少しもかげのない性質であったが、昨夜のような場合には特にそれがよくあらわれる。相手を下にも置かずもてなしながら、卑屈なところは微塵《みじん》もないし、巧みに鋭鋒《えいほう》をいなす態度は、見ていても頰笑ましいくらいであった。菊田氏がきげんよく酔いつぶれ、まもなく志田が帰ったあと、友達だけになって一刻《とき》ばかり飲んだろうか、酔いがまわってくると、汲田が「席を替えよう」と云いだした。中島新地に馴染《なじみ》の女ができた、という噂を聞いていたので、おそらくその女を見せるつもりだろうと思った。

菊田氏のことを女中に頼んで「ふくべ」を出ると、意古井川に沿った片側町をくだり、照光寺橋に近い「山川」へはいった。そこで男女の芸者八人を呼んで、十一時過ぎまで賑《にぎ》やかに騒いだ。汲田の馴染がどの妓《おんな》であるかわからなかったが、おしまという二十ばかりの芸妓が、縹緻《きりよう》もよし芸も達者で、これが永井につきまとい、永井のうるさがっているのが眼についた。

――おしま、おまえむだなことをしているぞ、汲田広之進が笑いながら云った。

――なにがむだなことですか。

――おまえがその男にいろめを使っているのは、枯木を笑わせようと汗だくになっているようなものだ。

——あら、永井さまはそんなにお堅いんですか。

——お堅いんだ、と豊水喜兵衛が云った。お堅いうえにやぼで無芸で、剣術がちょっとうまいだけのつまらない人間だ。

——触らないほうがいいぞ、と青木惣之助が云った。永井主計は微笑しながら、黙って飲んでいた。そういうところは彼の育ちのよさと、すなおな性質がよくあらわれている。永井家は代々中老職で、禄高《ろくだか》は八百二十余石だったが、約十年まえ、六左衛門どのが五十八歳の元文三年に「課役騒動」が起こり、その責任を問われて中老職を免ぜられ、家禄《かろく》も半分に削減された。六左衛門どのは隠居、主計は二十二歳で家督を継いだが、無役のまま今日に及んでいる。元文の出来事は相当こたえたろうと思うが、主計のようすには変化はみられなかった。いつも明るく、まっすぐで、誰にも好かれていた。——一昨年の二月、母堂みの女が病死され、その打撃が大きかったのだろう、六左衛門どのが卒中で倒れた。軽症だということだが、いまでも隠居所で療養を続けているくらいで、殆んど再起不能といわれている。永井はそれまで独身であったが、そういう事情で女手が必要にもなったし、御城代酒田氏のすすめで結婚をした。

妻女の名は杉江、年はそのとき十七歳であった。実家の吉原氏は百十五石の寄合格で、父の市郎兵衛どのは納戸《なんど》支配を勤めている。きょうだいは四人、志田へ嫁《か》した姉の直江、次が杉江、下に十五歳の市三郎と、十三歳の松江という妹がある。私は杉江という妻女をよく知っていない、結婚してから三年になるが、永井は「病父がいるから」ということであまり客をしないから、会うことも殆んどなかった。「山川」でもその話が出て、島仲久一郎が苦情を云った。

――永井はまだわれわれに、女房をよくみせたことがないじゃないか。

すると永井はてれもせずに答えた。

――おれの女房は箱入りなんでね。

――あっさり仰しゃるのね、永井さま、とおしまが睨《にら》んだ。覚えていらっしゃい。

私にはその言葉が、ふしぎなほど強く印象に残った。私は汲田を見、おしまを見た。もしここに汲田の馴染がいるとすれば、おしまを措《お》いてほかにはない。そのおしまがそんなにも永井にからむのを、汲田が平気で見ている筈はない、と思ったからである。しかし、汲田広之進が淡々と笑っているのを見ると、私は恥ずかしくなって眼をそらした。役目による習慣はおそろしい、私は無意識のうちに、大目《おおめ》付《つけ》の眼で友達の心を覗《のぞ》こうとした。そう気がつくといかにもやりきれなくなり、それをまぎらわすためにずいぶん酒を呷《あお》ったようだ。

帰宅した時刻も知らなかった。どのくらい眠ったかもわからない、妻にゆり起こされながら、「永井さまから急のお使いです」と云うのを聞くまで、あまりの眠たさにどなりだそうとしたくらいであった。

二

永井家は神戸《ごうど》小橋の角で、上屋敷にある岡本家からは二丁足らずだった。時刻は五時まえ、曇ってはいたがあたりはまだほの暗く、風はひどく冷たかった。迎えに来たのは藤田伊太夫といい、永井家の家扶《かふ》で四十六歳になるが、動顚《どうてん》しているようすで、「どうぞお早く」と云うほかには、ひと言も用件を口にしなかった。

永井主計は仮面のような顔をしていた。それは岡本五郎太にとって、これまでかつて見たことのない、まるで見知らぬ人の顔のように思えるものであった。

「こんな時刻に済まない」と主計は無感動な声で云った、「こっちへ来てくれ」

主計は五郎太を寝所へ案内した。そこは妻の寝間らしい、襖《ふすま》は彩色の花鳥の絵で、絹張りのまる行燈《あんどん》に灯がともっていた。広さは六帖《じょう》、夜具を隠すように枕屏風《まくらびょうぶ》が立ててあり、香のかおりが噎《む》せるほど強く匂《にお》っていた。主計は黙って屏風を取りのけ、夜具の上を指さして云った。

「杉江が自殺したのだ」

五郎太は主計を見、夜具の上を見た。そこには妻女の杉江が、右を下にし、足をこごめたかたちで、横たわっていた。白無垢《むく》を着、脛《はぎ》のところを水浅黄の扱帯《しごき》で縛ってある。五郎太は片膝《かたひざ》を突いて死躰《したい》をしらべた。短刀が左の乳房の下に柄《つか》まで突刺さってい、その柄を両手でしっかりと握っていた。みごとに心臓を貫いているから即死だったろう、血も短刀の周囲と、夜具の一部を少し汚しているだけであった。

「みつけたのは召使のたみだ」と主計が云った、「いつもの時刻が過ぎても起きないので、起こしに来てみつけたのだそうだ」

「どうして」と五郎太が訊《き》いた、「——理由はなんだ」

「わからない」と主計は答えた。

五郎太は主計を見あげた。

理由はまったくわからない、遺書らしい物もない、と主計は云った。五郎太は死躰に眼を戻し、主計は話を続けた。五郎太を迎えにやったあと、主計はすっかりしらべてみた。死ぬ覚悟はまえからきめていたらしい、長持も葛籠《つづら》も、簞笥《たんす》、小簞笥なども きちんと整理され、たみに与えると書いた包みの中にも、数点の衣類と髪道具があっただけで、手文庫や文箱《ふばこ》、鏡筥《かがみばこ》の中から机のまわりまで、おどろくほどきれいに始末してあり、出入り商人の帳面と家計の覚書以外には、一通の手紙さえ残ってはいなかった。

「五日や十日のことではない」と主計は途方にくれたように云った、「これだけ身のまわりを片づけるにはかなりな日数がかかっている筈《はず》だ、しかし、そのあいだおれはなに一つ気づかずにいたんだ」

五郎太は杉江の死顔を見ていた。やや頬骨の張ったまる顔で、眼尻《めじり》が少しさがり、鼻も低いほうだし顎《あご》がしゃくれているから、縹緻《きりよう》よしとはいえないが、子供っぽい陽気そうな感じにみえる。背丈は五尺一寸くらい、肩も細いし手爪先《つまさき》も小さく、ぜんたいがいかにも小づくりであり、主計の「箱入り女房」という言葉がぴったりするように思えた。

「口止めをしたか」

五郎太はそう云いながら、夜具の、枕の当る位置の下へ手を入れた。そこに書物の端のような物が見えたからで、さぐってみると一冊の本があった。

「口止めはした」と主計が云った、「知っているのはたみと藤田伊太夫の二人だけで、二人には固く口止めをしておいた」

「おれを呼んだのはよかった」と五郎太が云った、「いそいで柳田良庵《りようあん》に来てもらおう」

「柳田、――いまさら医者をどうする」

「とにかく使いをやってくれ」と云いながら、五郎太はいま取り出した本の題簽《だいせん》を読んだ、「古今和歌集、巻の五、秋の歌下《げ》か」

「おれは一度も叱《しか》ったことさえなかった」と主計は云いながら立ちあがった、「どうしてこんなことをしたのか、なにが原因で死ななければならなかったのか、おれにはまるで見当もつかない」

主計は出ていった。五郎太は歌集をめくってみた。それは胡蝶装《こちよう》の本で、よく読まれたのであろう、かなり手ずれているし、歌のところどころに、薄墨の細筆で書き入れがあった。彼はそこになにか挿《はさ》んであるかと思ったが、終りまで一枚ずつ、紙を左右にひろげながらみていったが、ついになにも出て来なかった。

主計が戻って来て、「柳田へ使いをやった」と云いながら、五郎太の持っている物に眼をとめた。

「古今集だ」と云って五郎太は、それを主計に渡した、「夜具の下にあったのだが、杉江さんのものか」

「さあ、――」主計は本をめくってみた。

「いましらべてみたが、なにもはいってはいないようだ」

「たぶん杉江のだろう」と主計は歌集を閉じながら云った、「娘のころ松崎雅成の塾で和学をまなんでいたそうだし、ここへ来てからも幾たびか歌会などに出ていたようだ」
「そういう本もしらべてみたのか」
「いや、本は一冊もなかった、これを見るのはいまが初めてだ」
「おかしいな」と五郎太が云った、「松崎塾でまなび、それからも歌会に出ていたというのなら、その方面の書物が五冊や十冊はあっていい筈じゃないか」
主計は記憶をたどるような眼つきをし、やがて首を振った、「いや、書物は見たことがない、さっきからすっかり捜したが、このほかになにもないことは慥《たし》かだ」
「いずれにせよ」と暫《しばら》く考えてから五郎太が云った、「人間ひとりが自殺するということは尋常ではない、なにか原因があるに相違ないだろうが、本当に永井には思い当ることはないのか」
「この家の生活は単純だ、父は隠居所にこもったきりだし、姑《しゅうとめ》がいるわけでもなく、召使をべつにすれば夫婦二人きりだ」と主計が云った、「死ななければならないような事情があったとは思えないし、もしもそんなことがあればおれにわからないわけがないと思う」

「夫婦二人きり」と呟《つぶや》いて、ふと五郎太は眼をあげた、「結婚して何年になる」

「母が亡《な》くなり父の倒れた年だから、——ちょうど三年だ」と云って、これまたどきっとしたように、五郎太を見た、「うん」と主計は頷《うなず》いた、「杉江もそのことは気にやんでいた」

五郎太は黙って主計の顔を見まもった。

「去年の十月、たしか十月だったろう」と主計は続けた、「杉江は灸《きゆう》寺へゆきたいと云いだした、灸寺というのは母もいったことがある、法頭山慈命寺というのだが、五百年伝来という名灸でよく知られ、遠国からも治療に来る者が少なくないそうだ」

「講釈には及ばない、知っているよ」

主計は屹《きつ》となった、「講釈だって、——おれが講釈しているというのか」

五郎太は驚いて主計を見返した。

三

主計はまた見知らぬ人のような顔になり、その眼はかつてみせたことのない、激しい怒りをあらわしていた。

「そういうつもりではなかった」と五郎太は会釈《えしやく》した、「気に障《さわ》ったら勘弁してくれ、それで、——灸《きゅう》寺へいったのか」

慈命寺の灸は、子のない婦人にも効果があるそうで、杉江はでかけてゆき、一とめぐり七日ずつかよった。十月からずっと、月に七日ずつ、欠かさず点灸にかよい続けた、と主計は云《い》った。そう話しているあいだに、彼の表情はゆるみ、怒りの色もすっかり消えていた。

「今月で約半年だな」と五郎太が訊いた、「それで、効果がなかったのか」

「なかったと思うが、——わからない」

「わからないって」

「灸を続けるあいだは」と云いかけて、主計は眩《まぶ》しそうな眼つきをした、「寝間をともにしないようにと云われたそうだ」

「半年もか」

「なんでもないさ」と主計が云った、「おれは三十で結婚したくらいだ、必要なら一年だって二年だって平気だよ」

そのとき伊太夫が来て、柳田良庵が来たと告げた。五郎太は伊太夫を待たせて、

「おれが会う」と主計に云った。

「これは病死にしなければならない」と五郎太は云った、「おれが大目付だったこと

は幸いだし、柳田も大丈夫だ、いいか、あとで詳しい打合せをするが、病死だということをよく覚えていてくれ」

そして伊太夫に頷《うなず》き、主計には座を外すようにと云った。

主計は自分の居間へゆき、召使のたみに茶を命じた。外はすっかり明るくなり、あけてある窓の向うに、斜めからさす朝日をあびて、橙色《だいだいいろ》に染まっている女竹《めだけ》の藪《やぶ》が見えた。

「そうだろうか」と呟《つぶや》きながら、主計は自分の手指を見、うろたえたようにその眼をそむけた。短刀を握ったままの妻の手が、血に染まってい、その血のどす黒く乾いていたことを思いだしたのである。杉江は前のめりに、半身を夜具からのりだして死んでいた。主計はその軀《からだ》を横にしてやったのだが、そのとき見た妻の手が、強烈な印象として残った。

「そうだろうか」と彼はまた呟いた、「――いやそうではあるまい、そのために自殺するのなら、一と言ぐらいおれになにか云った筈《はず》だ」

嫁《か》して三年、子がなければ離別する、という俗説がある。もちろん俗説ではあるが、家系を大切にする武家ではかなり重くみられていたことで、そういう場合には離別をしないまでも、側女《そばめ》を置くことは殆《ほと》んど通例になっていた。けれども、主計は「子が

とさえ、気づかずにいたくらいであった。

たみが茶の支度をして来、「食事をどうするか」と訊《き》いた。主計はたみが眼を泣き腫《は》らしているのに気づいた。

「お客さまにも食事を差上げるのでしょうか」とたみが訊いた。

「ちょっと坐《すわ》ってくれ」と主計が云った、「おまえ、杉江のことでなにか知っているか、あれが自殺しなければならないようなことで、なにか勘づいた覚えはないか」

「はい、存じません」たみは片手で眼を押えながら答えた、「そういうそぶりは一度もおみせになりませんでしたし、わたくしが気づいたようなこともございません」たみはもう一方の手もあげ、両手で顔を掩《おお》って、泣き声をころしながら云った、「わたくし、奥さまに可愛《かわい》がっていただきました、自分のことはなにもかも、どんなつまらないようなことでも申上げていましたし、奥さまのこともたいていは存じあげているつもりでおりました、でも、こんなことになろうなどとは、ただの一度も考えたことはございません、たぶんわたくしがばかだったのでございましょう、そう思うとわたくし申し訳もなし」

「もういい」と主計が遮《さえぎ》った。

「わたくし、くやしゅうございます」と云ってたみははげしく泣きだした。

「もういい、泣くな」と主計が云った、「杉江は病気で急死、ということに相談がきまった、自殺したということを人に知られてはならない、これだけは固く守ってくれ、いいか」

「はい」とたみは頷いた。

「食事のことはあとで知らせる、ここはいいからさがっておいで」

たみが去り、まもなく五郎太と柳田良庵が来た。二人で死躰《したい》をきれいにしたそうで、良庵は小さな包みを持って、五郎太は短刀を主計に渡しながら、これは膏《あぶら》でくもっているから、研ぎにだして怪しまれるといけない、どこかへしまっておくほうがよかろうと云った。良庵は若い町医で、蘭法《らんぽう》を修業したということだが、「心臓の故障で吐血し、そのまま急死ということにする」と云った。包みの中には死躰を拭いた晒木綿《さらし》がある、それで吐血を始末したといえばよかろう。よければ親族の集まるまで自分は残っている、と云った。

杉江の病死は疑われることなく、二日めに葬儀がおこなわれた。実家からは吉原市郎兵衛夫妻と、弟の市三郎、妹の松江が来、また、志田へ嫁している姉の直江も、良人《おっと》と二人で来、自分は手伝いのためあとに残った。弔問の客は多く、藩主からも近《きん》習《じゅ》番の者が、非公式でくやみの意を伝えに来た。父の六左衛門は病気ちゅうのことで、もちろん客の前へは出なかったし、心配したほど驚きも悲しみもみせなかった。

「おまえもおれも女房運が悪いな」と六左衛門は沈んだ声で云った、「どこの夫婦もたいていは女房があとに残るようだが、おれのような年になってあとへ残ると迷惑なものだ、おまえもこんどは丈夫な嫁を貰《もら》うんだな」

それっきり、杉江についてはなにも云わなかった。

参覲《さんきん》の供は遠慮を願い出たが、「その必要はない」ということで、予定どおり十五日に、主計は供に加わって江戸へ立った。出立《しゅったつ》する日の早朝、岡本五郎太が訪ねて来て、「こんどのことを一日も早く忘れろ」と云った。どんな理由があったにせよ、死んだ者はもうかえらない、取返せないことで思い悩むのはみれんんだ。幸い、江戸へゆくことだし、土地が変るのを機会にいやなことを忘れるようにしてくれ、と繰り返して云った。

「うん」と主計はなにをみつめるともない眼つきで、じっと脇《わき》のほうを凝視しながら答えた、「——そうするようにしよう」

四　岡本五郎太の手記

七月二十一日、永井主計のことで江戸屋敷からまた三通の手紙が来た。差出人は左の三人である。

間崎重太夫（寄合役肝入《よりあいやくきもいり》、四十二歳、五百七十石）
河森行之助（小姓組頭、三十三歳、八十石余）
丹野　真（留守役、三十二歳、四百三十石余）

河森と丹野はこちらの育ちで、永井はもとより、私たちとも古くから知っていた。永井が江戸へゆくとすぐ、私は手紙で彼のことを二人に頼んだ。それに対して、今月までに河森からは七回、丹野から五回かなり詳しくようすを知らせて来ていた。間崎重太夫どのは永井を預かっている人で、手紙をよこしたのはこんどが初めてであるが、これらはみな好ましくない便りばかりで、しかも、しだいに事情の悪くなることを示していた。

三月の事があったあの朝、私は主計の態度や顔つきが変っていることに気づいた。

顔つきも話す調子も、二十年以来よく知っているそれとは違って、まったく見知らぬ人のような、冷たくよそよそしい感じであった。

――こんな出来事のあとだ、人が変ったようにみえるのも当然だろう。

私はそう思ったものであるが、江戸から来る手紙はみな、あのときの主計のようすを再現し、それがしだいに悪化してゆくさまを伝えていた。河森は主計が「怒りっぽく」なり、すぐに人と「喧嘩《けんか》をする」と書いていた。丹野はこれと逆に、主計がひどく「疑い深く」そして「陰気になった」という。

――気をひきたててやろうと思い、茶屋遊びなどにも伴《つ》れだしたが、酔えば酔うほど気むずかしくなり、ますます陰気に黙りこんでしまう、そうして口癖のように、世の中のことはなに一つ信じられない、友情などといってもうわっつらだけのものだ、というような、投げやりなことをよく云《い》うようになった。

そんなことも書いて来た。読む私には、およそ主計の気持が推察できる。みれんだ、とは云ってやったものの、あんなふうにして妻に死なれたことが、そうたやすく忘れられるものではあるまい。自殺の理由でもわかれば、そこからぬけだすみちもあろうが、理由もわからず思い当ることもなく、黙って死んでしまわれたのだから救われようがないだろう。だが、永井主計もそう若くはない、と私は嘆息しながら思った。年も三十二歳、まもなく家禄《かろく》も恢復《かいふく》され、中老職に仰《おお》せつけられる筈《はず》だ。もう暫《しばら》くすれば立ち直るに相違ない、私は近ごろまでこう考えていた。

けれども、事はそう簡単にははこばず、却《かえ》って妙にこじれだすようであった。というのは、河森と丹野から来る手紙の内容が、永井のことを伝えると同時に、かれら二人がだんだん不和になってゆく、という状態をも示し始めたことだ。丹野は四百余石の留守役、河森は八十石あまりの小姓組頭で、身分にはかなりひらきがある。少年時代からの親しい友人ではあっても、年が経《た》って互いに家庭を持つと、それだけでも、昔のままのつきあいが続くという例は多くはない。まして身分や役目に差があれば、その関係もいっそうむずかしくなるだろう。

——永井はそれをはっきりさせたのだ。

永井主計が二人のあいだにはいったことは、二人を昔の友情でむすびつけるよりも、逆に現在の隔りをはっきりさせたのだ、私はそう考えたのである。

河森は丹野を非難して、「彼は永井を堕落させる」と書いて来た。しきりに茶屋遊びへさそい、酒や女に溺《おぼ》れさせた。国許《くにもと》とは違って江戸は広いから、家中の眼を気にする必要はない。金さえあれば遊ぶのにことは欠かないし、遊ばせかたもうまい。おまけに留守役は料理茶屋などにも顔がきくので、田舎育ちの永井をひきまわし、遊びを仕込むのはたやすいことだ。おれは永井に三度ばかり意見したが、彼は耳にもかけないし、三度めには喧嘩になってしまった。……永井は妻女に死なれたばかりだ、と岡本は初めに云って来た。だからおれは彼のためにできるだけのことをするつもりだったが、丹野が付いている限り、そして彼が丹野とはなれない限り、おれには彼をどうすることもできない、どうかこのことをよく覚えていてもらいたい。

丹野真はこれに対して、「河森はおせっかいをしすぎる」と云って来た。いま永井に必要なのは気持の転換と、将来への希望と勇気をよび起こすことだ。おれが茶屋遊びに伴れだしたことはまえにも書いたが、十九やはたちではあるまいし、三十二にもなっている男、それも永井主計ほどの男が、茶屋遊びくらいで堕落する筈はないだろう。現に、永井にうちこんでいる芸妓が二人いる。柳橋ではどちらも評判の売れっ妓《こ》で、屋敷まで文をよこすほどのぼせあがっているが、永井はまるで見向きもしない。酒も強くなったが、酔っても陰気になるばかりで、浮かれて騒ぐなどという例はいちどもないし、独りで遊びに行くことなどもない。……それを河森はうるさく責める、永井を蕩児《とうじ》にする気か、と云っておれを責め、丹野とつきあうな、というふうに永井を責めるらしい。永井は黙っているが、おれはほかの者からそれを聞いて、困ったやつだと思っている。永井の傷心のことは岡本の手紙で知っていたが、日が経っても少しも軽くなるようすがない。妻に死なれたことが、こんなにも深いいたでを残すものだろうか。河森はそれを理解しようともせず、ただよけいな世話をやくばかりだから、却って永井をうるさがらせ、気持をめいらせるだけのようである。……老職のあいだに、永井の中老任命の案が出ているが、永井がいまのような状態だと、ちょっとむずかしくなるのではないかと思う。それにつけても、河森のおせっかいは困ったものだ。

そして間崎重太夫は、丹野の手紙を反証するように、「永井には中老就任の気がないようだ」と書いて来た。日常のようすも好ましくない。江戸へ来たのは、やがて中老に任ぜられるため、老臣たちに前披露をする意味を含んでいる。にもかかわらず、永井はいちど挨拶《あいさつ》まわりをしただけで、その後はどこへも寄りつかない。人づきあいも悪く、激しい口論もたびたびやったようだ。こんなことでは国許へ帰すほうがよい、という意見もある。そこもとから汲田へ話したうえ、そちらの意向を聞かせてもらいたい。

この間崎重太夫の手紙を持って、私は汲田へ相談にゆくつもりである。三月以来、亡《な》き杉江どのについて、私はできる限りのことをしらべた。それを永井に書き送ろうと思っていたところだが、汲田と相談してからのことにするつもりである。

五

「苦しいんですか」

「お酔いになったのね」と云《い》って、妓《おんな》が顔の触れあうほど覗《のぞ》きこんだ、「苦しいんですか」

「暑い」と主計は眉《まゆ》をしかめた、「暑くってしようがない、もっとはなれてくれ」

「膝枕《ひざまくら》をしていらっしゃるのよ」

「いいからはなれてくれ」

「おちよさん、枕をちょうだい」とその妓が女中に云った、「ああいいわ、これでいいでしょ、なあさま」

妓は脇息《きょうそく》を横にし、ふところ紙を当てて、主計に枕をさせた。その妓は若くて、名は小光というのだ。主計は眼をあげてお袖という年増《としま》を見、どうしたんだと云った。お袖は持っていた盃《さかずき》を、そっと膳《ぜん》の上に置いた。

「その人にひかされて、ちょうど八年いっしょにくらしました」とお袖は話を続けた、「ところは云えませんが、しょうばいは木綿問屋で、奉公人も六人くらい使ってたでしょう、かなり繁昌《はんじょう》するお店でしたわ」

「そうじゃない」と主計がもの憂《う》げに遮った、「男ができてどうとかという話だ」

「男ですって」

「男ができて、それといっしょになるために苦労したんじゃないのか」

「なんの話かしら」お袖は小光を見た。

「米《よね》さんのことよ」と小光が云った、「このまえ話しかけてよしたでしょ、きっとあのときのことよ」

「そんなこと話したかしら」

「とっときのおのろけじゃないの」

「酔ってたのね」お袖は盃を取りあげ、小光が酌をした。お袖はそれを飲んで、うっとりしたような眼つきで窓の外を見た、「——米さん、……なつかしいわね」

「思いいれよろしく、えへん」と小光が云った。

お袖は聞きながして、きまじめに話しだした。主計はまえに途中まで聞き、なにやら身につまされたのを覚えている。お袖は木綿問屋の主人にひかされてから、まもなく、小さいじぶんに知っていた男と出会った。そうだ、相手は幼な馴染《なじみ》だった。いっしょになるために苦労したのではない。二度と逢《あ》うまいとして苦しいおもいをしたんだ、と主計は聞きながら思いだしていた。

——死なれたあとで、おれは初めて杉江が恋しくなった、憎い、じつに憎いやつだと思いながら、どうしようもないほどあいつが恋しいと、主計は思った。この気持が、お袖の悲しい話に似ていたんだ。

お袖はほかにも幾つか話をした。木綿問屋と八年、夫婦としてくらしたが、主人が泊りがけで旅に出た留守、若い手代とあやまちをおかした。ひどくあけすけな話なのだ。主人の留守をいいことにして、店の者たちが酒肴《しゅこう》を並べ、夜の十時ごろまで騒いでいた。女だと思ってばかにしている、お袖は怒って階下へおりていった。そのとき廊下で、その手代とすれちがい、若い手代の軀《からだ》から発散する、強い躰臭《たいしゅう》に触れたのだ。彼は手洗いにゆくところで、お袖は廊下に立って待っていた。彼の躰臭は単に匂《にお》ったばかりでなく、お袖の全身に触れ、肌にしみとおった。お袖は膝ががくがくするほどふるえ、それは自分が怒っているためだと思った。彼が戻って来、お袖は彼を二階へ呼びあげた。もちろん叱《しか》るつもりだったが、二階へあがり、向きあって坐《すわ》るとものが云えなくなり、軀のふるえがもっとひどくなった。それからあとのことはわからない、お袖は「気が狂うかと思った」と云った。「耳も聞えなくなり眼も見えなくなった」自分の意志とはまったく無関係に、手や足や口が勝手な動作をした。あとで見ると、若い手代の頸《くび》や肩に歯形が残り、背中には幾筋もみみず腫《ば》れができて、血を滲《にじ》ませていた。ひかされたのが十七だから、むろん男を知らなかったわけではないし、木綿問屋の主人とは八年もいっしょだったけれども、そういう感じを味わったのはそのときが初めてであった。お袖は主人を憎悪《ぞうお》した。「八年もひとを騙《だま》していた」と思い、きっぱりと別れて、またこの柳橋から芸妓に出たというのだ。気が狂いそうになるあの感じを味わうまえとあとでは、女はまったくべつな人間になるらしい、とお袖は云った。

それが米吉の場合は違うのだ。

「逢ったのは三度だけなんです」とお袖は続けていた、「あたしは十九、米さんは二十二で、ちょうどお嫁さんを貰《もら》おうとしているときでした、幼な馴染といっても、子供どうしのことだからなんの気持もなかったんですよ、それが、五年か六年ぶりかで出会ったら、急に両方とも火がついたようになってしまったんです。向うはお嫁さんがきまっているし、こっちには主人がある、辛《つろ》うござんしたわ」

「正直いって」と小光が力をいれた声で訊《き》いた、「いちども寝なかったの、姐《ねえ》さん」

「寝るどころか、手を握りさえしなかったわ」とお袖が云った、「こっちはお嫁さんになる人に済まない、主人にも済まないと思うし、米さんは米さんであたしの主人に済まない、自分のお嫁になる人にも済まない、両方がそんなふうだから、逢っても苦しい辛《つら》いおもいをするばかりでしたわ」

「わからないわ、あたしなんかには」と小光がお袖に酌をしながら云った、「べつにそう変ったことでもないのに、なにがそんなに苦しかったり辛かったりしたのかしら」

「それは本気だったからよ」

「本気だと辛くなるの」

「本気で恋をすると、まわりの人たちのことも本気に考えるからでしょ、あんたもそういうときになればきっとわかるわ」

それだな、と主計は思っていた。杉江が生きているうちは、かくべつ杉江に気をつかったことはなかった。三年のあいだにはいろいろなことがあったろう、気分のいい日、悪い日。ねだりたいこと、訴えたいこと、ときにはあまえたいこともあったろうが、おれはそういうことに無関心だった。あれがなにを考えているかということにさえ、いちども気をつかった覚えがない。本気ではなかったんだ。妻を娶《めと》り、妻がそこにいる、というだけで安心し、それ以上に気持がすすまなかった。人間と人間との芯《しん》からのつながりを持とうとしなかったんだ。「あの手代とまちがいを起こしたときも、なんのこともなかった」お袖はなお続けて云った、「いまだって旦那《だんな》があるのに、浮気をしたいときには平気でします、それでこれっぽっちも辛いとか苦しいなんて思ったことはありゃしません、というのが、旦那とも浮気をする相手とも、本気じゃあないからだと思います」

「諄《くど》いぞ」と云って主計は起き直った、「本気な話はもうわかった、酒をくれ」

「ああびっくりした」とお袖が云った、「なにかお気に障ったんですか」

六

「そうじゃない、いい話だ」主計は小光に酌をさせながら云《い》った、「いい話なんだから、諄《くど》くないほうがいいんだ」

涙が出て来そうだな、と主計は思った。どうして涙が出そうなのか、お袖の話がそれほど感動させたのか、杉江に冷たかったことを悔むためか。そうじゃない、お袖の話なんぞありふれたものだ。杉江に対しても、悔むほど冷たかったとは思えない。そんなことじゃないさ、おれは途方にくれているんだ。杉江が恋しくって、憎くって、おれ自身が自分のようではなくなっちまって、ありとあらゆるものが疑わしく、なにがしんじつなのかわからなくなって、ただもう途方にくれているだけなんだ。よかった、涙は出なかった。主計は小光へ眼を向けた。この女はおれと寝たがっている、小《こ》奴《やっこ》もそうだ。小奴のほうがこれより縹緻《きりよう》はいい、だが小光だって悪くはないさ。どうして寝ないんだ。

「あたしやさしい男なんて嫌いよ」と小光が云っていた、「へんに親切でやさしい人なんてむしずがはしるわ、あたしは黙って屹《きつ》としている人が好き、気にいらないことがあっても小言なんか云うより、黙ってぴしゃっとぶつような人でなければいやだわ」

「おんなじことなのよ」と女中のおちよが云った、「親切でも薄情でも、こっちがしんから惚《ほ》れてしまえば、そんな差別はなくなるんじゃないの」

「そうらしいわ」とお袖が云った、「男と女が惚れあう、ということは同じなのに、一つとして同じような惚れかたがない、みんなそれぞれに違っているんだから妙なものだわ」

主計は盃《さかずき》をみつめていて、それからふと顔をあげた、「そうだ、そんな歌があったぞ」

「ああ驚いた」お袖が持っている盃を片手で庇《かば》いながら云った、「ときどきになるとびっくりさせるのね、ひどい方」

たしかにそんな歌があった、と主計は思った。なにかで読んだことがある、秋の露は一と色であるのに、草や木の葉をちぢの色に染める、というような意味であった。

どこかで読むか聞くかしたのだ。どんな歌ですか、と小光が訊《き》いた。ちょっとうたって聞かせて下さいな、あたし知っているかも知れない。ねえ、ちょっと聞かせて、と小光が云った。

「聞かせてもいいが」と主計が云った、「おれと寝るか」

「ほんと」と小光が云った、「嘘《うそ》でしょ」

「嘘だ」と主計が云った。

「きまってるわ、憎らしい」小光は主計の腕にしがみついた、「罪よ、なあさん」

主計はまた横になった。

神田橋御門の内にある屋敷へ帰ったのは、まだ十時まえであった。表門は刻限で閉るが、ぬけ遊びには門番にくすりがきかせてあって（おそらくたいていの屋敷が同じことだろう）十二時ぎりぎりまでは門を通ることができる。しかし寄宿している間崎家はそうはいかないので、おそくなると丹野で泊ることにしていた。その夜も例のとおり、庭へまわって、丹野の居間の外に当る廊下の雨戸を叩《たた》いた。すぐに返辞が聞え、丹野真が雨戸をあけた。

「ひさ松か」と丹野が訊いた。

「泊めてもらうぞ」と主計が云った。

丹野は雨戸を閉めた、「碁で夜明しという口実は、もう間崎さんにみぬかれているぞ」

「みぬければめくらだ」

「憎まれ口はうまいな」

丹野はしらべものをしていたらしい。居間のまん中に机を出し、その左右に帳簿や書類がちらばっていた。主計は窓際《まどぎわ》へゆき、刀を脇《わき》へ置くと、そこへ肱枕《ひじまくら》で横になった。まるできちんと坐《すわ》り直すようなぎごちない動作で横になり、それから云った。

「おれは国許《くにもと》へ帰る」

「岡本から手紙だ」

丹野は机に向って坐り、硯《すずり》の脇にあった手紙を取って、主計のほうへ押しやった。

「国許へ帰すという話があったんだろう」と主計は云った、「帰れるように手順をつけてくれ」

「岡本の手紙を読んでみろ」

「あいつは世話をやきすぎる」

「おまえはいやな人間になった」

「気にするな」と主計が云った、「丹野だってほれぼれするほどの人間じゃあないぜ」

丹野は立って出てゆき、すぐに戻って来ると、机に向って筆を取りあげた。肱枕をしている主計の眼から、涙がこぼれ落ち、彼は窓のほうへ寝返った。

「起きていないか」丹野が筆を動かしながら云った、「もうすぐ寝所の支度ができるだろう、そこで眠ると風邪をひくぞ」

主計は黙っていた。

「酔いがさめてから云うが」と丹野は筆を止めて云った、「近いうち家禄《かろく》が直されたうえ、中老に仰《おお》せつけられる筈《はず》だ、今日おれは間崎さんに呼ばれて聞いたんだが、行状を改めるようにと、おれまでが厳重にだめを押された、――聞いているのか」

主計がちょっとまをおいて云った、「おれは国許へ帰る、中老だなんて、いまのこんなおれに勤まるもんじゃない、それはお断わりだ」

「そんな我儘《わがまま》がとおると思うか」

「丹野が気にすることはないさ」

丹野はまた筆を動かし始めた。

ざまはないな、と主計は思った。人間の心なんて、こんなにも脆《もろ》いもんなんだな。親子、夫婦、きょうだい、友達。こういう関係をおれは信じていた。それを信ずることなしに、人間の生活はないと思う。云ってやるが、おれは杉江を信じていた。だからこそなにか疑ったり、特に気をつかったりはしなかった。そうじゃあないか。いっしょにくらしていながら、絶えずお互いに気持をさぐりあうようなことで、夫婦といういうことができるか。ふん、そうのぼせあがるな、まあおちつけよ永井主計うじ。お袖が云ったろう、女というものはあの気の狂いそうな感じを味わうまえとあとでは、まったく違う人間になるらしいって。そうなのか、女はみんなそういうものか。おれにはわからない。杉江がどんなだったかも気がつかなかった。お袖はそのために。ちょっと待ってくれ、お袖は八年間もそのことを知らずに、夫婦ぐらしをしていたんだろう。それを知ったから木綿問屋をとびだして、また芸妓になったのだろう。いや、と主計は心の中で首を振った。女がみんなお袖のようだとは限るまい、杉江がそうだったと考えるのは侮辱だ。おれたちは結婚してから三年しか経《た》っていなかったし、お袖がそれを知ったような機会は杉江にはなかった。本当になかったか。なかったと云いきることができるか。杉江がなにを考えていたかさえ知らなかったのに。ああ、と主計は呻《うめ》き声をもらした。

丹野の妻女がそっと茶をはこんで来、寝所の支度のできたことを良人《おっと》に告げて、足音を忍ばせるように去った。

「起きて茶をのまないか」と丹野が呼びかけた、「寝所の支度ができているぞ」

七

九月になるとすぐ、永井主計は国許《くにもと》へ帰った。病父の容態が悪い、という理由で許しを得たもので、老臣のほうでも、それが口実だということはわかっていたらしいが、帰国願いは簡単に許された。

江戸を立つまえ、主計は側用人《そばようにん》の戸田蔵人《くらんど》に呼ばれ、いろいろ眼にあまる行跡が多いにもかかわらず、寛大に扱われているのは殿の御意によるものだ、それを忘れては相済まぬぞ、と云われた。播磨守《はりまのかみ》正成はまだ二十四歳で、家督をしてから五年にしかならない。近代稀《まれ》にみる英明な質だといわれているが、永井は十年まえ、罪に問われて以来ずっと無役なので、式日のときに伺候《しこう》するだけだから、主計はまだ二度しかめどおりをしたことがない。いくら英明であるにしても、殆《ほと》んど顔も知らない自分を、どうして特に寛大に扱うのか、主計には側用人の言葉が信じられなかった。

「そこもとの妻女が急死されたとき、殿から弔慰の使者が遣わされた筈《はず》だ」と戸田は云《い》った、「公式ではなかったようだが、現職の重臣でない場合には異例なことだ、そのときなにも気がつかなかったのか」

主計には答えようがなかった。たしかに、杉江の葬儀のときに、藩主の使者として非公式に近習《きんじゅ》番の者が来た。しかし主計は、それを特別のものとは思わなかった。永井は由緒《ゆいしょ》ある家柄で、それだけの格式があるからだという程度に受取ったのであった。

「殿は御家督のまえから、課役騒動の件をしらべておられた」と戸田は云った、「あれはむずかしい出来事で、永井どの一人が責任を問われ、そのために家禄《かろく》削減、役目解任のうえ差控えということになった」

それは先代の藩主、河内守《かわちのかみ》正発のときのことで、太田郷に七百町歩の新田を拓《ひら》くことと、領内を通る本街道と橋の改修工事とが、同時におこなわれることになった。その宰領を命ぜられたのが永井六左衛門であったが、課役に百姓を雇い、郷倉《ごうぐら》をひらいて米でその賃銀に代えた。そのころは数年不作が続いており、銭で支払っても、米価高のため食費にすらならなかった。六左衛門が米で払ったのはそのためらしいが、郷倉は饑《き》饉《きん》に備える非常用の貯蔵米であり、どこの藩でも同じらしいが、これをひらくのは重臣の協議と、藩主の許可がなければならない。それを独断でやった点と、不幸なことにはその翌年も不作で、郷倉の米を施与《せよ》しなければならない状態になった。しかしその貯蔵米は三分の一しか残っておらず、藩では幕府から金を借りて米を買い、これに当てるという結果になった。六左衛門はその責を問われたのであるが、当代の播磨守がしらべたところによると、そのときもし米で払わなかったら、百姓たちは一《いっ》揆《き》も起こしかねない事情にあった、ということがわかった。

「課役というものは領民の御奉公で、只《ただ》働きが原則となっている」と戸田は続けて云った、「元文三年のときは、特にいそぐ普請《ふしん》であったため賃銭を払った、ということは、不作続きで、百姓どもが困窮していたからで、六左衛門どのが銭でなく米で与えたことは、もっとも実情に即する判断であった、――殿はその事実を自分でつきとめられ、早く永井家を旧に復するようにと、仰《おお》せだされたのだ」

このほかに申すことはない、殿のおぼしめしがわかったら、これからはよくよく思案して、中老職として恥ずかしからぬよう行状を改めてもらいたい、と戸田蔵人は云った。

主計はその話を聞いても、かくべつ感動はしなかった。そういう場合に立ったら、誰でもそのくらいのことはするだろう。直接、領民の生活に触れる者なら、現実になにが必要であるか、ということがわからない筈はないし、わかれば実情に則《のっと》った方法をとるだろう。それが政治にあずかる者の最小限の責任ではないか、と思っただけであった。……だが、国許へ帰る旅中、彼は若い藩主の気持に対して、少しずつ考えが変っていった。父は自分が責任を負って、よしと信ずる手段をとった。家禄削減も役目の罷免《ひめん》も、むろん承知のうえのことだったろう。しかし、十年の余も経《た》ってから、若い播磨守がみずからそれをしらべ、改めて父の功を挙げる、ということはそうざらにあるものではない。

――そうだ、と主計は自分に云った。父のやったことよりも、このことのほうが困難であり尊いことかもしれない。

自分よりはるかに若い藩主に、それだけの情熱があったということは、主計の心を深く揺り動かさずにはおかなかった。そうだ、もうこのへんで立ち直らなければなるまい、と彼は思った。

それにもかかわらず、国許へ帰り、自分の家におちつくと、主計はまた妻の死にひき戻された。そうして、妻の自殺した理由をつきとめない限り、本当に立ち直ることはできない、ということを認めた。ばかげたことかもしれない、けれども自分にとってはそれが必要なのだ。自分を縛っているこの妄執《もうしゅう》を断ち切らなければ、この状態からぬけだすことはできない。これが足掛りだ、と彼は心をきめた。帰国の挨拶《あいさつ》にまわったあと、主計は半月あまり客を断わって家にこもった。このあいだに、隠居所で三度ばかり父と話をした。六左衛門は病気になって以来、不自由な姿を見られるのがいやなのだろう、主計ともあまり会いたがらず、主計もできる限りそっとしておいたのであるが、播磨守の意志だけは伝えたいと思い、三度めにようやくそのことを語った。

六左衛門は「なんだ」というような顔つきで聞いていたが、彼が話し終るとすぐに、まるでつかぬことを云った。

「慈命寺の灸《きゆう》をやってみようと思うのだがどうだろう」

主計は「はあ」といって父の顔を見た。

「この病気にも効があるというのだが」と六左衛門は云った、「法頭山には滞在する宿坊もあるということだし、暫《しばら》く保養して来たいと思うのだが」

「結構でございますね」と主計は答えた、「山にいらっしゃるだけでも御気分が晴れるかもしれません、よろしければ手配を致します」

そうしてもらおう、六左衛門が云った。

主計は灸寺へ使いをやり、宿坊があいていることを慥《たし》かめて、父の滞在に必要な物をまとめた。そして、身のまわりの世話をするためには、女手のほうがよいと思って、たみを呼び戻した。主計が江戸へ立ったあと、たみは暇を取って親元へ帰り、まもなく嫁にゆくことになっていたが、今年いっぱいならお役に立とうということで、すぐに戻って来た。

明日父を送りだすというまえの夜、七時ちょっと過ぎたころに、岡本五郎太が訪ねて来た。いちど断わったが、ぜひというので、やむなく会うと、五郎太はいきなり

「めめしいやつだ」と云った。

八

五郎太の眼は、怒りとも憐《あわ》れみともとれる光を帯び、袴《はかま》の上の両手は固く拳《こぶし》を握って、いまにも殴りかかりそうにふるえていた。

「そこまで自分を卑《いや》しくして、恥ずかしくはないのか」

主計にはわけがわからなかった。

「どういうことだ」と主計は反問した。

「灸《きゅう》寺だ」と五郎太が云《い》った。

「灸寺がどうしたんだ」

「たみを呼び戻し、灸寺へゆくと聞いた、これは誤伝か」

「いや、そのとおりだ」

「おれの手紙では満足できないのか」

「灸寺へゆくのは父だ」と主計が云った、「暫《しばら》く慈命寺に滞在して、灸の療治をしてみたいと云うから、たみを付けてやることにしたんだ、おれも送ってはゆくが、すぐに帰るつもりだ、――いや待ってくれ、手紙というのはなんだ」

五郎太の表情が変った。明らかに、彼はなにか思い違いをし、云ってはならないことを云った、ということに気づいたようであった。主計はそれをしかと認めた。

「丹野に宛《あ》ててよこしたあれか」と主計は云った、「あの手紙に灸寺のことが書いてあったのか」

「読まなかったのか」

「説教ではなかったんだな」と主計は声を低くした、「どういうことだ」

「忘れてくれ」と五郎太が云った、「――いや、それはだめだろう、口をすべらせたおれが悪い、忘れてくれだけでは済まぬだろう」

「手紙に書いたのはなんだ」

五郎太は唇を嚙《か》みしめた。唇が白くなり、両手で袴をわしづかみにした。

杉江どのの自殺は、自殺とすべきであった、五郎太は話しだした。病気による急死、などと偽ったのは誤りであり、そのために却《かえ》って事を紛糾させてしまった。たとえ中老任命が延びたにもせよ、事実を事実のまま明らかにすれば、主計をこんな状態にすることはまぬかれたであろう、この責任は自分が負わなければならぬと思った。――それで、自分は杉江どのの自殺した原因をしらべにかかった。丹野に宛てて送った最後の手紙には、その結果が書いてあったのだ、と五郎太は云った。主計は黙って聞いてい、五郎太は手紙に書いたことを語った。

五郎太が初めに得た手掛りは、柳田良庵の話であった。良庵は同じ町医の川延玄斎《かわのべげんさい》から、杉江が妊娠していたということを聞いた。妊娠三カ月だったと聞き、そういえば死《し》躰《たい》の始末をするとき、乳首が黒ずんでいたことを思いだした、と五郎太に語った。主計は妻が不妊を苦にしていたと云い、子が授かるようにと、灸寺へかよっていたこと、そのため半年ちかくも寝間をともにしていない。と云ったことを思い合せ、原因はそこにあると見当をつけた。

「おれは灸寺へいってしらべた」五郎太は殆《ほと》んど冷酷な口ぶりで云った、「寺には療治に来た者の名を、その日ごとに記した帳簿がある。おれはそれを繰ってみたが、杉江どのの名は十月十七日から三日だけで、その後は一度も記してはなかった」

主計の顔が能面のように硬くなった。おどろきでも怒りでもなく、全身の力がぬけ、放心したような眼つきで、ぼんやりと天床《てんじょう》を見あげた。五郎太は外科医が腫物《はれもの》を切りひらくように、ずばずばと事実を告げ、終りに、ふところから一冊の歌集を出してそこへ置いた。

「男の名は巻末にある」と五郎太は云った、「枕《まくら》の下に置いて死んだ歌集だ、ここになにかあるだろうと思って、永井の留守に借りてゆき、端から端まで、たんねんに繰り返してみた」

主計は無感動な眼で、そこにある歌集を眺めていた。それは古今和歌集巻之《の》五であった。

「歌の中にはこれと思い当るものがなかったので、そのまま戸納《とだな》の中へ入れておいた」と五郎太は続けた、「それが、——梅雨のあけたあとでふと取り出してみると、湿気のために表装が剝《は》げていて、裏表紙の見返しの下に、男の名が書いてあるのをみつけた」

ああそうだ、と主計は心の中で思った。あの歌はこの歌集の中にあったのだ、秋の野におく露は一と色であるのに、木の葉や草をちぢの色に染める、という意味のものであった。小光が「うたってくれ」とせがんだな、と主計は思った。

「手紙には書かなかったが、男の名はそこにある」と五郎太は続けていった、「その男と杉江どのとは、松崎塾からの知りあいで、歌集は男から杉江どのに贈ったものだ」

これがありのままの事実だ、と五郎太は云い、そこでひらき直るように、じっと主計の眼をみつめた。

「これがおれのしらべた全部だ」と五郎太は云った、「男の名を読むか、読まずに捨てるかは永井の自由だ、どう始末するかも、永井の思案に任せる、ただ一つ云っておくが、——おれがこれだけのことを隠さずに話したのは、永井がどういう人間であるかを、信じているためだ、これからどんな処置をとるかわからないが、おれが永井を信じている、ということだけは忘れないでくれ」

そして五郎太は帰っていった。

岡本を送りだしたあと、元の座敷へ戻った主計は、歌集を前にしたまま、ながいこと独りで坐《すわ》っていた。それから、ためらうような、ひどく鈍い動作で歌集を取りあげ、裏表紙の見返しをあけてみた。糊《のり》の剝げた見返しの下に、細筆で「細野源三郎」と書いてあった。女文字のような、いかにも小心な手跡で、「源」の一字だけ墨が滲《にじ》んでいた。

「細野源三郎」と主計は呟いた、「——与左衛門の息子ではないか」

杉江の生家、吉原氏の隣りに、細野与左衛門の家がある。五十石ばかりの徒士《かち》頭で、源三郎という二男がおり、学才があるため、松崎塾で教授の助手をしている、という話を聞いたことがあった。しかし去年の夏ごろだったか、長男の与兵衛が病死をし、源三郎が跡目を継ぐことになったので、塾からは去ったということも聞いた覚えがあった。

「そうか」と主計は呟《つぶや》いた、「そういうことだったのか」

とつぜん心臓のあたりが燃えるように熱くなり、怒りのために軀《からだ》がふるえだした。

――おれは永井を信じているぞ。

耳の奥で岡本の声が聞えた。なにを、と主計は思った。それから翌日、父を送りだしてしまうまで、彼は頭の中で幾十たびとなく細野源三郎と決闘をし、源三郎を斬《き》った。灸寺まで自分で父を送るつもりだったが、家扶の伊太夫を代りにやり、自分は居間にこもって、自分の心とたたかった。

昏《く》れがたに伊太夫が帰って来、父が無事に法頭山へ着いたことや、宿坊も勝手のよいことなどを報告した。主計は殆んど聞いていず、うんうんと頷《うなず》きながら、自分をとらえている怒りが、どう制しようもない、とうてい制しきれるものではない、と思っていた。――夜になってから、主計は机に向って、細野源三郎へ決闘状を書いた。書いては破り、書いては破りしていたが、十時を打つ鐘を聞いたとき、筆を持つ手が動かなくなり、彼は机に両肱《りょうひじ》を突いて眼をつむった。

――本気だから苦しかったのよ。

なんの関連もなく、お袖の云《い》った言葉が思いだされたのである。

――手代とあやまちをおかしたときも、いま旦那《だんな》をもっていながら浮気をしても、なにも心に咎《とが》めることはない、でも米吉のときはそうではなかった。手を触れさえもしなかったのに、苦しくって辛《つら》くって堪《たま》らなかった。それは本気だったからだ、とお袖は云った。

つむった眼の裏に、杉江の姿がうかび、杉江と向きあって坐った、細野源三郎の姿が見えるように思った。源三郎とは口をきいたこともないが、姿だけは見かけたことがある。顔かたちも、軀つきも記憶していないが、杉江と二人、ひと眼を忍んで、ひっそりと逢《あ》っている姿は、想像することができた。

——苦しかったわ、本当に辛かったわ。

お袖の言葉が、杉江と細野の二人を代弁するかのように思いだされた。杉江は自分の命でその代価を払った。妊娠三カ月、良人《おっと》は江戸へ去る、去るまえに代価を払わなければならない。そして同時に、秘密も葬《ほうむ》ってしまうのだ。そうだ、と主計は思った。杉江はそうして自殺を選んだのだ。

「杉江、そうだったんだな」と主計は呟いた、「そうするほかに、おまえにはとるべき手段がなかったんだな」

主計のつむった眼から涙があふれ出、頬を伝って机の上へ落ちた。彼はふところ紙を出して涙を拭《ふ》き、書きかけていた決闘状をひき裂いた。

明くる朝早く、主計は細野家に源三郎を訪ねた。源三郎は二十五六にみえた。軀《からだ》の小柄な、しかしいかにも賢そうな顔だちで、眼が際立《きわだ》ってすずしく澄んでいた。

「私は近いうちに中老を拝命する筈《はず》だ」と主計は云った、「そのときそこもとに助役《すけやく》を頼みたいが、承知してくれるか」

源三郎は目礼しただけであった。主計は持って来た風呂敷《ふろしき》包みを解き、歌集を出して、源三郎の前へ置いた。

「杉江の遺志だ」と主計が云った、「承知してくれるだろう」

源三郎の顔から、まるでぬぐい取るように血の色が消えた。これでいい、と主計は思った。これまでのことはこれで終った、大切なのはこれから始まることだ。源三郎がそこへ両手を突くのを見ながら、主計は静かに立ちあがった。

（「文藝春秋」昭和三十三年十一月号）

燕
つばくろ

若い人たち(一)

佐藤正之助が手招きをした、「こっちだ、大丈夫だよ、祖父がいるだけだから」

「でも悪いわ」と阿部雪緒《ゆきお》が囁《ささや》いた、「お庭を通りぬけたりして、もしもみつかったらたいへんよ」

「こっちの松林をゆけば裏木戸があるんだ、木戸の外には栗《くり》の木が茂っているから、そこなら誰にもみつからずに話ができるんだよ」

「だめ、いやよ」雪緒はかぶりを振った、「そんなところで二人っきりで話すなんて、わたくしこわいからいや」

「なにがこわいんだ」

「なんでも」と雪緒は脇《わき》へよけた、「あなた今日はどうかしていらっしゃるようよ」

「どうかしていらっしゃるようだ、なんて云《い》わなくっても本当にどうかしてるんだ、あなたのためにね、阿部雪緒さん」

「そういうお口ぶり嫌いよ、わたくし、——もうゆかなければへんに思われますわ」

「いらっしゃい、どうぞ」と佐藤正之助は一揖《いちゆう》した、「力ずくで止めたりはしませんから」
「怒ったふりをなさるのね」
「いらっしゃいと云ってるんです」
「怒ったふりをなさってるのよ」
「どうぞと云ってるだけですよ、みんなのことが心配なんでしょう」
「ねえ、――あとで」と雪緒が囁くように云った、「その栗の木の林がどこにあるか教えて」
「いっしょに来ればわかるよ」
「いまはだめって申上げているでしょ、畑中の早苗《さなえ》さまが待っているのよ」
「兄の采女《うねめ》もいっしょにか」
「ばか仰《おっ》しゃい」と云って雪緒は急に口へ手を当て、それからすばやく囁いた、「お縁側へどなたか出ていらしったわ、あの方がおじいさまですの」
「そうじゃない」佐藤正之助は伸びあがって、広庭の向うにある母屋《おもや》を見た、「あれは祖父じゃあない、私の知らない人だ」
「まいりましょう、みつかると困りますわ」

主人と客（一）

梶本枯泉《かじもとこせん》は広縁に立って、庭の西端の松林と、その向うにひろがる湖の青い水面と、湖を越した対岸の遠い山なみを眺めながら、幾たびも胸をひろげて深い呼吸をした。「いいな、昔のとおりだ」と梶本は云《い》った、「松林が高くなったくらいかな、いや、湖水へおりる道がもっとこっちにあったようだな」

「道は十年ほどまえに移した」と座敷の中から佐藤又左衛門が云った、「道の幅だけ松林に隙間《すきま》があって、向うの山が見えすぎるんだ、若いじぶんはいい眺めだと思ったがね、年をとってからはそれがうるさくなったよ」

「道はもっとこっちにあった」梶本は独りごとのように、うっとりと云った、「ここで裸になって、あの道をまっすぐに駆けおりて、泳ぎにいったものだ、そう」と彼は心の中で数を読んだ、「ちょうど五十年になるな」

「五十年にはならぬさ」

「いや、そうなるんだ、私は絵師になろうと決心して家をとびだした、あれが二十の年の春だからね、まる五十年になるよ」

又左衛門は喉《のど》で笑った、「梶本の強情にはかなわなかったが、家をとびだしたのは本当に絵師になるためだったのか」

「現に絵師になっているじゃないか」

梶本は湖のほうを見まもったまま、ちょっと黙っていたが、ふと唇に微笑をうかべながら振返った。

「檜垣屋《ひがきや》の娘のことか」

「忘れてはいなかったな」と又左衛門も微笑した、「私はおそらくそうだろうと思った、ほかに気づいた者はないようだったが、私だけはそうだろうと思ったものだ」

「そうだ、そういう勘のするどさだ」と梶本が自分に頷《うなず》いて云った、「私はあのころから感嘆していたものだが、佐藤にはほかの者にない勘のするどさがあった、そのうえこの藩はじまって以来、初めて最年少の城代家老になった理由は、ほかにもう一つ大切なものが、――うん」

松林のかなたで、青年たちの歓声が起こり、続いて活気の溢《あふ》れる歌ごえが聞えた。

「なんの騒ぎだ」と梶本が訊《き》いた。

「わからないかな」

「娘たちの声もするようだが」

「わかる筈《はず》だがね」と又左衛門が穏やかに笑った、「若い者と娘たちが、一年に一度だけ半ば公然と席を並べたじゃないか」

梶本は口を尖《とが》らせた。それから一種の微笑をゆっくりとその顔にうかべた、「——茸狩《きのこが》りか」

又左衛門は頷いた。梶本は湖のほうを見ているので、又左衛門の頷いたことはわからない。二人はそのまま暫《しばら》く、若者たちの浮き立つような歌ごえを聞いていた。

「しかし、佐藤は知らないだろうが」と梶本が云った、「茸狩りを待っているのはいくじなしだけと云われていたんだよ、茸狩りなんかで娘たちといっしょになって、わくわくするような者は軽蔑《けいべつ》されたものだ、すばしっこいやつは茸狩りなんぞ見向きもしなかったね」

「音頭《おんど》を取るのは梶本だったな」

「おれが、——なんだって」

「その」と又左衛門が云った、「そういう方面の音頭を取ったのは、梶本だったというのさ」

そんなことも知っていたのか、と云いたげな顔つきをしたが、梶本は口に出しては云わなかった。若者たちの歌ごえはやんで、舟を漕《こ》ぎだした者があるのだろう、櫓《ろ》の音が二つ三つ聞えて来た。

「われわれの若い日もここから始まった」と梶本が低い声で云った、「自分たちの屋敷でもなく、城でもなく、ここへ集まったとき初めて、人間らしい若さを感じ、思うままに若さを生き、そうして、ここからおとなの生活へ出発していった、――私にはそう思える、ここにこうして立って、この広庭や、松林や、湖水や、対岸の山なみを見ていると、そのことがはっきり眼にうかんでくるようだ」
「ここは留守番だけで、なにをしても自由だったからな」
「佐藤の気性が昔どおりなら、いまの若者たちも遠慮はしないだろう」
「そうらしい、みんな勝手に庭の松林を通りぬけてゆくし、もっと遠慮のない者は酒や弁当を持ちこんで、小酒宴をひらくことさえあるよ」
「そんなときには」梶本は座敷へはいりながら云った、「湯茶の世話でもしてやるのじゃあないか」
「その障子を閉めてやるくらいのことはするさ」
「年をとっても変らないな」梶本は自分の席に坐《すわ》った、「勘がするどいだけではなく、感じとったことを相手に知らせないというおもいやりが佐藤にはあった、これは口で云うほどたやすいことじゃない、河野、渡貫《わたぬき》、沢橋、――私が知っているだけでも、この私を入れて四人が危ないところを、そのおもいやりで助けられたからな」

「ばかなことを云っては困る」

「もうお互いに年だ、こんなことを云うのもこれが最後かもしれない、終りの日の来るまえに、云いたいことは云ったほうがいいと思う、佐藤にしても、いまさらそれでてれることはないだろう」

「いや、てれるというわけではない」又左衛門は火桶《ひおけ》の鉄瓶《てつびん》から、湯を湯ざましへ移し、急須《きゅうす》と湯ざましとで湯をこなしながら、まるで色褪《いろあ》せた情事を悔みでもするように云った、「――人に云われるまでもない、自分で考えるだけでも冷汗が出るんだ、自分のいやらしさ、わる賢さ、凡俗さというものが思いだされるのでね」

「なにをそう誇張するんだ」

「誇張どころか、もっとはっきり云えば、おれは鼻持ちのならない賤民《せんみん》だったよ」

又左衛門はこなした湯を急須に注いで、その急須をゆっくり三度廻してから盆の上におき、茶筒から茶を出して入れ、そっと蓋《ふた》をした。このあいだに梶本が云った。

「佐藤又左衛門は歴代に比べる者のない名家老と、藩史に残る人物ではないか」

「賤民だな」と又左衛門は繰り返した、「――ありのままに云えば、事務のあやまちや、女や金のことで失敗し、または失敗しそうな友人たちに、自分の力でできる限りは助力した、生涯をともにする妻、ときめていた娘を、友人のために譲ったこともある、——心の中では、そうすればなにかが得られると思った、名声でも金でもない、ひとりの人間として、なにか慥《たし》かなものが得られると思った」

二つの茶碗《ちゃわん》に茶を注ぎ分けるあいだ、又左衛門は口をつぐんだ。茶碗の一つを梶本に渡し、自分も他の一つを持って、大事そうに啜《すす》ったが、その動作は機械的で、自分ではなにをしているか意識しないようにみえた。

「ところが、なにも得たものはない」と又左衛門は云った、「城代家老は村野と交代で、おれの才能が認められたのではないし、在職ちゅう治績をあげたといわれるが、これも同僚や部下にすぐれた人間がいて、実際にはかれらが働いて仕遂げたものだ、——それで藩史に比べる者のない名城代だって、嘲笑《ちょうしょう》ならそう云われてもまだ人間らしいが、おれの場合は嘲笑さえも含まれてはいないのだ」

又左衛門はなお言葉を続けた。沖から帰った漁師が、あげて来た魚がみな売り物にならなかった、とこぼしでもするように。梶本は茶を啜りながら黙って聞いていたが、やがて又左衛門の言葉の僅《わず》かな切れ目をみて、やさしみのある口ぶりで云った。

「佐藤には珍しいことを云うが、もうそのへんでいいだろう」それから、なにか批判を加えそうな眼をしたが、思い止《とど》まったように頬笑んでみせた、「——佐藤の結婚はおそかった、たしか四十七のときだったな」

「四十六だ」

「私は江戸で通知をもらったが」と云って梶本はまた頰笑んだ、「すると、結婚のおくれたのはその娘のためだったのか」

「その娘とは、――」

「友達のために譲ったという娘さ」

「ああ」又左衛門は巧みに狼狽《ろうばい》を隠した、それは極めて巧みであり、梶本でなければ気づかなかったろうと思われるものであった、

「あれは一つの譬《たと》えだ、私のような味もそっけもない人間に、そんな浮いた話があるわけはないよ」

「庄野の妻になった人か」

「ばかなことを云わないでくれ」

「では新原宗兵衛の妻だな」梶本はわざと意地の悪い調子で云った、「佐藤のことは私が誰よりもよく知っている、その二人のほかにそれらしい娘はいなかった、待てよ」と梶本は唇を嚙《か》み、持っている茶碗を下に置きながら、さぐるように又左衛門を見た、「――わかった、新原へいった娘だ」

「ばかなことを云っては困る」

梶本は笑った。憐《あわ》れみではなく、そんな年になってさえ身構えを崩せない又左衛門の性分に閉口した、といいたげな笑いかたであった。

「侍奉公というやつはつまらないな」と梶本は笑いやんで云った、「私は絵師になってよかった、私ならそんな気兼ねはしない、昔の恋人があって逢《あ》いたくなったら、さそいの文《ふみ》でもやって逢うところだ」

「結構だな」と又左衛門が云った、「檜垣屋の娘はまだ健在だよ、孫は二人あるが、幸い後家になって七八年も経《た》つだろう、文をやって逢ったらどうだ」

「さすがに親友だな」と梶本は受けながした、「ありがたく礼を云うよ」

老女のいよが襖《ふすま》をあけて云った。

「渡貫さまがおみえになりました」

若い人たち（二）

相川忠策が追いつきながら、「おちつけよ渡貫」と呼びかけた。

「そういきり立ったってしようがないじゃないか、それじゃ事がぶち毀《こわ》しになるよ」

「なにがぶち毀しだ」と渡貫藤五が立停って振向いた、「初めからなにも纒《まと》まってはいなかったじゃあないか、それが今日やっとわかった、みんな口先で調子を合わせていただけだ、本気で事に当ろうとしていたんじゃない、ただ口先だけでうまを合わせていただけなんだ」

「そう云《い》ってしまうな」と相川がなだめた、

「渡貫の気持もわからなくはない、慥《たし》かに、かれらの中には口先だけの人間もいるよ、藩政改革という気運に調子を合わせていなければ、自分が時勢にとり残され、若いなかまから嘲笑《ちょうしょう》される、ということを恐れるためにね、——本当のことを云うと、十ちゅう七か八まではそういう人間だと思う」

「九分九厘《りん》までがそれだ」

「まあ聞くだけ聞けよ」と相川は同じなだめるような口ぶりで云った、「そういう人間の多いことは慥かだが、気運がもりあがって、いよいよというときが来れば、そういう人間でもないよりあるほうがいい、枯木も山の賑《にぎ》わいと思わず、大きな焰《ほのお》をあげる焚木《たきぎ》というふうに考えないか」

「そんな時期じゃあない、断じてそんな悠暢《ゆうちょう》なときじゃあない」渡貫はせきこんだため言葉がつかえ、唇を舐《な》めて、一語一語をゆっくりと云った、「——いいか、今日もこの屋敷で、老臣たちが密会をする、あるじの佐藤又左衛門、もと江戸家老だった庄野重太夫、これももと側用人の鵜沢帯刀、ことによると現城代の村野主殿《とのも》も来るかもしれない」

「しかし」と相川が反問した、「なんのために密会などするんだ」

「ばかなことを訊《き》くな、われわれのことを探知したにきまってるじゃないか」

相川はちょっと考えて、それからまた訊いた、「それは事実か」

「祖父から聞いたんだ」と渡貫は云った、

「もちろん密会の理由には触れなかったが、これこれの者が佐藤別墅《べっしょ》に集まる、ということをそれとなくおれに告げてくれたんだ」

「渡貫老はわれわれのことを知っているんだな」

「だと思う、おれはそうだと思う」渡貫は自分を慥かめるように云った、「年をとると人間は狸《たぬき》になるから、尻尾《しっぽ》をつかまれるようなことはなかなか云わないが、祖父のようすを見ると慥かにおれたちの計画を勘づいているし、それが藩のためだと思っているようだ」

相川は低い声で唸《うな》り、地面に落ちている枯れた松葉を、草履《ぞうり》の先で蹴《け》った。うしろの、湖の遠くから、舟ばたを叩《たた》く音と、若者たちの喚《わめ》き声が、水面を伝わって聞えて来た。

「おれは今日やる」と渡貫はひそめた声で云った、「この屋敷へ集まる老臣のうち、一人でもいいからおれの手で斬《き》る」
「そういう犠牲を出さないために、これまで苦心をして来たんだぞ」
「おれがその忍耐をしなかったか」
「渡貫ひとりじゃあない、おれだって同じように忍耐して来たぜ」
「ではいまの、あの連中の」と渡貫は湖畔のほうへ片手を振った、「――あの軽薄な連中のことをどう思う、あれが藩政改革という、大事に当面している者のふるまいか」
「今日は年に一度の茸狩《きのこが》りだよ」
「茸狩りであろうと桜狩りであろうと、大事を計っている人間なら、論ずべきことはまじめに論ずべきだ、それを、――いや」と彼は強く首を振った、「おれはかれらが娘たちにさそいかけたり、ひそかにしめし合せて、どこかで密会しようとすることを非難するんじゃない、そんな個人的なことはどっちでもいいんだ、おれが肚《はら》に据えかねるのは、かれらの本心のあいまいさ、当面している大事に対する無誠実さだ」
「こういう問題では、たいていの場合がそんなものじゃあないのか」
「そうだろう」渡貫は呼吸をしずめ、空へ眼をやりながら云った、「おれもこれまではそう思っていた、事をはやまってはならない、一人の力でできる事ではない、なかまの力を結集し、藩ぜんたいの気運にまでもりあげるのが先だと思った、けれども、いまかれらと話してみて、そんな悠暢な方法ではなにごともできない、ということがわかった」

渡貫は唇をひきしめ、空を見あげていた眼を相川へ戻しながら、ひそめた声で叫ぶように云った。

「万全の手段などというものはない、そういう考えかたは老人のものであり、燃えあがるべき火を消す役にしか立たない、いいか、われわれの目的を要約して云えば、伝統を打ち壊すということだろう、それを常識に即してやろうというのは間違いだ、根本的な考え違いなんだ」

「おい、ちょっと見ろ」と相川が手をあげて云った、「――あの縁側、あそこに立っているのは渡貫老じゃあないか」

渡貫は松林の端のところまで進み出、眼を細めて向うを見た。

「祖父だ」と彼は口の中で呟《つぶや》いた、「――見に来たんだな」

「見に来たとは、――なにを」

「おれがやるかやらないかをさ」と渡貫は云った、「いまおれがなすべきことは、改革断行の火を放つことだ、今日ここで、おれが老臣の一人でも斃《たお》すことができれば、くすぶって消えかかっている火が燃えあがる、おれはよろこんで一本の焚木になるぞ」

「おい、待て」と相川が渡貫を追いながら云った、「渡貫ひとりではむりだ、どうしてもやるのならおれもやる、だがそのまえに手筈《てはず》をきめよう、やるなら仕損じのないようにな」

主人と客（二）

「云うことは同じだな」と梶本が広縁に立っている渡貫義兵衛に云《い》った、「――尤《もっと》も、この別墅《べっしょ》そのものが、われわれのみんなの若い日を記念しているんだから、どこを見てもなつかしく思うのは当然だろうがね」

「苦い思い出もあるさ」と渡貫が云った、「――あの松林の中には、いまでも胸の痛むような思い出がある」

「湖畔の舟小屋ではないのか」

「あの松林の中だ」と云って渡貫は振返った、「――舟小屋だって」

「庄野とはたし合になったのは、あの舟小屋でのことがきっかけだったろう」

「それは人が違う」

「新原宗兵衛だ」と又左衛門が云った、「庄野とはたし合をしたのは新原だよ」

「しかし新原は」と云いかけて、梶本は笑いながら首を振った、「そうだ、だんだん思いだしてくるが、そう単純じゃなかったな、いや、いまふり返ってみると極めて単純だったが、あのころはみんな血が余っていて、些細《ささい》なことがみな重大なように思えたし、恋にさえ命を賭《か》ける意気ごみだった」

「それも」と云って渡貫はくすっと笑い声をもらした、「一人の恋人では満足せず、きれいな娘は片っ端から自分のにしたがってな」

「若い軍鶏《しやも》のようだったな、とさかを振り立て、羽毛を逆立てて、――いま考えるとまさに若い軍鶏そのものだったよ」梶本はその軍鶏の姿を空に描いてみるような眼をした、「――この佐藤ひとりはべつだったがね」

襖《ふすま》をあけて、老女のいよが云った、「庄野さまおみえになりました」

「やあ、――」はいって来た庄野は、梶本を見、渡貫を見て、なにか云おうとしながら咳《せ》きこんだ、「やあ、これは」と咳のあいまから云った、「これは珍しい、そこにいるのは梶本ではないか、梶本源次郎だろう」

「雅号は枯泉」と又左衛門が云った、「絵師になったということを忘れたのかね」

「ああ」と庄野は首をかしげた、「そんなことだったかな、私はずっと江戸詰だったから、国許《くにもと》のことは記憶がうすれてしまってね」

そして渡貫義兵衛に挨拶《あいさつ》し、又左衛門の示す席に坐《すわ》った。渡貫もこっちへ来て座につきながら、今日は珍しい顔ぶれが集まるが、なにかわけがあるのか、と又左衛門に聞いた。庄野の帰国祝いだ、と又左衛門が答えた。庄野が江戸家老を辞して帰国したのを機会に、あのころのなかまで夕餉《ゆうげ》を共にしようと思い、京から梶本も呼んだのだ。それはそれは、と云って庄野はもういちど梶本に会釈《えしやく》した。

「わざわざ京からとはたいへんでしたな」と庄野が云った、「お住居はずっとあちらですか」

「もう二十年ちかくになるかな」と云って梶本は急にくだけた調子になった、「その、――ですか、でしたかはよしにしよう、昔のなかまが集まったんだから、今日だけはおまえおれでやろうじゃないか」

「口ぐせになってしまって」と庄野は扇子を手にしながら苦笑した、「――なにしろ締りのない性分で、あんまり長く勤めすぎましたよ、ええ、佐藤は早く城代になった代りに、終りはきれいにさっと辞職しましたがね」

「あまりにきれいでもないさ」又左衛門は茶を淹《い》れ替えながら云った、「こっちもずるずると六十八まで勤めてしまったからね」

「あと誰と誰が来る」と梶本が訊《き》いた。

「二人だ」と又左衛門が答えた、「一人は新原宗兵衛、もう一人は平作というんだが、これは会ってみなければわからないだろうな」

「平作だって、姓はなんというんだ」

「ただの平作、いま長浜で小さな料理茶屋をやっているんだ」と又左衛門が云った、「もちろん、もとは家中《かちゅう》の者だったが、——まあ会えばわかるよ」

「それだけか」

「村野玄斎《げんさい》、井島頼母《たのも》、栗木与八の三人は死んだ」と渡貫が云った。

「栗木が、へえ、——」と庄野が云った、「あんな頑丈な軀《からだ》をして、たしか槍《やり》の師範をしたこともあったと思うが、そうかねえ」

「鵜沢というのがいたろう」と梶本が云った、

「鵜沢小助といった筈《はず》だが」

「帯刀といってね、これも長いことお側《そば》御用を勤めたが」と渡貫が答えた、「いま病気で動けないんだ、寝たっきりもう半年くらいになるんじゃないか」

「私も肝臓のぐあいが思わしくない」と庄野が云って、右の腹部を押えた、「江戸で医者からもう大丈夫と云われたんですがね、こっちへ来る途中から、またこの辺が重っ苦しくなりだして、持薬を送るように江戸へ手紙をやったところです」「年をとってからの肝臓は命取りだからな」と梶本が云った、「私も酒がちょっと過ぎるとこの辺がおかしくなるんだが、どんな症状が起こるのかね」

庄野重太夫が説明し始め、みんながしんけんな顔で傾聴した。話は肝臓から心臓に移り、いろいろな病気と、その徴候や予兆、また食餌《しょくじ》のとりかたや睡眠や、持薬の種類や服用法や、女色を断つかどうか、というところまでひろがっていった。

「もういい、この辺でよそう」梶本がふと気づいたように云った、「としよりが集まるときまってこういう話になる、今日だけは年のことも病気のことも忘れようじゃないか」「そのとおりだが、養生のしようによって天寿をまっとうするのも心得の一つだからね」と庄野が云った、「梶本は肥えているから、年相応な養生をするほうがいいと思う、六十を越してから肥えるのはもっともよくないと云うぞ」「六十まではもっと肥えていた」と梶本が云った、「絵を描くのに不自由したくらいだが、そのころに比べると、これでもう三分の一は瘦《や》せたんだ、昔と変らないのは佐藤だな、肥えもせず瘦せもせず、言葉ぐせまでが昔のとおりじゃないか」

それでまた健康の話に戻ったが、やがて老女のいよが襖をあけて、「旦那《だんな》さま、ちょっとどうぞ」と云った。

「なんだ」と又左衛門は渡貫と庄野に茶をすすめながら振返った。

「花屋の主人がまいりましたので」

「ああ」と又左衛門は頷《うなず》き、他の三人に向って、「平作だ」と云い、老女にもういちど頷いてみせた、「今日は客なんだ、こちらへとおしてくれ」

老女は襖を閉めて去った。

「花屋だって」と渡貫が又左衛門に訊いた、「長浜の花屋か」

「そう、あの湖畔にある茶屋だ」

「あれなら二度か三度いったことがある、あるじというのは瘦せた小男で、右のこめかみにこのくらいの痣《あざ》が、――」と云いかけて、渡貫は下唇を嚙《か》み、じっとどこかを見まもっていたが、ふと又左衛門のほうへ振返った、「米浦《よねうら》平四郎か」

又左衛門は微笑しながら頷いた。平四郎、米浦平四郎、あの乱暴者か、などという言葉が、驚きの調子で云い交わされた。

「あれが平四郎とは意外だな」と渡貫が云った、「花屋では現に挨拶に来たが、彼はなにも云わなかったしこっちもまるで気がつかなかった、佐藤はまえから知っていたのか」
「ああ、五年ほどまえかな」と又左衛門が答えた、「二十四五のときに出奔して、江戸で庖丁《ほうちょう》の修業をし、江戸で店をやっていたそうだが、年をとると故郷が恋しくなるのだろう、江戸では一人息子に死なれ、店もうまくいかなかったようだ、息子の嫁は離別し、孫娘を伴《つ》れて帰って来た」
「だが出奔したとすると、この土地へ帰るのはうまくあるまい」
「いや、話はついた」と又左衛門は庄野に答えた、「いま米浦は平四郎の弟の子が継いでいるし、米浦を名のりさえしなければ、ということでおちついたし、長浜へ店を開くについても助力したようだ」
「あの乱暴者がね」と梶本が云った、「――故郷へ帰って、孫娘と小さな料理茶屋か」
「孫娘といってももう三十くらいだった」と渡貫が云って、独りで頷いた、「縹緻《きりよう》もいいしあいそもいいし、食わせるものもなかなかしゃれていたよ」
「いまに城下の客をさらってみせると云っていたな」と又左衛門が云った、「そのうちに建て増しをするそうだが、新しい座敷は水の上へさしかけに造るんだそうだよ」
襖をあけて、老女が云った、「花屋のあるじは失礼をすると申しております」
「失礼をするって」又左衛門が云った、「ここへ来るのはいやだと云うのか」

「いいえ」と老女のいよは答えた、「いまでは身分が違いますから、みなさまとの御同席は遠慮したい、その代りに御膳は腕かぎりのものを差上げます、と申しておられます」

「相変らず強情らしいな」

「しかし昔のなかまだ」と渡貫が云った、「われわれも隠居の身の上だし、そんなに堅苦しく考えることはない、気詰りなら挨拶だけでもしに来させるがいい」

「まあいいさ」又左衛門が云った、「来たくないものを呼ぶことはない、好きなようにさせておこう」そして老女に頷いてみせた、「――ではうまいものを頼むと云ってくれ」

老女は襖を閉めて去った。

若い人たち（三）

「そっちへいってもだめですよ」と佐藤正之助が云《い》った、「なぜ逃げるんです」

「放して、人が見ますわ」と畑中早苗が袂《たもと》を押えながら云った、「わたくし逃げはしませんけれど、あなたこわいことをなさるんですもの」

「こわいことってなんです」正之助は摑《つか》んだ袂を放さずに云った、「早苗さんがもし私を好きなら、あんなことなにもこわくもなんともない筈《はず》だ、もちろん知っているでしょう、あんなもの誰だってすることですよ」

「阿部さまともですか」

「またそれだ」

「阿部雪緒さまともなさるのね」

「そんなこととなんの関係があるんです」うんざりするというふうに彼は首を振った、「あの娘はいまにあなたの兄嫁になるんでしょう、そんなこと考えるだけでもばかげていますよ」

「あなたはいけない方よ」と早苗はきつく睨《にら》んだ、しかしそれは却《かえ》って男を唆《そそ》るような眼つきになった、「阿部さまばかりじゃなく、ほかに二人も三人もいるのよ、みんなは村野友四郎さまのことを悪く仰《おつ》しゃるけれど、あなたのすばしっこさにはかなわないわ、わたくしちゃんと知ってるんですから」

「そんなことは誤解だ、あなたは私を誤解しているんだ」と正之助は苛立《いらだ》たしげに云った、「しかし仮に、そんなことがあったとしても、それがあなたとどんな関係があるんです。私はあなたが好きだ、私があなたに夢中だということはよくわかってる筈だし、あなただって私が好きでしょう」

「どうかしら」早苗は含み笑いをし、横眼づかいに彼を見た、「わたくしがあなたを好きだって、あなたは信じきっていらっしゃるのね」

「どうだかな、って、こんどはこっちで云おう、私はなにも信じたりはしない、正直なところ生きることにいそがしいんでね、番たびなにかを信じたり疑ったりする暇なんかないんだ」

「そうね、栗林《くりばやし》の中でもおいそがしそうでしたわ」

「私がどきっとすると思いますか」彼は平然と云い返した、「眼に見えるのは形だけだ、栗林の中のことをあなたが見たとすれば、ただ形だけ見たというまでのことで、人間の心の中まで見たわけではない、そんなことにとらわれるなんてばかげたことですよ」

「ではいま、ここにこうしているわたくしたちはなんですの」

正之助は片手を振ってみせた。

「ごらんのとおりです」と彼は云った、「あなたが私に答えさせたいことは、あなた自身がとっくに知っていることだ、さあ、こっちへいらっしゃい」

「あなたは悪い方よ」

「自分でも望んでいるくせに」

「知りません」

「女のくだらないみえだ」正之助は右の腕をいっぱいに振廻した、「生きていることを充分にたのしみたいのに、人に気がねをしたり世間の評判をおそれたり、徳義だとかたしなみだとか云って自分を金縛《かなしば》りにしている、そんなことがなんの役に立つんです、あなたは生きているんですよ、あなたは現に生きていて若いんだ、その若さや美しさはすぐに色褪《いろあ》せてしまうんですよ」

「人は、――」と早苗は言葉を捜しながら云い返した、「人は、若さや美しさだけが全部ではございませんわ」

正之助は調子を変えて云った、「もちろん、江南の真砂《まさご》女史みたいな生きかたもありますよ、知っているでしょう、あの真砂女史」

「和歌の手ほどきをしていただきましたわ」

「あの人は城下随一の美人だったそうです」と正之助は云った、「家柄は中老だが、城代家老のうちより裕福だといわれたし、いまでもそうでしょう。身分もよし金にも困らず、おまけに家中で比べる者のない美人だ、縁談はもちろん、ひそかに恋文をつける者もずいぶんあった、ところが御当人はてんで受けつけない、家柄や金や、美貌《びぼう》などに眼を奪われるような者の妻にはなりたくない、――そう云って片っ端から断わってしまった、さすがだと、老人なかまは褒めたそうだな、婦徳のかがみだなどとも云ったでしょう、惨憺《さんたん》たるもんだ」

彼は地面に落ちている枯れ松葉を蹴《け》とばした。それから松林の下生えの笹《ささ》を一本折り取り、枝葉を払って鞭《むち》のようにすると、それを力まかせに打ち振った。それが空を切るたびに、笛を鳴らすような音がし、早苗はたじろいで、二た足ばかりそっと脇《わき》へよけた。

「女史は学問ができる、琴、鼓《つづみ》、笛から、茶、華、縫い張りから炊事までできるそうだ」と彼はなにかを憎悪《ぞうお》するような調子で云った、「しかもそれが現実にはなにも役立っていない、いまそういうことを家中の娘や婦人たちに教えてはいるが、うちが裕福だから教授料を取るわけでもなし、謝礼を貰《もら》っても化粧料にもならないだろう、年はすでに五十六か七、むかし美人だったというおもかげは残っているが、もう恋文をつける者もなし、みとれる者もないだろう、――婦徳のかがみか、若さと美しさの代償としては、あまりに安っぽい褒め言葉だ、くそっ、あなたはいま若く、そして美しい、あなたにとっていまなにより大事なのは、その若さと美しさを充分にたのしむことだ、こんな単純なことがわからないのかな」

「わたくしそういうあなたが好き」早苗はぐらかすように云った、「そんなふうにむきになっているあなたは、だだっ子のようで可愛《かわい》いんですもの、あら、どうなさるの」

「頭から喰《た》べてしまうんだ」正之助は早苗の手首を摑み、乱暴に自分のほうへ引きよせた、「この可愛い頭から、手から足まで喰べてしまうんだ」

「あたし声をあげてよ」

「できるならね」と云って正之助は竹の鞭を投げやると、両手で彼女を抱えあげた、

「さあ、できるなら叫んでごらん、さあ」

早苗が叫ぼうとすると、彼は自分の唇で彼女の唇を塞《ふさ》いだ。娘はほんの僅《わず》かに反抗したが、かすかに、あまえたような呻《うめ》き声をもらすと、抱えられたまま動かなくなった。彼はそのままで、松林の奥へと去っていった。

主人と客（三）

「残念ながら鳥はいけない」と庄野が云《い》った、「奥歯が両方ともだめになってね、魚ぐらいはどうにか嚙《か》めるが鳥は手に負えない、香の物もたいていかくやに刻まないとだめだ」

「義歯を入れればよかろう」と梶本が嚙んだ物をのみこんで云った、「おれも左右の

奥歯は義歯だ、大阪にいい医者がいて、大名などの中にもずいぶん療治に来るよ、半月も滞在すれば済むし、費用もさしたることはない、なんならおれから話しておこう」

「江戸でもそう云われたんだが、どうもこの年になってはね」

「老いこんだことを云うもんじゃない」と渡貫が脇《わき》から云った、「これまで公務に縛られて来たんだ、ようやく隠退してこれから余生をたのしむときじゃないか、おれなどはもし女房が死んでくれたら、すぐさま若い側女《そばめ》を置くつもりでいるぞ」

「ああ」又左衛門はゆっくり首を振り、殆《ほと》んど、聞えないくらいの声で呟《つぶや》いた、「――渡貫がまた」

「渡貫がね」と梶本が又左衛門のあとをつけるように云った。「庄野とはたし合までしてものにした女房を、死んでくれたらなどとよく云えたものだ」

「私とはたし合をしたって」と庄野が訝《いぶか》しげに梶本を見た。

「梶本の思い違いさ」と渡貫が云った、「庄野とはたし合をしたのは新原だ、舟小屋で例のことがあってさ」と彼は庄野に笑いかけた、「それから新原宗兵衛とはたし合になったじゃないか」

庄野は箸《はし》を持ったままの手を、静かに膝《ひざ》の上へおろし、どこか遠いところを見るような眼つきで、暫《しばら》く黙っていた。――老女のいよが酒と肴《さかな》の鉢を持って来、かれらの膳部《ぜんぶ》の上を片づけてから、持って来た物を置き替え、庄野の前にある手のつけてない皿を、どうしようかと問いかけるように又左衛門を見た。又左衛門は、さげてよしと云うように頷《うなず》き、老女は片づけた物を持って去った。

「うん」とこのあいだに庄野が云っていた、「そんなこともあったな、すっかり忘れていたが、そうだ、たしかにそんなことがあった」

「佐藤が仲にはいって、幸いけがもなく済んだが」と渡貫が云った、「あのときおれたちは、佐藤がよけいなことをすると、内心みんな不平だったものだ、庄野も新原も本気でやるつもりらしかったし、どう勝負がつくかこっちはまたたのしみでね」

「この酒をためしてくれ」と又左衛門が云った、「灘《なだ》の蔵元からじかに送らせているんだが、酢のきいた物や焼き魚にはよく合うと思う」

四人は肴を喰《た》べ、酒を啜《すす》った。

「そんなことはない」と又左衛門が云った、「いや、いまのはたし合の話だが、渡貫も思い違いをしている、あのときは新原も庄野も本気でやるつもりはなかった、どちらも誰か止めにはいるのを待っていた、私にはそれがわかったので止めにはいったのだ」

「佐藤らしいな」と梶本が頷いた、「いかにも佐藤らしい、彼はいつもそういう役にまわっていた、見えないところで人を助けるとか、人を慰めなだめるとか、喧嘩《けんか》の仲裁をするとかね」

「そうだな」と庄野が云った、「われわれのなかまが長続きしたのも、梶取《かじと》りに佐藤がいたためかもしれない、あのころから佐藤だけは老成していたからな」

そして庄野はまた咳《せき》をし始め、かなり長いあいだ咳きこんでいてから、懐紙を出して眼をぬぐい、口のまわりをぬぐった。

「夏の風邪は治りがおそいというが」と庄野は弱よわしく云った、「江戸で辞任の許しが出たあとすぐにひいた風邪がまだ治らない、肝臓が弱っているからなおさらだろうがね」

「義歯を入れるほうがいい、歯が悪いのが万病のもとだというぞ」

襖《ふすま》をあけて、老女のいよが「旦那《だんな》さま」と云い、又左衛門が振向くと、一種の眼まぜをした。なにか客には知らせたくない用があるらしい、又左衛門は三人に会釈《えしやく》して立っていった。

「新原の奥さまです」又左衛門が近よるのを待って老女が囁《ささや》いた、「奥のお客間におとおし申しました」

「妻女だけか」

「はい」と云って老女はもっと声をひそめた、「新原さまがお亡《な》くなりになった、と仰《おっ》しゃっていらっしゃいました」

又左衛門は息を止め、驚きをしずめるように、ゆっくりと、吸いこんだ息を吐きだした。

中廊下の途中を左へ曲ると、右側に婦人用の客間がある。八年まえに妻が亡くなってから、殆んど使ったことはないが、深い土庇《どびさし》造りの縁側の向うは、横庭から湖水の一部を眺めることができた。——新原こずえは敷物からはなれて坐《すわ》り、じっと湖水のほうを見まもっていた。膝の前には茶菓が出してあるが、手をつけたようすはなかった。又左衛門が静かにはいっていって坐ると、こずえは向き直って挨拶《あいさつ》をした。

六十半ばとは思えないほど若わかしくみえる。小柄な軀《からだ》はほっそりしているが、些《いささ》かのたるみもない肌は艶《つや》やかに張っているし、髪の毛もたっぷりと黒く、青い眉《まゆ》の剃《そ》りあとや、その下に少しくぼんでいるつぶらな眼など、どちらかというと嬌《なま》めかしくさえ感じられた。

「それは急なことでした」又左衛門は話を聞いて悔みを述べた、「つい四五日まえに会って、今日の集まりの話をしたときには、べつに変ったようすもなかったようですが」

「はい、新原も今日をたのしみにしておりまして、朝餉《あさげ》のあとまではふだんと変りがなかったのですけれど」こずえは小さく切った絹の布をたたんだ切れで、そっと鼻を押えながら云った、「午《ひる》ちょっとまえに茶をいただいておりまして、急に立ちあがって縁側へ出ますと、そこでひどく吐血をして倒れました」

多量の吐血をしたあと、暫く胸を押えて苦しんだ。すぐに医者を呼びにやったが、医師の来たときはもう死んでいた。そこまで話すと、こずえは布切れで口を押え、肩をすぼめるようにして嗚咽《おえつ》した。

「医師を呼びにやりましたあと、新原はわたくしに、あなたのところへあやまりにいってくれ、と申しました」

「どうしてです」

「わたくしも赦《ゆる》していただきとうございます」とこずえは嗚咽しながら云った、「――新原は、あなたからわたくしを奪ったことで、長いあいだ後悔していたようですし、わたくしも自分の罪の深さに苦しんでまいりました」

「そんなことはない」又左衛門は微笑しようとした、「それはあなた方の思いすごしです、新原は正当に縁談を申込み、両家の親御たちも承知されて祝言《しゅうげん》をした」

「いいえ」こずえはかぶりを振った、「そのまえに新原はあなたに相談を致しました」

「友人だからです」

「あなたのお気持がわかっていたからです」とこずえは云った、「先に相談をすれば、あなたが譲って下さるということを見ぬいていたからですわ、新原の思ったとおり、あなたは御自分のことはなにも仰しゃらず、新原のために縁談をまとめる手筈《てはず》さえととのえて下さいました」

「それはやはり思いすごしです」と又左衛門は劬《いたわ》るように云った、「私がもしあなたを本当に欲しかったなら、いくら友人に相談されたからといってあとへはひかなかったでしょう、慥《たし》かに、私はあなたが好きだった、まわりにいた幾人かの娘たちの中で、妻に迎えるならあなただと思っていました、けれども、それは私ひとりではなく、あなたを知っている者ならたいていはそう考えていたでしょう、新原はそういう者ぜんぶを押しのけるほど強くあなたを愛していた、仮に私が譲ったとすれば、私の愛は彼ほど強くなかったというだけですよ」

こずえの嗚咽がやや高くなった。

「さあ、さあ」と又左衛門が云った、「新原が悔むこともなし、あなたが自分を責めることもありません、もしなにかがあったとしても遠い昔のことです」

こずえはなにも聞いていなかったのか、嗚咽がしずまるのを待って、訴えるような声で云った。

「新原もわたくしも、結婚するとまもなく、あなたに申し訳のないことをした、と思うようになりました、子を生み、孫が生れても、わたくしたち夫婦はそのことのために、どうしてもしっくりいかなかったのです、新原は自分を責めるだけでなく、わたくしが新原を断わってあなたのところへゆかなかったことで、わたくしをも責めました、いまここに――」こずえは眼をぬぐって、又左衛門の隣りあたりをじっとみつめた、「人にもし魂があるなら、死んだ新原の魂はここに来ているでしょう、新原の魂がここにいるものとして申しますけれど、新原がわたくしを責めましたのは、わたくしがあなたの妻にならなかったからではなく、結婚をし子を生んでも、わたくしがしんから新原の妻になりきらないことを」

「あなたは不幸のために気が紊《みだ》れている」と又左衛門はやわらかに遮った、「そういうことを云うのは気持が紊れているためです、どうかもうよして下さい、私も聞きたくありません」

こずえは又左衛門の眼をみつめた。涙の溜《た》まっているその眼には、怒りともとれる強い光があった。

「一生にいちどくらい」とこずえは囁くような声で云い、「一生にたったいちどくらい」と云い直した、「しんじつあったことをあったとおりに認めてはいただけないでしょうか」

「年をとってくると、人間の考えかたもいろいろと変るものです」

「あなたはお変りになりません」とこずえは云った、「あなたは昔のままのあなたですわ、人のために助力をし、失敗を償ってやり、御自分が悲しんでいるときでも、それを隠して人を慰めたり励ましたりしていらしった、それも誰にも知れないように、——けれどもあなたは、あなたに負いめを持っている人たちにとって、その負いめがどんなに重いものであるか、知ってはいらっしゃらないでしょう、わたくしたちの場合も、あなたは思いすごしだと仰しゃる。そう仰しゃればわたくしたちの気持が楽になるとお考えかもしれません、そうお考えになっているのでしょう」

又左衛門は静かに頭をめぐらせて、湖のほうを見た。

「新原とわたくしのくらしは、おもてこそ平穏無事にすごしましたけれど」とこずえはまた布切れで鼻を押えながら云った、「二人の心は古い傷の痛みからぬけでることができませんでした、——もう助からないと思ったとき、新原はあなたのところへいって詫《わ》びるようにと申しました、けれどもあなたはそれを受けようとはなさらない、臨終を前にした新原の気持さえ、あなたはすなおに受けては下さらない、――それがもし奥ゆかしい劬りだとしたら、わたくしはあなたをお気の毒に思うだけです、そういうふうに御自分をころして生きていらしったあなたに比べれば、心に負いめや傷を持って、その重さや痛みに耐えながら生きて来た新原のほうが、よほど人間らしく、そして生き甲斐《がい》があったと思うからです」

又左衛門は黙って湖のほうを見やっていた。

「いまようやくわかってきました」とこずえは低いけれどもしっかりした口ぶりで云った、「あなたのためにお互いを責めながら、わたくしたちがしんじつ愛しあったのはお互い同志だったのです、新原がわたくしを責めるのは、わたくしがしんじつ自分のものであるかどうかを慥かめたかったのでしょうし、わたくしが自分を責めるのは、しんじつ新原を愛していることが、あなたに申し訳ないように思えたからですわ」

「どうしてそうでないわけがありますか」と又左衛門は湖を眺めたままで云った、「――新原とあなたとは、紛れもなく仕合せな夫婦だったのですよ」

こずえは又左衛門の横顔を、きつい眼つきで凝視した。

「もういちど申上げますけれど」とこずえは云った、「あなたは本当にお気の毒な方でございますわ」

又左衛門は黙って会釈した。こずえは眼のまわりをぬぐい、鼻を押えてから、別れを告げて立ちあがった。——又左衛門は内玄関まで送ってゆき、こずえを待っていた侍女といっしょに、敷石道を門のほうへ去るまで、内玄関に立って見送っていた。

元の広間へ戻ると、三人はもう茶を啜ってい、又左衛門の膳部だけが据えてあった。又左衛門はいよを呼んで、その膳部をさげさせ、自分にも茶を淹《い》れさせた。

「そこがどうもわからない」と梶本が能弁に話していた、「あのころわれわれは野心に燃えていた、それぞれ目的は違っても、出世をし名をあげ、青史に残るような仕事をしようと誓った、ここで幾たびも誓いあった、覚えているだろう、庄野」

彼は庄野を見、渡貫を見、又左衛門を見た。かれらの顔はこころよい酔いのために赤らみ、その眼には遠い思い出を追うような、静かな昂奮《こうふん》の色があらわれていた。庄野が頷き、渡貫が頷き、又左衛門は穏やかに微笑した。

「鵜沢小助、——」と梶本は続けた、「帯刀といったか、彼と死んだ栗木与八の二人は中でも野心満々だった、世間のおとなどもがみんなくだらない無能な人間のようにみえ、政治からなにからすべて気にくわなかった、そうだ、いま思いだしたが、栗木与八は藩政の腐敗を怒って、重臣たちを誅殺《ちゅうさつ》するなどと云《い》いだしたこともあった」

「たしかそのために」と渡貫が云った、「二十日だか三十日だか、謹慎を命ぜられたように思うがな」

「私は江戸で聞いたな」と庄野がたのしそうに云った、「栗木のほかに四人か五人、謹慎を命ぜられたのだろう、江戸でもなにごとが始まったのかと、若い者たちはだいぶざわざわしたものだ」

「あれも血が余っていたからだ、理由は二の次で、とにかくなにか思いきったことをせずにはいられなかったんだね」と梶本が云った、「——そういうふうに、迷ったり蹟《つまず》いたり、失敗を繰り返したりしながら、ふしぎなくらいみんな順当に成長した、初めの目的どおりとはいかないまでも、殆《ほと》んど目的を達したと云っていいだろう」

「おれは交代寄合《こうたいよりあい》の元締《もとじまり》までだったが」と渡貫が云った、「佐藤はわが藩はじまって以来の若さで城代、庄野は江戸家老、鵜沢は側用人《そばようにん》とね」

「そして梶本は」と庄野が云った、「おれの思いだしたことに誤りがなければ、土佐派の絵師として天下にその名を知られている筈だ」

又左衛門はそっと庄野を見た。さっきは梶本源次郎としか覚えていなかったのに、枯泉という雅号から思い当ったのだな、と考えたようであった。

「いまは謙遜《けんそん》はよそう」と梶本が云った、「おれは慥かに土佐派では知られている、おれの描いた屏風《びょうぶ》は紀伊家をはじめ、加賀、越前《えちぜん》、土佐の諸家におさまっているし、京の寺々には襖絵がずいぶんある、いまは奈良の法林寺から金堂《こんどう》の壁絵を頼まれて、その下絵にかかっているところだ」
「つまり」と梶本は続けた、「おれだけに限っても、若い血をたぎらせて望んだものが、ほぼそのまま自分のものになった、それにもかかわらず、実感としてはなにもつかんだような気がしない、若いころ待ち望んだ輝かしいもの、栄誉や名声のもつ胸のときめくような感動は、若いころよりもはるかに遠く、手の届かないかなたへ去ってしまったように思える、そういう感じはしないか」
「絵などを描いていると妙なことを考えるものだ」と渡貫が苦笑して云った、「しかしそう云われてみると、慥かにそんな感じはするようだな」
「それとも」と庄野が云った、「そういう輝かしいものは、初めからなかったともいえるのではないか」
「いや、思いだしてみればわかる」と梶本はそっと眼を細めた、「——おれたちはここで、この屋敷の広庭で誓ったこともある、そうだ、広庭で火を焚《た》きながら、焚火を囲んで酒を飲みながら、いまに天下を取ってみせると誓った、無能な重臣たちを放逐して、藩の政治を新しく、根本から建て直すと誓ったのは、庄野や死んだ村野だったろう、領内の耕地や道路について、また工業農産業について、夢のような計画に熱中した井島頼母たちがいた、おれは絵師になりたかったが、みんなそれぞれの野心を語りあい、必ず目的を達してみせようと誓いあったものだ、——あのとき、おれたちの眼に、未来の輝かしさがみえなかったか、おれたちの到達するところに、胸のときめくような名声や栄誉の座があることを信じなかったか」

梶本はそこで口をつぐんだ。庄野は持っている茶碗《ちゃわん》をみつめ、渡貫は庭のほうを見、又左衛門は天床《てんじょう》を見あげていた。

広縁の外では、二人の老人が、大きな方形の卓を運んで来、陶製の腰掛を四つ、その卓の四方に据えていた。卓はがっしりとした胡桃《くるみ》材で、なんの飾りもないが、時代がついているのとよく拭《ふ》きこんであるためだろう、その単純な形がそのままで、云いようもなく美しく荘重にみえた。

「そうだ」と庄野が低い声で云った、「——おれたちには輝かしい未来があった」

「渡貫はどうだ」

「念には及ばないさ」と渡貫は答え、「焚火をしたのは庭のあのあたりだ」とそちらを指さして云った、「みんなの昂奮した顔、激しい昂奮のために、眼が血ばしっているような顔が見えるようだ」

そこでまたかれらは黙った。

松林のかなた、おそらく湖畔であろう、青年たちの歌ごえが聞え、どっと囃《はや》したり笑ったりするのが、とぎれとぎれに聞えて来た。だが、こちらの老人らの耳にははいらないのであろう、かれらは追憶の甘さと苦さを、それぞれの想《おも》いの中で、それぞれに嚙《か》み味わっているようであった。

「さて、――いまはどうだ」と梶本がしゃがれた声で云い、咳《せき》をして云い直した、「みんなが殆んど、めざしたものを手に入れたいまはどうだろう、誰かこれまでに一度でも、名声や栄誉の輝かしい感動にひたった者がいるだろうか、――庄野はどうだ、佐藤は、渡貫は」

渡貫がなにか云おうとして黙り、庄野は自分の心の中を覗《のぞ》くような眼つきで、なにも云おうとはしなかった。

「少し独り合点《がてん》のようだが」と梶本は太息《といき》をついて続けた、「われわれはみな、目的に向って全力をつくした、佐藤の城代家老は一代交代ではあるが、当人が無能では一代交代も行われはしない、それはむしろ佐藤にとって大きな負担だった、彼はその負担に耐えたばかりではなく、藩史に銘記されるほどの功績をあげた、佐藤は同僚や下役たちの力だと云ったが、同僚や下役たちに充分はたらかせるところにこそ、城代家老の才腕があるのだろう、――こうして、みなそれぞれに力いっぱい努力しながら、一歩一歩と目的をはたして来たわけだが、目的に近づくほど、名声の輝かしさや、誇らしき栄誉というものは遠くなり、庄野の云ったように、そんなものは初めからなかったようにさえ思えるようになった」

渡貫が喉《のど》で笑った、「栄誉どころか」と彼は皮肉な調子ではなく云った、「いままでに自分のして来たことがすべて、なんの意味もない、むなしいことのようにしか思えない」

「梶本はべつだがね」と庄野が云った、「——梶本の絵は大名諸侯や、寺社、愛好家に珍蔵されて、千年のちまでも残るだろうからな」

「うちあけたところ」と梶本はまじめな口ぶりで云った、「もしできることなら、死ぬときにはこれまで描いた絵を一枚残らず、焼き捨てて死にたいと思っているよ」

かれらはまた沈黙した。その中で、又左衛門が静かに立ちあがって広縁へ出た。庭では二人の老人が卓の用意をしてい、松林に夕靄《ゆうもや》の立ち始めるのが見えた。

「あの声を聞いてくれ」と梶本が頭をかしげながら云った、「——茸狩《きのこが》りに来た若者たちが歌っているぞ」

渡貫と庄野が耳をすました。

「うん、思いだすな」渡貫がゆっくり二度、三度と頷《うなず》いて云った、「あのころのおれたちの声を聞くようだ」

庄野は黙ったまま眼をつむった。

若い人たち（四）

村野友四郎と畑中采女が松林の中をやって来て、村野が立停り、下草の中から女の履物の片方を拾いあげた。

「早苗さんのものではないか」

村野はそれを畑中に見せた。

「妹のだ」と畑中は受取って云《い》った、「この奥に相違ない」

二人は松林の奥へゆこうとした。するとそっちのほうから、佐藤正之助が畑中早苗を背負って出て来た。

「なんだそのざまは」と畑中が喚《わめ》いた、「早苗、みぐるしいぞ」

「履物をなくしたんでね」と正之助が云った。

畑中は持っている履物を、二人のほうへ投げてやった。早苗は蒼《あお》くなり、正之助の背中からすべりおりて、履物をはいた。

「恥を知れ佐藤」と畑中が叫んだ、「きさまそれでも侍か」

「まあそう怒るなよ」正之助はおちついて云った、「今日は年に一度の茸狩《きのこが》りだし、早苗さんとは話すことがあったんだ」

「阿部さんの娘とはどうだ」

「そうどなるな」

畑中は「こいつ」と云って正之助の衿《えり》を摑《つか》み、「こっちへ来い」と、乱暴に広庭のほうへ小突いていった。正之助は温和《おとな》しく、されるままになっていた。

「お兄さま」と早苗があとを追いながら叫んだ、「お兄さま、お願いですから乱暴なことはなさらないで」

「きさまは黙っていろ」松林の外へ出ると、畑中は摑んでいた衿を放してどなった、「女の出る幕ではない、黙って引込んでいろ」

「まあおちついてくれ」と正之助が云った、「わけも聞かずに怒ってもしようがないじゃないか、とにかくわけを話すから」

「ごまかしてもだめだ」畑中は自分で自分の怒りを煽《あお》るように喚き返した、「阿部さんの娘は席へ泣いて戻った、どうしたのかと訊《き》いてもなにも返辞をしない、側《そば》にいた娘の一人が、あの丘の栗林《くりばやし》の中できさまといっしょだったと教えてくれた、きさま雪緒さんをどうしたのだ」

「あの人は畑中の婚約者だろう」正之助は唇に微笑をうかべながら云い返した、「婚約した以上はあの人を信じている筈《はず》だ、おれは畑中とは友人の仲だし今日は年に一度の茸狩りだぞ、知っている者同志が少しばかり歩きながら話したって、眼の色を変えて怒るほどのことではないじゃないか」

「雪緒さんはおれの婚約者だ、それを伴《つ》れ出しても怒るようなことじゃあないのか」

「ないと思うね」と正之助が云った、「あの人はおまえと婚約はしたが、まだ妻になったわけじゃない、まだ嫉妬《しっと》をするのは早すぎるだろう」

「嫉妬だと」畑中の顔は赤くなった、「きさまには武家の作法と嫉妬の区別もできないのか」

このあいだに、湖のほうから若侍たちが次つぎとあがって来、このようすを遠巻きにして眺めていた。こちらでは早苗が、しきりに「お兄さま」と呼びかけてい、村野友四郎が彼女を押えていた。

「やきもちのうえに作法まで持ちだすな」と正之助が云った、「おれが雪緒さんと話したのは、畑中が邪推するようなことじゃない、そのへんでやめにしないと、あとで引込みのつかないことになるぞ」

「雪緒さんのことだけではない」と畑中がむきになって叫んだ、「きさまはおれの妹まで誘惑した」

「お兄さま」と早苗が叫んだ。

「現に下生えの中に履物が落ちていた、きさまが松林の奥で妹になにをしたか、もし弁解ができるならしてみろ」

「そんなことはしないね」

「弁解もできないのか」

「できなくはない、する必要がないんだ」

「よし、抜け」と叫んで畑中はうしろへとびさがり、刀の柄《つか》へ手をかけた。

「どうするんだ」

「きさまを斬《き》ってやる」と云って畑中は刀を抜いた、「いいから抜け、佐藤」

「おれを斬るって」正之助の眼がいたずらそうに光った、「おまえの腕でか」

「誰も止めるな」と畑中が叫んだ。

正之助はしなやかな身ぶりで刀を抜き、同時にはいていた草履《ぞうり》も脱いだ。そこへ阿部雪緒が、三人の娘たちと駆けつけて来、白刃を構えている二人の姿を見るなり、悲鳴をあげた。

「待って下さい、畑中さま」と雪緒がふるえ声で呼びかけた、「あなたは勘違いをしていらっしゃるのです」

「お兄さま」と早苗も村野に押えられたままで叫んだ。「どうぞそんなことをなさらないで下さい、佐藤さまにもしものことがあったら、わたくし生きてはいられませんのよ」

「わけを申上げます」と雪緒もなお呼びかけていた、「佐藤さまとはわたくしたちの祝言《しゅうげん》のことで相談があったのです」

「わたくしは」と早苗が叫んだ、「佐藤さまと結婚のお約束をしましたのよ」

畑中の刀がだらっとさがった。

「どうした」と正之助が微笑しながら云った、「おれを斬るんじゃないのか」

「憎いやつだ、きさまは」

「友達のおれの言葉は聞こうともせず、女の云うことはすぐに信じるんだな」と正之助は刀を構えたままで云った、「二人はおれを助けるために、嘘《うそ》を云っているのかもしれないぞ」

「きさまは憎いやつだ」と云って畑中は手を振った、「いいから刀をおさめてくれ」

正之助が刀をさげると、遠巻きにしていた若侍たちが、わっと歓声をあげながら、二人のほうへ集まって来た。

主人と客（四）

渡貫は卓のまわりを廻りながら、その平面や、太い脚部を撫《な》でてみた。他の三人は脇《わき》に立って、渡貫の動作を眺めていた。

「これは浄閑院《じょうかんいん》さまの御下賜《ごかし》だったな」と渡貫は云った、「あのころのおれたちには使わせてもらえなかった、いつかいちどは、この食卓でゆっくり食事がしたいと思ったものだ」

「このがんどうは見たことがないな」と梶本が云った、「まえからあったのかね」

「やはり浄閑院さまから賜わったものだ」と又左衛門が答えた、「私は祖父から聞いたのだが、この卓も舷燈《げんとう》も、——これは船の舷門に掛けるものだそうだが、どちらもオランダ船の船長から浄閑院さまに贈られ、のちに私の祖父が頂戴《ちょうだい》したという話だった」

「あの殿はよほど西洋のものがお好きだったらしいな」と庄野が云った、「江戸の本邸にも、ギヤマンの鉢や杯が幾組かしまってあるし、オランダ語で注のある海図とか、袂鉄炮《たもとでつぽう》とか、それに古い葡萄酒《ぶどうしゅ》まで残っていたよ」

「飲んでみたか」と梶本が訊《き》いた。

いるんだ」

「いや」と庄野は首を振った、「浄閑院さまの御遺品には手をつけないことになって
「それを馳走《ちそう》しよう」と又左衛門が云った、「やはりこの舷燈や卓といっしょに頂戴したものだそうだが、密封をしたのが一瓶、うしろの穴蔵にとってあるんだ」

「しかし何十年も経《た》つのだろう」と渡貫が云った、「そんな古いものが飲めるのかね」

「保存のしかたさえよければ、古いものほど味がよくなるそうだ」と又左衛門が答えた、「祖父はこの屋敷のうしろに、石でたたんだ穴蔵を造らせたが、それには湿気を防いだり、気温を一定に保つようなくふうがしてある、――今日の集まりに出すつもりで、じつは一と口ためしてみたのだが、私の口ではなかなかうまいと思った」

「酸《す》っぽくはなかったか」と梶本が熱心に訊いた、「おれも京と大阪で幾たびか飲まされたが、どうも酸味が強くていけなかった」

この家の老僕と、老女のいよが、酒の壺《つぼ》やギヤマンの杯や、菓物《くだもの》の鉢を運んで来、それらを卓の上へ置き並べた。

「私には酸味は感じられなかった」と又左衛門が云った、「渋い味がよくこなれているという感じだったが、まあおのおのでためしてもらうとしよう」

「平四郎を呼ぼう」と渡貫が云った、「さっきの料理の礼も云いたいし、同じなかま

だったんだからな、もしなんならおれが呼びにいってもいいよ」

「せっかくではございますが」と老女のいよが云った、「花屋のあるじはもういましがた帰りました」

「平作が帰った」と又左衛門がいよの顔を見た。

「はい」いよは舷燈《げんとう》に火を入れてから答えた、「もう少し人らしくなったら、改めてみなさまを御招待いたします、それまではどうぞお構い下さらぬように、と申しておりました」

「あの暴れ者が」と渡貫が云った、「相変らず我《が》の強いやつだな」

「さあ掛けてくれ」と又左衛門が云った。

かれらは卓に向って腰を掛けた。湖畔のほうで青年たちの歌ごえが高くあがり、松林を暈《ぼか》して、霧がゆっくりと庭へながれ入って来た。

「みろ、霧だ、——」と梶本が息を深く吸いながら云った、「湖水から来る霧だ、これであのころのものがすっかり揃《そろ》ったぞ」

「悲しいかな、いまの私にはこの霧がいけないんだ」と庄野が両の肩を撫《な》でながら云った、「医者から注意されているんでね、なにか肩に掛ける物はないだろうか」

「いいよ」と又左衛門が振向いた、「納戸《なんど》にあるブランケットを持って来ておくれ」

いよは舷燈の位置を直して去った。昏《く》れかけてはいるが、まだ舷燈の光が必要なほど暗くはない。又左衛門は酒壺を取って、四つのギヤマンの杯へ、黒みを帯びた赤い酒を、さも大事そうに注《つ》いだ。——四人の顔には満足さと、たのしい期待の色があらわれ、梶本は両手をこすり合せた。そして、かれらは静かに杯を手に取ったが、老女のいよがブランケットを持って来たので、庄野がそれを肩へ巻きつけるまで待っていた。

「御用はございませんか」老女は去ろうとして訊いた。

又左衛門は「うん」と頷《うなず》いた。

「では」と老女が云った、「霧がはいりますから玄関を閉めますが、よろしゅうございますか」

「玄関」と又左衛門が云った、「燕《つばくろ》がまだ帰らないようではないか」

「燕はもうおりません」といよが答えた、「たぶんもう南へ帰ったのでございましょう、おとついから一羽もいなくなってしまいました」

又左衛門は頷き、老女のいよは去った。

「燕がどうしたんだ」と梶本が訊いた。

「玄関の中に巣をかけていたのさ」と又左衛門が答えた、「もう七年か八年になるだろう、毎年やって来て巣をかけるんだが、——いってしまったとは知らなかった」

まるで彼の言葉に答えるかのように、湖畔のほうから、いさましく歓声が聞えて来た。

「ときが来れば」と庄野が云った、「燕も立っていってしまうか」

「しかし来年になれば」と渡貫が云った、「かれらはまた帰って来るさ」

「若いのは子を伴《つ》れてね」と梶本が云った。

又左衛門が杯をあげて、ゆっくりと、云った、「——年をとったのは、骨になってか」

四人は声をださずに笑い、おのおの杯を口へ持っていった。黄昏《たそがれ》の色がやや濃くなり、四人を包んだ霧の中で、ぼんやりと舷燈の光が明るくなり始めた。

若い人たち（五）

「ばかばかしい」と渡貫藤五が云《い》った、「なんだと思ったら老人の懐旧談じゃないか」

「だからおちつけと云ったんだよ」と相川忠策が云った、「ああいう隠退した人たちが、政治問題で密会するなんてある筈《はず》がないもの」

「おれはもっと骨のある連中だと思った」と渡貫がいまいましげに、地面へ唾《つば》を吐いて云った、「いくら隠退したにしろ、藩の政治が腐りかかっているのに、集まって昔話に興ずるなどとは呆《あき》れたおいぼれどもだ」

「もういいよ」と相川がなだめた、「なまじ老人たちに口出しをされては、却《かえ》って事が面倒になる、あの人たちには余生をたのしませておけばいいよ」

「おいぼれどもが」と渡貫は云った、「みんなもう半分は棺桶《かんおけ》へはいったも同然だ、ばかばかしい、帰ろう」

「うん帰ろう」と相川が云った、「今夜の泰正寺の集まりでは穏やかに頼むよ」

「そんなことは問題じゃないだろう」と歩きだしながら渡貫が云った、「穏やかにやろうと荒っぽくやろうと、大事を計るのに方法を選んでなんかいられるか」

「そう云うな」といっしょに歩み去りながら相川が云った、「渡貫はこらえ性がないので困る、大事を計るのは辛抱が肝心だ、そうあせっては事をこわしてしまうぞ」

かれらは話しながら去っていった。そうして、かれらの話し声が聞えなくなるとまもなく、湖に面した松林をぬけて、佐藤正之助と畑中早苗があらわれた。

「悪い方よ、あなたは」と早苗が囁《ささや》き声で云った、「あんなことになっても平気な顔をしていらっしゃるんですもの、わたくし呆れてしまいましたわ」

「じゃあどうすればよかった」と正之助が云った、「おろおろして、地面に手を突いてあやまりでもすればいいのか」

「そんなことなすってはいや」

「誰も見ていやあしないよ」

「いけない方ね」と早苗があまえた声で云った、「だめですったら、だめ、いけません」

「なにがいけないもんか、そら」

「いけませんったら」早苗は喉《のど》で笑った、「そんなことなさると、兄に本当のことを云ってしまってよ」

「さあ早くいこう」と正之助が云った、「みんなに追いつかれると面倒だ、走るよ」

「待って」と早苗が云った、「暗くってもう足許《あしもと》が見えませんわ、ねえ、手を引いて」

二人は松林に沿って歩み去った。


（「オール読物」昭和三十五年十月号）

榎《えのき》物語

一

さわが十三になった年、国吉《くにきち》が下男に来た。国吉は十五歳で、よく働く少年だったし、二年のち、二人は愛し合うようになった。

さわの父は河見《かわみ》半左《はんざ》衛門《えもん》という。母の名はわか。さわの下に一つ違いの妹なかと、その三つ下に丈二という弟がいた。河見家は七代まえに苗字帯刀《みょうじたいとう》をゆるされ、代々七カ村の庄屋を勤めていた。「榎《えのき》屋敷」と呼ばれるその家は葉川村の段丘の上にあり、ほぼ南北にのびる越後《えちご》街道《かいどう》と、魚野《うおの》川が眺められ、白い土塀《どべい》をまわした広い屋敷の東南の隅に、樹齢五百年以上といわれる榎が、ぬきんでて高く梢《こずえ》を伸ばし、枝をひろげていた。

葉川村は越後のくにに小《こ》出《いで》の郊外で、越後街道に面し、また会津若松へ通ずる六十里越えの山道が、うしろにのびていた。街道を往《ゆ》き来する人たちや、六十里越えをする人たちにとって、河見家の大榎は眼じるしの一つであり、それが見えると、ようやく小出の宿《しゅく》の近いことを知り、あるいは名残りであることを知るのであった。

小出は会津藩に属し、その代官所がある。絹と木材の集散地で、河見家でも広い木山を持っているため、庄屋のほかに藩の山方の差配《さはい》を命ぜられてい、屋敷のまわりには樵《きこり》たちの長屋があった。――国吉はその長屋で生れた。父は善吉といい、河見家の樵がしらで、妻とのあいだに六人の子があり、国吉はその四番めの二男であったが、国吉が五歳の年、善吉は半左衛門に土地を買って貰《もら》い、蒔田《まきた》という村で百姓になった。善吉は青年になるまで百姓をしてい、それから河見家の樵になったのだから、彼自身は帰農というわけであるが、妻や子供たちには馴《な》れない仕事であり、環境もいっぺんに変ったため、新しい生活にはなかなかなずめなかった。国吉は特にのら仕事が嫌いだったらしく、十五になるとすぐ、すすんで河見家の下男に住み込んだ。

さわは軀《からだ》がひよわく、縹緻《きりよう》もあまりよくなかった。河見家の長女でありながら、そういったおうようさもなく、いつもどこかの隅か、人のうしろに隠れているというようすであった。父の半左衛門は「まるで貰われて来たような」おかしな子だ、と云《い》っていた。――妹のなかは姉とはまったく反対で、姿かたちも美しいし愛嬌《あいきよう》もあり、頭がよくてすばしこくって、小さいじぶんからにんき者であった。――なかにはこういう逸話がある、彼女が六歳のとき、小出から代官を招いて饗応《きようおう》した。これは殆《ほと》んど毎年の例なのだが、なかは代官とその下役たちが接待されるのを眺めていて、なにを思いついたものか、仏間から小さな本尊仏を持ち出して来、それを代官に示して「これはなんという物ですか」と訊《き》いた。主人役の半左衛門や、接待していた人たちが、驚いてとめようとしたが、なかのすばしこさに、それもまにあわなかった。

「そうさな」と代官は本尊仏を見て、仔細《しさい》らしく答えた、「阿弥陀《あみだ》さまのようだが、それともお釈迦《しゃか》さまというかな」

「違います」となかが云った、「これは木を彫って色を塗った物です」

「よしよし」と代官は笑った、「それでは木を彫って色を塗った物だとしよう」

「それなのに、どうして人が拝むんですか」

父の半左衛門はたまりかねて、叱《しか》ったり、乳母を呼んで向うへつれてゆかせようとしたりした。代官は笑ってそれを押し止《とど》め、いかにも考えぶかそうに云った。

「それはむずかしい話だが、そうさな、つまりそれは木を彫って色を塗っただけではなく、阿弥陀さまの姿をしているからじゃないかな」

なかは上眼使いに代官を見て、こくっと頷《うなず》き、よくわかったという顔つきをすると、黙って本尊仏を持ってその場から去った。どうしてあんなことをしたのかと、あとで父親に訊かれたとき、同じ人間なのにみんなが代官にぺこぺこする、どっちも人間に変りはないのに、どうしてだろうと思ったからだ、となかは答えたそうである。これは代官に向ってじかに答えたともいわれるが、作り話のようだし、その伝説のたねだというべつな話もある。しかも誰ひとり疑う者がなかったのは、なかにはそんな機知があってもふしぎはない、と思わせるようなところがあったからである。

なかが十五になると、縁談がもちこまれた。そのとき初めて、ひとびとは姉のさわの存在に気がついた。気がついたのは両親でもきょうだいでもなく、足《あ》助《すけ》という飯《めし》炊《た》きの老僕であった。

「そんな間違った話はない」となかに縁談が始まったと聞いたとき、足助は云った、「――姉さまをさしおいて、妹の縁談を先にきめるなんということは順序が違う、庄屋さまともある人がそんなことをして、世間に済むわけがあるものではない」

その評はまず出入りの者に広まり、半左衛門夫妻の耳にもはいった。みんな姉娘のいたことに気づき、そうだったなと、改めて見直した。これはさわのために逆効果となった。いままではつとめてどこかの隅とか、人の背中に隠れるようにしていたため、人々は彼女については無関心に慣れていたが、さて前面に押し出されたさわを見ると、縹緻のよくない顔の、陰気な、僻《ひが》んだような表情や、動作ののろさ、話しぶりのへたさ、気のきかなさなどがめだって、十六歳になった河見家の長女、という人柄とは思えないことがはっきりした。

「誰も知らないのだ、姉さまは本当は気だてのやさしい、賢い生れつきなのだ」と足助はいきり立った、「なかさまの本尊仏の話も、実際は姉さまの話がもとなんだ」

或《あ》るとき足助が、自分の小屋でいたずらに仏像を彫っていた。しろうとの見よう見まねで、ついに出来あがりはしなかったが、彫っているときに、さわが来て、それはなんだと訊いた。わけを話すと不審そうに、そんな木などで仏さまが作れるのかと反問した。そこで足助は、菩提寺《ぼだいじ》の御本尊も木で作り金色《こんじき》に塗ったものだ、ということ。また、人がそれを拝むのは仏さまに対する信心であって、彫った木や塗った金色を拝むのではない、ということを話した。

「おらの云ったことは間違っているかもしれない」と足助は云った、「けれどもこれが本尊仏とお代官の問答の出どころだ、本人のおらが知ってるだ」

その話を信ずる者はなかった。足助はときどき大きなことを云う、彼が河見家へ飯炊きに雇われたのは、当時から二十年ほどまえの四十代だったが、そのとき「おらは江戸の八百善《やおぜん》で板前を勤めた」と自慢したそうで、村では知らない者がないし、長いこと笑い話のたねになっていたから、彼の云うことに耳をかすような者はなかった。けれどもただ一人だけ、足助と共にさわの味方をする者がいた。それは下男の国吉であった。

二

河見家には下男が五人いた。ほかにも番頭、手代、若い者など、庄屋と山方差配の事務や用達《ようたし》をする雇い人が十四五人いたが、下男も倉番、庭番、勝手番などと役割がきまってい、国吉はなんにでも使われる雑役であった。

国吉は男ぶりもぱっとせず、負けぬ気ばかり強くてめはしがきかず、人にしたしまないので、誰にも好かれないばかりか、山猿といってばかにされていた。陰でそう云《い》われるだけでなく、しばしば面と向って「おい蒔田《まきた》の山猿」などと呼ばれ、口惜《くや》しさのあまり幾たびか相手にとびかかった。だが、国吉は軀《からだ》も小さいし力も強いほうではなく、逆に叩《たた》きつけられ、瘤《こぶ》や鼻血を出すのがおちなので、独りでくやし泣きに泣く、というふうになっていった。――内容は違うが、これはさわの立場とどこかに共通したものがあり、早くからお互いのあいだに、哀れなというおもいが、ひそかにかよっていたようであった。さわが十五になった年、三番倉の脇《わき》に蓆《むしろ》を敷いて、せっせと茶筅《ちゃせん》を作っていた。すると誤って指に棘《とげ》を刺し、それがとれないので困っていると、国吉が通りかかった。ごく細く割った竹の棘で、右手の中指の第二節のふくらみに刺さり、爪《つめ》で摘《つま》んだり歯で嚙《か》んだりしたため、そのふくらみが赤くなっていた。

毛抜きを持って来ましょう、と国吉が云った。いいえそんなことしないで、とさわが云った。ひとに知られたくないのだ、ひとに知れて笑われるのがいやなのだ、と国吉は思った。いいことがあるからためしてみましょう、触らないで待っていて下さい。国吉はそう云って走ってゆき、まもなく戻って来ると、なにかの草の葉を焙《あぶ》ったような、べっとりした物をさわの指の患部に貼《は》り着けた。これで棘が抜けるかもしれません、村ではよくこうしていましたから、と国吉が云った。おまじないなの、とさわが訊《き》いた。さあ、と国吉は口ごもり、いじらないでそっとしておくんですよ、と云ってたち去った。

それが二人の口をきいた初めであり、愛情の芽生えともなった。もちろんすぐにではない、人の眼が多いし国吉には暇がなかった。河見家の長女と下男とでは、側《そば》へ寄る機会も極めて稀《まれ》にしかなかった。けれども、二人は遠くからいつも相手を見、お互いの噂《うわさ》を聞きのがすまいとしていた。――なかに縁談が始まり、足助じいさんが怒りだしてから、国吉の心はさわに対する同情と憐《あわ》れみでいっぱいになった。彼は十八歳になっていたが、背丈《せたけ》はあまり伸びず、肩と足だけが不調和に逞《たくま》しく、そして猫背になった。いつも重い物を背負いあるくためだろう、陽にやけた黒い顔はおろかしく、ただ、いつも敵意に燃えているような眼と、怒りを抑えているようにきっとひきむすんでいる唇とに、負けぬ気の激しさがうかがわれた。
なかは幾つかの縁談に首を振り、江戸へ出てくらしたいとか、生涯ひとの嫁にはならないとか、売れ残りの姉がいるから世間が狭い、などと拗《す》ねていた。

晩秋の昏《く》れがた、薪小屋へ薪を運んでいた国吉は、庭の向うに人がいるのを見たように思い、なんということもなく眼をそばめた。そっちはこの屋敷の東南に当り、あの大きな榎《えのき》が立っているうしろは、杉林と藪《やぶ》のほかなにもなく、ふだんあまり人の近よらないところであった。——あんなところに、誰だろう。国吉は腰から手拭《てぬぐい》を取って、汗を拭《ふ》きながらそっちへあるいていった。かなり濃くなった黄昏《たそがれ》の、ぼんやりした光の中で、その人影はすうと榎の向うへ消えた。彼はいそがない足どりで、反対側から榎をまわっていった。するとそこにさわの姿が見えた。彼女は榎の幹に凭《もた》れ、両手で頬を掩《おお》って泣いていた。国吉はとまどい、暫《しばら》くためらっていて、それから静かに呼びかけた。どうなさいました。どうかなさったんですか。さわの啜《すす》り泣きがやみ、ゆっくりと振向いた。

「ありがとう」とさわは微笑した、「なんでもないのよ」

国吉も頬笑み返しながら、それなら自分はたち去るべきだろうか、それともいたほうがいいだろうか、と考え迷った。

「このあいだはうれしかったわ」とさわは低い声で云った、「知らないうちに抜けてしまったの、あれはなんという薬なの」

国吉はさわがなんのことを云っているのか、すぐには理解できなかった。そしてそれが棘を刺したときのことであり、そのあいだに二年も経《た》っているのを知って、おどろきと、かなしいような気分に浸された。

「あれはしぶきという草の葉です」と彼は答えた、「あのときは火で焙ったのですが、火傷《やけど》にも効くし、干したのを煎《せん》じて持薬にする者もいます、――このあいだと仰《おっ》しゃったので、なんのことかと思いました、あれからもう二年の余にもなりますからね」

「あたしが十五の年だったわね」さわは頭の中でその年月を思い返すようにみえた、「――ほんとうに」と声をひそめて云った、「あたしついこのあいだのことのように思っていたのに、本当にもう二年も経つのね」

さわもその事実に、おどろいたようすを隠さなかった。彼女もその日までずっと、彼の姿をはなれたところから見まもり、どんなつまらない噂をも耳にとめていたのだ。こうして二人で口をきくのは二度めであり、初めてのときから今日までに、七百幾十日も過ぎ去っているということが、まるで嘘《うそ》のように思えるのであった。そのようにさわのおどろいている気持が、国吉には触れてみることのできる物のように、はっきりとわかった。

「どうかしたのですか」と彼はまえより親身な気持になって訊いた、「なにか泣くほど辛《つら》いことでもあるんですか」

さわは恥ずかしそうに、顔をそむけながら、そっとかぶりを振った。

「本当になんでもないの」と彼女は囁《ささや》き声で云った、「ときどき泣きたくなるとここへ来るのよ、心配しないで」

国吉はその夜よく眠れなかった。ここは山ぐにで、秋にはいると夜はかなり冷える。掛け夜具を二枚にしても隙間《すきま》風がはいるため、夜具の中へちぢまって眠らなければならない。山は朝ごとに霜で氷《こお》り、まもなくそれが里へとくだって来るだろう。にもかかわらず、国吉は寒さを感じないだけでなく、頭の中も軀《からだ》の芯《しん》も熱っぽく、掌や脇の下は汗で濡《ぬ》れるくらいだった。明くる朝、国吉は眠りが足りないのに、誰よりも早く起き、はれやかな、これまでになく活《い》き活《い》きした顔つきで、元気よく働きだした。庭を往《ゆ》き来するとき彼はひそかに榎のほうへ眼をはしらせた。手のあいているとき、弁当を使うときにも、その眼は榎のほうへ吸いよせられていた。

三

そのころさわは茶筅《ちゃせん》作りに熱中していた。姉妹は十二三のころから茶の稽古《けいこ》を始め、妹のなかはすぐに飽きたが、さわはいまでも師匠についてい、茶筅や茶杓《ちゃしゃく》の作りかたも覚えた。どうしてそんなことをするのかと訊《き》かれたら、——訊かれたことは一度もなかったが、自分のような者は嫁にもゆけないだろうから、と答えたであろう。厄介者で一生を送るとすれば、僅《わず》かでも自分の手で稼《かせ》げる仕事を覚えておきたい。さわはそう考えていたのだ。

「生れて初めてだわ」茶筅を作りながらさわはそっと呟《つぶや》いた、「——泣くほど辛《つら》いことでもあるんですかって、あのひとはあたしのことを気にかけていてくれたのよ」

さわの内部で新しい感情がめざめた。以前にも似たような経験はあったが、似ているというだけで、要素はまったく違っていた。いま彼女は、十七歳になった娘の感情にめざめたのだ。ことに、それまで人から愛されたことも、気にかけてもらったこともなく、そういうことを求める望みを持ったためしもない者なら、その新しく生れた感情がどんなに力づよく、純真に、拒みがたい作用をするかは云《い》うまでもあるまい。

その日の夕刻、もう手許《てもと》が暗くなりかけてから、さわはそっと庭へ出ていった。——

それはちょうど、国吉が諦《あきら》めて、榎《えのき》の傍らから去ろうとするところであった。靄《もや》のたちこめて来た黄昏《たそがれ》の中で、二人はお互いの姿を認め、静かに双方から歩みよった。

四

二人はいつも榎《えのき》の陰で逢《あ》った。国吉がその日の仕事を終っている限り、人の眼を忍ぶ必要はなかった。国吉もさわも、周囲の者に殆《ほと》んど関心を持たれてはいない。そこにいてもいなくても、誰の注意をひくこともなかったからだ。慥《たし》かにその筈《はず》であったが、一人だけ無関心でない者がいた。さわのために、妹なかの縁談を順序ちがいだと非難した老僕、足助がその当人であった。足助はよほどさわを大事に思っていたのだろう、国吉とさわが榎のところで、毎日のように逢っているのをみつけ、あるじ半左衛門に告げた。

足助はさわの味方をする者が、自分と国吉の二人だけだということを知っていたし、同時にこの屋敷じゅうで国吉ひとりは好ましい若者だと信じていた。国吉のほうでも、足助老人だけは信頼できる、自分になにかあったら、老人だけは自分のちからになってくれるだろう、と思いこんでいた。――それゆえ、番頭の忠平に呼ばれて、不都合なことがあるからと解雇を云《い》い渡されたとき、まず相談をしたのは足助老人であった。

けれども、老人はぜんぜんとりあわなかった。主人のむすめと密会するとは許せないことだ。昔ならこれこれの刑罰を受けるだろうと、老人は云った。おれはおまえのことをまじめな人間だと思っていた。おまえはこの足助を騙《だま》していたのだ。おまえをもっとましな人間だと信じていたおればばか者であった。そんなことを繰り返すだけで、国吉の云うことなど聞こうともしなかった。

国吉は小さな風呂敷《ふろしき》包みを一つ持っただけで、河見の屋敷を出ていった。すっかり日が昏《く》れて、外はもう暗かった。門から出て石段をおりると、樵《きこり》長屋の灯が見えたとき、暗がりから五六人の男がとびだして来、国吉を捉《つか》まえてさんざんなめにあわせた。殴るだけではなく、投げとばしたり、踏んだり蹴《け》とばしたりした。

「山猿どころかぬすっとだ」と男の一人がどなった、「ぬすっとより悪い野郎だぞ」

「この辺へ近よるな」と云った者もあった、「この辺で見かけたらぶち殺すぞ」

地面にのびたまま、彼はさわに逢いたいと思った。死ぬまえに一度だけ、逢ってさわの声が聞きたいと思った。死ぬ、ということにはなんの根拠もなかった。こんなひどいめにあわされて、もう生きてはいられない。漠然とそう思ったからだろうか、どんなことをしてでも、一度は逢わずにはおかないぞ、と彼は自分に誓った。——国吉は五日間、裏の叢林《そうりん》の中にひそんでいた。空腹は殆んど感じなかったし、耐えきれなくなれば山柿《やまがき》があった。その野生の小粒柿は渋を採るだけで、子供もあまり欲しがらないが、霜に当ると甘くなるので、飢えをしのぐには充分であった。隠れた場所は河見家の背後にある山で、そこから段登りにうしろへ高くなってい、杉や檜《ひのき》や、さらに高くは樺《かば》、橅《ぶな》などの密林が茂っていた。

さわは三日間、その居間に禁足されたのち、許されるとすぐ、榎のところへいってみた。国吉が放逐されたことは聞いていたが、そのまま彼が去ってしまうとは思わなかった。この土地から出てゆくまえに、必ず一度は逢いに来るだろう、と固く信じていた。二人が逢うとすれば、大榎のところ以外ではない。さわは明けがたか黄昏《たそがれ》の、人に気づかれない時刻を選んでそこへいった。国吉は五日めの夕方に気がついた。隠れている雑木林を少し下へおりて、松の木のところに立つと、河見家の庭の東南、榎のまわりを見おろすことができる。彼はそこからさわの姿を認めた。並んでいる土蔵のうしろをまわり、紫と鼠色《ねずみいろ》を混ぜて流したような、黄昏の靄《もや》の中を忍び足で、さわは榎の陰へ近よるのであった。

国吉は用心して、それからなお三日待ち、彼女が早朝と夕方の二度、榎のところへ来ること、監視する者のないことを慥かめた。それからおりていって、さわに逢った。

話すことはあまりなかった。二人は初めて抱きあった。ひどく不手際《ふてぎわ》な、おずおずした抱きかたであり、二人とも涙をこぼした。

「私はぬすっとより悪いやつだと云われました」国吉はさわをはなして云った、「私はそんな人間じゃありません、これから私はそんな人間じゃないことを証拠だててみせる、私は江戸へゆきます」

「あたしをいっしょに伴《つ》れていって」

「だめです、私たちはすぐに捉まってしまいます、いっしょにゆけたらいいのだが、街道は一つしかないし、河見家の声がかかれば半日と経《た》たないまに道を塞《ふさ》がれます」

そうなれば、あなたは伴れ戻されるし、自分は殺されるようなめにあうかもしれない。それはこの榎の幹をこの手で撫《な》でるよりも慥かなことだ。

「私は江戸へいって男になります」と彼は熱心に続けた、「河見家の表門から、いばってはいれるような人間になって、そして、あなたを迎えに来ます」

さわは声をころして泣いた。

「私は機転のきかないぐずなやつだったかもしれない」と国吉はさらに云った、「そうだとしても一生そのままでいるとは限らない、人間は変ることがあるし、ぬすっとより悪いと云われた私は、もうこれまでの私ではありません、石にかじりついても出世してみせます、どうか私を信じて下さい」

さわは「信じる」と云った。

「待っていてくれますか」

「ええ、五年でも十年でも」さわは自信なげに答えて云った、「たとえ一生涯でも、あたしは国さんを待っています」

五

さわは国吉を待った。口で誓ったときは確信がなかったけれど、日の経《た》つにつれて決心が固まっていった。両親もきょうだいも、周囲の人たちみんなが、またさわのことは無関心になった。かれらはもともとそうだったのだ。さわが仕合せか不仕合せか、としが幾つになるか、いまどこでなにをしているか、将来どうなるのか、なに一つ気にしたためしはない。誇張していえば、生きていても死んでも、かれらには縁のないことにちがいなかった。

「それならなぜそのままにしておいてくれなかったのだ」とさわは独りで呟《つぶや》いた、「あたしのことなど爪《つめ》の先ほども気にしなかったくせに、国吉と逢《あ》ったらあんなひどい騒ぎかたをした、僅《わず》か三日とはいえ、あたしを押籠《おしこ》めにしたし、国吉には暇を出した」

「かれらはなぜあんなことをしたのだろうか」とさわはまた独りで反問した、「あたしが河見家の長女であり、国吉が下男で、身分が違うからだとしよう、――そうだとして、みんなは一度でもあたしのことを大切に扱ってくれたろうか、ほんのちょっとでも、あたしのことで心配したり、気を使ってくれたことがあるだろうか」

年が明けて三月になると、妹のなかが嫁にいった。それも田舎ではなく、江戸日本橋の絹物問屋で、越前屋《えちぜんや》茂兵衛《もへえ》という老舗《しにせ》の、長男の妻として娶《めと》られたのであった。小出《こいで》は昔から生糸や絹布の集散地で、江戸から買付けに来たり、こっちから荷を送ったり、定期的に江戸と連絡のある商人が幾人かいた。その中で近江屋《おうみや》多助というのが河見家と親しく、越前屋となかとの縁談も多助がまとめたものであった。この嫁入りはたいそう派手なことになり、支度から輿入《こしい》れまでに半年あまりかかった。そして、祝言《しゅうげん》を中にした三十余日、河見家の者は江戸に滞在していた。さわだけ葉川村に残ったのであるが。

留守をしているあいだに、さわは二つの事実を知った。彼女と国吉のことを父に告げたのは、飯炊《めした》きの足助老人であること、国吉は放逐されるときに、門の外でひどく折檻《せっかん》されたこと、などである。もう過ぎ去ったことであるし、それがわかったからといってどうなるのでもないが、さわは自分の心に新しい傷が出来、そこから血がしたたり落ちるように思った。——この屋敷で多少なりとも味方になってくれるとしたら、それは足助ただ一人だろうと思っていた。その足助が告げ口をしたということは、いざとなれば頼りになる者もあるという、さわの心のよりどころを粉砕されたようなものである。

——人はたのみにならない。

さわは改めてそう思った。両親やきょうだいまで頼りにならなかったうえ、足助にまでそむかれたことは、人間に対する絶望感を深くするとともに、国吉を想《おも》う気持をもっとひたむきな、激しいものにそだてていった。

変化のない月日が経っていった。さわの関心は自然の風物にしかなかった。遠く近く見える山、魚野川の流れ、草木の花や果実、四季の移り変り、雨、雪、あらし。——さわはそれらをもっとも親しい友のように眺めた。雲に語りかけることもあり、花を見て泣くこともあった。一日に少なくとも一度は榎《えのき》のところへゆき、いっときぼんやりと幹に凭《もた》れてすごしたり、そこに国吉がいるものと想像し、心の中で彼との対話をたのしんだりするのであった。——さわは国吉から信《たよ》りがあろうとは考えなかった。彼には読み書きができなかったし、江戸へいってから書けるようになったとしても、手紙はきっと家人にみつかるだろう。そうすれば自分がどんな扱いを受けるか、国吉にはわかっている筈《はず》だからだ。「あたしがあの人のことを想っているように」とさわは茶筅《ちゃせん》を作りながら呟く、「国さんもあたしのことを想っていてくれるだろう、あたしたち二人には、手紙のやりとりをする必要などないのだ」

多額な費用をかけ、あんなに大騒ぎをして嫁にゆきながら、まる一年とちょっとでなかは病死した。原因は異常妊娠だったらしい、二日二た晩の出血で、医師が治療法に迷っているうちに死んでしまった、ということであった。実家へ知らせるどころか、親類を呼ぶ暇もなかった。急飛脚の持って来た手紙で、およその事情を知ったとき、母親のわかは激しく泣きながらさわを睨《にら》んだ。

「あんなによくできたいい子が死んで、おまえのような子が生きているなんて」と母は云《い》った、「おまえが代りに死ねばよかった」

母はとり乱しているのだ、さわはそう思い、怒るよりは哀れだと思った。けれども、自分の部屋へはいって独りになると、涙がこぼれた。母が本心からそう望んで云ったのでないことは、疑ってみるまでもない。世間の親たちは同じような場合、よくそんなふうなことを口にするものだ。だからその言葉で母を恨むような気持はなかったが、ふだんなにも気にかけてもらえないのに、たまたま引合いに出されたとなると「おまえが代りに死ねばよかった」と云われた。それではあまりに自分がみじめだった。これがもしつねづね愛情をかけられ、大事にされていたとしたら、母の言葉はむしろ親子の愛情のあらわれと思えたであろう。だがそうではなかったのだ。

「そんなにもあたしは要らない子なのだろうか」とさわは喉《のど》を詰らせながら独り言を云った、「これでも妹と同じ血を分けた子なのだろうか」

涙が出るだけ出てしまうと、さわの気持も静まった。彼女は二十歳になり、独りでいることが多いため、いろいろな物語を読みあさった。実際に世間へ出たことはないけれども、多くの物語を読むことによって、世の中の仕組や、人の心のうらはら、恋や義理の辛《つら》さ、などというものを、いくらか理解するようになっていた。さわはいまでは、周囲から無視されていることが、自分の生れつきだけではなく、自分のほうから人を愛そうとしなかったことにもよるのではないか。焚木《たきぎ》を燃やす努力をしないで、物が煮えないとじれるような、自分本位なところがありはしなかったか。そんなふうに、自分を自分の眼で見直してみる、というようになっていた。

なかの死んだのが五月初旬。七月中旬に河見家で四十九日の法事をした。他家へ嫁《か》した者だから、ごく内輪だけのもので、寺へはゆかず、菩提寺《ぼだいじ》から僧たちに来てもらった。四五日まえから降り続いた雨がまだやまず、その日は風も吹きだしたので、招かれて来た住職と二人の僧は、勤めを終るとそうそうに帰り、親類の人たちもみな早くひきあげていった。客がすっかり帰ったので、さわもあと片づけを手伝おうとしていると、父に呼び止められ、いっしょに父の居間へいった。そのころは風も吹きつのるばかりだし、雨も凄《すご》いような降りかたで、屋敷ぜんたいが怒濤《どとう》に揉《も》まれてでもいるような感じだった。

「これに覚えがあるか」と云って半左衛門は、脇《わき》の机の上にある手紙のような物を、静かに手で押えた、「――いつからこんなことをしていたんだ」

六

さわには父がなにを云《い》っているのかわからなかった。屋敷の背後にのしかかっている山で、すべての樹木がごうと叫び声をあげ、家の棟がぎしっときしんだ。

「親に隠れて男と文《ふみ》のやりとりをする」と半左衛門が刺すような調子で続けた、「しかも樵《きこり》あがりの百姓の伜《せがれ》などと、――おまえは河見の家や親の顔に泥を塗るつもりか」

「なにを仰《おつ》しゃるのかわかりません」とさわは答えた、「文のやりとりとはなんのことですか」

半左衛門は机の上にある書状のような物を叩《たた》いた、「これは江戸の国吉から来た手紙だ、ごまかしてもだめだぞ」

さわは片手で口を押えた。危なく叫び声が出そうになったのだ。半左衛門はそれを自分なりに解釈したのであろう、激しい言葉で叱《しか》りつけ、責めたてた。こういうとき、世間の親たちが云うであろうきまり文句で、不謹慎とか、みだらとか、無分別とか堕落などという言葉が繰り返され、いつごろからこんなことをしていたかと問い詰めた。

「文のやりとりなどしたことはありません」とさわは答えた、「これまで一度も受取ったことはありませんし、こちらから出したこともございません、あたしあの人がどこにいるかも知らないんですから」

半左衛門は信じなかった。叱る言葉はさらに荒く、毒と悪意さえ感じられた。さわは眼をつむった。風と豪雨のどよめく中に、川の水音が聞えて来た。魚野川が怒っている、とさわは思った。降り続く雨で、魚野川は昨日あたりから増水していた。信濃《しなの》川のほうでは今朝、二三カ所で堤が切れた、という噂《うわさ》もあった。眼をつむったさわには、魚野川や、それに合流する枝川の、たけり狂う濁流が見えるように感じられた。

「返辞をしないか」と半左衛門は叫んだ、「こんなふしだらなことをして、悪かったとは思わないのか」

さわは眼をつむったままで、極めてゆっくりと、かぶりを左右に振った。

河見の家名や親の顔に泥を塗る、いいえ、あたしには家も親もありません、とさわは心の中で云った。小さいじぶんから、あたしは河見家の子のように扱われたことはなかった。親の愛情を知らないばかりか、心配されたり構われたりしたこともない。あたしは不縹緻《ぶきりょう》な、気のきかない、おどおどしている子だった。お父さんも「貰《もら》われて来たようなおかしな子だ」と云った。あなたがたがあたしを見るとき、あたしを見るのではなく、あたしを素通りしてほかの物を見るにすぎない。本当にあたしは、この家へ紛れこんで来たよその子、というだけであった。さわは口に出してそう云っているように、膝《ひざ》の上の拳《こぶし》をふるわせ、歯をくいしばった。あたしのことを心配し、あたしに愛情を示してくれたのは、国吉ただ一人だった。あたしたちはなにも悪いことはしなかった。あたしも国吉も愛情が欲しかっただけだ、二人はそれをみつけ、初めてこの世に生れたことの幸福を感じた。お父さんやお母さん、妹や、いや数多い雇人たちの誰ひとりとして与えてくれなかったものを、国吉はあたしに与えてくれた。生れて初めて、あたしはこの世に生きるよろこびを知った。するとあなたは、あたしを部屋へ押籠《おしこ》めにし、国吉を放逐した。国吉は気を失うほど折檻《せっかん》され、生れた土地から放逐されたのだ。なんのために、なんのために、とさわは心の中で叫んだ。

「おまえのような者を河見家に置いておくわけにはいかない」と半左衛門は云っていた、「折竹村の家へ預けるからそう思うがいい」

さわは眼をあいて父を見、右手を差出して云った。

「その手紙をいただきます」

半左衛門は黙ってさわを睨《にら》んでいた。

「折竹村へでもどこへでもゆきます」さわは片手を前に出したまま云った、「――でもそれは、あたしに来た手紙ですから、あたしがいただきます」

「おまえ」と半左衛門が云った、「自分がなにを云っているのかわかっているか」

「その手紙をいただきます」

半左衛門は机の上から手紙を取り、それをずたずたに引裂いた。さわは父にとびかかった。半左衛門はさわを突き放し、裂いた手紙をさらにこまかく千切ってから、それを手の中でまるめ、倒れているさわの上へ投げつけた。

「さあ持ってゆけ」と半左衛門が云った、「それを持って出てゆけ、おまえなどは見るのもいやだ」

さわは静かに起き直り、裂いてまるめて投げだされた物は見もせず、自分の部屋へ去った。

風も雨も弱まるようすはなかった。百余年まえに建てたという、この頑丈な建物も、柱や梁《はり》がきしみ、雨戸は鳴り、あるとも思えなかった隙間《すきま》から吹き込む風で、他の部屋の奥にあるさわの部屋でさえ、行燈《あんどん》の火がいまにも消えそうに揺れまたたいた。もっと荒れるがいい、とさわは思った。なにもかも吹きとばし、水で押し流れるがいい、この家もろとも人も物も吹き飛ばし押し流して、跡形もなくなってしまえ。さわは殆《ほと》んど声に出すような気持でそう願った。

「あの人が手紙をくれた」とさわは呟《つぶや》いた、「あの人は字が書けるようになったのか、それとも誰かに頼んで書いてもらったのか、とにかくあたしに手紙をくれた、あたしが生れて初めてもらう手紙だった」

どこかで切迫した人声が聞えた。あらしの物音に消されて、誰がなにを云っているのかわからないが、なにか異常な事が起こり、それを告げたり、問い返したりする叫び声のように聞えた。

「お父さんはそれを引裂き、ずたずたに千切ってしまった」とさわはまた呟いた、「あの人にとっても、生れて初めて人に出した手紙だろうに、そして、あたしになにかを告げたかったろうのに、お父さんはそれを、あたしの眼の前でやぶり、屑《くず》のように千切ってしまった、これだけはゆるせない、いくら親でもこれだけは決してゆるせないわ」

さわは立ちあがった。折竹村の家へ預けるという、そこは叔母の嫁入り先で、葉川村から二里ちかくも、山の中へはいったところにある。預けられるとすれば、親に隠れて男と文のやりとりをした、みだらな娘だと伝えられるだろう。そんな恥はかきたくない、叔母の顔なども見たくない。あたしは出てゆく、この家からもこの土地からも出てゆく。さわは納戸《なんど》や簞笥《たんす》をあけ、さし当り必要だと思われる着替えや帯を二三と、金になりそうな道具を集めて包みにし、財布の中をしらべた。そして、濡《ぬ》れてもいいように身支度をし、包みをしっかりと背中へ括《くく》りつけた。

さわは納戸口から土間へおり、結《ゆわ》い付け草履《ぞうり》をはいて、弟の雨合羽《あまがっぱ》を頭からかぶった。家の中は走りまわる雇人たちでごった返し、どこかで父のどなる声も聞えた。誰もさわに気のつく者はいなかった。みつかって呼び止められたら、力ずくでも出てゆくつもりであった。――土間をぬけたさわは、裏の戸口から外へ出、庭の隅にある大《おお》榎《えのき》のほうへいった。かぶっている雨合羽はひき剝《は》がされ、大粒の雨がびしびしと、顔や手を痛いほど強く打った。さわは前跼《まえかが》みになって風にさからいながら、けんめいに榎のところまで辿《たど》り着いた。

「国さん」さわは榎の幹にすがり付いた、「あたし、あなたのところへゆくわ」

そのとき山津波《やまつなみ》が襲いかかった。

七

それが山津波だとわかったのはあとのことで、そのときはなに事が起こったのか判断がつかなかった。大榎《おおえのき》の幹にすがりついて、烈風のため吹きとばされそうになる軀《からだ》を支えながら、国吉のところへゆくことだけを考えていた。家を出るときに頭からかぶった弟の雨合羽は、風にひき剝《は》がされてもうなかったし、はいていた筈《はず》の草履《ぞうり》も、結い付けた紐《ひも》が切れたのか、片方ははだしになっていた。着ている物はもとより、頭から水浸しで、叩《たた》きつける雨は滝のように、顔や手足を打ち、肌を伝って流れるのが感じられた。

「あたし大丈夫よ、国さん」とさわは声に出して云《い》った、「負けるもんですか、どんなことをしてでもあなたのところへいってよ」

風の唸《うな》りと雨の音を凌《しの》いで、なにか非常に複雑な、幅のひろがりと巨大な量感のある物音が、裏の谷あいのほうで聞え、それがすさまじい速度で近よって来た。土の崩壊する音、石と石のぶつかりあう音、木の折れる音、その他さまざまの音が入混って、譬《たと》えようもなく大きな厚みと重みをもった絶壁となり、それらがいちじに崩れかかり、殺到して来るような感じであった。

さわは榎にかじりついたまま、なにが起こったのかを見ようとした。けれどもなにも見えなかった。飛礫《つぶて》のように叩きつける雨、悲鳴をあげて吹き荒れる烈風のほかには、殆《ほと》んど一尺先の物をみわけることもできないのだ。その闇《やみ》の中を、巨大な、えたいの知れないものが近づいて来る。それはあらゆる障害物を踏み潰《つぶ》し、押し流し、打ち毀《こわ》しつつ、緩慢のようでありながら極めて迅速《じんそく》に、計り知れない力をもって襲いかかるようであった。

「いまのは土塀の崩れた音だわ」とさわはふるえながら呟いた、

「ああ厩《うまや》が毀れた、いまのは馬のなき声だわ、なんだろう、どうなるのかしら」

木の裂ける音がし、また、木と木とが割れて、なにかの崩れる音がした。そして、それらの騒音の中から、人の叫び声が聞えた。

「さわ、どこだ、どこにいる」とその声はひきつるように叫んだ、

「さわ――どこだ」

「おとうさんだわ」とさわは茫然《ぼうぜん》と呟《つぶや》いた。

「さわちゃん」と女の声で叫ぶのが聞えた、「どこにいるの、さわちゃん、かあさん

はここよ、おとうさまもかあさんもここにいてよ、さわちゃん、——あたしたちここにいてよ」

さわの喉《のど》から劈《つんざ》くような声が出た。生れてこのかた初めて、父と母の声を聞くように思った。これまでは他人よりも縁のない人たち、親子の愛情などはかけらほどもなく、ただうとまれ、無視されるばかりだったと思っていたのに、いま聞く声は紛れもなく父の声であり母の声であった。しかもそれは単に「呼びかける声」ではなく、深い血のつながりからほとばしり出るもの、心から心へとじかに通ずるひびきを含むものであった。

「とうさん」とさわは絶叫した、「あたしここにいます、かあさん」

さわは榎の幹からはなれて、父母の声のしたほうへ走りだした。けれども、父母に呼びかけながら走りだすとすぐ、闇の中からとびだして来た誰かに、抱きとめられた。

さわはその腕からのがれようとしてもがいた。

「おさわさんだめだ」と抱きとめた男がどなった、「屋敷は潰された、逃げるんだ」

「放して」さわは狂気のように暴れた、「とうさんが呼んでるのよ、かあさんのところへゆくのよ、放して」

「だめだ、もうみんな助かりゃあしない」男はさわを抱きあげた、「逃げないとあんたも死んじまうぞ」

男は暴れるさわを抱いたまま、家とは反対のほうへ走りだした。風雨の咆哮《ほうこう》をうち消すように、ぶきみな地鳴りが起こり、非常な圧力をもった黒い山のようなものが、二人のうしろへ轟々《ごうごう》と押し寄せた。それはいまにも二人に追いつき、ひっ摑《つか》んで呑《の》み込もうとするように感じられた。

――さわ、どこにいる、さわちゃん、こっちへおいで。

恐怖のあまり半ば気を失ったさわの耳に、父と母の呼び声が現実のもののように聞えた。

「わたしはあんたが好きだ、死ぬほど好きだ、おさわさん」と男が云った、「わたしは助からないかもしれないが、あんたと二人で死ねれば本望だ、聞えますか」

男のさわを抱いた腕に力がはいり、頬をすりよせた。男は走るのをやめ、大股《おおまた》にどこかへ登りながら、続けて云った。あんたが小ちゃいじぶんからずっと好きであった。どんなことがあっても、あんたを自分のものにするためなら、どんなことでもするつもりだった。どんなことあんたを他人には渡したくなかった。

「あんたはもうわたしのものだ」と男は喘《あえ》ぎながら云った、「わたしはもう一生あんたを放しはしない、死んでも放しはしないぞ」

さわは男の声を夢中のように聞いていた。すると、二人の下で地面がぐらぐらと揺れ、男が悲鳴をあげた。なにかが二人の上へ崩れかかり、さわは泥の中へ叩きつけられた、泥のようでもあり水のようでもあった。さわはなにか手に触ったので、それにつかまり、それに全身を預けてぬけだそうとした。彼女は自分が押し流されているのを感じたが、どっちへ流されているのか、なにが自分を押し流しているのか見当もつかなかった。これらのことはごく短い時間の出来事で、おそらく呼吸五つか六つのあいだであったろう。突然、さわの足をなにかが摑み、泥と水の中へ彼女を引き込んだ。

――さわちゃん、どこにいるの。

母の呼び声が聞えたように思い、そのまま、さわはなにもかもわからなくなった。

八

「あなたも顔ぐらい見ている筈《はず》よ、名はおすげ、年はたしか二十三だったわ」と柏屋《かしわや》の女中のはつが云《い》った、「中肉中背で、太ってもいないし瘦《や》せてもいないし、不縹緻《ぶきりよう》というほどでもなく縹緻よしでもなく、およそいろ恋とは縁のないような、ごくありふれた人柄なのよ」

「あたしのことを云われているようね」と云ってさわは頰笑んだ。

「ばか仰《おっ》しゃい」とはつはにらんだ、「あなたのきれいなことはこの宿《しゅく》の者ばかりじゃなく、旅の人たちのあいだでさえ評判じゃありませんか」
「あたしでも鏡は見るのよ」
「越重《えちじゅう》の若旦那《わかだんな》をふってるのはそのためじゃないでしょうね、まさか」とはつはちょっとひらき直るように云った、「そうだとしたらあなた罪よ、おさわさん」
「いまの続きを聞かせて」
「話をそらすのがうまいわね、いつもそうだわ」とはつは云った、「もう三年もつきあっているのに、あなたがどこの生れだか、どんな身の上でなんのためにこんなところで稼いでるのか、あなたはなに一つ云おうとしなかった、その話になるときまって、するっとうまく脇《わき》へそらしちまうのよ」
「話すようなことがないからよ」さわはやさしい眼をした、「おはつさんの知ってるあたしがこのあたしの全部、それだけのことだわ、――ねえ、いまのおすげさんという人のことを聞かせて下さいな」
「三年まえの秋ぐちに、大あらしのなかで山津波が起こったって話、知ってるわね」とはつは話を元へ戻した、「枝川の奥の部落が三つか四つと、葉川村が押し流されて、生き残った者は十人足らずだって、葉川村には河見といって、二百年ちかくも続いた旧家があったそうだけれど、その屋敷もきれいに流されたし、屋敷の人たちはじめ馬一頭も残らなかったって」

「ええ、その話はなんども聞いたわ」

おすげという娘はそのとき、葉川村の米屋《よねや》という旅籠《はたご》で女中をしていた。故郷は越後《えちご》の柿崎《かきざき》というところだったが、女中をしているうちに、客の一人と夫婦約束をした。江戸の木綿問屋の手代で、名は健次、としは二十四。小千谷《おぢや》へ買いつけにゆくときと帰りと、米屋へ四たび泊っておすげと知りあった。

「初め泊ったときは番頭さんといっしょで、番頭さんに顎《あご》で使われたそうよ」とはつは話した、「それが二度めのときはもう手代になって、小僧さんを伴《つ》れてたのね、すっかりおとなびていて、そして、こんど来たときに話したいことがあるって、おすげさんにそっと耳うちをしたんですって」

四たびめに二人は夫婦約束をした。健次は二十五になると店を持つことができる、それまで待ってくれ。ええ待っています。きっとだな。きっとです。と誓いあった。おすげは二十歳、健次が二十四歳。そして夫婦約束をした晩、米屋は山津波でやられた。二人も押し流され、泥水の中ではなればなれになった。

「そのとき男が云ったんですって、生きていたらここで会おう、死んだと慥《たし》かにわかるまで、決してこころ変りはしないって」とはつは自分のことを話すような、感情のこもった口ぶりで云った、「——ええここで会いましょう、あたしも生きている限り待っていますって、おすげちゃんも云ったそうよ」

さわは眼をつむった。その二人の呼び交わす声が、はっきり自分に聞えるようであった。似たようなことがあるものだ、国吉と自分も同じような約束をした。いつかきっと迎えに来る、ええ待っています、五年でも十年でも待っています。そういう約束をしたのだ。

「あの山津波で葉川村はきれいになくなっちまったでしょ、残っているのはあの榎《えのき》だけ」とはつは続けた、「いまではこの柳原《やぎはら》が合《あい》の宿《しゅく》になったから、おすげちゃんもしようがない、ここの柏屋へ住み込んだわけなの」

「まだ会えないのね」

「生死もわからないのよ」とはつが云った、「でもあの人は生きている、いつか必ず会えるって、おすげちゃんは信心するように思い込んでるの、それはいじらしいくらいよ」

あたしもそうなのだ、とさわは心の中で云った。あたしがこんな生活をしているのも、いつかあの人が来てくれる、きっと迎えに来てくれると信じているからだ、と自分を慥かめるように心の中で呟《つぶや》いた。

「それでね、こんな宿屋にいるより、あなたのところに置いてもらいたいというの」はつは続けていた、「陽のあるうちは、あなた大榎のところで茶店、じゃないわね、茶をたてて売ってるでしょ、往来する人はよく見えるし、捜してる人にも眼につくわ」

「だってあたし独りでもやっとのくらしよ、こうやって宿屋さんへ呼ばれるようにはなったけれど、それだって人を雇ったりするような稼ぎはありゃあしないわ」

おはつは手を振った、「そうじゃないの、お金なんて一文もいらないの、陽のあるうちだけあなたのところにいて、あとはこれまでどおりこのうちで働くのよ、つまりさ、往来の人のあるうちだけ、あなたの側《そば》に置いてもらえばいいんですって」

それが慥かならと、さわは承知した。はつはすぐにおすげを伴れて来てひきあわせ、その翌日から、おすげはさわのところへかよって来るようになった。

世間では榎の「茶店」と呼んでいるが、それは「店」とは云えないだろう。夏は大榎の樹陰《こかげ》、涼しくなると陽当りの草原へ移るが、地面の上へ古い緋《ひ》の毛氈《もうせん》を敷き、小屏風《びょうぶ》をうしろにまわして、土風炉《どふろ》に茶釜《ちゃがま》をかけて沸かし、野だての茶を客にすすめるのである。もちろん掛け茶屋よりも代価は少し高いが、旅客の中には珍しがって、神妙に「一服所望」などという者があり、いまでは宿へ呼ばれて茶の相手をすることなども稀《まれ》ではなかった。――はじめたのは二年まえ、小出《こいで》宿の絹物問屋、越前屋《えちぜんや》重兵衛の世話によるもので、うしろの丘にある住居も、やはり越重で建ててくれたものであった。さわはなにも云わないし、世間でも伝説のようにしか思われていないが、そこは彼女の生れ育った河見家の屋敷跡であり、大榎はかつてその庭に立っていたものだ。山津波はすべてを押し流し、いまではその榎しか残ってはいない。枝川を二里あまり奥へのぼった、折竹村も全滅し、叔母の嫁いだ一家もみんな死んでしまった。河見家でも死軀《しく》のあがったのは主人の半左衛門だけ、あとは信濃《しなの》川まで流されたか、泥の下に埋まったままか不明であった。さわ自身も小出の下《しも》まで流され、河原の泥に首まで埋まっていたのを、危うく掘り出されて助かった。いまでも、もと葉川村の付近からは、ときどき遺骨の出ることがあるけれど、誰のものとも区別はつかず、この柳原宿の源宗寺の無縁墓に入れられるのであった。

おすげは毎日かよって来た。土風炉を炊《た》くための、細い焚木《たきぎ》を作ったり、水を汲《く》んだり、客があると座を設けたり、あとの洗い物をしたり、結構してもらう用事もあったし、客のないときには話し相手にもなった。はつという女中の云ったとおり、おすげはごく眼立たない人柄だった。顔かたちや軀《からだ》つきにも特徴はないし、話題も少なく、立ち居や動作もはきはきしなかった。ただ、健次という男の話になると、表情がにわかに活《い》き活《い》きとし、眼にも強い光があらわれて、その平凡な顔が美しくさえみえるようであった。

「ええそう思ってます、あの人は生きてるし、いまにきっと会えるに違いありません」とおすげは繰り返すのであった、「まだ三年しか経《た》っていないんですもの、あの人にだって都合のつかないことがあるんでしょう、ええ、そのときが来ればきっとあなたにもわかってもらえますわ」

おすげの頭はそのことでいっぱいらしい。その話が終ると、まるで貝が蓋《ふた》を閉めでもするように、自分の中へとじこもってしまうのであった。しかし一度だけ、さわの身の上を知りたがったことがあった。どこの生れか、うちはどこか、家族はあるのか、なんのためにこんなことをしているのか。さわはこれまでみんなに云ったとおり、家族といっしょに旅をしていて、あの山津波にあい、自分ひとりだけ生き残ったこと。故郷は江戸の近くであるが、そこには親類も少ないし頼りにはならないこと。この土地には親やきょうだいの骨が埋まっているから、まだはなれる気持がないのだ、というふうに。

「でもいつかはくにへ帰るんでしょ」

「いつかはね」

「それで越重の若旦那をふってるの」

「ふってるなんて」さわは苦笑した、「もともとむりな縁談なのよ、あたしにはあんな大きなお店《たな》の切り盛りをするような才もなし、そんな柄でもないわ」

「わけはただそれだけ」

さわは頷《うなず》いて云った、「それだけと云ってあなた一生のことですもの、誰だって考えないわけにはいかないでしょ、人間はお金や家柄より大事なものがあると思うわ」

おすげは溜息《ためいき》をつきながら、自分もそう思う、とぼんやりした口ぶりで云った。

宿から呼ぶ客の中には、幾人か馴染《なじみ》ができていた。はじめのころは思い違いをして、そっと金を握らせたうえ自由にしようとする客もあった。いまでもときたまそんな経験をするが、宿屋のほうで気づき、初めての客にはその点をはっきり断わってくれるので、始末に困るようなことはなかった。茶の手前をたのしもうというのだから、若い客はめったになく、たいていが老人であり、それも裕福な身分の人が多かった。江戸日本橋の呉服商の隠居だという老人は、榎の下で野だての茶を珍しがり、宿へも呼んでくれたが、どうしてこの稼ぎを思いついたのかと訊《き》いた。

「子供のじぶん聞いた話ですけれど」とさわは答えた、「お江戸の神田にお玉ヶ池というところがあるそうですね」

「ずっと昔そこで、お玉という人が茶をたてて往来の人にすすめ、それでくらしていた、ということを聞きましたの」

江戸だからそれでもくらすことができた。こんな越後街道の田舎では、なかなか稼ぎにはならないだろう、とその隠居は云った。女ひとりのことであるし、読み書きなども教えるから、どうやら飢える心配もないようである、とさわは答えた。

「お玉ヶ池の話にはあとがあるんだよ」と隠居は云った、「知っているかね」

「いいえ存じません」

「お玉という娘はたいそう美人で、多くの男たちに云いよられたが、誰にも心を動かされなかった、すると」そこで急に、隠居は細い顎《あご》を摘《つま》んで、思い返したように首を振った、

「いや、この話は陰気だからよしたほうがいいだろう、おまえさんにもあと味が悪いだろうからな」

「半分うかがっただけでは却《かえ》って気になりますわ」

「かもしれないな、話してしまおう」と隠居は苦笑した、「で、そのうちに二人の若

者があらわれてお玉に恋をした、どっちもいい性質の若者で、お玉のほうでも好きになったが、二人のうちどちらを選ぶこともできない、若者たちの恋はいのちがけだし、お玉も悩むだけ悩んだが、どうしてもこの一人ときめることができず、ついに池に身を投げて死んでしまったそうだ」

昔その付近には桜が多く、池も桜ヶ池と呼ばれていたのを、そのことがあって以来「お玉ヶ池」というようになったのだ、と老人は語った。

九

同じような物語はほかにもある。真間《まま》の手古奈《てこな》の話などはそっくりだ、とさわは思った。たぶん一つの美しく悲しい出来事が、いろいろな土地に移し伝えられたのであろう。旅の隠居から聞いたときはそう思っただけであるが、かなり月日が経《た》ってからふと思いだすと、それが自分の身の上のようにも感じられた。越重の息子の安二郎と、江戸にいる筈《はず》の国吉。そして自分とかれらとのかかわりが、お玉の場合のように不吉ななりゆきになるのではないか、という考えがうかび、いそいで打ち消しても、思いだすと不安な気分になるのであった。

大榎から二段ほどうしろの、丘の上にある住居からは、坐《すわ》っていても魚野川が見えた。家は二た間に勝手だけで、井戸はないけれども、背後の崖《がけ》に湧《わ》き水があり、樋《とい》で勝手へ引いてあるのが、いくら使っても余るほど豊かであった。近くには会津若松藩の、山方に属する樵《きこり》長屋があるので、淋しくもなかったし、また、冬のあいだはその長屋の子供たちに読み書きを教えるので、くらしの足しにもなった。——越重の安二郎はもう二十六歳になる。山津波のとき救われたさわは、半年あまり越重の世話になった。越前屋は小出でも指折りの資産家で、さわのほかにも遭難者を十人あまり、自分の持ち家へ引取って世話をしたが、どういうわけかさわだけは格別な扱いで、親きょうだいの死《し》躰《たい》もわからないと知ると、好きなだけこの家にいるがよい、と云《い》ってくれた。事実、さわが起きられるようになったときは、山津波で死んだ者の始末もあらかた済んだあとで、河見家では主人の半左衛門の死躰だけが確認され、源宗寺へ葬《ほうむ》られた、ということを聞いただけであった。

安二郎が自分に心をよせ始めたと気づいたとき、さわはすぐに越前屋を出ることにきめた。自分を見る安二郎の、思いつめたような眼つきが、そのまま国吉を思いださせたのである。あたしには国さん一人しかない、国さんのほかに男を近よせてはならない。そう思ったからで、自分でおどろいたほど頑強にねばった。街道で野だての茶をすすめ、それでくらしを立てながら、親きょうだいの菩提《ぼだい》をとむらいたい。この不幸を忘れるまで結婚はしない、と云い張ってゆずらなかった。すると重兵衛が、それなら気の済むようにするがよかろう、できるだけの世話はすると云って、小さいながら家を建ててくれ、点茶の道具も揃《そろ》えてくれたのであった。

安二郎はいまでも、月に二度か三度は訪ねて来て、安否を問い、不足な物はないかと、気をくばってくれる。もうとしがとしなので、縁談もいろいろあるらしいが、さわのほかに妻を娶《めと》る気はない、と断わりとおしているそうであった。雪ぐに育ちにしては色が黒く、背丈は高いが痩《や》せていて、顎《あご》の張ったいかつい顔つきだった。

——ふしぎなことだ、とさわは幾たびも思った。あの山津波が来てから、あたしは人間が変ったような気がする、あのまえには自分は、いるかいないかわからないような存在だった、両親やきょうだい、大勢いた雇人たちさえも、あたしには眼もくれず、みんなそっぽを向いているようだった。

あの恐ろしいあらしの中で、父と母が初めて自分を呼んでくれた。単に名を呼んだだけではなく、のしかかって来る危険に直面して、心配のあまり狂気のようになっている声であった。妹のなかが死んだとき、おまえが代りに死ねばよかったと云われ、泣いて恨んだことがあった。しかし山津波に襲われた夜の、父と母とのあの呼び声だけで、自分が疎《うと》まれたり故意に冷たく扱われていたのでないことがわかったのだ。

——小出《こいで》で助けられてから、自分の気持は慥《たし》かに変った、とさわはまた考えた。自分がよけい者であるとか、人に嫌われているなどという気持はなくなったし、自分のことをどう思っているかと、他人の顔色をうかがうようなこともなくなった。そしてそれ以来、ふしぎに人から好かれはじめたのである。越前屋の人たち、安二郎はべつにしても、重兵衛夫妻や店の人たちの親切は忘れられないし、この宿《しゅく》へ来てからも、柏屋《かしわや》、角庄《かどしょう》という二軒の旅館の人たち、樵長屋の住人たちから、ひいきにされ、慕われている。そのうえみんなはいま、自分のことを縹緻《きりょう》よしとさえ云っているのだ。

国吉はあらわれない。山津波で葉川村はじめ大きな被害のあったことを、彼はまだ気づかないのであろうか。それとも、噂《うわさ》を聞いて来たことは来たが、河見家が全滅したと知り、諦《あきら》めて江戸へ帰ったのだろうか。いいえそんなことはない、とさわは確信をもって首を振る。もしここへ来たとすれば、あの人はきっとあたしを捜したことだろう。たとえ死躰であっても、みつけ出さずに帰る筈はない。国さんなら必ずそうするに違いない、とさわは信じきっていた。その年は十月中旬に雪が来て、それがそのまま根雪になり、野だての茶はできなくなった。毎日かよって来ていたおすげも、春になるまで休むことにし、さわは家にこもって、子供たちに読み書きを教え、また裁縫の弟子を取ったりした。

年があけてさわは二十四になった。二月の或《あ》る日、午後三時ころのことだったが、柏屋から「客がある」と知らせて来た。雪の道は凍っていてぬかるみはない、空もようを慥かめたさわは、被布《ひふ》をはおって頭巾《ずきん》をかぶり、雪沓《ゆきぐつ》をはいてでかけた。すると大榎《おおえのき》のところに、旅装をした一人の男が、片手に持った笠《かさ》を斜にあげながら、榎の梢《こずえ》のほうを見あげていた。さわは二十間あまりこっちからそれを認めると、どきんとして思わず立停った。もう四年越しにもなるのに、そこでそんなふうにしている男を見ると、きまってどきりとし、息が止りそうになる。幾たび、いや幾十たびあったことか数えきれないだろう。榎と国吉とはそれほどしっかりと、印象がむすびついているのだ。――近づいてゆくと、三十五六歳になる男で、むろん国吉とは似たところもなく、どうやら百姓のようにみえた。

さわはがっくりしたような、また同時にほっとしたような気持で、静かにそこを通りすぎた。柏屋から呼ばれたのは、その年それが初めてであった。客は五十年配の侍で、一昨年の秋にもさわの手前をたのしんだと云い、さわにその記憶がなさそうだと知ると、そのときは浪人で、姿かたちが違っていたのだと笑った。こんど新発田《しばた》の溝口《みぞぐち》家へ召出され、妻子もあとから来るという。浪人生活からぬけ出せたことがよほどうれしいのだろう、茶を味わうようすまでいかにもたのしそうに見えた。

その客を済ませたあと、宿の内所《ないしょ》で女中たちと話していると、角庄から呼びに来た。これも馴染《なじみ》で、去年の春にいちど呼んだことがあるそうであった。さわは呼びに来たおようという女中といっしょに、角庄へまわった。座敷へいってみると、その客には覚えがあった。去年の春かどうかは忘れたが、中年のひどく気むずかしい人といっしょで、としは三十くらいだろうか、伴《つ》れの気むずかしさに反して、温和《おとな》しく無口なようすが印象に残っていた。

「有難うございます」呼ばれた礼を述べてから、さわが訊《き》いた、「こんどはお独りでございますか」

「そうか、去年は伴れがありましたっけね」客は微笑した、「あの男は病気で来られなかったんです」

そして、自分は茶は不調法だから、悪いところは注意してくれ、と言葉少なに云った。茶の手前などどっちでもいいらしい、さわの顔をもういちど見たかった。できるなら話をしたい、というつもりで呼んだようであった。そんなそぶりがかなりはっきりうかがわれたが、さわも口べたなほうだし、相手はさらに無口で、――去年と同じように、なにか話しだしはするが途中でやめる、というふうだったから、どうにも話題がはずまなかった。半刻《はんとき》ばかりまをつなぐのが双方とも精いっぱいだったろう、女中が火のはいった行燈《あんどん》を持って来たのをしおに、さわは立ってその座敷を去った。

三月中旬に、茶の野だてを始めた。そのまえの日に、越前屋の安二郎が壺入《つぼいり》の抹茶《まっちゃ》と菓子を持って訪ねて来た。午《ひる》ちょっと過ぎだというのに、かなり酔って、部屋へあがるとすぐ水を一杯欲しいと云い、飲み終るといきなり、さわを抱きすくめた。愛情というよりも憎悪《ぞうお》から出た動作のようで、激しく喘《あえ》ぎながら乱暴に抱きすくめ、そこへ押し倒した。さわは少しもさからわず、眼をつむったまま、されるままになっていた、安二郎の手であらあらしく胸がひらかれ、伸ばした両足を左右にひろげて、裾《すそ》が捲《まく》られ下衣《したぎ》が捲られた。安二郎は死にかけているけもののように、はっはっと短く喘ぎ、裸になったさわの両足のあいだに割り込み、のしかかって、あらわな乳房へ顔をうずめた。それでもさわは眼をつむったまま、身じろぎもしなかった。すると安二郎は泣きだし、さわからはなれて起きあがると、右手を曲げ、腕で顔を掩《おお》って泣いた。さわは起きあがって、衿《えり》や裾を直しながら立ってゆき、手拭《てぬぐい》を水で絞って戻った。崩れたような坐りかたで、左手は畳へ突いていた。

「お顔を拭《ふ》いて下さい」と手拭を彼に渡しながら云った、「あたしいまのことはなかったものと思います、どうぞあなたもお忘れになって下さい」

「あなたはそんなにこの私が嫌いなのか」安二郎は濡《ぬ》れ手拭で顔を押えたまま云った、「三年以上も経つのに、ずっと私を避けとおして、いつまでこんなことをしているんです、本当のことを云って下さい、ほかに約束した男でもあるのか」

「その返辞はまえに申上げました」

「私は家を出てもいいとさえ思ってるんですよ」安二郎は手拭を小さくたたみ、自分の膝《ひざ》を見ながら云った、「あなたは越前屋という大きな身代《しんだい》や、店の切り盛りをする力はない、身分が不釣合だと云われる、私はまたあなたのほかに妻を欲しいとは思わない、あなたが本当に越前屋へはいるのがいやなら、私は家を出て自分の店を持ってもいいんです」

さわは答えるまえにちょっと考えた。

「それはいけません」さわはそっと首を振った、「おうちの方がたには親身も及ばぬお世話になっています、私のためにあなたがそんなになされば、あたしは越重のみなさんに恩を仇《あだ》で返す人でなしになってしまいます」

「私の妻になるよりそのほうが恐ろしいのか」

「これにはわけがあるんです」さわはちょっと黙っていてから云った、「でもそれはいま申上げられません」

「約束した人がいるんですね」

「それも申上げられません、そのことさえなければあなたの仰《おっ》しゃるように致しますけれど」さわは急に顔をそむけた、「――ええ、いまはこれだけしか申上げられませんの」

安二郎は沈黙し、溜息《ためいき》をついて、静かな眼でさわを見、乱暴したことは勘弁してもらいたい、本気ではなかったのだ、と云った。わかっています、どうぞ忘れて下さい、とさわは答えた。

大榎のところは土地が少し高くなっており、陽当りもよいため、まわりには残雪があるのに、そこはすっかり土が乾いていた。さわが茶を始めるとすぐに、柏屋からおすげがかよって来るようになった。そして五月の或る日、そのことが起こった。

十

五月にはいるともう陽が強くなるので、榎《えのき》の影の動くたびに、そっちへ場所を変えなければならない。茶簞笥《ちゃだんす》や土風炉を移すとき、おすげのいてくれることが、どんなに助かるかよくわかった。――その日の午後、二度めに場所を変えようとしていたとき、おすげが抱えあげた毛氈《もうせん》をとり落し、棒立ちになって街道のほうをみつめた。道には荷を積んだ百姓馬と、女を混えた七八人の旅人が、ばらばらになって歩いていた。みんな南から北へ向ってゆく人たちだったが、おすげはその中の一人を見まもってい、さわが「どうしたの」と呼びかけようとしたとき、喉《のど》から異様な叫び声をもらすと、殆《ほと》んど宙を飛ぶといったような動作で、まっすぐにそっちへ走っていった。そしてさわははっきりと見たのだ、おすげの叫び声を聞いた旅人の一人が振返り、かぶっている笠《かさ》の端をあげて、走って来るおすげを認めると、ぬいで持っていた塵除《ちりよ》け合羽を投げだし、これもなにか叫びながら、おすげのほうへ駆け戻った。さわの立っているところからおよそ二三十間はなれていたが、両方から走りよった二人がいっしょになり、手を取りあうとたん、おすげの泣きだす声が、さわにはよく聞きとれた。

「本当にあるのね」とさわは無意識に独り言を云《い》った、「小説や云い伝えだけじゃなく、本当にあることなのね」

あちらの二人は、往来する人たちにも気がつかないとみえ、肩を寄せあったまま、なにか話しながら歩きだし、宿《しゅく》のほうへと去っていった。さわは、「夢中なんだわ」と微笑して、街道へ出てゆき、あの男の放りだしていった合羽を拾いあげると、土《つち》埃《ぼこり》をはたきながら、二人の去っていったほうをもう一度、祝福するような眼つきで眺めやった。もう暗くなりかけたころになって、おすげが一人で駆けつけて来た。

「やっぱりあの人だったのよ、あたし一と眼でわかったわ」おすげは茶道具を片づけながら、わくわくした口ぶりで云った、「うしろ姿をひょっと見たときすぐに、あの人だなって思ったの、そうしたら喉のところが塞《ふさ》がっちゃって声が出ないのね、いいえ、躯《からだ》つきにもあるきぶりにも、眼につくほどの癖なんかないの、ほかの人と違うところなんかどこにもないんだけれど、それでもちょっと見ただけでわかったわ、あの人のほうでもそうですって、もう通りすぎるときにこっちを見たら、すぐにわかっただろうって云ってたわ」

「あしかけ四年も経《た》つのに、よかったわね」

「十年経ってたって同じだと思うわ、あの人もそう云ってたけれど、こういうことって本当にふしぎなものだわねえ」それから急に顔を赤くして云った、「ごめんなさい、黙っていっちまったりして」

「いいのよそんなこと、あたりまえじゃないの」さわは笑って云った、「それよりここはもういいからお帰りなさいな」

「最後のお手伝いですもの、今日はあたし独りで片づけます、あなたはなにもなさらないでね」

人のためになることならどんなことでもしたいという気分なのだろう、さわは云われるとおり黙って見ていた。健次というその男は、江戸で自分の店が持てたという、こんどは小千谷《おぢや》へ買い付けに来たのだが、おすげが生きていて、二人は必ず会えるものと信じていた。そうでない場合のことなど、疑ってみたことさえなかったそうである。本当なら小千谷へいって来るまで待っているところであるが、もういっときもはなれてはいられないから、明日いっしょに小千谷へゆき、そのまま江戸へ立つことにした。おすげは片づけ物をしながら、朝の雀《すずめ》がさえずるように、休みなしにこれらのことを語った。

翌朝はやく、さわの家へ二人がおとずれた。健次という男はいかにも商人らしく、腰の低いあいそのいい若者で、おすげが世話になった礼を述べ、もし江戸へ出るようなことがあったら、本所のしかじかというところへ訪ねてくれ、とお世辞でない口ぶりで云った。小千谷から戻るときに、もういちど寄るといったが、二人はそれ限り顔《き》をみせなかった。――また独りで茶をたてることになり、暫《しばら》くのあいださわは淋しさを感じた。けれども、独りになった淋しさより、その出来事から与えられた勇気のほうが大きかった。心から愛しあい信じあっている者は、いつか必ず会うことができる。どんな状態の中でも、一と眼でお互いがわかるものだ。さわはその事実を自分の眼で見た。人の話や物語にあることが、現実にもちゃんと存在するのだ。あの二人の約束は、自分と国吉のそれより深刻なものではない、自分と国吉とは少年であり少女であるころから、同じ屋敷の中でくらし、まわりの人たちに疎《うと》まれるという、似たような孤独感によってしだいにひきつけられ、そうして将来を誓ったのである。石にかじりついても人並に出世してみせる、それまで待っていてくれますか。待っています、五年でも十年でも、一生涯でもあなたを待っています。あれは言葉だけではなく、お互いが心の底から誓いあったのだ。迷ってはいけない、あの人はきっと来てくれる、あたしはその日を待っていればいいのだ、とさわは改めて自分に云いきかせるのであった。

さわは二十五になり二十六になった。冬のあいだの寺子屋のような仕事に加えて、小出《こいで》の宿《しゅく》へ茶の指南にも招かれるようになり、住居には小女を置いて雑用を任せながら、季節には飽きずに茶の野だてを続けた。長いあいだのことだから、しぜん街道の評判になって、野だての席へは寄らなくとも、宿屋から呼んでくれる客も多くなり、参覲《さんきん》のため小出へ泊る大名にも幾たびか接待をした。もちろん大名の名は出さず、非公式に呼ばれるのだが、失礼のないようにと、側近の人に注意されると、心付《こころづけ》の出しかたなどですぐにそれとわかった。こういうふうになると、周囲の噂《うわさ》は好奇心を生み、なんの根拠もない話がいろいろと広まったが、いちばんしんじつらしいのは、さわが越重の主人の囲い者である、という陰口であった。
——山津波のとき面倒をみてから、越前屋《えちぜんや》の重兵衛がずっとさわを囲っている、住居を建ててやったのも、茶の道具を揃《そろ》えてやったのもそのためだし、毎月の仕送りも欠かさない、ところが息子の安二郎もさわに執心で、幾らいい縁談があっても見向きもせず、隙《すき》があったら自分のものにしようと覗《うかが》っている、だからいまに越重の店で一と騒動はじまるぞ。

そういううがった内容のものであった。

越重の耳にもはいらないわけはない。さわが心配していると、安二郎が訪ねて来た。こんどこそ嫁になってもらう、と彼はひらき直ったように云った。世間の噂を聞いたであろうが、その一半の責任はさわにもある、むろん自分のみれんな気持に大半の責任のあることは云うまでもないが、このようにひろく噂が広まっては、自分とさわとが結婚する以外に、父に対する世評の誤りを立証するすべはない、と云うのであった。尤《もっと》もなことであった。

「仰《おっ》しゃるとおりだと思います」さわは答えた、「あなたのお心にそむきながら、一方ではお世話になり続けてまいりました、いつかこういう噂が出るだろうと、考えなかったあたしが悪かったのです、もし責任があるとしたらこのさわ一人にあるので、大旦那《おおだんな》やあなたにはお詫《わ》びの申上げようもございません」

「私はあやまってもらうために来たんじゃありません」

「わけを申上げます、聞いて下さいますか」

安二郎は頷《うなず》き、さわは話した。自分の生い立ち。山猿と呼ばれた国吉の人柄。二人がお互いにちかづいたきっかけや、榎の下で忍び逢《あ》ったこと、やがて雇人にみつかり、国吉が「ぬすっとより悪いやつだ」と罵《ののし》られて放逐されたこと。二人でひそかに逢って、将来を誓いあったこと、また、山津波のあった日に国吉から手紙が来たけれども、父の手にはいって破棄され、自分は読まなかったことなど、詳しくうちあけた。安二郎は終りまで黙って聞いてから、非難するようにではなくさわを見た。

「それはあなたが十五のとしだったと云いましたね」

「約束をして別れたのは二年あとで、あたしは十七、あの人は十九になっていました」

「おとなの約束とは思えないな」と安二郎は云った、「恋というよりは、お互いのたよりない気持が寄りあったのでしょう、男と女とではなく、子供同志が指切りをしたようなものじゃないだろうか」

「あの人から手紙が来たのは、あたしが二十の年でしたわ」

「おどろいたな」安二郎は首を振った、「あなたが河見家の人だとは知らなかった、――いったいどうしてそれを隠していたんです」

「隠すつもりはなかったんです、ただなんとなく云いたくなかった」さわは自分の心の中をさぐるような表情をした、「誰か生きていてくれればいいけれど、もし自分ひとりしか助からなかったのだとしたら、河見の家に付いた財産やなにかを、自分で始末しなければならない、そう思うだけでもぞっとしたくらいでした」

「なるほど、それで越重の身代にも気が進まなかったんですね」安二郎は頷いて云った、「河見さんの遺産は代官所で始末をし、そのまま代官所で預かっていると聞きました、ふつうは遺族がなければ官に収められるのですが、河見家には功績があるので、異例な扱いになったのでしょう、こうなったら名のって出ることですね」

「いいえ」とさわはかぶりを振った、「いまさら名のって出る気などはございません、あたし遺産などは一文も欲しくはありません、どうかこの話はここだけのことにして下さいまし」

「しかし事情をはっきりさせなければ、世間の噂を止めることはできませんよ」

「あたしがいなくなってもでしょうか」

「いなくなるとは」

「どこかよそへいってしまえば、噂もしぜんに消えると思いますけれど」

「それはおかしい、あなたがよそへいって、国吉という人が来たらどうするんです」と安二郎が云った、「そのときのために、これまで榎の側をはなれなかったんでしょう、いまになってよそへゆくくらいなら、私と結婚するのも同じことじゃありませんか」

よそへゆくにしても、この街道ははなれない。越後街道をはなれずにいれば、あの人が来たとき逢えるだろう。おすげさんが健次という人をみつけたように、どちらでお互いをみつけるに違いない。

そう思ったけれども、さわは口に出しては云わず、とにかく二三日考えさせてくれと答え、安二郎は「では二三日ですよ」と念を押して去った。

十一

これまでどうしようもなかった気持が、二三日考えただけでどうにかなるとは思わなかった。安二郎のようすが圧倒的で、のっぴきさせないというふうな感じだったから、いっとき遁《のが》れに云《い》ったまでであるが、するとその日の午後、もう陽が傾きかけたじぶんに、野だての席へ足助がやって来た。――彼はまっすぐに来て、四間ばかり向うで立停り、さぐるような眼つきで、じっとさわの顔を見まもった。九月にはいって、夕刻になると風はもう肌に寒かったが、彼は木綿縞《じま》の色の褪《あ》せた半纒《はんてん》に股引《ももひき》、古い草《ぞう》履《り》ばきで、少し背中が跼《かが》んでいた。刃物でそいだように頬がこけ、眉毛《まゆげ》も白く、眼のおちくぼんだ顔はひどくふけていたが、それでもすぐに、足助だということがさわにはわかった。

「ちょっとものをたずねます」足助はこっちへ呼びかけた、「もしも違ったら勘弁してもらいますが」

「違います」とさわはゆっくりと左右に首を振った、「人違いです」

「やっぱりそうだ」足助は案外しっかりしたあるきぶりでこっちへ来た、「あなたはおさわさん、河見さまのおさわさんだ」

足助は地面へ膝《ひざ》を突いた。おちくぼんだ眼が涙でいっぱいになり、それが痩《や》せて皺《しわ》だらけな頬を伝ってこぼれ落ちた。ごまかすことはできない、とさわは直感した。足助は手の甲で涙をぬぐいながら、よく生きていてくれたとさわに云い、自分の助かったもようを語った。さわを救おうとしてはなれればなれになった彼は、やはり山津波に押し流され、小出《こいで》のずっと下流で助けられた。われに返ったのは五六日もあとのことで、起きられるようになるとすぐ葉川村へいってみたという。それからのちのことはさわも知っている、彼は三条へいって建場《たてば》の馬子《まご》になり、そこで知りあった人に拾われて、六日町の吉野屋吉兵衛という宿屋へ住み込んだ。初めは飯炊《めした》きだったが、算筆ができるのを認められ、いまでは帳場をやっている。もと葉川村の大榎《おおえのき》のところで、野だての茶を接待している女がある、という評判はまえから聞いていたし、おと年の夏に小出へ用事があっていったときは、街道からさわの姿を見た。

「ちょうど客が三人いました」と足助は云った、「そのうえ木の陰で暗かったし、あなたとはわかりませんでした、なにしろあれからとしつきも経《た》つことではあり、あなたが生きていらっしゃろうとは夢にも思いませんでしたからね」

ごまかすことはできないと思ったが、さわはなにも云わなかった。熱心に語る足助の顔を、路傍の草でも眺めるような、無感動な眼つきで見まもったまま、黙って辛抱づよく聞いていた。

やがて、足助は突然おどかされでもしたように、ぴたっと口をつぐみ、なにやら不審げに首をかしげた。

「どうして佐平さんは黙っていたんだろう」と老人は云い、地面に突いている膝を両手で摑《つか》んだ、「あなたに茶の手前をみせてもらったということは話したのに、それがおさわさんだということは云わなかった、どういうわけでしょう」

佐平とは誰だろう、足助とどういう関係があるのか、さわには見当もつかなかったが、やはり無表情に黙っていた。

「あなたもお逢《あ》いになりましたね、佐平さんと」足助は疑わしげにさわの眼を覗《のぞ》いた、「一度だか三度だか、たしか角庄で茶をたてなすったということです。品のいいきれいな娘さんだとは云いましたが、おさわさまだったとはほのめかしもしませんでした、まさか、あなた方お二人とも、この足助を憎んでらっしゃるんじゃあないでしょうね」

「あなたは人違いをしています」とさわは冷たい口ぶりで云った、「あたしは、さわという者ではありませんし、佐平という人も存じてはいません」

「そんな筈《はず》はない、そんな筈があるもんですか」足助はかたくなに首を振った、「佐平さんも初めは知らないふりをしていなすったが、国吉というむかしの名を云ったら隠しきれなくなりましたよ」

国吉。さわは全身がすっと浮きあがるように思った。国吉、国吉が自分と逢った。角庄で。いつのことだろう、どの客だろう。耳の奥で血の騒ぐ音がし、胸に強い圧迫を感じた。

「お屋敷にいたころは山猿、山猿とこき使われたもんです」と足助は続けていた、

「それがどうでしょう、いまでは江戸の絹糸商、立派に一軒の店を持って、名も佐平と改めた、一年おきに一度ずつ、小出へ買い付けに来るんだということですが、人柄もぐっとあがって、いまではぱりぱりの商人です、あなただってきっとびっくりなさったでしょう、そうじゃありませんかおさわさん」

「あたしはさわではありません」とさわは静かに云った、「人違いです、あたしにはあなたの云うことはまるでわかりません、どうかお帰りになって下さい」

　足助は納得しなかった。河見家のことや自分が下男の足助であること、雇人のたれそれ、門前にあった樵《きこり》長屋。嫁にいって亡《な》くなった妹娘のなか。末っ子で弟の丈二など、むかしのことをいろいろと語って、さわの記憶をけんめいに呼び戻そうとした。さわは相手にならず、ただ冷やかに「人違いだ」と云いとおした。足助が熱中すればするほど自信がつき、なにを云われても平然と受けながした。

「そんなことはないと思うが」やがて足助はちから尽きたように頭を垂れた、「主人の娘と下男、身分も違うしとしがいもないことだが、私はおさわさまが好きだった」と彼は独り言のように呟《つぶや》いた、「だから、おさわさまにちょっかいをだすようなそぶりをする者があれば、私はだれかれなしにやっつけてやった、そんなやつはあることないこと旦那《だんな》に云いつけて、みんなお屋敷から追っぱらってやったものだ」

さわは顔をひきしめた。足助の口ぶりには、執念といったような、暗い妖気《ようき》がこもっているように感じられたからである。

「山津波のときは」と足助は放心したように呟き続けた、「おさわさまを伴《つ》れて逃げるつもりだった、山奥へ伴れて逃げて、そこでいっしょにくらそうと思った、もうちっとのところでその望みがかなうところだった」

「あたしはもう片づけなければなりません」とさわは立ちあがった、「どうかもうお帰りになって下さい」

足助はわれに返って、吃驚《びっくり》したようにさわを見あげ、たいぎそうに立ちあがると、痺《しび》れた脛《すね》を、力のない手つきで揉《も》んだり叩《たた》いたりした。

「あなたは本当におさわさんじゃないのですか」と彼はねばり強く訊《き》いた、「本当に人違いですか」

「どうしてまたあなたは、このあたしをその人だと思ったのです、人の話でも聞いたんですか」

「いいえ」足助は首を振った、「この大榎でひょっと思いだしたのです、これは河見さまのお屋敷の中にあったものですからね、その下で茶の接待をしているとすれば、おさわさんに相違ないと思いこんじまったんです」

このまえには、遠くから見ただけだったが、急にまたそのことが気になりだし、暇ができたので慥《たし》かめに来たのだ、と足助は気ぬけのしたような口ぶりで云った。さわはもう聞いてはいなかった。国吉と佐平とが同一の男であり、自分と二度か三度会ったという。それが事実かどうか、いつごろのことか知りたいと思った。そんなことがあろうとは信じられない、足助が誰かに騙《だま》されているか、とし老いて頭がどうかしてしまったのではないか。そう疑ってみるあとから、真実らしい、という感じが増してゆくようであった。

「もし事実だとしたら」とさわは自分に問いかけた、「それはどういうことだろう、あたしはどうしたらいいのだろう」

まず事実かどうかを慥かめることだ、とさわは心をきめた。足助が去り、道具を片づけて家へ運び終ると、その足でさわは角庄へいった。そうして、ごひいき客のことで知りたいことがあるからと、主婦に頼んで宿帳をみせてもらった。ちょうど夕餉《ゆうげ》どきで、客もかなりあるらしく、帳場も板場もごたごたしていたし、女中たちもいそがしく立ち働いていたが、角庄の主婦はこころよく、さわの求めるままに古い宿帳まで出してくれた。佐平の名はすぐにみつかった。繰ってゆくと、足助の云ったとおり一年おきで、初めのほうは巳《み》どしと午《うま》どしと続いてい、巳どしには松倉屋十吉という者といっしょであり、翌年には独りで泊っていた。

——あの人だ、あの口の重い、むっつりとした人だ、とさわは思った。

まるで濃い霧が晴れてゆくかのように、そのときのことがありありと思いだされた。茶は不調法だからまちがったところは教えてくれ、と云い、じつは会って話がしたかったのだと、云った。こっちにも話題がないし、その客はもっと話しべたで、少しも座がはずまず、僅《わず》かな時間で別れてしまった。

そうだ、あの初老のお侍が新発田《しばた》の溝口家へ仕官したと、よろこんでいらしった日のことだ。

「あれがあの人だった」さわは礼を述べて角庄を出てから暗くなった道をどこへゆくともなくあるきながら、半ば茫然《ぼうぜん》と独り言を云った、「——足助はむかしの名を知っていて、あの人と話しあったという、足助がそんな嘘《うそ》を云うわけはない、あれは国吉だったのだ」

あたしとあの人とは向き合って坐《すわ》り、茶の手前をし、僅かながら話もした。お互いが手の届く近さで向き合い、じかに顔と顔を見合せた。しかも二度まで、——そんなに近く二度もお互いを見、話までしたのに、どちらも相手がわからなかった。あたしには国吉ではないかという疑いさえ起こらなかったし、国吉のほうでもそんなことは感じなかったようだ。

「六年、六年もよ」さわはくすっと喉《のど》で笑った、「なんのために六年も待ってたの、さわちゃん、あんたはいったいどこの誰を待ってたのよ」

さわは忍び笑いをしたり、肩をすくめたりし、絶えず独り言を呟きながら、泊りをいそぐ客たちや、馬や駕籠《かご》の往来する道を、あてどもなくふらふらあるいていった。そして、やがて気がついてみると、いつもの榎のところに、ぼんやり佇《たたず》んでいた。昏《く》れてしまった晩秋の宵闇《よいやみ》の中に、榎はどっしりと黒く、重おもしく、しんと立っており、ときどき梢《こずえ》のほうから、散り残った枯葉が舞い落ちて来た。

「おすげちゃんと健次さんは、一と眼ですぐにお互いがわかったじゃないの」とさわは榎に向って云った、「たった二度か三度会っただけなのに、相手は旅姿で菅笠《すげがさ》をかぶったまま、街道を歩いていたのに、それでもわかったじゃないの、あたしたちはどういうわけなの」

さわの喉へ忍び笑いがこみあげてきた。さわは榎の幹に凭《もた》れかかり、肩をこまかくふるわせていたが、忍び笑いはすぐ啜《すす》り泣きに変り、それが長い嗚咽《おえつ》になった。

「あたしたちは本当に想《おも》いあってはいなかったのね」と暫《しばら》くしてさわは、榎の幹を撫《な》でながら云った、「あの人は待っていて下さいと云った、あたしは一生涯でも待つと云ったわ、嘘じゃなかった、あのときはしんそこそう思ったのよ、あたしは本当に一生涯でも待つ気でいたし、今日までその気持に変りはなかったのよ」

落葉がさわの躯《からだ》にふりかかった。

「おまえは初めから見ていたわ」さわは嗚咽のあいだから云った、「あの人とあたしが忍び逢うところも、別れるときに二人がゆくすえを誓いあうところも、そうしてたぶん、それがほんものではなく、やがてはこんなふうになることもわかっていたんでしょう、ねえ、おまえにはみんなわかっていたんでしょう」

「どうすればいいの」とさわは続けて榎に問いかけた、「こんなことになって、これからあたしはどうしたらいいの」

越重へゆけ、という声が聞えた。意識の底からの囁《ささや》きだったろう、さわには榎がそう云ったように感じられた。

「返してちょうだい」さわは片手を拳《こぶし》にして、榎の幹を打ちながら、低い声で叫んだ、

「六年の月日を返してちょうだい、六年という長い月日を、このあたしに返してちょうだい」

その大榎は微動もせず、もう落葉のこぼれるようすもなかった。

その年さわは、越前屋《えちぜんや》の安二郎と結婚し、三人の子を生んだ。

（「オール読物」昭和三十六年九、十月号）

解説

木村久邇典

この短編集には、昭和二十年二月の『ゆだん大敵』から、昭和三十六年十月の『榎物語《えのき》』まで、山本周五郎が四十一歳から五十八歳にかけての、十七年間にわたる年月の間に執筆されたいろいろなジャンルの作品をあつめた。

昭和二十年五月、作者は先妻のきよゑを、膵臓癌《すいぞうがん》という難病でうしなった。今井達夫と松沢太平のすすめで、尾崎士郎名づくるところの大森区馬込《まごめ》の〃空想部落〃に山本が移り住んだのは昭和五年の暮れで、少女小説を主に書いている文字どおり〃文士の端しくれ〃にしかすぎぬ存在であった。

昭和二十年は、すなわち太平洋戦争に敗れた年である。山本にとっても生涯最大の厄年だったのではあるまいか。二人の小学生の娘は学童疎開《そかい》、旧制中学生の長男は、連日の米軍空襲下に行方不明、里子に預けた二歳の次男は栄養失調のうえ水疱瘡《みずぼうそう》を病んで送り帰されてき、そのうえ妻は絶対不治の重態である。

日ごろ大言壮語をつねとしていた文士たちの多くも、身辺の危険を感ずるや、つてをもとめて在所へ疎開してゆくなかで、山本は断固として馬込に踏み留《とど》まり、防空班長まで引き受けて、空襲警報を触れてまわった。湘南《しょうなん》に疎開した石田一郎は、この時局下に東京を脱出するのは卑怯《ひきょう》な行為ではないか、とたしなめられた書信を山本から受け取ったことを、いまだに忘れられないという。

警報のたびに、山本は病妻を防空壕《ごう》に運び、彼女や幼児のために行平《ゆきひら》で粥《かゆ》をこしらえた。軍の報道班員としての徴用も断わり、もし発表紙誌が廃刊されるような状態においこまれたら、街角に立って辻《つじ》小説を読んで読者に聞いてもらう、それが戦時下に生きる文士の義務だ、とも山本は軍部に出頭して説いた。そうした最悪の事態に山本が耐え得たのは、小説を書く、という使命感が、一日一日の彼を支配していたからであった。昭和十七年夏から、山本は『日本婦道記』シリーズを書き継いでいた。題名の古めかしさが、教訓的読み物を連想させ、戦争協力の道徳を謳《うた》っているかのような印象を与えたムキがあったかもしれない。現に戦後になっても「女性の自己犠牲が強すぎる」と批判した著名なジャーナリストもいたくらいである。「婦道記」という題名は、雑誌編集部の発案だった由《よし》であるが、恐らく鈍感な軍の情報部は、このタイトルだけでOKを与えるだろうことを、賢明な山本が気づかぬはずはなかった。山本は「婦道記」というおそろしく教科書的な与題を逆手に取って、いつの世にも変らぬ、おんなの、夫婦の、つつましくはあるが激しく命を燃焼させる生きざまを描いた。戦争に敗れ、日本の政治機構が百八十度転換させられようとも、かならず生き残るであろう普遍性に貫かれた作品を志向したのである。戦後、山本が「ぼくはついに一編の戦争協力小説も書いたことがない」と断言したのは、そうした自負の裏付けがあればこそであった。

このことは〝婦人もの〟にだけ当てはまるのではない。『鍬《くわ》とり剣法』『内蔵允留《くらのすけるす》守』『鼓《つづみ》くらべ』『熊野《くまの》灘《なだ》』『兵法者』『一人《いちにん》ならじ』等は、『ゆだん大敵』と共に太平洋戦争中の作品だが、すべて名利を求めず、一道を探究する人間群像が、ストイックな文体で描かれている。しかも剣の道を極めるも、農の道に帰るも、その根本は同じ、とする作者の思想は、軍功をあげて自己顕示を奨励したような当時の世相への、きびしい抵抗の姿勢を秘めていたのであった。『ゆだん大敵』は剣の奥義や人と人との信頼をテーマとした力作である。こんど読み返してみて中島敦《あつし》の『名人伝』などの名人譚《たん》に太い気脈を発見したのはおおきな収穫であった。

『契《ちぎ》りきぬ』は、〝武家もの〟と〝岡場所もの〟とをみごとに連結させた名作である。おなつは精之助を愛して子までなしたが、そもそもはかりそめの作為的な愛情であった。それに対して精之助の愛情は真実のものである。おなつが精之助のまえから姿を消すのは、ひとのこころを試した自分を許すことができなかったためである。〝ひとでなし〟にならぬために、おなつは失踪《しっそう》せざるを得なかったのだ。厳しく、そして哀れにも美しい嫋々《じょうじょう》たる余韻は、山本作品だけがもつ調べであろう。

『はたし状』は山本が尋常ならざる短編の名手であったことを、よく示している作品である。――一人の女のために二十年の友情がこんなに脆《もろ》く毀《こわ》れていいだろうか、という藤島英之助の真の友情が、四年間も暗鬼の世界にとじこめられていた第二に、人間信頼の精神を回復させる。一人の女性をめぐる三人の男の葛藤《かっとう》――といってしまえば、いかにも陳腐な愛憎劇を思わせるかもしれない。だが、人間のひとりひとりが内面からとらえられており、城下町の山野のたたずまいも生命をもつもののように描かれている。江戸でみた下級武士たちの生活観察も第二の心象風景とたくみに重合し、物語の結尾の明と暗とを一段と効果的にしている。

『貧窮問答』は、将来を言い交わした女をもち、堅実な生活設計も胸に抱いている雇われ中間《ちゅうげん》の又平が、奉公先の貧乏旗本内藤孝之進の不思議な人格にひきつけられ、女と別れてまでも彼のために奉仕しようとする奇妙な人間連帯を主題にしている。山本作品固有のメルヘンの世界であって、『泥棒と若殿』『あだこ』などの作品もこの系列に属しよう。太宰治に師事した小山清は、『貧窮問答』の人間世界を絶賛したものであった。

『初夜』は『四日のあやめ』とおなじく昭和二十九年、作者がちょうど五十歳のときの小説である。うますぎる点が短所になっているような感じがなくもないほど巧みな短編である。あまりにも聡明《そうめい》そうにみえる代二郎の事件対応の政治感覚に反発する評家もあるが、緻密《ちみつ》なプランに従って一歩一歩、人生行路を踏みしめてゆこうとする慎重な人世哲学は、山本周五郎自身の、かなり主要な部分を占め続けたことも事実であった。わたくしも『ながい坂』の主人公の、花も実もある立身栄達ぶりに全幅的な同感を抱けない者だが、『初夜』の場合は、短編形式で描かれたために、精密な機械の設計図を目のまえにひろげてみせられたときの「現実にはそううまく作動するものか」という疑心も催させられるのである。しかし、今夜が代二郎夫婦にとって〝初夜〟であり、久良馬《くらま》には、家族と当分の名残りの夜になる、という結末のみごとさには、叩頭《こうとう》せざるを得ない切れ味がある。

『四日のあやめ』は夫婦の真実の情愛を主題にした感動的な作品である。夫のためとは云《い》え、おんなのさかしらな措置が、夫の侍としての立場を困難なものにする。しかも妻は自分の行為が正しかった、と信じているケースでは、夫の困惑と憤《いきどお》りは持ってゆきどころのない追い詰められたものになってゆくのも当然であろう。その閉塞《へいそく》状況からよく脱出することができたのは、夫主税介《ちからのすけ》の妻千世《ちせ》に対する、ふかく大きな愛情にほかならなかった。ひとに〈悪く云われだしてから初めて、その『いいつもりでいた』自分に気がついた。／悪評の続く限りおれは成長してみせるよ〉という主税介の述懐は貴重な人間成長の宣言のひびきを持つ。山本はこの作品を書き終えた時分から『樅《もみ》ノ木は残った』の執筆を開始したのであった。

『古今集巻之五』は妻に欺《あざむ》かれた男が、懐疑と痛恨と耽溺《たんでき》のなかから立ちあがる物語である。男の苦痛の深刻さは、ほとんど彼を打ちのめすほどのものであった。妻を寝取られた男の姿勢には女々しい類《たぐ》いが多い。永井主計《かずえ》の場合は、決然と痛烈な精神的打撃から再起するのである。しかも主計は自分を裏切った亡《な》き妻をゆるす……という過程をとおして。山本作品としては異色の範疇《はんちゅう》に属するもの、というべきであろう。

『燕《つばくろ》』は巧緻《こうち》をきわめた作品である。藩政改革をめざす政治青年と恋愛沙汰《ざた》に酔い痴《し》れたり悩む青年たち、そして功成り名とげて藩政の正面から引退した重臣たちとその友人らの三つのグループの物語が、佐藤重臣の別荘と、湖と松林のある風景をバックに展開される。年に一度だけ男女に開放された茸狩《きのこが》りの日という設定のもとに――。
作者は政治青年たちに未来を、恋愛派の青年たちに現在を、そして重臣グループに過去を語らせ、しかも三つの次元を同時に進行させて、〝人間の歴史〟を俯瞰《ふかん》するという困難なテーマを見事に描写しきっている。全編をつらぬく人生悟達の調べが、いっそうこの作品を感銘ぶかいものにしているようだ。前衛手法を駆使してひとりよがりに陥らない普遍的な手答えのある人生が、たしかにここにはある。

『榎物語』山本周五郎の、一種の〝不思議小説〟である。『その木戸を通って』や『屏風《びょうぶ》はたたまれた』と微妙に交錯している。六年間も待ちつづけてきた男と再会したとき、おさわは気がつかず、男も口数すくなく応対しただけで素気なく別れた。一方、おさわの店に手伝いにきていたおすげは、たった四度しか会ったことのない健次を、笠《かさ》をかぶった後ろ姿をひと目みただけで、こいこがれた恋人と認識するのである。〝時間〟の経過が、おすげとおさわにとって、どのような意味をもっていたかを対比させ、人間の精神と時の流れの関係を象徴的に示したのである。思えば、人間とは不思議な生き物ではないか。

山本周五郎の戦後作品は意識的に会話が少なく、この小説も例外ではない。日時と共に変化するもろもろの情況を、つきはなして表現し、改行も比較的わずかである。

〝物語〟とは、そもそもこのような文章で述べられるべきだ、と作者が言っているようにも思われる。
『榎物語』は、新潟県小出《こいで》付近の魚野《うおの》川周辺を背景として繰りひろげられている。このあたりに山小屋を建てたい、と計画したことがあったほど作者には印象的な山河であったらしい。また、作者自身にも、おさわに似た体験をもったことがあった如《ごと》くである。昭和九年八月一日号のアサヒグラフに発表した現代小説『花咲かぬリラの話』を併せて一読すれば、このテーマを発展させたものであることが諒解《りようかい》されるはずであり、さらに昭和三年から四年にかけての日録『青べか日記』まで、そのヒントを遡《さかのぼ》ることができる。つまり『榎物語』に結実するまで、作者は三十二年の歳月を要したのである。

（昭和五十三年五月、文芸評論家）

山本周五郎著

樅ノ木は残った

毎日出版文化賞受賞（上・中・下）

仙台藩主・伊達綱宗の逼塞。藩士四名の暗殺と幕府の罠――。伊達騒動で暗躍した原田甲斐の人間味溢れる肖像を描き出した歴史長編。

山本周五郎著

虚空遍歴（上・下）

侍の身分を捨て、芸道を究めるために一生を賭けて悔いることのなかった中藤冲也――苛酷な運命を生きる真の芸術家の姿を描き出す。

山本周五郎著

人情武士道

昔、縁談の申し込みを断られた女から夫の仕官の世話を頼まれた武士がとる思いがけない行動を描いた表題作など、初期の傑作12編。

山本周五郎著

さぶ

職人仲間のさぶと栄二。濡れ衣を着せられ捨鉢になる栄二を、さぶは忍耐強く支える。友情を通じて人間のあるべき姿を描く時代長編。

山本周五郎著

正雪記（上・下）

染屋職人の伜から、〝侍になる〟野望を抱いて出奔した正雪の胸に去来する権力への怒り。超大な江戸幕府に挑戦した巨人の壮絶な生涯。

山本周五郎著

栄花物語

非難と悪罵を浴びながら、頑なまでに意志を貫いて政治改革に取り組んだ老中田沼意次父子を、時代の先覚者として描いた歴史長編。

山本周五郎著

風雲海南記

西条藩主の家系でありながら双子の弟に生まれたため幼くして寺に預けられた英三郎が、御家騒動を陰で操る巨悪と戦う。幻の大作。

山本周五郎著

青べか物語

うらぶれた漁師町・浦粕に住み着いた私はボロ舟「青べか」を買わされた——。狡猾だが世話好きの愛すべき人々を描く自伝的小説。

山本周五郎著

五瓣の椿

連続する不審死。胸には銀の釵が打ち込まれ、傍らには赤い椿の花びら。おしのの復讐は完遂するのか。ミステリー仕立ての傑作長編。

山本周五郎著

柳橋物語・むかしも今も

幼い恋を信じた女を襲う悲運「柳橋物語」。愚直な男が掴んだ幸せ「むかしも今も」。男女それぞれの一途な愛の行方を描く傑作二編。

山本周五郎著

赤ひげ診療譚

貧しい者への深き愛情から〝赤ひげ〟と慕われる、小石川養生所の新出去定。見習医師との魂のふれあいを描く医療小説の最高傑作。

池波正太郎著

忍者丹波大介

関ケ原の合戦で徳川方が勝利し時代の波の中で失われていく忍者の世界の信義……一匹狼となり暗躍する丹波大介の凄絶な死闘を描く。

山本周五郎著

大炊《おおいの》介《すけ》始末

自分の出生の秘密を知った大炊介が、狂態を装って父に憎まれようとする姿を描く「大炊介始末」のほか、「よじょう」等、全10編を収録。

山本周五郎著

日本婦道記

厳しい武家の定めの中で、愛する人のために生き抜いた女性たちの清々しいまでの強靭さと、凛然たる美しさや哀しさが溢れる31編。

山本周五郎著

日日平安

橋本左内の最期を描いた「城中の霜」、武士のまごころを描く「水戸梅譜」、お家騒動をユーモラスにとらえた「日日平安」など、全11編。

山本周五郎著

季節のない街

生きてゆけるだけ、まだ仕合わせさ——。貧民街で日々の暮らしに追われる住人たちの15の悲喜を描いた、人生派・山本周五郎の傑作。

山本周五郎著

おさん

純真な心を持ちながら男から男へわたらずにはいられないおさん——可愛いおんなであるがゆえの宿命の哀しさを描く表題作など10編。

山本周五郎著

おごそかな渇き

〝現代の聖書〟として世に問うべき構想を練った絶筆「おごそかな渇き」など、人生の真実を求めてさすらう庶民の哀歓を謳った10編。

山本周五郎著

町奉行日記

一度も奉行所に出仕せずに、奇抜な方法で難事件を解決してゆく町奉行の活躍を描く表題作ほか、「寒橋」など傑作短編10編を収録する。

山本周五郎著

一人ならじ

合戦の最中、敵が壊そうとする橋を、自分の足を丸太代りに支えて片足を失った武士を描く表題作等、無名の武士の心ばえを捉えた14編。

山本周五郎著

人情裏長屋

居酒屋で、いつも黙って飲んでいる一人の浪人の胸のすく活躍と人情味あふれる子育ての物語「人情裏長屋」など、〝長屋もの〟11編。

山本周五郎著

花杖記

父を殿中で殺され、家禄削減を申し渡された加乗与四郎が、事件の真相をあばくまでの記録「花杖記」など、武家社会を描き出す傑作集。

山本周五郎著

扇野

なにげない会話や、ふとした独白のなかに男女のふれあいの機微と、人生の深い意味を伝える〝愛情もの〟の秀作9編を選りすぐった。

山本周五郎著

寝ぼけ署長

署でも官舎でもぐうぐう寝てばかりの〝寝ぼけ署長〟こと五道三省が人情味あふれる方法で難事件を解決する。周五郎唯一の警察小説。

山本周五郎著
あんちゃん
妹に対して道ならぬ感情を持った兄の苦悶とその思いがけない結末を通して、人間関係の不思議さを凝視した表題作など8編を収める。

山本周五郎著
やぶからし
幸せな家庭や子供を捨ててまで、勘当された放蕩者の前夫にはしる女心のひだの裏側を抉った表題作ほか、「ばちあたり」など全12編。

山本周五郎著
花も刀も
剣ひと筋に励みながら努力が空回りし、ついには意味もなく人を斬るまでの、平手幹太郎（造酒）の失意の青春を描く表題作など8編。

山本周五郎著
雨の山吹
子供のある家来と出奔し小さな幸福にすがって生きる妹と、それを斬りに遠国まで追った兄との静かな出会い——。表題作など10編。

山本周五郎著
月の松山
あと百日の命と宣告された武士が、己れを醜く装って師の家の安泰と愛人の幸福をはかろうとする苦渋の心情を描いた表題作など10編。

山本周五郎著
花匂う
幼なじみが嫁ぐ相手には隠し子がいる。それを教えようとして初めて直弥は彼女を愛する自分の心を知る。奇縁を語る表題作など11編。

山本周五郎著

艶書

七重は出三郎の袂に艶書を入れるが、誰からか気付かれないまま他家へ嫁してゆく。廻り道してしか実らぬ恋を描く表題作など11編。

山本周五郎著

菊月夜

江戸詰めの間に許婚の一族が追放されるという運命にあった男が、事件の真相を探り許婚と劇的に再会するまでを描く表題作など10編。

山本周五郎著

朝顔草紙

顔も見知らぬ許婚同士が、十数年の愛情をつらぬき藩の奸物を討って結ばれるまでを描いた表題作ほか、「違う平八郎」など全12編収録。

山本周五郎著

夜明けの辻

藩の内紛にまきこまれた二人の青年武士の、友情の破綻と和解までを描いた表題作や、〝こっけい物〟の佳品「嫁取り二代記」など11編。

山本周五郎著

酔いどれ次郎八

上意討ちを首尾よく果たした二人の武士に襲いかかる苛酷な運命のいたずらを通し、著者の人間観を際立たせた表題作など11編を収録。

山本周五郎著

生きている源八

どんな激戦に臨んでもいつも生きて還ってくる兵庫源八郎。その細心にして豪胆な戦いぶりに作者の信念が託された表題作など12編。

山本周五郎著

与之助の花

ふとした不始末からごろつき侍にゆすられる身となった与之助の哀しい心の様を描いた表題作ほか、「奇縁無双」など全13編を収録。

山本周五郎著

ならぬ堪忍

生命を賭けるに値する真の〝堪忍〟とは——。「ならぬ堪忍」他「宗近新八郎」「鏡」など、著者の人生観が滲み出る戦前の短編全13作。

山本周五郎著

周五郎少年文庫
臆病一番首
―時代小説集―

合戦が終わるまで怯えて身を隠している「違う方の」本多平八郎の奮起を描く表題作等、少年向け時代小説に新発見2編を加えた21編。

新潮文庫編

文豪ナビ 山本周五郎

乾いた心もしっとり。涙と笑いのツボ押し名人——現代の感性で文豪作品に新たな光を当てた、驚きと発見がいっぱいの読書ガイド。

池波正太郎・藤沢周平
笹沢左保・菊池寛著
山本周五郎
縄田一男 編

志に死す
―人情時代小説傑作選―

誰のために死ぬのか。男の真価はそこにある——。信念に従い命を賭して闘った男たちが描かれる、落涙の傑作時代小説5編を収録。

池波正太郎・藤沢周平
滝口康彦・山本周五郎著
永井路子
縄田一男 編

絆を紡ぐ
―人情時代小説傑作選―

何のために生きるのか。その時、女は美しく輝く——。降りかかる困難に屈せず生き抜いた女たちを描く、感奮の傑作小説5編を収録。

北方謙三著

武王の門（上・下）

後醍醐天皇の皇子・懐良は、九州征討と統一をめざす。その悲願の先にあるものは――。男の夢と友情を描いた、著者初の歴史長編。

北方謙三著

陽炎の旗
―続・武王の門―

日本の〈帝〉たらんと野望に燃える三代将軍・義満。その野望を砕き、南北朝の統一という夢を追った男たちの戦いを描く歴史小説巨編。

北方謙三著

風樹の剣
―日向景一郎シリーズ1―

鬼か獣か。必殺剣を会得した男、日向景一郎。彼は流浪の旅の果て生き別れた父と宿命の対決に及ぶ――。伝説の剣豪小説、新装版。

武内涼著

駒姫
―三条河原異聞―

東国一の美少女・駒姫は、無実ながら豊臣秀吉によって処刑されんとしていた。狂気の権力者に立ち向かう疾風怒濤の歴史ドラマ！

武内涼著

敗れども負けず

敗北から過ちに気付く者、覚悟を決める者、執着を捨て生き直す者……時代の一端を担った敗者の屈辱と闘志を描く、影の名将列伝！

天野純希著

信長嫌い

信長さえ、いなければ――。天下を獲れたはずの男・今川義元。祖父の影を追った男・織田秀信。愛すべき敗者たちの戦国列伝小説！

四《よっ》日《か》のあやめ

新潮文庫　や-2-28

昭和五十三年八月二十五日　発行
平成十五年十一月十五日　三十九刷改版
令和三年六月十五日　四十六刷

著者　山《やま》本《もと》周《しゅう》五《ご》郎《ろう》

発行者　佐藤隆信

発行所　株式会社　新潮社
郵便番号　一六二―八七一一
東京都新宿区矢来町七一
電話　編集部(〇三)三二六六―五四四〇
　　　読者係(〇三)三二六六―五一一一
http://www.shinchosha.co.jp

価格はカバーに表示してあります。

乱丁・落丁本は、ご面倒ですが小社読者係宛ご送付ください。送料小社負担にてお取替えいたします。

印刷・錦明印刷株式会社　製本・錦明印刷株式会社
Printed in Japan

ISBN978-4-10-113428-4 C0193